Robert Schneider
Die Offenbarung

ROBERT SCHNEIDER, geboren 1961, lebt in einem Bergdorf im vorarlbergischen Rheintal. Nach seinem Debütroman »Schlafes Bruder« (1992), der zum Welterfolg wurde (Übersetzungen in 32 Sprachen), veröffentlichte er die Romane »Die Luftgängerin« (1998), »Die Unberührten« (2000) und »Schatten« (2003) sowie die Erzählung »Der Papst und das Mädchen« (2001). Zuletzt erschienen die Romane »Kristus. Das unerhörte Leben des Jan Beukels« (AtV 2263-7, 2004), auch als Hörbuch (Der ›Audio‹ Verlag), und »Die Offenbarung« (2007).

Ausgerechnet am Heiligabend des Jahres 1992 entdeckt der kleine Bruder des Naumburger Organisten Jakob Kemper im morschen Gehäuse der Kirchenorgel ein unbekanntes Werk von Bach.

Kemper wirft dieser sensationelle Fund aus der Bahn. Je genauer der eigenbrötlerische Musikforscher die Melodien analysiert, desto Unerklärlicheres trägt sich zu. Bald ahnt er, dass die Partitur ein Geheimnis birgt: Sie ist nicht allein Musik, sondern vermag Erinnerungen an Vergangenes, Verdrängtes und Zukünftiges zu beschwören. Bach schien am Ende seines Lebens eine Art kosmisches Gesetz entdeckt zu haben, an dem die Seele des Menschen gesunden kann – oder in die tiefste Verzweiflung stürzen.

Während Kemper zwischen Alpträumen und Euphorie taumelt, treffen vier Experten der Bachgesellschaft ein. Sie überwachen die Restaurierung der Orgel, auf der Bach selbst einmal gespielt hat. Nun muss sich Kemper entscheiden, ob er sein Wissen mit ihnen teilen will, denn bisher sind nur der kleine Bruder und die heimlich verehrte Lucia eingeweiht.

»Robert Schneiders neues Werk wird getragen von einem entwaffnenden Humor, Selbstironie und einem kauzigen Helden, der es in seiner Eigenbrötelei mit Woody Allen aufnehmen könnte.«

Brigitte

Robert Schneider

Die Offenbarung

Roman

aufbau taschenbuch

Die Vignetten der Kapitelanfänge
entstammen der autographen Notenschrift
von Johann Sebastian Bach.

ISBN 978-3-7466-2481-5

Aufbau Taschenbuch ist eine Marke
der Aufbau Verlag GmbH & Co. KG

1. Auflage 2009

Umschlaggestaltung Originalcover
Robert Schneider/Ute Henkel/Torsten Lemme
unter Verwendung zweier Motive von akg-images
Grafische Adaption Dagmar & Torsten Lemme, Berlin
Druck und Binden C. H. Beck, Nördlingen
Printed in Germany

www.aufbau-verlag.de

Für Efraim,
der mich bewahrt.

Eine einzige Kränkung sei sein Leben gewesen, eine ins Monumentale getriebene Demütigung. Eine private wie berufliche Katastrophe. Rückschläge, Enttäuschungen und Ablehnung, seit er denken könne. Die Chronik eines fortlaufenden Scheiterns, das Tagebuch eines vergeblichen Tuns. Ein perfides Verbrechen an seiner Befähigung, Ausdruck einer nicht zu überbietenden Ignoranz gegenüber seiner Arbeit. Ein von jeher kalkuliertes und immerwährendes Niederhalten seiner Person, wie dieser Brief – was heißt Brief! –, dieser Wisch aufs Neue beweise.

Das Wort Hoffnung kenne er nur noch vom Hörensagen. Begriffe wie Freude und Glück seien ausschließlich in seinem passiven Wortschatz existent. Was er jemals angefasst, daran habe er sich augenblicklich die Finger verbrannt. Was er je gewünscht oder ersehnt habe, sei ihm versagt geblieben. Und habe er den Mut aufgebracht, etwas zu riskieren, oder gar sich selbst – oft genug sei das vorgekommen, oft genug –, sei er auf dem Fuß dafür bestraft worden. Seine wissenschaftlichen Erkenntnisse wären nicht einmal eine Marginalie im Naumburger Tagblatt wert. In ihm dürfe Leo einen Mann vor sich sehen, dem alles misslungen sei. Einem verzweifelten Menschen müsse Leo in die Augen blicken, von dem nichts bleiben werde, nicht einmal sein Name. Das sei leider die Wahrheit, und die Wahrheit tue bekanntlich weh. Ihm FURCHTBAR!

Ein Brief sei das nicht. Ein Bubenstück sei das, der helle Affront. Wo bleibe das kollegiale akademische Miteinander? Wo die Fairness? Wo der Anstand, wenigstens die Kinderstube? Seien die Herren Professoren der Bachgesellschaft in Leipzig etwa schon genauso verkommen wie die Zotenreißer im Fernsehen? Er sei erschüttert, sprachlos. Sprachlos sei er. Ihm fehlten die Worte.

Aber was rege er sich noch auf? Es sei ohnehin alles vorbestimmt gewesen. Einem fahrlässigen Gedanken Gottes sei seine Existenz anzulasten. Eine andere Erklärung finde er nicht für sein verpfuschtes Leben. Das sage er als Protestant, nicht als Wissenschaftler. Als Wissenschaftler müsste er nämlich seinen Vater anklagen, weil der seinen Sexualtrieb nach der Rückkehr aus der Gefangenschaft partout nicht hatte beherrschen können. Seinen Vater klage er nicht an. Das Leben sei schließlich mehr als Trieb. Das Leben sei metaphysisch, und eben das mache es so unerträglich. Er klage Gott selbst an, jedenfalls den Gedanken, aus dem ein so unerhebliches Menschsein überhaupt erst hatte erwachsen können. Er habe es nicht einmal zu einer Akte bei der Staatssicherheit gebracht. Nicht einmal das! Er habe um Akteneinsicht nachgesucht. Diese Mühe habe er sich angetan, aber nichts sei gefunden worden, rein gar nichts. So belanglos müsse seine Biographie gewesen sein, dass sich nicht einmal die Stasi für ihn interessiert habe.

Verdammt, das sei kein Brief, ein Lumpenstück sei das, jawohl, geschätzter Professor, Doktor, Doktor hatse, Hans-Georg Sperling, Harvard und Leipzig, nach Diktat verreist!

Doch was helfe es, sich derart aufzuregen? Er sei sowieso eine gebrochene Existenz, und das mit gerade mal fünfundvierzig Jahren, sozusagen im besten Mannesalter. Wenn er es von Grund auf bedenke, habe das ganze Elend mit dem Geburtsdatum angefangen. Wie könne man ein Kind nur so fürs Leben zeichnen, indem man es Heiligabend zur Welt bringe! Er halte seine Mutter in Ehren. Das tue er. Sie sei ein schweigsamer, stets alles erduldender, wenn auch mutloser Mensch gewesen. Aber rechtschaffen. Der Vorwurf gelte dem da oben, nicht der Mutter. Geboren am Heiligabend! Im Schatten des Allerhöchsten! Nicht einmal ein persönliches Fest! Die Verwandtschaft im Haus, aber nicht seinetwegen. Das präge ein Kind. Psychologisch gesehen, ganz allgemein. Das müsse ein Kind doch als Ausdruck tiefsten Ungewolltseins empfinden. Aber Weihnachten sei nur der erste Beweis dafür, dass er auf dieser Welt immer ein Schattendasein geführt habe, dass …

»Jakob …«

»Fall mir nicht ins Wort, Leo, und setz dich ordentlich hin! Vor Bach sitzt man aufrecht am Klavier!«

»Stimmt es, dass die Ossis dauernd rumjammern?«

»Wer sagt das?«

»Die im Fernsehen.«

»Ich kann dieses Klischee nicht mehr hören!«

»Was ist ein Klischee?«

»Ein Klischee ist eine Dummheit des Westens!«

»Bist du auch dumm?«

»Bitte?«

»Weil du dauernd rumjammerst.«

»Leo, du bist noch zu jung, um erahnen zu können, dass das Leben eine bloße Abfolge von unerträglichen Sekunden, Minuten, Stunden, Tagen, Wochen, Monaten, Jahren und Jahrzehnten ist. Dass einem das Leben ausschließlich Ohrfeigen bereithält … Ein Brief ist das nicht, Sie … Sie Professor-hatse-Schwachkopf-nach-Diktat-verreist! Eine ungeheure Schweinerei ist das! Jawohl!«

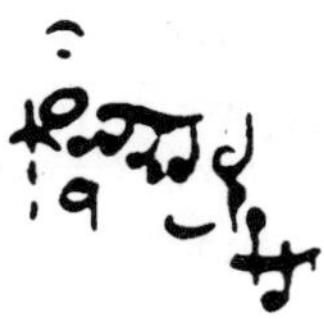

Der Musikforscher Jakob Kemper aus Naumburg an der Saale zerknüllte den Brief, der ihn so aus der Haut hatte fahren lassen. Er ging zu dem hitzeglühenden Kohleofen, öffnete das Türchen und zielte. Das Schreiben, das ihn so empört hatte, verfehlte sein Ziel. Kemper bückte sich, ächzte, hob das Papierknäuel auf und wollte noch einmal werfen. Doch er ließ den Arm sinken, schloss die Ofentür, ging zum

Klavier zurück, beugte sich darüber, zog das Knäuel mit spitzen Fingern auseinander, strich den Brief glatt und las ihn zum wiederholten Mal still für sich, wobei er die Lippen verächtlich schürzte.

»Sehr geehrter Herr Kemper, haben Sie meinen höflichen Dank für Ihr Schreiben, das ich Ihnen erst heute beantworten kann, da mich das Diktat eines erbarmungslosen akademischen Kalenders für mehrere Monate in die Staaten geführt hat. Ich will Ihnen aber umso ausführlicher antworten, weil es heutzutage immer seltener geschieht, dass ein Brief handgeschrieben daherkommt, noch dazu mit dieser kalligraphischen Attitüde.

Die Bachgesellschaft erachtet es als Ehre, dass Sie im Zuge der geplanten Restaurierung der Orgel zu St. Wenzel Ihr Fachwissen zur Verfügung stellen möchten, zumal ich davon ausgehen will, dass niemand über eine profundere Kenntnis dieses berühmten Instruments verfügt als Sie, lese ich doch in Ihrem Brief, dass Sie nun schon seit siebenundzwanzig Jahren – immer unentgeltlich – das Organistenamt versehen.

Bedauerlicherweise muss ich Ihnen mitteilen, dass die Gesellschaft bereits einen internationalen Stab von Wissenschaftlern, Restaurateuren, Organologen und sonstigen Sachverständigen ersten Ranges gebildet hat, welche Persönlichkeiten alles in ihrer Macht Stehende daransetzen werden, um das Instrument wieder jenem Klang zuzuführen, den Johann Sebastian Bach gehört haben muss, als er die Orgel 1746 gemeinsam mit Gottfried Silbermann abgenommen hat.

Damit Sie ersehen können, mit welcher Ernsthaftigkeit die Gesellschaft das Naumburger Projekt ins Werk gesetzt hat, will ich Ihnen nur zwei Namen aus der oben erwähnten Kommission nennen. Trotz mancher Schwierigkeiten ist es uns geglückt, den weltberühmten Organisten Frits van Hulle aus den Niederlanden einerseits sowie Herrn Prof. Yoshiba Koyatake aus New York andererseits hinzuzuziehen. Letzterer ist Ihnen sicherlich durch seine bahnbrechende Studie zur Datierung der bachschen Originalhandschriften anhand der Wasserzeichen ein Begriff. Beide Persönlichkeiten haben sich einverstanden gezeigt, gemeinsam mit meinem Assistenten Dr. Albert Zinser und natürlich meiner Wenigkeit entscheidende Phasen der Orgelrestauration vor Ort zu überwachen.

Womit ich nun zur Beantwortung Ihrer Bitte komme: Die Bachgesellschaft kann Ihrem Wunsch leider nicht entsprechen, an dem Projekt – in welcher Weise auch immer – mitzuwirken, so sehr ich persönlich das begrüßen würde. Aber Persönliches muss in Anbetracht der Bedeutung dieser Aufgabe, eines der großartigsten Barockinstrumente Deutschlands wieder zum Leben zu erwecken, hintangestellt bleiben.

Gestatten Sie mir noch eine letzte, quasi private Bemerkung: Für die Auswahl des wissenschaftlichen Gremiums zählte für die Gesellschaft ausschließlich die fachliche Reputation und nicht etwa, wie Sie versucht sind in Ihrem Brief zu suggerieren, Empfindlichkeiten des Miteinanders zwischen Ost und West. Ganz im Gegenteil! Zu viele Jahre hat die Bachforschung auf ihre Kollegen in der ehemaligen DDR verzichten müssen, und bei diesem konkreten Vorhaben ist nur zufällig kein Wissenschaftler aus dem Osten beteiligt. Es wird mir dennoch eine Ehre sein, Sie in Naumburg kennenzulernen.

Mit vorzüglicher Hochachtung, Prof. Dr. Dr. h. c. Hans-Georg Sperling, Harvard und Leipzig, nach Diktat verreist.

P. S.: Ihren Aufsatz *Naumburg und die Musikerfamilie Bach* schicke ich Ihnen in der Anlage zurück. Ich sehe mich außerstande, etwas dazu zu sagen.«

Mit hochroten Wangen starrte Kemper auf den Brief. Die langen, feingliedrigen Finger zitterten. Die Tränen schossen ihm in die Augen. Obwohl er Leo den Rücken zukehrte, merkte es der Junge sofort.

»Warum weinst du?«

»Wäre der Alte doch nie aus der Gefangenschaft zurückgekehrt! Hätte ich beim Autounfall in Weißenfels doch nur am Steuer gesessen anstatt im Fond! Wäre ich damals nur vom Dach der Wenzelskirche gestürzt, anstatt an der Traufe hängen zu bleiben!«

»Dann wärst du jetzt aber tot.«

»Ach was! In einem Jahr hättest du mich schon vergessen. Und bald wüsstest du nicht mehr, dass es mich überhaupt gegeben hat. Aber das schwöre ich: Der Schuft, der diesen Dreck geschrieben hat, wird meine Orgel nicht anrühren! Dafür werde ich sorgen! Mit diesem Brief hat er sich disqualifiziert! Der Großkopf hat nämlich nicht den blassesten Schimmer. Ich habe seine Bücher gelesen, und zwar von vorn bis hinten. Hypothetisches Zeug, Leo. Dürftige Analysen. Historisch fragwürdig. Selbstverliebt ohne Ende. Eine Stilblüte nach der andern. Schwülstig. Adjektiv um Adjektiv. Stilistisch überhaupt das Letzte! Aber so einer hockt natürlich obenan in der Bachgesellschaft, kassiert fette Diäten und verschleudert das Geld der Steuerzahler. Ein Wichtigtuer ist das, der den Kopf überm Hut trägt, ein hundsgemeiner ...«

»Wieso hast du ihm geschrieben, wenn du ihn scheiße findest?«

»Du sollst mir nicht ins Wort fallen!«

»Ich hätte dem Sackarsch bestimmt keinen Brief geschrieben.«

»Könntest du dich etwas gewählter ausdrücken? Du bist nicht zu Hause bei unserem Alten!«

»Mannoh, du bist heute echt scheiße.«

»Schluss, ja? Und schau in die Noten! ... Also: Noch mal von vorn. Achte auf die Sechzehntelpause. Drei, vier, eins ...«

»Jakob?«

»Was ist denn?«

»Du-u. Erzählst du mir eine Geschichte?«

»Spiel jetzt!«

Mit der Frage, weshalb er jemandem schreibe, den er nicht leiden könne, hatte der aufgeweckte Junge einen heiklen Punkt berührt. In der Tat grämte es Kemper, an die Bachgesellschaft herangetreten zu sein, obendrein mit einem so eilfertigen, geradezu knechtischen Bittbrief. Schon für die Anrede »Sehr geschätzter, verehrter und hochbewunderter Herr Professor Sperling« hätte er sich ohrfeigen können, weil er in Wahrheit genau das Gegenteil über Sperling dachte. Auch der Satz »Ich bin ein langjähriger und inniger Bewunderer Ihrer epochalen Bach-Biographie« kam keineswegs von Herzen, war Jakob doch von der Mittelmäßigkeit dieses Buches überzeugt. Wie der gesamte Brief, wenn er ihn nüchtern betrachtete, von Lobhudelei nur so strotzte. Kemper biss sich auf die Lippen. Weil es ihn fröstelte, nahm er die Kohlenzange und warf noch zwei Briketts in den Ofen, obwohl das Rohr vor Hitze ohnehin glühte.

Er schlurfte zum Fenster, durch dessen Ritzen ein kalter Luftzug hereindrang, und blickte in den sich eindunkelnden Nachmittag und hinüber zur Südfassade der Wenzelskirche. Es hatte zu schneien begonnen. Die hilflosen Versuche Leos, die *C-Dur-Invention* zu meistern, verfolgte er mit schwindender Aufmerksamkeit. Wie sich das holprige Klimpern unsicher von Takt zu Takt mogelte und stets an derselben Stelle steckenblieb, erreichte ihn nur noch von fern. Als der Junge schließlich resigniert die Hände von den Tasten nahm, merkte es Kemper nicht. Zu sehr war er ins Grübeln verfallen. Er stand am Fenster und schaute in das Schneetreiben. Reglos stand er da, mit leicht gekrümmtem Rücken.

Nur ein paar Straßen von hier entfernt, war er 1947 als zweiter Sohn des Bürstenmachers Walter Kemper und dessen erster Frau Kriemhild in der Salzstraße Nr. 12 zur Welt gekommen. Der ältere Bruder Karl starb, als Jakob sechs Jahre alt war. Es hieß, er sei erstickt. In der Familie wurde darüber kaum einmal gesprochen.

Jakob war ein kränkliches Kind gewesen, das immerzu fror und hustete und beim Sprechen manchmal heftig mit der Zunge schnalzte, wenn es erregt oder aufgewühlt war. Deshalb entstand der Verdacht auf Epilepsie. Fallsucht, wie es der steinalte Hausarzt der Kempers damals nannte. Der Verdacht erhärtete sich nicht.

Im Musikunterricht war Jakob der unbestrittene Primus, während er sich im Rechnen immer vertat, weshalb ihn der Mathematiklehrer »Kemper, der Stümper« nannte. Das Wortspiel hielt sich hartnäckig, selbst später, als schon niemand mehr wusste, wer es geprägt hatte – außer Jakob, natürlich.

Weil das Land Bauern und Arbeiter brauchte und er selbst einen Nachfolger, nahm Vater Kemper den Sohn zu sich in die Lehre. Das war eine schwierige Zeit für Jakob. Anstatt tagein, tagaus auf dem Schemel zu hocken, an der Hechel Ross-, Wildschwein- oder Ziegenhaar zu sortieren und mit heißem Pech einzukleben, wollte er Tonkünstler werden, ein Komponist ersten Ranges. Nichts weniger.

Jakob nämlich hatte ein Erweckungserlebnis gehabt, und zwar im Naumburger Dom, wo er Zeuge eines legendären Konzerts geworden war. Der Dresdner Kreuzchor hatte eine Abendmusik unter seinem ebenso berühmten wie gefürchteten Leiter Rudolf Mauersberger veranstaltet, der dabei seinen Chorzyklus *Dresden* aufführte, in Erinnerung an die Bombennacht vom 13. Februar 1945. Die scharfen, aufschreienden Dissonanzen, die herbe Chromatik, die düstere Stimmung des ganzen Werks, das alles prägte sich Jakob unauslöschlich ein, und als der Dirigent den Taktstock senkte und im Dom eine bedrückende Stille entstand, ehe der Applaus zögerlich heranrollte, hatte der Junge die Gewissheit, ein Wunder erlebt zu haben. Der Puls hämmerte in den Schläfen, die Lippen waren ihm ausgetrocknet. Er musste Professor Mauersberger von Angesicht zu Angesicht gegenüberstehen, um ihm zu sagen, und sei es unter heftigem Zungenschnalzen, dass dieser ihm das Leben gerettet habe. Jetzt wisse er, wohin es in Zukunft mit ihm gehe.

Also wartete er an einem Seitentürchen. Als die Kruzianer tatsächlich, einer nach dem andern, durch die schmale Sandsteinlaibung schlüpften, war er schockiert über das Gelächter und die derben Sprüche, die die Chorsänger von sich gaben, wo sie noch vor wenigen Minuten mit betroffenem Gesicht Schmerz, Trauer und Resignation besungen hatten. Wie konnte das sein?, dachte Jakob. Man kann sich doch nicht so verstellen. Lange darüber grübeln konnte er jedoch nicht, denn plötzlich, fast wie der Teufel aus der Kiste, stand Mauersberger vor ihm. Er trug eine große, schwarz eingebundene Partitur bei sich.

»Herr Professor Mauersberger«, sagte Jakob deutlich und ohne zu schnalzen, »Sie haben mir das Leben gerettet!«

Der Dirigent sah ihn mit seinen stechenden Augen gequält an. Es schien Jakob, als laste ein ungeheurer, ja unmenschlicher Druck auf diesem Mann, was keineswegs verwunderte, stand er doch vor einem Genie, dessen Kopf vor lauter Gedanken sicherlich fast zu zerplatzen drohte.

»Ich muss austreten«, sagte Mauersberger und rannte an Jakob vorbei.

Das war die Begegnung mit dem großen Mauersberger. Immerhin hinterließ das Zusammentreffen einen so elementaren Eindruck, dass Jakob von heute auf morgen die väterliche Werkbank mit der Orgelbank vertauschen wollte, freilich gegen den Willen des Vaters und dessen Überzeugung. Für Kemper senior, der erst vor kurzem seine sozialistische Überzeugung durch eine Mitgliedschaft in der National-Demokratischen Partei Deutschlands unter Beweis gestellt hatte, war die Kirchenmusik Ausdruck eines dekadenten feudalistischen Systems, das nunmehr überwunden war. Und es schmerzte ihn, dass ausgerechnet sein Sohn Symptome zeigte, wieder in die alte Barbarei zu fallen, wie er sich ausdrückte. Das musste er verhindern. Die Mutter, unpolitisch, wie sie war, schwieg dazu.

Ganz so radikal, wie er es sich wünschte, vollzog sich die Wandlung des Sohnes allerdings nicht. Obwohl sich Jakob anfänglich tapfer gegen den Vater auflehnte, hatte der Alte die triftigeren Argumente – finanzielle –, und so blieb Jakob vorläufig bei dem Handwerk der Pinsel- und Bürstenbinderei, brachte es sogar bis zum Meisterbrief.

Das hielt ihn jedoch nicht davon ab, Privatunterricht bei Friedhelm Wölfer, dem damaligen Organisten von St. Wenzel zu nehmen. Wölfer, ein dicklicher, unruhiger, aber sehr wohlmeinender Mann, unterwies den gerade Pubertierenden in den Grundlagen des Tonsatzes, des Kontrapunkts sowie des Orgelspiels, wobei er im Unterricht recht merkwürdige Methoden anwandte. Wölfer glaubte, dass man mittels Musik die Schwerkraft überwinden könne. Er befasste sich neben dem Organistendienst intensiv mit Kosmonautik. Um jedoch zu verstehen, was Schwerkraft überhaupt bedeutete, musste Jakob wochenlang auf der schmalen Emporenbrüstung hin und her balancieren. Auf diese drastische Weise suchte ihm Wölfer das bachsche Wort von der Gravität verständlich zu machen. Wenn nicht alles auf festen, sicheren Füßen stehe, tauge die ganze Musik nichts. Habe man das begriffen, folge schließlich die nächste Stufe – die Schwerelosigkeit.

Ein anderes Mal band er einen Ziegelstein auf Jakobs Handrücken. Der Schüler sollte sich einbilden, dass die Finger trotz dieser Beschwernis leicht und flink übers Manual flögen. Den Kontrapunkt, die freie Bewegung der Stimmen zu- und gegeneinander, lehrte ihn Wölfer auf eine abermals unkonventionelle Weise. Er schleifte den Jungen mit zu seinen Stammtischbrüdern in den Alten Krug. Dort drückte er ihm Papier und Bleistift in die Hand. Wenn die Grölerei am lautesten war, musste der Schüler alles notieren, was er von dem Gesagten im Kopf behalten konnte, und der jeweiligen, beträchtlich weintrunkenen Person zuordnen. Der Lehrer nannte das den »lebendigen Kontrapunkt«. So habe auch der junge Bach das Komponieren erlernt, in einem Haus, in dem es nur so von Kindern, Schülern, Basen und Oheimen gewimmelt habe.

Unglücklicherweise durfte sich Jakob nicht lange an den Lehrmethoden Wölfers erfreuen, denn eines Tages verschwand dieser spurlos aus der Stadt. Es ging das Gerücht, der Wenzels-Organist sei wegen versuchter Republikflucht nach Bautzen ins Gefängnis anstatt in den Westen gewandert. Was auch immer der Grund für sein jähes Verschwinden gewesen sein mochte – einer der Stammtischbrüder verbreitete, er hätte den Genossen in ein Ufo steigen und mit Rauch und Rumor in den nächtlichen Himmel entschweben sehen –, Wölfer kehrte nie wieder nach Naumburg zurück.

Dessen ungeachtet bildete sich Jakob unermüdlich fort, las und studierte, was ihm musiktheoretisch in die Finger fiel, übte fleißig Orgel und Klavier. Tagsüber fertigte er Bürsten, nachts wurde er »rückfällig« und zeigte die fiebrigen Symptome der »Barbarei«. Er begann, Kirchenmusik zu komponieren.

Von der Lehrzeit bei Wölfer blieb ihm das Folgende: ein Wollschal, weil er auf der Empore immer fror, die Verehrung für Bach, eine Ahnung von Schwerelosigkeit und Tschaikowskys Flügel, wobei nie bewiesen werden konnte, ob das klapprige, schwer zu stimmende Instrument wirklich von Tschaikowsky selbst gespielt worden war. Ein Großonkel aus Weißenfels, der Jakob das Instrument geschenkt hatte, behauptete es steif und fest. Es gebe sogar eine Fotografie, auf welcher der »scheniale Russe« mit Zylinder an genau diesem Klavier sitze.

Jakob wuchs zu einem langaufgeschossenen jungen Mann heran. Schön war er nicht mit seinem blassen Teint, dem kärglichen Bartwuchs, der zu kurzen Nase und der bereits beginnenden Stirnglatze. Außerdem machte er stets einen Buckel, weil es ihm unangenehm war, ja sogar peinlich, die meisten um Kopfeslänge zu überragen, und das verlieh ihm ungewollt eine devote Haltung. Dafür hatte er eine sanfte, wohlklingende und durchaus männliche Stimme. Den Grundwehrdienst wollte er glatt verweigern. Es sei ihm unmöglich, eine Waffe zu tragen, und zwar aus religiösen Gründen, sagte er, um seinen Vater zu provozieren. Er wollte sich stattdessen als Bausoldat melden und wäre sogar bereit gewesen, die Repressalien zu erdulden, die ein solch unsozialistisches Verhalten nach sich gezogen hätte, doch der Vater meinte, dass man nur beim Kommiss zum Mann würde, er selbst hätte erst beim Barras wahre Kameradschaft kennengelernt, und hatte wiederum die triftigeren Argumente. Ausgemergelt, mit einer Lungenentzündung und zeitweise taub auf einem Ohr, kehrte Jakob schließlich nach achtzehn Monaten Hölle zurück ins Leben und zu seinem Klavier.

In jener Zeit lernte er Eva Ücker kennen, die wirklich eine Eva war: schön, prall, verführerisch, aufrichtig in der Sünde, ungenau mit der Wahrheit und leider amusisch von den Locken bis zu den Zehen. Begegnet waren sie einander in seines Vaters Laden, und Jakob war es irgendwie gelungen, das Mädchen auf die Empore der Wenzelskirche zu locken, wo er es mit seinem Fantasieren auf der Orgel beeindruckte, wenn auch nicht nachhaltig, denn zum Bund fürs Leben reichte es nicht. Es reichte grade mal zu einem nachmittäglichen Spaziergang im Bürgergarten. Dort saßen sie einsilbig beieinander – er noch immer schwerhörig und dürr –, blickten über die vieltürmige Domstadt und hinein in das liebliche Tal von Saale und Unstrut. Er küsste sie, weil es ihn just anwehte, und sie lachte. Tags darauf weigerte sie sich, ihn jemals wieder zu sehen. Der Kuss sei passabel gewesen, nur etwas zu feucht. Er solle sich keine Hoffnungen machen.

Da war es schon zu spät. Er hatte sich in das eindrucksvoll geformte Mädchen verliebt. Vier Jahre lang liebte er Eva still und unglücklich, selbst dann noch, als sie die größte sportliche Hoffnung Naumburgs heiratete, den Brustschwimmer und Lagenspezialisten Max Frank, der sogar an den Olympischen Spielen teilnahm und Silber holte.

Während der eine zum Ruhm der DDR schwamm, tauchte der andere unter und komponierte zu Ehren des Allerhöchsten, an den er nicht wirklich glaubte, es sei denn durch die Musik Johann Sebastian Bachs.

Ein Opus schuf er, nur für Eva, ein gewaltiges noch dazu. Es handelte sich um das offizielle Kw 1 (Kemperwerk eins), die doppelchörige Motette *Ei, wie vergnügt ist mir mein Sterbekasten* nach einem pietistischen Text, den schon Bach vertont hatte. Das Hauptthema des von Todessehnsucht angeschwungenen Stücks setzte sich aus den Noten e-f-a zusammen, und nur ein einfältiges Gemüt hätte diese Widmung nicht verstanden. Eva verstand sie nicht. Sie lachte, und das kreischend, als sie eines Morgens die Partitur auf ihrer Türschwelle liegen sah und mit schlafverklebten Äuglein das Deckblatt las.

Jakob weinte oft in jener Zeit, schmachtete seiner unerwiderten Liebe nach und blieb Haut und Knochen. Immerhin verbesserte sich sein Gehör. Aber es sollten Jahre, sogar Jahrzehnte hingehen, bis er sich ein zweites Mal an eine Frau verlor. Er blieb allein mit sich und seiner Kunst.

Das Komponieren von geistlicher Musik hatte ihm Eva gründlich verleidet. Den Werken des einstmals so bewunderten Professors Mauersberger stand er inzwischen skeptisch, ja schließlich ablehnend gegenüber. Er machte daraus keinen Hehl, dass Mauersberger in seinen Augen ein musikalisch unbedeutender Geist gewesen sei, der ihn geblendet habe. Völlig überschätzt. Jugendsünden.

Die Idole hießen jetzt Schönberg, Eisler und Dessau. Im Selbststudium brachte er sich die Zwölftontechnik Arnold Schönbergs bei. Sein politisches Bewusstsein für die Rolle der Arbeiterklasse verdankte er dem unermüdlichen Einwirken seines Vaters. In ausufernden Tischreden predigte der Alte über die Errungenschaften des Sozialismus, auch wenn er es nur schwer verwinden konnte, dass man ihm als Gewerbetreibenden mit Misstrauen begegnete, ständig Steine in den Weg legte, Steuern aufbrummte, die ihm kaum das Schwarze unterm Nagel ließen, und ihn, was die Versorgung mit Pech und Rosshaar anlangte, benachteiligte. Nicht einmal in die SED hatte man ihn aufgenommen, es hieß, er sei ein kleinbürgerliches Element. Dieser Verdacht musste schon allein deswegen zerstreut werden, weil er seinen Betrieb trotz seines Bewusstseins keineswegs einer Produktionsgenossenschaft überantworten wollte. Nun, das alles wären Kinderkrankheiten, das deutsche Bewusstsein für Werte würde sich auch im Sozialismus durchsetzen. Jakob solle gefälligst etwas Nützliches zum Wohl der Volksgemeinschaft leisten und seine Arbeitsproduktivität drastisch steigern. Schließlich seien Bürsten selbst bei Adolf als kriegswichtig eingestuft worden, und heutzutage müsse man ja den Klassenfeind schlagen.

Jakob nickte. Die Mutter schwieg. Auch zur kalt gewordenen Suppe.

Eingeschüchtert von des Vaters Reden, machte sich Jakob auf seine Weise an die Steigerung der Arbeitsproduktivität. Er komponierte sein Kw 2, eine füllig orchestrierte Sinfonie mit abschließendem Massengesang. Als die Partitur vollendet war, gab er ihr den Namen *Sinfonie der Arbeitermütter*.

Nun hatte der junge, aufstrebende Komponist natürlich ein lebhaftes Interesse daran, seine Sinfonie herzuzeigen. Er träumte sogar von einer Uraufführung bei einem Festakt des Zentralkomitees, vielleicht sogar in Anwesenheit des

Ersten Sekretärs der SED Walter Ulbricht. Damals griff er noch nach den Sternen. Wie sehr er sich vergriffen hatte, wurde ihm ein Jahr später postwendend mitgeteilt.

Um die Sache geschickt anzugehen, hatte er dem Komponisten Paul Dessau eine Abschrift der Partitur zukommen lassen, allerdings mit dem Vermerk »Porto zahlt Empfänger«. Dem Packen beigelegt war ein langes, salbungsvolles Schreiben, das die Verdienste Dessaus über den grünen Klee lobte. (Kemper sah sich beim Verfassen des Briefs schon vom Genossen Ulbricht umarmt und mit dem Nationalpreis I. Klasse ausgezeichnet.) An einem nasskalten Novembermorgen brachte der Postbote ein unhandliches Paket: die Partitur. Mit zittrigen Fingern und heftigem Zungenschnalzen schnürte Kemper das Paket auf, löste das Packpapier. Eine Karte kam zum Vorschein. Darauf bedankte sich Paul Dessau in zackiger Schrift für die Ehre, das Porto der *Sinfonie der Arbeitermütter* bezahlt haben zu dürfen. Sich zu dem Werk selbst zu äußern, sei ihm aus Gründen der Höflichkeit ganz und gar unmöglich. Er bitte den Genossen um Nachsicht.

Noch am selben Novembertag raffte Kemper alle seine Kompositionen zusammen und trug sie in den Wald bei Buchholz, um sie zu verbrennen. Dort gab es eine Lichtung, auf der sein so früh verstorbener Bruder Karl, über den in der Familie nie geredet wurde, und er in den Sommerferien viele Nachmittage verbracht hatten.

Der am Boden zerstörte Komponist zündete das Notenpapier an, doch es war feucht geworden. Die Flammen züngelten nur schwach. Es machte ihm den Eindruck, als ekelte sich sogar das Feuer vor seinem musikalischen Schaffen. Von dieser Stunde an setzte er keinen Takt mehr aufs Papier. Die Sache mit dem Komponieren war ihm ohnehin seit geraumer Zeit wie eine Sackgasse erschienen. Wozu noch Musik schreiben im zwanzigsten Jahrhundert? Wo Bach im achtzehnten schon alles ausgedrückt hatte, und zwar unübertrefflich und gültig für alle Ewigkeit. Mozart, Beethoven,

Schubert und alle späteren Meister wiederholten doch nur das längst Erdachte, fand er.

Als er von Buchholz auf der Jenaer Straße nach Naumburg zurücktrottete, trug er sich außer mit Selbstmordgedanken mit einem weiteren Plan: Dirigent wollte er werden, ein charismatischer Bach-Dirigent. Nichts weniger.

Er war jetzt etwa Mitte zwanzig. Die Selbstmordgedanken ließ er fallen, jene ans Dirigieren nicht, womit er auf seine bislang wohl größte Niederlage zusteuerte, die sich obendrein vor den Augen und Ohren der Naumburger Öffentlichkeit zutrug.

Weil zum einen das Musikleben der Stadt darniederlag, sich zum anderen die Wenzelskirche in einem beklagenswerten baulichen Zustand befand – er selbst war auf das steile Dach geklettert, um es zu reparieren, war ausgerutscht, an einer Traufe hängengeblieben und musste von der Feuerwehr in einer spektakulären Aktion gerettet werden –, weil es also auf die berühmte Orgel regnete, gründete er vollmundig das Collegium Musicum Naumburgiensis. Das war Anfang der siebziger Jahre. Das Collegium wollte es sich zur Aufgabe machen, in regelmäßigen Abständen Bachs Kantaten, Passionen und Oratorien aufzuführen. Den Erlös aus den Konzerten dachte Kemper in die Sanierung des Daches zu investieren. Die Idee fand vorsichtigen Anklang bei den Genossen. Das Naumburger Tagblatt zollte Vorschusslorbeeren, ohne Kemper namentlich zu erwähnen. Der Vater war außer sich. Die Mutter schwieg dazu.

Einen Hang zum Monumentalen hatte Kemper schon immer in sich gefühlt, eine Vorliebe zur großen Form, zur theatralischen Geste, und so setzte er auf den Programmzettel des Eröffnungskonzerts kein geringeres Werk als die *Matthäuspassion*.

Die Aufführung war auf den Karfreitag anberaumt, und schon Monate vorher sah man Kemper in Einzelproben teils mit den Solisten, teils mit Chor, teils mit Orchester an dem gewaltigen Werk arbeiten und feilen. Er schwitzte und weinte. Letzteres vor Wut und nicht etwa aus Ergriffenheit. Der aufstrebende Dirigent wollte eine gültige, Maßstäbe setzende und über die DDR weit hinausreichende Interpretation der Passion schaffen. Er unterzog sich sogar der Mühe, die Stimmen der Partitur selbst auszuschreiben, und musste dabei einigermaßen erfinderisch sein, weil Papier im Allgemeinen, Notenpapier im Speziellen in jenen Tagen nicht eben leicht zu beschaffen war.

Größtes Kopfzerbrechen bereitete ihm die Partie des Evangelisten, genauer der Sänger der Partie des Evangelisten. Herr Zotsch hatte einen hohen, angenehm temperierten Tenor mit guter Intonationsfähigkeit, konnte allerdings keine Noten lesen. Also musste ihm Kemper die gesamte Partie vorsingen und mit ihm auswendig lernen. Das war noch nicht das Problem. Die Schwierigkeit war außermusikalischer Natur. Herr Zotsch war ein Trinker. Obwohl ihm die Aufgabe, den Evangelisten zu geben, wieder einen Sinn in diesem »Scheißleben und Ganovenstaat« aufgezeigt habe, so Zotsch wörtlich, und obwohl er bei seiner Ehre das Versprechen abgab, während der gesamten Probenzeit nicht einen Tropfen zu trinken, erlitt er mehr als einen Rückfall.

Leider auch am Tag der Aufführung. Da wurde es in seinem Kopf dunkel, und zwar nicht erst bei der Stelle *Und von der sechsten Stunde war eine Finsternis über das ganze Land*, sondern weit früher, eigentlich schon am Beginn des Passionsgeschehens. (Einige Wochen nach dem verunglückten Konzert machte Frau Zotsch Kemper die bittersten Vorwürfe, ihren Mann so jämmerlich vorgeführt und dem Gelächter preisgegeben zu haben. Er hätte die moralische Verpflichtung spüren müssen, den ganzen Scheißdreck abzubrechen.)

Nachdem also endlich der Tag der Aufführung gekommen war und Maestro Kemper den Taktstock gehoben hatte

– Kriemhild hatte ihrem Sohn eigens für diesen Tag einen beigeviolett getupften Schlips in Batiktechnik gefertigt –, verpassten die Ripienisten – zehn Knabensoprane – gleich dreimal beim Eingangschor den Einsatz. In den ersten Rezitativen war die Stimme des Herrn Zotsch noch halbwegs sicher, ja sie strahlte kurz und leidenschaftlich in den Kirchenraum hinein, obwohl Kemper die Schnapsfahne bis zum Dirigentenpult riechen konnte. Ab der Abendmahls-Szene ging es jedoch mit Stimme und Zotsch bedenklich abwärts. Die Stimme geriet ins Wanken, wie der ganze Mann ins Taumeln geriet. Kemper gab dem Zotsch ein Zeichen, die Partie sitzend weiterzusingen. Das ließ die Sängerehre nicht zu, und so fiel an der Stelle *Zu der Stund sprach Jesus zu den Scharen* der Evangelist vornüber in die Pulte der Bratschen. Dabei war man fast schon am Ende des ersten Teils der Passion angekommen.

Nach der Pause, die ungewöhnlich lang dauerte – Kemper nutzte sie, um den Evangelisten auszunüchtern –, frettete sich das Collegium durch den zweiten Teil des Werks. In der Tat ging es dem Herrn Zotsch allmählich etwas besser. Nun aber waren die anderen Gesangssolisten völlig mit den Nerven am Ende. Sie bildeten übrigens die einzigen professionellen Kräfte des Ensembles. Die Sänger waren sogar eigens aus Leipzig angereist, wohin sie noch während der Pause unverzüglich zurückreisen wollten. Der Bass warf dem Dirigenten das ein wenig abgewandelte beethovensche Wort an den Kopf: »Für euch Schweine singe ich nicht!« Ein Chorsänger, ein ehemaliger Mitschüler Kempers aus der Grundschule, flüsterte das Wort »Kemper, der Stümper«. Es machte schnell die Runde. Der charismatische Bach-Dirigent in spe hatte in der Pause wirklich alle Hände voll zu tun.

Die Überreiztheit und Irritation der Gesangssolisten färbte wiederum auf das Orchester ab, besonders auf die Continuo-Gruppe, auf Cello, Kontrabass und Orgel. Und hatte nicht Wölfer einmal gelehrt, dass die Gravität das Um und Auf jeder Musik sei? Daran musste Kemper jetzt denken. Er sah sich wieder auf der Emporenbrüstung hin und her balancieren. Ihm wurde für Momente schummrig vor den Augen, was prompt dazu führte, dass Chor und Orchester mit einer halbtaktigen Verzögerung gegeneinander musizierten. Der Maestro musste abklopfen und die betreffende Stelle neu beginnen.

Irgendwie kam das Collegium dann doch zum Ende. In den Kirchenbänken, die übrigens schlecht besetzt waren, wurde während der gesamten Aufführung – sie dauerte anstatt der üblichen drei rund fünf Stunden – viel geflüstert und gezischelt, gestöhnt, ja manchmal sogar hell aufgelacht. Etwa die Hälfte der bachkundigen Bürger war schon in der Pause abgewandert. Darunter einige, denen das elende Schauspiel entweder fast das Herz gebrochen oder die Galle hatte hochsteigen lassen.

Unter den Flüchtenden war auch Kemper Senior, indessen die Mutter ausharrte. Es hatte ihn sowieso schon alle Überwindung gekostet, ein Gotteshaus zu betreten. Als er aber einsehen musste, dass sämtliche Tischreden nichts gefruchtet hatten, dass der Sohn unbelehrbar »rückfällig« geworden war, stapfte er aus der Kirche hinaus und verkündete, ihn umgehend aus dem Haus zu werfen.

Da, plötzlich, aus dem Nichts, unvermittelt, in einem Satz ohne Anfang, begann die Mutter zu reden, nachts, als sie beide allein im Wohnzimmer saßen. Sie sprach ruhig, als redete sie nur mit sich, und starrte dabei mit leeren Augen ihren Mann an. Ihr schmaler Kopf mit dem dunklen, glatten geknoteten Haar bewegte sich kaum, aber in dem harten, disziplinierten Gesicht zeigten sich Ohnmacht und Wut. Ob er nichts aus seinen Fehlern gelernt habe, fragte sie leise, wobei ihr goldener Schneidezahn gefährlich aufblitzte. Ob er nicht sehe, dass er durch seine brutale, herrische Art nun auch noch seinen zweiten Sohn verliere. Der Vater fing an, sich zu rechtfertigen, doch die Mutter flüsterte über ihn hinweg. Jede Nacht, wenn er ihren Atem beim Einschlafen höre, sagte sie, jeden Morgen, wenn er ihr Gesicht wieder sehe, wolle sie ihn an seine Schuld erinnern. Nur deshalb bleibe sie an seiner Seite.

Die Einnahmen aus der denkwürdigen Passionsaufführung reichten nicht im Entferntesten aus, das Dach der Wenzelskirche neu einzudecken. Nach Abzug aller Posten – Herr Zotsch und der Chor sangen um der Sache willen – blieben Kemper von den Einnahmen gerade mal ein paar Mark. Damit überzeugte er einen Dachdecker, ihm eine große Plane zu überlassen, mit der er wenigstens den Prospekt der geliebten Orgel einhüllen könnte.

In den Tagen nach dem Konzert sah der väterliche Betrieb ungewöhnlich viele Naumburger Besen, Bürsten und Rasierpinsel kaufen. Die Kundschaft zeigte sich hochgestimmt, man unterhielt sich über dies und das, wagte irgendwann den Schlenker zu der verunglückten Passion. Auch jene, die nicht dabei gewesen waren, redeten darüber, denn im Tagblatt war anstelle der Rezension eine nicht gezeichnete Notiz erschienen. Sie gab in kurzen und sachlichen Worten wieder, dass »am vergangenen Freitag in der Stadtkirche St. Wenzel die *Matthäuspassion* von Bach unter Leitung des Herrn Kemper aufgeführt« worden war. Aus Platzmangel könne das Konzert an dieser Stelle nicht besprochen werden. Die Kritik wolle in einer der nächsten Ausgaben nachgereicht sein.

Dass sie nie nachgereicht wurde, war Kemper egal. Er stand sowieso vor dem Aus. Seelisch wie finanziell. Der Vater hatte ihn vor die Tür gesetzt. Von der Dirigierkunst hatte er die Nase voll, und sein Collegium Musicum Naumburgiensis strebte der Auflösung entgegen.

Kam noch hinzu, dass zwei Monate später die Mutter plötzlich starb. Nach kurzer, schwerer Krankheit. Auch dazu soll sie nichts gesagt haben, erst recht nicht am Morgen ihres Sterbens. Sie habe bloß untröstlich ihren Mann angesehen, unablässig. Fürchterlich sei das gewesen. Kemper selbst war nicht dabei. Er erfuhr die Umstände ihres Sterbens erst viel später, denn er hatte nicht den Mut gehabt, auf ihrem Begräbnis zu erscheinen.

Er war bei seinem Onkel in Weißenfels untergekommen und trug sich mit dem Gedanken, einen Ausreiseantrag zu stellen. In den folgenden Wochen plagten ihn daraufhin fürchterliche Alpträume, in denen ihm sein alter Lehrer Wölfer erschien, wie er in Bautzen Kinderspielzeug lackierte, und er verwarf seine Absicht. Kurz darauf fuhr dieser Großonkel, der ihm Tschaikowskys Flügel geschenkt hatte, mit seinem Wartburg gegen einen Alleebaum. Kemper selbst hatte Glück, weil er auf dem Rücksitz saß. Er brach sich das linke Bein, erlitt einige Prellungen und blaue Flecken. Ansonsten blieb er unverletzt.

Dass er mehr als die Mutter seine Orgel vermisste, verursachte ihm zwar quälende Gewissensbisse, aber er hatte nun mal Heimweh nach der Musik. Wer ein geborener Musikus ist, der kann nicht lange ohne die Musik leben, hatte Wölfer immer gesagt. Nur wenn Jakob die Nächte durchpräludieren konnte, war er glücklich und hielt es mit sich aus.

Also kehrte er in seine Heimatstadt zurück. Das Haus des Goldschmieds Baruch Elender am Topfmarkt stand seit Jahrzehnten wegen Baufälligkeit leer. In diesem schmalen, zweistöckigen Häuschen mit noch gut erhaltener Erkerfront aus der Rokokozeit und nassem Mauerwerk auf der Hofseite, nistete er sich ein. Im Dachgeschoss mit Blick auf die Wenzelskirche. Ein Jahrzehnt später sollte man ihn einen Hausbesetzer schimpfen. Er begriff sich eher als Hauserhalter, reparierte hier, flickte dort. Wahr ist hingegen auch, dass er sich, als die DDR zu existieren aufgehört hatte, in seiner Mansarde nicht mehr heimisch fühlte und jeden Tag mit dem Erscheinen eines Nachfahren des Baruch Elender rechnete.

Einstweilen genoss er die neue Freiheit, obwohl ihm sein Vater in der kleinen Stadt so verdächtig oft über den Weg lief, dass er sich geradezu überwacht fühlte. Sein Auskommen fand er als Orgel- und Klavierlehrer. Nachdem er bei einigen Konzerten für den erkrankten Solisten einspringen durfte, erwog er eine Karriere als Orgelvirtuose. Aber auch darin brachte er es nicht über Thüringen hinaus zu Anerkennung. Schuld waren seiner Meinung nach die Umstände, wie er es dem Vater gegenüber vorsichtig formulierte, als dieser, weil Not am Mann war, den Sohn wieder einmal für die Bürstenbinderei »auslieh«. Man gehöre eben leider nicht zu den »Reisekadern«, weshalb eine europäische Karriere von vornherein ausgeschlossen sei. Das Wort »Ausreiseantrag« stand, ja schwebte plötzlich in der staubigen Werkstattluft.

»Sag's ruhig, du willst abhauen, Kloßkopp.«

»Will ich nicht!«

»Willst du doch!«

»Nein, will ich nicht!«

»Nur Mut! Gib zu, dass du die Biege machen willst!«

»Vater, das will ich nicht! Ich meinte nur ... Ich wollte sagen ...«

»Ich will dir was sagen«, brüllte der Vater scharf, »und du hörst mir jetzt genau zu! Ich an deiner Stelle, ich würde noch heute Nacht abhauen.«

Der Sohn fing an mit der Zunge zu schnalzen. Hatte er das eben geträumt? Solche Töne waren noch nie aus dem Mund seines alten Herrn gekommen.

»Dhts ... Wie, noch heute Nacht ... dths ... abhauen.«

»Ganz richtig. Aber du hast keine Eier. Du taugst nicht zum Kommunismus, du taugst nicht zum Kapitalismus. Europäische Karriere! Da muss ich glatt lachen!«

Das saß, besonders das mit den Eiern. So sehr, dass der Sohn den Vater anschrie. Das sei staatsfeindliche Hetze in schwerem Fall!, brüllte er. Was aus seinem sozialistischen Bewusstsein denn geworden sei? Ob der Alte am Ende gar selbst »rückfällig« geworden sei? Dann knallte er die Ladentür so heftig zu, dass die Scheibe zu Bruch ging. Zu Hunderten rieselten die Scherben zu Boden.

Von jenem Tag an redeten Vater und Sohn nicht mehr miteinander. Begegneten sie sich zufällig, wechselte der eine die Straßenseite, während der andere zügigen Schrittes weiterging.

In der Tat wurde der Alte »rückfällig«, und zwar auf eine Weise, wie es sich Kemper nicht in den kühnsten Träumen hätte ausdenken können. Nach dem Tod seiner Frau lebte der Witwer einige Jahre allein, obwohl er das eine oder andere Verhältnis unterhielt. Eines Tages – das war im Mai 1980 – fand der Sohn im Postkasten eine Vermählungsanzeige. Er las das Kärtchen, das mit Rosenmotiven geschmückt war, und traute seinen Augen nicht:

»Walter Kemper und Eva Frank, geb. Ücker, geben sich das Jawort. Zu dieser Feier möchten wir alle unsere Freunde …«

Und so weiter, und so fort. Das war der K.-o.-Schlag, die letzte, die furchtbarste Demütigung, die ihm der Vater hatte antun können. Das Erste, wozu Kemper in der Lage war – vermutlich im Schock –, war das Rechnen, was ansonsten nie seine Stärke gewesen war. Er fing mit den Fingern zu zählen an und fand heraus, dass die Braut um sechsundzwanzig Jahre jünger sein musste als der Bräutigam, dass demzufolge der Brautvater, also Walters Schwiegervater, um zwei Jahre jünger war als der Bräutigam. Ihm wurde schwindlig. Dann dämmerten ihm die Bilder jenes Nachmittags im Bürgergarten herauf, wo er Eva Ücker angeblich zu feucht geküsst hatte. Auf der Hochzeit zu erscheinen – sie fand im Bürgergarten statt mit malerischem Blick auf Naumburg –, dazu konnte er sich nicht ermutigen. Eva als seine nunmehrige Stiefmutter – allein dieses Wort! – freundlich in die Arme zu schließen, das wäre zu viel der Schmach gewesen. Immerhin brachte er es fertig, dem Brautpaar eine Glückwunschzeile zu übermitteln, handschriftlich in seiner kalligraphischen Manier, die ihm die Mutter beigebracht hatte.

Die ganze Sache beschäftigte sein Selbstbewusstsein noch Monate. Er fing an zu bohren, zu schnüffeln und fand heraus, dass Evas erster Mann, der Lagenschwimmer Frank, mutmaßlich an einer Überdosis Anabolika gestorben war. Richtig verreckt sei die arme Sau, wie sich der Informant ausdrückte. Nachdem er aber seine Wunden geleckt hatte, scherte ihn die Angelegenheit keinen Deut mehr. Und als er wieder ein Kärtchen im Postkasten vorfand, das die Geburt seines um fünfunddreißig Jahre jüngeren Halbbruders Leo anzeigte, spürte er nicht einmal mehr Groll gegen den Vater. Für ihn war das alles ein schlechter Witz. Er konnte den Alten nicht mehr ernst nehmen. Außerdem hatte er jetzt ohnedies Wichtigeres im Sinn. Höheres. Edleres. Bleibenderes.

Und das kam so: Nachdem er als Komponist ersten Ranges gescheitert war, dann als Maßstäbe setzender Bach-Dirigent, schließlich als Orgelvirtuose von europäischem Format, wandte er sich der Forschung zu. Wissenschaftler wollte er werden, ein bahnbrechender Bachforscher. Nichts weniger.

Anlass war die Baugeschichte der Wenzels-Orgel im Speziellen und die Verbindung der Stadt Naumburg zu den verschiedenen Mitgliedern der Familie Bach im Allgemeinen.

Ihm war bekannt, dass sich Bachs Großvater im Jahr 1661 um die Stelle eines Stadtpfeifers beworben hatte. Nachdem er die Bewerbung abgeschickt hatte, verstarb er jedoch umgehend. Bekannt war ihm auch, dass »der größte Denker aller Zeiten«, wie er Bach zu nennen pflegte – er stellte ihn noch über Newton und Einstein –, seine Finger im Spiel hatte, als es um die Neubesetzung der Organistenstelle ging. Der Thomaskantor aus Leipzig hatte sich damals bemüht, einen seiner Söhne in Naumburg unterzubringen, musste ihm aber nicht gerade viel zugetraut haben, denn der Bewerbungsbrief wie auch das Probestück, das Philipp Emanuel vorlegen sollte, stammten sicherheitshalber aus der Feder des Alten. Diese Art der Bevormundung kam Kemper durchaus bekannt vor. Bei aller abgöttischen Verehrung, das ging zu weit! Übrigens zog der Naumburger Rat dann doch einen erfahreneren Bewerber vor. Kemper konnte sich eine gewisse Schadenfreude nicht verhehlen.

Weiter war ihm bekannt, dass Bach seinen Einfluss noch

einmal geltend machte, als es abermals um die Stelle des Stadtorganisten ging. Dieses Mal brachte er einen Mann mit Namen Altnickol auf den Posten, freilich erst, nachdem jener in die Heirat mit Tochter Liesgen eingewilligt hatte, die alles andere als schön gewesen sein soll. Alt wurde Altnickol in Naumburg nicht. Zehn Jahre nach Amtsantritt starb er. Nach Auswertung der im Archiv vorhandenen Quellen beschlich Kemper der Verdacht, dass die Bache in Naumburg weder ein gutes Omen noch eine gesunde Luft vorgefunden haben mussten. Das war natürlich Wasser auf seine Mühlen.

Und schließlich war ihm bekannt, dass Bach selbst vor Ort gewesen war, fünf Tage und Nächte lang, wo er im Gasthaus zum Grünen Schild logiert und eine horrende Zeche hinterlassen hatte. Die erhaltenen Rechnungen belegten es: *Merseburger Bier, 30 Kannen Wein, Coffee und Canasder-Toback vor Pfeifen.*

Die Vorstellung, dass einst die gichtigen Finger dieses Genies über das Manual seiner geliebten Orgel gedonnert waren, hatte Kemper bereits als Wölfers Schüler mit tiefer Ehrfurcht erfüllt. Obwohl das Instrument im Lauf der Zeit viel Unbill erlitten hatte – den Einbau einer elektropneumatischen Traktur, die komplette Übermalung des reich verzierten Prospekts im Stil des neunzehnten Jahrhunderts, ja sogar den Bombenangriff der Alliierten –, war immerhin noch so viel Originalsubstanz vorhanden, dass man zu Recht von einer Bach-Orgel sprechen durfte.

Wie er nun überhaupt allem auf den Grund gehen wollte, das mit dem Thomaskantor zu tun hatte. Das fasste er wörtlich auf. Das verlangte die Ethik eines Wissenschaftlers, der Anstand. Er begnügte sich darum nicht länger mit Sekundärliteratur, er musste die Quellen mit eigenen Augen sehen, studieren und auf ihre Echtheit hin untersuchen. Wie oft hatten die Herren Wissenschaftler doch Irrtümer verbreitet, die in Schriften und Schriften von Schriften durch die Jahrzehnte hallten! Nein, dem Bach musste man anders kommen. Man musste ihm zu Leibe rücken, ihn unter die

Lupe nehmen, sezieren, nach allen Regeln der Kunst zerpflücken.

Naiv, wie er nun mal war, erklärte er das genau in dem Moment, als ihm ein Mitarbeiter eines Leipziger Museums ein Aktenkonvolut aushändigen wollte. Der Archivar riss die Augen auf und schlug die Mappe zu. Ein Schwarm silberner Staubkörnchen umwölkte ihn. Der Archivar umklammerte das Konvolut und rief laut um Hilfe.

In der Folgezeit fiel es dem Forscher schwer, an die Originale seiner Begierde heranzukommen. Meist wurde er entweder abgewiesen oder musste sich mit Faksimile-Drucken, hauptsächlich aber mit Fotokopien begnügen. Damals legte er sich eine ansehnliche Sammlung von Kopien bachscher Notenhandschriften zu und band sie liebevoll ein. Er studierte unermüdlich, schärfte den Blick für des Meisters Federstrich, konnte bald mühelos zwischen frühem, mittlerem und spätem Bach unterscheiden, zwischen Rein- und Konzeptschrift. Er vermochte genau zu sagen, wo in der Partitur oder im Aufführungsmaterial Bachs Frau, die Söhne oder Schüler die Stimmen ausgeschrieben hatten. Bekanntlich bildeten Bachs Partituren oft eine Art Familienkunstwerk. Kemper erfüllte das im Gegensatz zu anderen Forschern mit Abscheu. Während diese darin eine Idylle zu entdecken meinten, sah er nur das brutale Diktat eines herrschsüchtigen, übermächtigen Mannes und Vaters. So sehr er Bach als Komponist verehrte, so sehr stieß ihn dieser Charakterzug ab. Doch als Forscher musste man in der Lage sein, Person und Werk zu trennen. Ein mulmiges Gefühl blieb dennoch, wenn er an Bachs Söhne dachte. Wie froh war er darum, dass er sich vom eigenen Vater losgesagt hatte. Der Alte hatte zum Glück keine Macht mehr über ihn, sagte er sich und schürzte verächtlich die Lippen.

Weil er nun einmal kein »Reisekader« war, wollte er sich auf das umso genauere Studium dessen verlegen, was in der DDR von Bach vorhanden war. Er wusste, dass die *Matthäuspassion* in der Staatsbibliothek in Ostberlin lagerte.

Dorthin musste er reisen und das Autograph auf seine Echtheit hin überprüfen, ihm auf den Leib rücken, es unter die Lupe nehmen, es sezieren …

Doch dazu kam es nicht. Jedenfalls vorläufig nicht. Dafür kam etwas anderes: der Untergang der DDR. Kemper, der sich nie für Politik interessiert hatte – sieht man von der *Sinfonie der Arbeitermütter* ab –, befand sich an dem Abend, als die Mauer fiel, präludierenderweise in der Wenzelskirche. Wohl vernahm er auf- und abwogendes Jubelgeschrei von draußen, meinte aber, es wäre eine Horde Jugendlicher, die sich betrunken hätten. Wie er dann von der Empore herunterkam und die Kirche verließ, wurde er am Topfmarkt tatsächlich von lauter Betrunkenen umarmt. Bloß waren es keine Halbwüchsigen, sondern Erwachsene und Alte.

Und der Vater, mit Eva und dem siebenjährigen, verschlafen dreinguckenden Leo. Als die Nachricht im Fernsehen kam, seien sie in heller Aufregung losgerannt, um Jakob zu suchen, wie Eva sagte. Frieden wollten sie schließen, schrie der Vater dazwischen. Die Mauer, die im Großen getrennt hatte, war nicht mehr. Darum sollten jetzt auch die Mauern im Privaten fallen.

»Vater, mit dir war ich schon vor dem Fall der Mauer fertig. Das wird auch nach dem Fall der Mauer so bleiben.«

»Aber Junge! Sohn! Kapierst du denn nicht? Wir sind frei! Frei, frei, frei!«

»Außerdem bin ich müde. Ich will ins Bett.«

»Kommt nicht in Frage, Jakob! Du wirst dich jetzt mit uns besaufen!«

»Dhts … Vater ich bin wirklich … dths … müde.«

»Jetzt rede ich, Kloßkopp! … Hier! Sauf!«

Der Sohn fügte sich, trank und betrank sich hemmungslos vor lauter Verzweiflung. Der Alte war stärker und blieb es. In jener Nacht fand Kemper nicht mehr in sein Bett.

Gewiss, er war nicht so uninformiert gewesen, nicht zu ahnen, dass in Bälde etwas geschehen würde. Und wie alle anderen hatte auch er Westfernsehen gesehen. Unter Bälde verstand er jedoch einen Zeitraum von zehn, vielleicht fünfzehn Jahren, und der allgemeinen Euphorie mochte er sich nicht anschließen. Zu oft war er vom Leben enttäuscht worden, und das Wort Zukunft hatte in seinem Fall nie Besserung bedeutet.

In jenen Tagen und Wochen beschäftigten ihn Fragen zur Datierung der Kantate *Mein Jesus schwimmt in meinem Munde* eines Bach-Zeitgenossen. Fragen, für die nun wirklich niemand etwas übrighatte. Aber zeichnete nicht gerade das den bahnbrechenden Forscher aus, dachte er, wenn dieser sich ungeachtet der politischen Verhältnisse mit ganzer Konzentration seiner Materie hingibt?

Heimgesucht wurde er allerdings plötzlich von seiner alten, nicht ganz unbegründeten Angst. Diese Angst nagte, je mehr die verödeten Landschaften zu blühen anfingen, immer stärker an ihm. Was tun, wenn eines Tages ein Nachfahre des Goldschmieds Baruch Elender vor seiner Haustür stünde? Die Sorge wurde zu einer idée fixe. Sobald er sein Haus verließ, wähnte er jemanden hinter sich her schnüffeln. Dieses Gefühl hatte er während der gesamten DDR-Zeit nicht ein einziges Mal gehabt, wenn man davon absieht, dass der Vater ihm nachspioniert hatte. Als er auf den Straßen Naumburgs plötzlich Englisch reden hörte, bekam er einen Schweißausbruch. Soviel wusste er noch aus den Erzählungen der Alten, dass die Familie Elender vor den Nazis nach Amerika geflüchtet war. In seiner Sorge ließ er dreimal das Türschloss auswechseln. Froh wurde er trotzdem nicht mehr unter seinem Dach.

Diese Empfindung teilte er mit vielen Naumburgern. Nachdem das Glück der ersten Monate verblasst war, nachdem das Tomatenrot der kommunistischen Parolen an Fabrikwänden und Bahnhofseingängen schon längst vergessen war und die Luft nicht mehr nach Kohle stank, sondern süßlich duftete, nachdem man auf Mallorca und Menorca gewesen war, kam die Ernüchterung. Das Land suchte jetzt keine Bauern und Arbeiter mehr, sondern Unternehmer und Investoren. Die kamen zuhauf und boten Know-how und Kredite feil. Ein Naumburger war gutgläubiger als der andere, und mancher verschuldete sich mit einer einzigen Unterschrift bis ans Ende seiner Tage. Selbst ein so unpolitischer Mensch wie Jakob Kemper spürte diesen neuen Wind, diese kalte Brise aus Arroganz und Besserwisserei. Und war es nicht so, dass der Westen mit seinem bunten, lärmenden Hallo das Vergangene überschrie?

Dennoch: die politischen Umwälzungen scherten Kemper wenig, schon allein aus Trotz gegenüber dem Vater. Allerdings begriff er sich nunmehr als Musikforscher mit Reisefreiheit. Auf diesen ganz persönlichen Punkt brachte er seinen Gewinn durch die Wende.

Bald unternahm auch er eine Reise. Nicht etwa in den sonnigen Süden, sondern in den von Naumburg aus gesehenen Nordosten, in den Westen Berlins. Er wollte die neugeformte »Staatsbibliothek zu Berlin« besuchen, da er wusste, dass dort seit der Wiedervereinigung nunmehr der umfangreichste Korpus von Bach-Autographen lagerte. Weil dies seine erste »Auslandsreise« war, stellte er sich recht umständlich, ja sogar hilflos an. Er begab sich zu dem soeben eröffneten Reisebüro Sonnenschein in der Salzstraße, um sich über die näheren Ausreiseformalitäten zu informieren, wie er sich ausdrückte.

Als er eintrat, das Windspiel über der Tür bimmeln hörte und Lucia Lübke zum ersten Mal sah – er konnte natürlich noch nicht wissen, dass sie Lucia Lübke hieß –, war es um ihn geschehen. Er verliebte sich augenblicklich in die schöne Frau um die Mitte dreißig mit dem rotblonden Haar, den grünen Augen, dem kräftig aufgetragenen Lippenstift und dem fränkischen Akzent. Plötzlich fror und schwitzte er gleichzeitig. Das Schnalzen kam wieder. Und auf einmal musste er an jenes Dom-Erlebnis denken, wie er als Junge vor dem gefürchteten Mauersberger gestanden hatte. Von derselben Wucht und Intensität war Lucias Anblick.

Irgendwie wusste die selbstbewusste Lucia den verstörten, hochgewachsenen Mann zu beruhigen, hieß ihn Platz nehmen und brühte ihm einen Kaffee. Sie schmunzelte, als er umständlich von »Ausreise« stammelte. Weil er an ihren mütterlichen Instinkt rührte, fuhr sie für ihn zum Bahnhof und kaufte das Ticket, während er im Reisebüro hockte, unablässig seine grüne Baskenmütze in den Händen drehte und wieder zu klarem Verstand zu kommen suchte. Als sie ihm die Fahrkarte in die Hand drückte, streckte er ihr die Baskenmütze entgegen anstatt das Geld.

Auf der Fahrt nach Berlin war er dann ausgelassen wie noch nie in seinem Leben. Erstens Lucia, deren Namen er jetzt kannte, zweitens Bach. Ja, er gönnte sich sogar im Bistrowagen zwei Fläschchen von dem Roten. Die Freude wurde ihm selbst dann nicht vergällt, als er auf die Rechnung glotzte und danach lange in seiner Geldbörse stöbern musste. Ärgerlicherweise bekleckerte er sich mit Rotwein, hatte aber kein Hemd zum Wechseln dabei, weil er ja abends wieder zurückfahren wollte.

In Berlin angekommen, begab er sich stehenden Fußes in die Musikabteilung der Staatsbibliothek. Dort wünschte er den Leiter der Abteilung zu sprechen.

Ob er eine terminliche Vereinbarung mit Herrn Dr. Holl getroffen habe, wollte die Sekretärin wissen. Sie war eine zarte Peron mit einem verkniffenen Mund, aber nicht unhübsch.

Unter Kollegen seien derartige Formalitäten unüblich, entgegnete Kemper leicht beschwipst.

Die Sekretärin presste die Lippen noch mehr zusammen, griff nach dem Telefonhörer. Nach einer geschlagenen Viertelstunde erschien ein rundlicher, gequält dreinschauender Mann in dunklem Anzug mit rotweiß gestreiftem Schlips.

»Ich bin leider sehr in Eile. Was kann ich für Sie tun?« Der Abteilungsleiter machte ein Konferenzgesicht. »Verzeihen Sie, Holl, mein Name.«

Dieses Mal wollte sich Kemper nicht so ungeschickt anstellen wie damals dem Archivar in Leipzig gegenüber, der plötzlich laut um Hilfe gerufen hatte. Er ließ seiner Stimme einen säuselnden, servilen Ton angedeihen.

Er sei ein bescheidener Kollege aus dem ehemaligen Osten, von Berlin aus gesehen eigentlich aus dem Südwesten, kurz aus Naumburg stamme er. Sein größter Wunsch sei es immer gewesen, einmal die autographe Partitur der Partituren sehen und in Händen halten zu dürfen.

»Welche Signatur?«, fragte Dr. Holl und zog die Augenbrauen hoch.

»Bitte?«

»Die Signatur«, wiederholte der Abteilungsleiter und blickte auf die Armbanduhr, in deren Ziffernblatt eine Mickymaus hampelte.

»Ähm … die *Matthäuspassion*.«

»Mus. Ms. Bach P 25? Meinen Sie P 25?«

»So ist es, lieber Herr Kollege«, antwortete Kemper aufgeräumt.

»Völlig ausgeschlossen!«, rief Dr. Holl fast empört aus und wich zwei Schritte zurück. »Das ist ganz und gar unmöglich!«

»Weshalb?«, fragte Kemper und lachte.

»Weil P 25 zum Weltkulturerbe zählt und in einem denkbar schlechten Zustand ist« – Dr. Holls Stimme überschlug sich beinahe – »und weil ich meine Direktiven habe!«

Was den schlechten Zustand angehe, da könne er ihn beruhigen, sagte Kemper. Er habe wohlweislich Seidenhandschuhe mitgebracht. Er sei Musikforscher und wisse genau, wie man mit Autographen umgehe.

Ein Faksimile der Partitur könne er ihm zeigen, erwiderte Dr. Holl. Aber P 25 komme überhaupt nicht in Frage. Man habe hier in der Musikabteilung schlimme Erfahrungen gemacht. Und er wolle nicht noch einmal seinen Posten riskieren.

Seinetwegen werde der liebe Kollege schon nicht den

Posten verlieren, beschwichtigte Kemper und wankte ein wenig.

Er sei nicht sein lieber Kollege, erwiderte Dr. Holl resolut. Der Gast habe die Möglichkeit, eine Eingabe beim Bundesinnenministerium zu machen. Er jedenfalls verantworte die Herausgabe bestimmt nicht. Und er sage ihm auch weshalb. Zuletzt sei P 25 an den weltberühmten Organisten und Dirigenten Frits van Hulle entliehen worden. Der habe das Autograph zur Grundlage für eine Maßstäbe setzende Neueinspielung machen wollen …

»Maßstäbe setzend«, echote Kemper.

»So ließ es uns jedenfalls Herrn van Hulles Plattenfirma wissen«, fuhr Dr. Holl fort und fügte hinzu, dass, nachdem die Aufnahme abgeschlossen gewesen sei, der Maestro sofort nach Paris zu einem Orgelkonzert habe abreisen müssen. P 25 sei in der Hotelsuite liegengeblieben.

»Ist nicht wahr!«, tat Kemper erstaunt.

»Ist es aber! Auf der aufgeschlagenen Partitur – das muss sich einer vorstellen! – stand eine Flasche Rotwein. Und zwar an der Stelle, wo es unseren Heiland am Kreuz dürstet. Château irgendwas. Aber vom Feinsten! Unsere Restaurateure waren eine Woche lang damit befasst, den Rotweinrand zu entfernen. Mich hat das fast den Kopf gekostet!«

Während sich der Abteilungsleiter so in Rage redete, starrte er mit zutiefst verächtlichem Gesichtsausdruck auf Kempers Hemd mit dem Rotweinfleck.

»Und nun entschuldigen Sie mich bitte! Mich ruft eine dringliche Sitzung, den Tintenfraß von P 180 betreffend. Machen Sie eine Eingabe beim Bundesinnenministerium. Ich wünsche Ihnen einen schönen Aufenthalt in der Stadt. Auf Wiedersehn!«

»Wiedersehn«, wiederholte Kemper tonlos und sah dem Abteilungsleiter nach, wie dieser in einer Tür verschwand, die er eilig hinter sich schloss.

So musste der Musikforscher unverrichteter Dinge nach Naumburg zurückreisen. Zweifellos war er enttäuscht. Wie hatte er sich darauf gefreut, endlich vor der »Partitur der Partituren« zu sitzen, ihren Geruch einzuatmen, gerade mal einige Zentimeter mit den Augen davon entfernt. Wie gerne hätte er die fein und in schwungvollem Bogen geschriebenen Noten studiert, die so typisch nach rechts geneigten Hälse oder die charakteristischen Ovale der abwärts kaudierten Halben. Und wie gerne hätte er den Schwankungen im Schriftbild nachgespürt, wie sie vielleicht durch Hast, Müdigkeit oder Ärger verursacht worden waren. Was hätte er über Bachs Wesen nicht alles herausfinden können, allein aufgrund der Handschrift. Dinge, die kein Musikwissenschaftler je herausgefunden hatte. Davon war er überzeugt.

Doch je näher der Zug der Heimat kam, desto mehr wich der Groll auf den Leiter der Musikabteilung sowie auf van Hulle und dessen Weinflasche vom Feinsten, um derentwillen nun Forschergenerationen das Studium der autographen *Matthäuspassion* verwehrt bleiben würde. Die Räder quietschten, die Bremsen griffen zu, der Ruck drückte ihn unsanft nach vorn. Im Fenster entrollte sich der Bahnhof.

Als er ausstieg, hatte er Berlin abgehakt. Es war nur ein neuer Baustein in seinem glücklosen Streben nach Anerkennung und Würdigung gewesen, der Sehnsucht nach einem Platz mit ein wenig Sonne – seinetwegen nur halbtags. Er verdrängte es, so gut er konnte. Die Gedanken kreisten jetzt nur noch um die rotblonde junge Frau aus dem Reisebüro Sonnenschein. Er bekam Herzklopfen, weil er die Gewissheit spürte, dass er sich tatsächlich verliebt hatte.

Mit leicht gekrümmtem Rücken und wirrem, schulterlangem grauem Haar stand Jakob Kemper am Fenster seiner Dachwohnung, beobachtete das Schneetreiben auf dem Topfmarkt und hing seinen Gedanken nach, die der kränkende Brief der Bachgesellschaft in ihm ausgelöst hatte. Dann wandte er sich um, sah auf die chinesische Porzellanuhr über Tschaikowskys Klavier und erschrak.

»Was? Schon halb fünf?«

Er blickte in alle Ecken des Zimmers, aber Leo konnte er nicht finden. Wie gedankenverloren er doch am Fenster gestanden haben musste, um nicht zu bemerken, dass sich der Bengel heimlich aus dem Staub gemacht hatte.

»Kemper, du wirst alt«, seufzte er und schlurfte zum Klavier. Dort fand er ein leeres Notenblatt, auf dem die folgenden Zeilen zu lesen waren:

»Wollte dich nicht stöhren. Komme dann donerstag wider. Die Gemeinheid des westens hab ich in den Ofen geworfen. Hat gleich gebrannt Leo«

Kemper musste schmunzeln und an die eigene Schulzeit zurückdenken. Wie viel Not er selber mit der Rechtschreibung gehabt hatte.

»Kemper, der Stümper«, flüsterte er, schürzte die Lippen und strich mit der flachen Hand über das Notenblatt. Am liebsten hätte er durch Leos Haar gestrichen, denn er mochte den Jungen sehr, auch wenn er das in Leos Anwesenheit nur schwer zeigen konnte. Obwohl er sein Halbbruder war, betrachtete er ihn in Wirklichkeit wie seinen Sohn. Was war es doch für ein Glück, dass Eva – aus welch unerfindlichen Motiven auch immer – den Leo so ganz gegen den Willen des Alten ausgerechnet bei ihm, Kemper, Klavier lernen ließ. Oh, er wollte ihm mehr sein als bloß ein Musiklehrer. Er wollte ihm das schenken, was er selbst beim Vater so sehr vermisst hatte: Achtung und Respekt.

»Mach's besser als ich, kleiner Kemper, und geh mutiger deinen Weg«, murmelte Kemper, strich noch einmal über das Notenblatt und legte es zwischen die letzten Seiten des Hefts mit Bachs *Inventionen*. Dann schloss er den Klavierdeckel, ging zur Tür und knipste das Licht an, denn im Zimmer war es dämmrig geworden.

Über Nacht war Schnee gefallen. Die Stadt atmete am Morgen des 19. Dezember 1992 unter einer weißen Decke. Die Geräusche klangen gedämpfter als sonst, weil die Autos vorsichtig dahinkrochen. Nur die Kinder schienen lauter geworden, und der eine oder andere an den Glühweinständen des Weihnachtsmarkts.

Kemper, der spät aufzustehen pflegte – das rührte noch aus der frühen Schaffensperiode her, da er ein Komponist ersten Ranges hatte werden wollen –, war an diesem Morgen schon hellwach. Er hatte eine Verabredung mit dem Direktor des Stadtarchivs, der ihm das Original einer Kantate von Johann Theile aushändigen sollte, eines Kleinmeisters und Bach-Zeitgenossen aus Naumburg. Kemper wollte den Faszikel auf seine Echtheit überprüfen, den Blättern zu Leibe rücken, sie unter die Lupe nehmen, nach allen Regeln der Kunst zerpflücken ... Das war der eine Grund, weshalb er sein Haus zu einer für ihn so unangemessenen Zeit verließ. Der andere und eigentliche war Lucia.

Sie arbeitete jetzt nur noch halbtags in der Salzstraße. Als nämlich die erste, überschäumende Reiselust der Naumburger verebbt war, ging das Geschäft mit dem Sonnenschein schleppender, weil sich der »Aufschwung Ost« mehr verzögerte, als es die Politiker strahlend prognostiziert hatten. Jetzt, da die Leute reisen konnten, hatten sie plötzlich kein Geld dafür. Sie hatten andere Sorgen.

Lucia war unmittelbar nach der Wende von Nürnberg in den Osten gezogen. Sie hatte eine problematische Beziehung hinter sich, ein ewiges Auf und Ab, ein Ja und doch wieder Nein, und war so unglücklich gewesen, dass sie es in der Nähe ihres vermeintlich Zukünftigen nicht mehr hatte aushalten können. In einem Moment höchster Verzweiflung hatte sie bei der Bank ihre gesamten Ersparnisse samt Erbteil abgehoben, sich ins Auto gesetzt und war einfach drauflosgefahren, immer der Nase lang. Nur weg, weit weg von Robert. Oh, sie werde es ihm schon zeigen, dass sie auf eigenen Füßen stehen könne und seiner Liebe nicht bedürfe. Arschloch! Allen werde sie es zeigen! Nach einer wilden Odyssee über Autobahn und Landstraße, eine Zigarette nach der anderen rauchend, mit Phil Collins in voller Lautstärke und einem Kilo Gummibärchen – sie lutschte nur die roten –, war sie schließlich verweint und kopflos nach Naumburg gelangt. Dort blieb sie und arbeitete in einem Reisebüro, das sie nach kurzer Zeit übernehmen konnte, denn sie war gelernte Reiseverkehrs-Kauffrau und kannte das Metier.

Obwohl sich Kemper und Lucia mittlerweile ein knappes Jahr kannten, war es bislang bei gelegentlichen, vorsichtigen Besuchen seinerseits geblieben. Er hatte sie noch nie zum Essen ausgeführt. Sie siezten sich, wenngleich sie einander durchaus das eine oder andere anvertrauten. Er ihr die schwierige Beziehung zu seinem Vater. Sie ihm die schwierige Beziehung zu Robert, denn auch in Naumburg hatte sie sich noch immer nicht entliebt.

Mit den stets selben Worten – er schaue einfach mal vorbei, weil es grad auf dem Weg liege – pflegte er bei ihr einzutreten. Dabei hatte er jedes Mal Herzklopfen, und dass ihn der Weg ausgerechnet in die Salzstraße führte, stimmte auch nicht. Eigentlich mied er diese Gegend, und zwar seit Jahren, denn kaum einen Steinwurf vom Reisebüro Sonnenschein entfernt lag schräg gegenüber die Bürstenbinderei Kemper.

Kemper stapfte also durch den noch ungeräumten Schnee zu Lucias Büro. Bekleidet war er mit einem schlabbrigen, viel zu kurzen, aber warmen Wollmantel – der Komponist Schostakowitsch soll ihn getragen haben, als sich das Verhältnis zu Jossif Stalin empfindlich abzukühlen begann.

Kemper hatte das bedeutungsvolle Stück bei einem ungarischen Trödelhändler erstanden. Dazu trug er einen wohl ehemals blauen, schon sehr von Motten durchlöcherten Schal – ein Relikt aus der Lehrzeit bei Wölfer –, unterm Arm die speckige Schultasche aus der Grundschulzeit und auf dem Kopf die für ihn so typische grüne Baskenmütze. So kannte man ihn in der Stadt. Von den einen belächelt, von den meisten nicht zur Kenntnis genommen. Eben ein Künstler.

»Tag, Herr Kemper!«, rief eine Frauenstimme hinter seinem Rücken, als er gerade in die Salzstraße einbiegen wollte.

Er drehte sich um. Frau Zotsch beeilte sich schnaufend und mit mühsamen Schritten, ihn einzuholen, ihren Hund an der Leine. Sie war eine breite Frau mit rundlichem, faltigem Gesicht und kurz geschnittenen Haaren. Der Hund ein schlanker braun geschimmelter Münsterländer mit Triefnase.

»Was sagen Sie zu dieser Pracht, Herr Kemper?«

»Morgen, Frau Zotsch.«

»Ist das nicht herrlich! Schnee! Ach, könnte das mein Kurt noch erleben! Zuletzt hat es im Kriegswinter dreiundvierzig, vierundvierzig so geschneit. Das weiß ich noch genau. Ich war damals …«

»Ja, sehr weihnachtlich, Frau Zotsch.«

»Sagen Sie dieses Wort nicht, Herr Kemper! Ich muss gleich heulen! Wissen Sie, seit der Kurt nicht mehr am Leben ist …«

»Ja, er war ein feiner Mensch. Hatte eine vorzügliche Tenorstimme. Nach oben hin offen. Nur in den mittleren Lagen, da hätte man noch …«

»Ach, scheiß der Hund drauf! Er ist selbst schuld. Hätt er halt nicht so gesoffen … Haben Sie es auch gelesen? Die Fröhlichs aus der Jakobstraße hat man enttarnt. Beide. Den Alten und den Jungen. Steht heute im Tagblatt. Mit solchen Buchstaben. Der alte Fröhlich wurde bei der Stasi … Platz, Erich! Machst du wohl Platz! … Also den alten Fröhlich hat die Stasi als IM geführt. Deckname Gopak oder so. Ich hab immer zum Kurt gesagt: Pass bloß auf, was du beim Fröhlich sagst. Mir war der nie geheuer. Aber der Kurt hat geredet, wie ihm der Schnabel gewachsen war. Ich bin sicher, dass er eine Akte bei der Stasi hatte. Da wett ich meinen breiten Arsch drauf! Was der im Suff manchmal dahergeredet hat … Jetzt kriegen Sie bald eine neue Orgel. Steht auch im Tagblatt. Mich freut das für Sie. Geht bestimmt ein großer Wunsch in Erfüllung, wie? Die ganze Kirche will man renovieren. Ein Herr Professor Spatz …«

»Sperling!«

»… oder Sperling aus Leipzig soll die Oberaufsicht haben. Sogar ein Japaner ist dabei. Kioto oder so …«

»Koyatake.«

»Ein ganzer Bus voller Professoren kommt nach Naumburg. Kein Wunder, bei den vielen Pfeifen, die so eine Orgel hat. Machst du wohl Platz, Erich? … Platz, verdammt! … Was das den Steuerzahler wieder für Geld kostet! Wieso steht eigentlich nirgendwo Ihr Name?«

»Frau Zotsch, ich muss dann weiter.«

»Ich will Sie nicht aufhalten. Es ist nur … seitdem der Kurt nicht mehr da ist, kommt man nicht mehr so ins Gespräch.«

»Tja, das Leben, Frau Zotsch. Trotzdem: Frohe Weihnachten!«

»Da! Sie haben es gesagt. Jetzt muss ich weinen.«

Das Wasser schoss ihr in die Augen. Strafend blickte sie ihm nach. Der triefnäsige Erich auch. Kemper allerdings sah es nicht, denn er drehte sich nicht um, sondern eilte durch den Schnee davon. Er ging die Salzstraße entlang und spähte hinüber zur verhassten Bürstenbinderei. Leider war der Alte gerade dabei, den Schnee von der Ladentür wegzuschaufeln, und das mit beachtlichem Schwung.

»Geht dem eigentlich nie die Kraft aus?«, murmelte Kemper, blieb stehen, versteckte sich hinter einer erst kürzlich aufgestellten, aber schon demolierten Telefonzelle. Er betrachtete den Vater und überlegte, wie alt dieser nun sein musste. Mitte siebzig bestimmt. Eher älter. Er wusste es nicht genau. Er wollte es nicht wissen.

Und was, bitte schön, findet Eva an diesem Menschen?, sinnierte er weiter. Gehen die Frauen nur nach Kraft und Fortpflanzungstrieb? Ja, wo leben wir denn? Sind wir Primaten? War die Evolution umsonst? Wie kann man sich als Frau nur in einen so widerwärtigen Mann verlieben? Ist alles nur Trieb? Und die Wissenschaft, die Philosophie, die Kunst, die Poesie, die Musik? Alles Irrtum?

Er kehrte um und ging in das Café in der Engelgasse, wo er erst mal einen Tee mit doppeltem Rum bestellte. Die Tische waren gut besetzt, um ihn herum wölkte rauchiges Geplauder und Tassengeklirr.

Beim zweiten Versuch klappte es dann. Der Alte war im Laden verschwunden, die Schneeschaufel lehnte an der Wand. Flink betrat Kemper das Reisebüro Sonnenschein. Das Windspiel bimmelte. Lucia telefonierte. Sie lächelte, wobei ihre großen blassgrünen Augen vortrefflich zur Geltung kamen. Kemper hätte hinknien mögen vor Andacht. Lucia machte eine einladende Geste, er solle sich setzen, und kaute nervös an einem dünnen Filzstift.

Er genoss es, sie beim Telefonieren verstohlen zu betrachten und seiner Neugier freien Lauf zu lassen. Es war kein Zug an ihr, den er sich anders wünschte. Er liebte ihr facettenreiches Mienenspiel und besonders wie sie die Stirn wichtig runzelte. Er sehnte sich nach dem überzeichneten Mund, lauschte begierig in ihr helles Auflachen, erschnüffelte hungrig den Geruch ihres Parfums, liebkoste in Gedanken ihre filigranen Hände mit den gepflegten Fingernägeln.

Als sein Blick auf die eigenen Fingernägel fiel, vergrub er die Hände schnell in seinen Manteltaschen. Er wartete, bis Lucia mit dem Gespräch zu Ende war, und starrte auf den Aschenbecher mit der verglommenen Zigarette und dem vom Lippenstift geröteten Filter.

»Tschuldigen Sie, Jakob, ich konnte nicht gleich auflegen.«

»Lucia, ich bitte Sie! Ich schneie unangemeldet herein, und Sie entschuldigen sich noch dafür. Es lag grad auf dem Weg, und da wollte ich …«

»… einfach mal vorbeischauen.«

»So ist es. Komme ich ungelegen?«

»Quatsch. Schön, dass Sie an mich denken.«

»Das tue ich. Und zwar sehr gern.«

»Charmeur. Kaffee?«

»Danke, ich muss gleich weiter ins Stadtarchiv.«

»Schwarz mit Zucker. Wie immer?«

»Gut. Fünf Minuten. Aber nur, wenn es keine Umstände macht. Ich stehe kurz vor einer sensationellen Entdeckung.«

»Schon wieder?«

»Ich vermute, dass die Kantate *Mein Jesus schwimmt in meinem Munde* gar nicht von Johann Theile stammt, sondern von …«

»*Mein Jesus schwimmt in meinem Munde*?«

»Was ist daran so komisch?«

»Nichts.«

»Sie lachen mich aus.«

Lucia musste sich wirklich sehr zusammennehmen, nicht laut herauszulachen. Sie stand auf, huschte in die winzige Küche, die durch einen Vorhang aus Holzperlen vom Büro abgetrennt war. Das Telefon klingelte. Sie kam zurück, Tassen, Zuckerdose und Löffel in den Händen, schaffte es trotzdem, den Hörer abzunehmen, zwischen Ohr und Schulter zu klemmen, ging wieder in die Küche, wobei sich die gedrehte Telefonschnur immer mehr in die Länge zog. Kemper konnte gerade noch verhindern, dass der Apparat vom Tisch fiel. Er hielt ihn mit beiden Händen fest und trug ihn Lucia hinterher.

Während sie Kaffee braute, machte sie eine Buchung nach Ägypten fest. Der Kunde wollte es genau wissen, wie Kemper dem Gespräch entnehmen konnte. Er informierte sich über die allgemeine Großwetterlage, über die gegenwärtige Wassertemperatur, die kulturellen Unterschiede und redete von einer zwölften Dynastie.

»Jouuh, tschüh-ühs!«, sagte Lucia schließlich etwas genervt, reichte Kemper den Kaffee, legte den Hörer auf. »Das ist die Sorte, die im Reisebus in der ersten Reihe sitzt, den Reiseführer zur Verzweiflung bringt und nicht einen Pfennig Trinkgeld lockermacht. Zwölfte Dynastie! Aber jetzt reden wir von Ihnen, Jakob. Hat die Bachgesellschaft endlich auf Ihren Brief geantwortet?«

»Bisher nicht. Leider.«

»Dabei haben Sie sich so viel Mühe gemacht. Diese gestochene Handschrift. Richtig romantisch ist das. Die Leute schreiben keine Briefe mehr.«

»Die werden schon antworten, Lucia. Wissen Sie, der Professor Sperling ist ein hochberühmter Wissenschaftler. Man muss sich in diesen Menschen hineindenken. Der steht unter dem Diktat eines erbarmungslosen akademischen Kalenders. Ich beneide ihn nicht. Wirklich nicht.«

»Wie gepflegt Sie sich ausdrücken! Ich mag Männer, die sich ausdrücken können.«

»Gleich erröte ich.«

»Bestimmt. So naiv sind Sie auch wieder nicht, Jakob. Was machen Sie über Weihnachten?«

»Organistendienst. Das Übliche. Weil Sie gerade davon sprechen, Lucia: Was könnte man einem Zehnjährigen schenken? Ich dachte an ein Metronom, weil der Bengel dauernd aus dem Takt fällt.«

»Ein Metronom. Toll. Da wird der Junge Luftsprünge machen. Ich werde darüber nachdenken. Wir finden schon das Richtige. Oh, ich liebe Weihnachten! Ich geb's zu, ich bin eine Kitschtrulle. Und Sie?«

»Weihnachten? … Schön. Doch. Sehr.«

»Feiern Sie allein?«

»Ja.«

»Und Ihre Familie?«

»Ich habe keine Familie.«

»Das klingt bitter.«

»Ich habe meine Forschung. Sonst brauche ich nichts. Ich bin zufrieden. Eigentlich bin ich glücklich. Sehr glücklich sogar.«

»Das möchte ich auch mal von mir sagen können.«

»Doch, ich bin ein Glückspilz.«

»Sie schwindeln nicht etwa, Jakob?«

»Warum sollte ich? Sehen Sie: Es gibt nichts Schöneres, als wenn man über so einem Original sitzt, den Geruch jener Zeit einatmet und richtig ins Träumen kommt dabei. Zum Beispiel der Tintenklecks in Friedemann Bachs *Clavierbüchlein* … Das ist jetzt nur ein Beispiel … Man kann sich geradezu bildlich vorstellen, wie sich da ein Knirps mit dem Notenschreiben abgemüht hat. Sie müssen wissen, Lucia, ich wollte nie etwas anderes werden als Musikforscher. Ich darf sagen, dass sich alle Wünsche in meinem Leben erfüllt haben. Alle. In mir haben Sie einen Mann vor sich, mit dem es das Schicksal, der Zufall oder nennen Sie es Gott, gutgemeint hat. Bei aller notwendigen Selbstkritik und unbedingten Distanz der eigenen Person gegenüber: Ich bin ein Sonntagskind. Natürlich erlebt man Rückschläge, keine Frage. Wer erlebt die nicht? Aber auf die Einstellung kommt es an. Ich kann nicht verstehen, wieso die Leute so viel jammern. Immer sind sie am Maulen und Schimpfen. Das hängt uns im Osten schon richtig nach. Das ist schon zum Klischee geworden. Man ist doch seines eigenen Glückes Schmied, heißt es. Schauen Sie: Wenn ich erwache, freue ich mich, weil mir wieder ein Tag geschenkt ist, an dem ich forschen darf … Warum machen Sie ein so ernstes Gesicht?«

»Das Wort Glück sollte man abschaffen.«

»Sie haben mit Ihrem Robert telefoniert, als ich zur Tür hereinkam, nicht wahr?«

»Mh-h.«

»Tut es immer noch weh?«

»Ja.«

»Ich an Ihrer Stelle würde glatt auflegen, wenn er noch einmal anruft.«

»*Ich* habe ihn angerufen.«

»Das verändert natürlich die Perspektive.«

»Ach, Jakob, was soll ich tun?«

»Da fragen Sie den Falschen. Liebeskummer kenne ich zum Glück nicht.«

»Sie waren noch nie verliebt? Kommen Sie!«

»Doch. Einmal. Ganz kurz, und das ist eine Weile her. Ich habe sehr schnell erkannt, dass nichts daraus wird. Ich habe mich gewissermaßen rechtzeitig in Sicherheit gebracht.«

»Ihr Männer regelt das mit dem Kopf.«

»Bitte denken Sie nicht, ich sei ein reiner Kopfmensch. Das bin ich nicht. Wenn ich Ihnen also raten soll: Rufen Sie ihn nicht mehr an. Quälen Sie sich nicht. Schauen Sie in die Zukunft. Sie sind ja noch so fabelhaft jung!«

»Ich bin sechsunddreißig! Und ich will Kinder haben!«

Für diesen existentiellen Hilferuf aus der Tiefe eines Frauenherzens hatte Kemper nun keine passende Entgegnung parat. Er musste an Eva denken und an den Fortpflanzungstrieb unter den Primaten. Er runzelte die Stirn, schürzte die Lippen, hob die Kaffeetasse zum Mund, schlürfte einen großen Schluck und überlegte.

»Was macht dieser Robert eigentlich? Ich meine beruflich.«

»Er fliegt Kurzstrecke.«

»Bitte?«

»Er ist Pilot.«

»Pilot ist er. Interessant. Ich habe mal gelesen, dass die Deutsche Lufthansa mehr als dreitausend Piloten beschäftigt.«

»Er fliegt bei Eurowings.«

»Lucia, nun seien Sie nicht so traurig! Blicken Sie nach vorne!«

»Versuchen Sie nicht, mich zu trösten, Jakob.«

»Lachen Sie! … Mein Jesus schwimmt in meinem Munde.«

Lucia hob den Kopf und sah ihn erst verdutzt an. Dann musste sie unweigerlich lachen.

»Sehen Sie! Das Leben ist komisch. Man muss es eben von der heiteren Seite nehmen.« Er griff in seine rechte Manteltasche, zog eine Packung mit Gummibärchen hervor, die er liebevoll sortiert und wieder zugeklebt hatte. »Für Sie. Nur die roten«, sagte er zart.

»Sie sind wirklich ein lieber Mensch, Jakob«, antwortete Lucia gerührt. »Noch einen Schluck?«

»Nein, ich sollte ins Archiv. Und Sie denken an Leos Geschenk?«

»Natürlich. Aber kein Metronom.«

»Wie Sie meinen.«

»Jakob … Wollen wir uns nicht endlich duzen?«

»Gern … Jakob Kemper.«

»Lucia.«

»Ist mir eine Ehre. Sehen wir uns übermorgen? Wegen des Geschenks meine ich.«

»Geht klar. Und, Jakob, ich möchte dir jetzt nicht zu nahe treten, aber dein Schal …«

»Ja?«

»Forget it.«

»Was ist mit dem Schal?«

»Vergiss es bitte, ja.«

»Schön, dann werde ich jetzt ins Archiv … Übrigens …«

»Ja?«

»Ist das die heutige Ausgabe des Naumburger Tagblatts? Darf ich sie mir ausleihen?«

»Na klar.«

»Danke.«

Er ließ das Tagblatt in der Tasche verschwinden, setzte die Baskenmütze auf, verließ das Reisebüro. Er wagte es nicht, zur Bürstenbinderei hinüberzusehen, sondern senkte den

Kopf und ging zügig die Salzstraße hinauf. Er fühlte sich plötzlich irgendwie schäbig.

»Jakob!«, rief eine helle Stimme.

Warum konnte er ihr nicht einfach sagen, wie es um ihn stand? Dass er eine gescheiterte Existenz war, dass nichts in seinem Leben aufgegangen war? Weshalb das ganze Getue?

»Jakob!«, rief die Stimme lauter.

Wahrscheinlich hatte sie ihm ohnehin kein einziges Wort geglaubt. Wie peinlich, dachte er und fühlte sich noch erbärmlicher.

»Jakob!«, brüllte Leo jetzt aus Leibeskräften.

Kemper blieb stehen und drehte sich um. Leo warf gerade einen Schneeball nach ihm. Kemper konnte sich nicht mehr rechtzeitig ducken.

»Bingo!«, lärmte der Junge und stürmte auf den Bruder zu, den Ranzen auf dem Rücken.

»Gleich klatscht es, Kleiner, aber keinen Beifall!«, sagte Kemper, indem er einen von Leos flachsenden Sätzen zitierte.

»Hast du's ihr endlich gesagt?«

»Was gesagt?«, fragte Kemper und klopfte den Schnee vom Ärmel.

»Dass du auf sie scharf bist?«

»Das lass meine Sache sein, ja?«

»Habt ihr gevögelt?«

Kemper blickte erschrocken um sich. Dann hob er empört seine Stimme: »Ich fasse es nicht! Nein, ich fasse es wirklich nicht!«

»Mannoh, Jakob«, Leo grinste ihn an, »du spielst echt in einem andern Film. Die wartet bloß drauf. Kopf auf die Tischplatte und so.«

»Du musst es ja wissen .«

»Jakob, nimmst du mich auf die Orgel mit?«

»Muss jetzt ins Archiv.«

»Wann?«

»Wenn du Klavier geübt hast.«

»Soldatenehrenwort?«

»Wo hast du den Unfug wieder her?«

»Vom Papa. Und Mama will, dass du zu Weihnachten zum Mittagessen kommst.«

»Ich esse nie zu Mittag. Das sollte deine Mama wissen.«

»Ich soll's dir trotzdem sagen … Wann?«

»Was, wann?«

»Na, die Orgel!«

»Komm am Donnerstag.«

»Endgeil!«

Oratorium

Er verabscheute Weihnachten. Ihm grauste vor Weihnachtsbäumen, festlicher Dekoration, Geschenken, Stollen und Zimtgebäck. Der harzige Geruch der Zweige, der Schwefelgestank der Wunderkerzen waren ihm widerwärtig. Ekelhaft! Das Letzte! In seiner Mansarde blieb es am Heiligabend profan. Kein In-dulci-jubilo-Gedudel aus dem Plattenspieler, kein Lametta, keine Bescherung. Die Geschenke seines Vaters gab er hartnäckig zurück. Nach der Wende waren es hauptsächlich Bildbände zur Geschichte des Zweiten Weltkriegs, die ihm der Alte zur dringlichen Lektüre empfahl. Nein, die verlogene Weihnachtsseligkeit konnte er nicht ausstehen. Heiligabend ging er gleich nach dem Orgeldienst zu Bett. Weihnachten erinnerte ihn an die Einsamkeit. Diesem Schmerz war nur mit einer Schlafkur beizukommen, und zwar einer lang anhaltenden.

Vermeiden ließ sich das Geschenkemachen nicht ganz, seitdem Leo auf der Welt war. Den Jungen leer ausgehen zu lassen, das hätte Kemper nicht übers Herz gebracht. Freilich, im Schenken war er denkbar ungeschickt. Dem Dreijährigen hatte er ein Faksimile des Notenbüchleins für Anna Magdalena Bach in die tapsigen Hände gedrückt. Dem Siebenjährigen eine kalligraphische Abschrift des Contrapunctus in stilo francese aus der *Kunst der Fuge*. Was Wunder, dass man in der Bürstenbinderei die Augen verdrehte?

Dieses Jahr war das anders. Lucia hatte für Leo etwas Passendes gefunden, einen Gameboy. Sie hatte es sich nicht nehmen lassen, das Geschenk selbst einzupacken, und die Verpackung an sich war schon ein kleines Kunstwerk, mit dem handbemalten Papier, der raffiniert gebundenen Schleife. Außerdem beschämte sie Kemper mit einem sündteuren Kaschmirschal. Betreten stand er vor ihr. Mit leeren Händen. Ihm war einfach nichts zu Lucia eingefallen, das heißt alles, aber das konnte er sich nicht leisten. Außerdem nutzte sich die Idee mit den roten Gummibärchen langsam ab. Er entschuldigte sich umständlich. Sie lächelte und gab die Kalenderweisheit von sich, dass der Schenkende selbst der Beschenkte sei.

Als sie lächelte, wurde Kemper so wohlig ums Herz, dass er es wagte, ihr näher zu kommen.

»Ich finde, wir sollten auf unser Du anstoßen. Darf ich mir erlauben, dich in aller Höflichkeit und selbstredend mit gebotenem Anstand zum Essen auszuführen?«, sagte er geschwollen.

Lucia schmunzelte, biss sich auf die Unterlippe, nahm die Einladung an, vertröstete ihn aber aufs neue Jahr, weil sie die Feiertage in Nürnberg verbringen wollte. Bei dem Wort Nürnberg nickte Kemper enttäuscht, und sein Wagemut schrumpfte auf ein Minimum.

Heiligabend stand Leo mittags wie verabredet in Kempers Wohnung. Mit dünnem, intonationsschwachem Knabensopran sang er »Happy birthday« und hielt dem Geburtstagskind einen, wie er versicherte, selbstgebackenen Kuchen unter die Nase. Kemper nahm das zerfallene Etwas mit steinerner Miene entgegen und grummelte, dass er es nicht leiden könne, Heiligabend auch noch an seinen Geburtstag erinnert zu werden. Er hoffe, dass dieser schlimmste Tag des

Jahres bald vorbei sei, und händigte dem kleinen Bruder seinerseits beiläufig das Geschenk aus.

»Der Gameboy«, äußerte Leo gelassen. Kemper stutzte. Leo schickte sich an, das Geschenk aufzureißen, mit wenig Augenmerk für die prätentiöse Verpackung.

»Halt!«, rief Kemper. »Erst heute Abend bei der Bescherung!«

»Ich weiß doch, was drin ist«, entgegnete Leo.

»Erst heute Abend.«

»Mannoh!«

»Wolltest du nicht die Orgel sehen?«, lenkte Kemper ab, trat in den Flur, griff zügig nach Schostakowitschs Mantel und Lucias Schal. Leo riss schnell das Päckchen auf, vergewisserte sich des Inhalts, ließ es in der Jackentasche verschwinden und folgte dem Bruder. Er sah gerade noch, wie dieser innig an dem Schal schnupperte und einen leisen Seufzer ausstieß.

»Dich hat's voll erwischt«, bemerkte Leo mitleidig. Kemper zuckte zusammen, wand den Schal um den Hals, zog den Mantel an und holte einen mächtigen Schlüsselbund aus der Garderobenschublade.

Sie verließen das Haus und gingen über den verschneiten Topfmarkt, vorbei an einem alten Nussbaum, zum Südportal der Wenzelskirche. Leo war fasziniert von dem wuchtigen Kirchenschlüssel mit dem großen gezackten Bart an Kempers Schlüsselbund. Er fragte, ob er die Tür aufschließen dürfe. Kemper nickte. Der Blondschopf reichte jedoch gerade mal bis zum Schlüsselloch der hohen Tür, streckte sich, stand auf Zehenspitzen, mühte sich ab und wurde wütend, weil sich der Schlüssel trotz größter Kraftanstrengung nicht drehen ließ. Kemper lachte, was Leo noch zorniger machte. Schließlich kam er ihm zu Hilfe. Ächzend fiel die Tür hinter ihnen zu, und es hallte dumpf ins Kirchenschiff hinein.

Auf dem hellen polygonalen Westchor mit drei übereinanderliegenden Emporen thronte die mit verschwenderischem Zierart geschmückte Orgel. Das Orgelgehäuse befand sich auf der obersten Empore, während der elektrische Spieltisch – die Folge des späteren Umbaus – auf der untersten stand. Auf der schmalen Brüstung dieser Empore hatte einst der kleine Jakob hin und her balancieren müssen, um die bachsche Gravität zu begreifen und eine Ahnung von der Schwerelosigkeit zu erlangen.

Leos blaugrau gesprenkelte Kinderaugen blitzten auf, als er zum monumentalen Pfeifenprospekt hinaufsah. Stumm folgte er dem Bruder, Schritt für Schritt, auf der knarrenden Holztreppe, die letzten Stufen hastete er voraus. Oben angekommen, staunte Leo mit offenem Mund die mächtigen Prinzipalpfeifen an.

»Wenn dir so'n Teil auf'n Kopf fällt, kackst du aber ab.«

»Wir sind in einer Kirche, Leo. Drücke dich etwas gewählter aus.«

»Sind das Hammerteile!«

»Ja, so ein Instrument ist schon sehr beeindruckend, nicht wahr? Zu Sebastians Zeiten waren Orgeln die größten technischen Wunderwerke, die es gab. Heute sind es Flugzeuge ...« Bei diesem Vergleich musste er unwillkürlich an Lucias Liebhaber denken, zog eine säuerliche Grimasse und korrigierte sich: »Nein, Raketen. Raketen sind noch komplizierter ... Wenn man zum Beispiel diese Orgel in alle Einzelteile zerlegen wollte, bräuchte man eine Lagerhalle. Vor dir lägen dann Hunderte Stäbe, Knöpfe, Federn und Ventile. Hunderte von offenen und geschlossenen Pfeifen aus Zinn oder Holz. Eine Orgel ist wie eine Maschine. Mehr noch: Ihr Aufbau folgt strengen mathematischen, physikalischen und sogar psychologischen Gesetzmäßigkeiten. Ihr Prinzip ist es, den Klang der Welt abzubilden und dadurch den Menschen in eine höhere Sphäre zu versetzen, ihm eine Vorstellung von den kosmischen Gesetzen zu vermitteln, ihn dem Himmel näher zu bringen. Vom Rollen des Donners bis zum Singen der Nachtigall. Vom Säuseln des Windes bis zum Orkan. Vom Schreien des Säuglings bis zum

Grummeln eines Greises. Alles vermag eine Orgel auszudrücken. Freude und Schmerz, Hoffnung und Resignation, Humor und Melancholie. Es gibt sogar Orgeln, die haben Glockenzüge eingebaut, um die Musik der Hirten zu Bethlehem darzustellen. Und dann gibt es wieder welche, wo die Pfeifen waagrecht aus dem Prospekt herausragen. Wie die Fanfaren auf dem Schlachtfeld. Damit wurde zu Sebastians Zeiten die Musik des Krieges dargestellt, das Schnarren und Krachen, der Lärm und das Gebrüll …«

»Kannst du machen, dass es wie eine Harley tönt?« Leo gähnte, strapaziert von den weitschweifigen Ausführungen des Bruders.

»Eine was?«

»Das Motorrad von Thorstens Vater.«

»Jetzt gibt man sich alle Mühe, ihm das Instrument zu erklären, und er will ein Motorrad hören! Weißt du was? Wir machen ein Spiel. Komm mit!« Er nahm Leo an der Hand, führte ihn auf die unterste Empore zum Spieltisch, stellte das Gebläse an und registrierte. »Du musst erraten, was ich mache. Einverstanden?«

Leo nickte. Kemper legte die rechte Hand auf das Manual, spielte ein Seufzermotiv in hoher Lage. Es klang schrill und fürchterlich verstimmt. Er wiederholte das Motiv, spielte es noch flehentlicher.

»Mama, wenn sie stinkig ist auf Papa«, sagte Leo nüchtern. Kemper musste schmunzeln, trug ein anderes Motiv vor, dieses Mal in tiefer Lage mit dem Subbass im Pedal. Es klang nach Donnern. Leo dachte kurz nach und erriet es. So legte ihm der Bruder die gesamte Affektlehre der Barockmusik dar, und Leo fand allmählich Gefallen daran.

»Die Orgel wird die Königin der Instrumente genannt, und das zu Recht«, sagte Kemper stolz. »Zu Sebastians Zeit fand in den deutschen Städten ein richtiges Orgel-Wettrüsten statt. Jede Stadt wollte die noch größere und noch prächtigere Orgel haben. Zweitausend Pfeifen, dreitausend Pfeifen. Zwei Manuale, drei Manuale. Bei manchen Orgeln sind die längsten Pfeifen so hoch wie mein Haus am Topfmarkt und die kleinsten gerade mal so lang wie ein Bleistift.«

»Lässt du's mal so richtig krachen? Das volle Programm? Die ultimative Dröhnung?«, fragte Leo, stützte die Hände in die Hüften und grinste breit.

Kemper konnte ihm nichts abschlagen, besonders, wenn ihn der Junge mit so unverschämtem Charme ansah. Also zog er alle Register der Orgel, schürzte die Lippen, holte Luft und begann zu spielen.

Leo schrie hell auf vor Staunen, legte den Kopf in den Nacken und lauschte. Dann polterte er über die Treppen hinauf zur dritten Empore, betrachtete die Orgelpfeifen, die ihm in dem rauschenden Gewoge noch größer erschienen als vorher. Gleich darauf kam er wieder herunter, setzte sich neben Kemper auf die Orgelbank, kniff die Augen zusammen und beobachtete, wie die Füße flink über das Pedal flogen. Er konnte aber nicht stillsitzen, rutschte hin und her, sprang von der Bank und stürmte hinunter ins Kirchenschiff. Dort begann er aus Leibeskräften zu krakeelen, weil er es mit der Orgel aufnehmen wollte. Atemlos kehrte er schließlich auf die Empore zurück, hockte sich wieder neben den Bruder und studierte jede seiner Bewegungen. Mitten im Spiel zog Kemper plötzlich die Hände vom Manual.

»Warum spielst du nicht weiter?«

»Die *d-Moll-Toccata* ist das berühmteste Orgelwerk der Musikgeschichte und das bekannteste von Sebastian überhaupt«, sagte Kemper nachdenklich und verschränkte die Arme. »Tausende, nein, Hunderttausende Organisten haben es schon gespielt, und man wird dieses Stück spielen, solange sich die Erde dreht. Dabei handelt es sich um einen schrecklichen Irrtum.« Er machte eine effektvolle Pause. »Die *Toccata* ist gar nicht von Bach.«

»Hat er sie geklaut?«

»Das nun auch wieder nicht. Der junge Sebastian studierte bei einem gewissen Georg Böhm in Lüneburg. Damals wohnten die Schüler noch bei ihren Meistern. Sie mussten Noten kopieren, im Chor singen, Botengänge machen, die Ziegen im Stall melken, alles Mögliche. Als Sebastian die Lehrzeit beendet hatte und weiterziehen wollte, drückte ihm der Lehrer einen Stoß Noten in die Hand und sagte: ›Lern fleißig daraus und vergiss deinen alten Böhm nicht!‹ Und dort war sie dabei, diese *Toccata*. Jeder kennt das Stück und meint, es sei ein Geniestreich des jungen Bach. Den Böhm kennt vielleicht eine Handvoll Organisten und Musikforscher. So ist das mit der Gerechtigkeit auf dieser Welt! Es gibt sie nämlich nicht!« Jakob registrierte und begann, das Fugenthema zu spielen, setzte jedoch abermals ab.

»Ist die verstimmt?«, fragte Leo und runzelte fachmännisch die Stirn.

»Ja, die alte Dame hat einen hartnäckigen Schnupfen. Kein Wunder, wenn es jahrzehntelang auf sie heruntergeregnet hat. Darum will der Professor Sperling sie auch im Januar gründlich untersuchen.«

»Kannst du sie nicht gesund machen?«

»Ich? Nein. Wie? Ich habe hier nichts mehr zu melden. Da sind jetzt wichtigere Leute am Werk.«

»Du darfst der Gemeinheit des Westens den Schlüssel nicht geben!«

»Was bleibt mir anderes übrig?«

»Wir bauen eine Straßensperre rund um die Kirche und Stromfallen!«

»Das wird die Bachgesellschaft kaum beeindrucken.«

»Gib ihnen den Schlüssel nicht! Du hast es versprochen!«

»Und wer soll die Orgel instand setzen? Weißt du, was so eine Reparatur kostet?«

»Wir machen eine Spendenaktion! Du spielst was auf der Orgel. Ich, der Thorsten und der Benno gehen rum und schnorren Geld.«

»Die Einnahmen aus meinem Konzert haben gerade mal für eine Dachplane gereicht. Trotzdem ist es sehr nobel von dir.«

»Gib den Schlüssel nicht her!«

»Die haben mich abserviert, verstehst du? Für den Sperling bin ich weniger als Luft.«

»Kloßkopp«, murrte Leo enttäuscht.

Kemper blickte erstaunt auf und zog die Augenbrauen hoch. »Bin ich in deinen Augen eben ein Kloßkopp. Damit werde ich leben müssen. Damit habe ich immer gelebt.«

»Bist du jetzt stinkig auf mich?«

»Ich bin ein wenig enttäuscht, wenn ich dieses Wort dem deinigen vorziehen darf.«

Kemper legte seine weißen feingliedrigen Hände auf das Manual und setzte erneut mit der Fuge an. Leo betrachtete ihn von der Seite und bereute, ihn Kloßkopp genannt zu haben. Er spürte die unsichtbare Wand aus Kränkung, die plötzlich zwischen ihnen stand. Voll Unbehagen stahl er sich weg und stieg zur obersten, lichtdurchfluteten Empore hinauf. Vor dem monumentalen Pfeifenprospekt turnte er an der Brüstung herum, lehnte sich gefährlich weit hinunter, als er zu Jakob blicken wollte, erschrak, wich zurück. Unschlüssig ging er auf und ab, wobei er einen Fuß vor den anderen setzte, der schmalen Bahn einer Diele folgend. Dabei kramte er in seiner Jackentasche nach dem Gameboy, wog ihn in der Hand, wagte aber nicht, damit zu spielen, weil ja noch nicht Bescherung war. Die Diele führte zu einer spaltbreit geöffneten Tür auf der linken Seite des Orgelgehäuses. Leo zog das Türchen ganz auf und blickte hinein. Ein Wald von unzähligen langen und kurzen Pfeifen verbarg sich dahinter, und Leo staunte, dass die Orgel ja noch viel größer war, als er es vermutet hatte. Fasziniert blickte er auf die komplizierte Mechanik aus Ventilen und Zugruten, die sich wie von Geisterhand bewegten, und er zwängte sich in das Balghaus hinein, um herauszufinden, wie das alles funktionierte. Die großen, mit Steinen beschwerten Bälge gaben einen schnurrenden, wohligen Atem von sich. Leo kroch immer tiefer in den Bauch der Orgel, so tief hinein, bis er die eigene Hand nicht mehr vor dem Gesicht sehen konnte.

Unterdessen mühte sich Kemper zwei Emporen tiefer bedächtig durch die Windungen der Fuge, mischte ein Register nach dem anderen dazu, ließ die Lautstärke im Gestus spätromantischer Bachauffassung anschwellen, wie er es bei Wölfer gelernt hatte. Aber Pedal und Hände wollten sich nicht mehr zueinander fügen. Kemper, der das Stück in- und auswendig kannte und es immer aus dem Gedächtnis spielte, fand nicht mehr in den Notentext. Er unterbrach sein Spiel, konzentrierte sich, setzte an, verspielte sich, unterbrach, setzte neu an. Ihm wurde schummrig vor Augen.

»Jetzt ist es so weit«, flüsterte er. »Du kannst nicht einmal mehr die *Toccata* spielen. Jetzt ist es so weit. Du wirst alt.«

Ehe er in Trübsinn versinken konnte, vernahm er über sich ein Poltern, als sei etwas zu Boden gefallen. Er blickte auf, lauschte, bemerkte erst jetzt, dass sich Leo davongestohlen hatte. Gleich darauf krachte es noch einmal, dumpf und heftig.

»Herrgottnochmal«, rief er in einer Mischung aus Zorn und Erschrockensein. »Kann man dich nicht eine Sekunde allein lassen.« Er verließ den Spieltisch, stieg eilig die Treppen hinauf zur obersten Empore. »Leo! Leo?«

Der Junge gab keine Antwort. Kemper bekam Herzklopfen, bemerkte die offene Tür im Balghaus, stürzte zur Tür, blickte hinein.

»Leo, bist du da drin?«

Keine Antwort.

»Sag doch was!«, rief er mit sich überschlagender Stimme.

»Scheiße! Ich steck fest«, drang es piepsend aus der Dunkelheit heraus.

Als Kemper sich bückte, um in das Balghaus hineinzukriechen, ergriff eine Hand seine Schulter. Er schoss in die Höhe, schlug den Kopf am niedrigen Türsturz an, wandte sich im Reflex nach der Hand um, die ihn zurückgehalten hatte.

Da hockte etwas auf der Brüstung. Ohne Körper, ohne

Gesicht. Es hockte da und wartete. Es hatte Macht, die Zeit stillstehen zu lassen. Kemper sah es, ohne es zu erkennen. Es saß da. Konturlos und gewaltig und alt. Eine gestaltlose Kraft.

Der Puls raste. Die Beule am Kopf schwoll an und hämmerte. Leo hat sich verletzt, dachte Kemper. Der Junge benötigte dringend Hilfe. Kemper drehte sich um, bückte sich, um ins Balghaus zu steigen, spähte hinein, konnte Leo aber nicht sehen. Er wollte ihm etwas zurufen. Die Stimme versagte. Dennoch rief er abermals in die Dunkelheit hinein, ohne einen Laut hervorzubringen. Er nahm allen Mut zusammen, endlich in das Gehäuse vorzudringen, aber sein Körper blieb starr. Er hatte nicht die Kraft, auch nur einen Schritt zu tun.

Kaltes Schaudern überkam ihn. Die Knie gaben nach. Verzweiflung umklammerte sein Herz. Er wusste, dass jemand Drittes auf der Empore war, der ihn beobachtete.

Plötzlich, als er auf seine reglosen Hände blickte, waren es Kinderhände. Rosige Kinderhände lugten aus den viel zu langen Mantelärmeln hervor. Er blickte in einem Gefühl von Ohnmacht an sich hinab. Er trug weder Schuhe noch Socken. Die Füße waren nackt und von Lehm verdreckt. Er bekam Herzrasen, sein ganzer Leib zitterte.

Um alles in der Welt, er musste Leo helfen, der im Bauch der Orgel eingesperrt war. Er starrte in das Gehäuse hinein, darin sich eine unheimliche Finsternis ausbreitete. Geh da nicht hinein! Wie oft hatte ihm das die Mutter eingebleut! Der Stollen ist tief und dunkel, die Luft schlecht. Die Stützen sind morsch und können jederzeit einbrechen! Willst du lebendig in der Lehmgrube begraben sein?

Verdammter Feigling, jagte es ihm durch den Kopf, du musst Leo endlich helfen! Er atmete heftig, machte einen Schritt. Eine Hand umklammerte sein Handgelenk. Er schrie auf, ohne Stimme, wollte sich losreißen. Die Hand drückte fester zu. Sein Handgelenk begann zu schmerzen und zu brennen. Er wehrte sich mit aller Kraft. Er brachte es nicht fertig, in das Gehäuse zu steigen. Wie angefroren stand er da, und das Verhüllte, das Alte, das konturlose Unheimliche hielt ihn erbarmungslos am Handgelenk fest.

Leo kroch aus dem Orgelgehäuse heraus, staubig von Kopf bis Fuß. Spinnweben klebten in seinem Haar und auf der Jacke. Es schien ihm nichts zu fehlen. Er war unverletzt. In einem Gefühl aus schlechtem Gewissen und kindlichem Trotz grinste er seinen Bruder an.

»Ich wollte nur wissen, wie's da drin aussieht, echt!«, rechtfertigte er sich. »Und schon hat's gekracht. So ein scheiß Brett! Bin im Boden stecken geblieben. Drin ist alles morsch. Aber sieh mal, was ich gefunden hab!«

Kemper reagierte nicht. Er blickte ihn glasig an. Es kam Leo vor, als starrte er durch ihn hindurch.

»Schau, was ich gefunden hab«, wiederholte Leo und drückte dem Bruder ein verstaubtes Bündel in die Hände. Kemper griff nicht zu. Dem Jungen wurde allmählich mulmig zumute.

»Jakob, was ist los mit dir?«, fragte Leo besorgt.

Kemper antwortete nicht.

»Mannoh, sag doch was!«

Kemper sah auf das Bündel. Nach einer unerträglich langen Pause räusperte er sich und fragte mit brüchiger Stimme: »Leo, was ist das?«

»Es sieht wie eine Tasche aus«, erwiderte Leo hastig. »Sie lag unter dem morschen Brett. Du hast ja eine Beule am Kopf!«

»Unter dem morschen Brett«, wiederholte Kemper leise, wandte sich zum Fenster, durch das weißes Mittagslicht auf die Empore fiel. Er legte den Fund auf den Boden und kniete sich hin. Vorsichtig klopfte er den Staub weg. Der Größe nach zu urteilen, war es eine Art Reisetasche. Sie war aus schwarzem Leder mit zwei aus dünnen Lederstreifen gezopften Griffen, auf einer Seite war eine Stickerei appliziert, ein kleiner Hund, der von Rosenblüten umrankt war. Eine Damen-Reisetasche, mutmaßte er. Die Tasche mußte mehr als hundert Jahre alt sein, vielleicht noch älter. Außerdem war sie schon ziemlich verrottet. An manchen Stellen war der Zwirn durchgescheuert, das Leder von Mäusen zerfressen.

Während Kemper in die Betrachtung der Tasche versunken war, beobachtete Leo, wie sich auf dem Antlitz des Bruders Schweißperlen bildeten. Er gewahrte, wie er sich jäh mit beiden Händen auf dem Boden aufstützen musste, als verliere er das Gleichgewicht oder habe Angst, bewusstlos zu werden. Er sah außerdem, wie Jakob zu reden versuchte, jedoch keine Silbe hervorbrachte, sondern heftig mit der Zunge schnalzte. Leo wusste, dass dieser Tick immer dann auftrat, wenn Jakob nervös war, wenn ihn etwas maßlos ärgerte. Doch so intensiv hatte er ihn noch nie schnalzen gesehen.

»Jakob?«, fragte er mit bangem Gesicht.

Kemper machte eine beschwichtigende Geste mit der Linken. In den Mundwinkeln klebte Speichel, und über die Stirn lief ein Rinnsal von Schweiß. Der Oberkörper wankte gefährlich nach rechts. Leo hielt den Bruder geistesgegenwärtig an den Schultern fest, sonst wäre er wohl umgefallen.

Wieder gab Kemper ein beruhigendes Handzeichen, während er Atem schöpfte. Dann machte er sich mit zitternden Händen an der Tasche zu schaffen und versuchte sie zu öffnen. Als ihm Leo dabei helfen wollte, drang unvermittelt ein heiserer, gequälter Unlaut aus Kempers Mund. Leo zog erschrocken die Hände zurück. Er bekam es mit der Angst.

Kemper griff in die Reisetasche, und zum Vorschein kam eine Mappe mit dunkelblauem Pappeinband. Dutzende unbeschnittener Papierblätter ragten zwischen den Deckeln der Mappe hervor. Mit äußerster Vorsicht – soweit er dazu überhaupt noch in der Lage war – schlug er das Konvolut auf:

Apocalypsis Beati Ioannis Apostoli
Oratorio
Poesia per Domina Ziegler dictus Romanus
Musica di J. S. Bach
Lipsiae ao 1746

Das Papier des Deckblatts war gewellt, vermutlich war es einmal feucht geworden. Es sah fleckig aus und war stark nachgedunkelt. Die Tinte der Rückseite schlug durch. Kemper beugte den Kopf über die Mappe, roch an dem Papier. Zuerst roch es nach nichts. Er senkte die Nase noch tiefer hinein, und dann war ihm, als nehme er einen süßlichen Duft wahr. Nichts Modriges oder Fauliges. Es roch eigentümlich, beinahe wie karamellisierter Zucker. Er nahm den ersten Papierbogen mit spitzen, flatternden Fingern aus der Mappe heraus, hielt ihn gegen das Licht, kniff die Augen zusammen und entdeckte ein Wasserzeichen. Er tat dies ganz mechanisch. Wie oft hatte er Aktenstücke und Notenblätter gegen das Licht gehalten und das Wasserzeichen gesucht, um das Dokument auf seine Echtheit zu prüfen.

Er kniff die Lider noch mehr zusammen, um die Augen scharf zu stellen, fand aber das Wasserzeichen nicht wieder, weil sein ganzer Körper bebte. Er musste die linke Hand zu Hilfe nehmen und die rechte am Gelenk festhalten. Erst jetzt bemerkte er die blauen Flecken und Druckspuren am Handgelenk.

Es war keine Einbildung gewesen. Jemand – was oder wer auch immer das gewesen war – hatte ihn daran gehindert, in das Balghaus hineinzukriechen. Er war also nicht verrückt. Noch nicht. Kemper verscheuchte den Gedanken, hielt den Bogen wieder gegen das Licht, suchte ihn Zentimeter um Zentimeter ab.

»Da!«, rief er aus.

Das Wasserzeichen, dessen Prägung sich direkt neben dem Papiersteg befand, bestand aus einem Doppeladler mit Reichsapfel, Schwert und Wappen. Kemper stieß einen hellen Schrei der Begeisterung aus, legte den Bogen in die Mappe zurück, blätterte sie durch und stellte fest, dass sämtliche Seiten bis an den äußersten Rand mit Noten vollgeschrieben waren. Abermals las er den Titel, wobei die Lippen stumm die Worte bildeten. Er konnte es einfach nicht glauben. Er wollte es nicht glauben. Das konnte nicht sein. Unentwegt stierte er auf das Titelblatt.

»Bach«, flüsterte er. »Das ist … dths … Bach.«

Kein Zweifel! Das ist seine Handschrift! Die Handschrift des alten Bach! Die Buchstaben sind nicht mehr so fein gezogen wie in den früheren Partituren. Sie laufen in unterschiedlichen Winkeln aus. Die Schrift ist breiter, mit viel Tinte und festem Federstrich gesetzt. Sie hat den typischen Fluss verloren, die Sicherheit und Ausgewogenheit. Der alte Bach! Zweifellos! Kemper, das ist die Schrift des alten, allmählich erblindenden Johann Sebastian Bach! Das muss sie sein! Wie oft hast du sie in Fotokopien studiert! Bist jeden Strich, jeden Schwung, jeden Schnörkel und jede Schleife wie ein verliebter Narr nachgefahren!

Er lachte hysterisch, atmete schnell, ja er röchelte. Er schloss die Mappe und legte sie in die bestickte Reisetasche zurück, die er mit beiden Händen umklammerte. Als er vom Boden aufblickte, standen Tränen in seinen Augen.

Nun ahnte auch Leo, dass er mit dieser Tasche etwas Wichtiges gefunden hatte. Ein banges Gefühl in der Magengrube, schaute er auf den vor ihm knienden Bruder. Er kam ihm geschrumpft vor, kümmerlich, hilflos, wie jenes Kleinkind, das kürzlich im Supermarkt gewimmert hatte, weil es seine Mutter nicht mehr finden konnte. Leo musterte seinen Bruder aufmerksam, dann schweifte sein Blick ab, weil es ihm peinlich war, ihn so zu beobachten. Plötzlich stockte ihm der Atem, und der Mund blieb offen. Leo erstarrte für einige Augenblicke.

»Jakob«, flüsterte er, ohne sich zu bewegen. »Dort drüben. Da ist jemand.«

Kemper schien es nicht zu hören. Er erhob sich mühevoll, stöhnte, wankte, weil ihm die Beine eingeschlafen waren.

»Ich will nach Hause!«, rief Leo und hatte Angst.

»Dhts ... Junge«, redete Kemper abwesend und quälte sich beim Sprechen, »das bleibt unser ... dhts ... Geheimnis.«

»Da ist etwas. Ich will heim!«, flehte Leo.

»Nichts ist da«, versuchte Kemper ihn zu beruhigen. »Einbildung.«

»Doch«, bekräftigte der verstörte Junge, »da sitzt wer.«

Kemper schloss die Tasche wieder im Balghaus ein, zog den Schlüssel ab, ließ ihn in der Manteltasche verschwinden. Er trat auf Leo zu, tätschelte seine Wange, reinigte ihn von Staub und Spinnweben. Dann zog er ein Taschentuch hervor, spuckte hinein und wischte damit Leos Hände sauber. Der Junge ließ es angeekelt mit sich geschehen, ohne den Blick von der Balustrade abzuwenden. Wortlos stiegen sie die Treppen hinunter, gingen durchs Mittelschiff in Richtung Chorraum, zum Südportal. Leo drehte sich noch einmal um, legte den Kopf in den Nacken und spähte zur obersten Empore hinauf. Kemper bemerkte es, zerrte ihn an der Hand und hinaus ins Freie. Beim alten Nussbaum blieb Kemper stehen, küsste Leo die Stirn, was er noch nie getan hatte, und strich ihm mit beiden Händen über die Wangen.

»Schau mich an«, sagte er mit wiedergefundener, wohlklingender Stimme. »Versprich mir, dass du keinem etwas von unserem Geheimnis erzählst.«

Leo nickte und senkte den Blick auf den schneebedeckten Boden.

»Du musst es schwören.«

»Soldatenehrenwort«, sagte Leo mit einem Gefühl von Unheimlichkeit und hob drei Finger.

»Soldatenehrenwort«, schwor Kemper und hob seinerseits die Hand. Der Junge stand unschlüssig vor seinem Bruder, sah verstohlen zu ihm hinauf, drehte sich um und stapfte mit tapsigen, unsicheren Schritten davon, weil er wusste, dass ihm Jakob nachblickte. Als er jedoch sicher war, dass Jakob ihn nicht mehr sehen konnte, begann er zu laufen. Er rannte die Salzstraße entlang und hörte nicht auf zu rennen, bis er bei der Bürstenbinderei angekommen war.

Wie ein dürrer, krummer Ast stand Jakob Kemper da, als wäre er mit dem alten Nussbaum verwachsen. Schostakowitschs Mantel schlackerte um seine Beine, Lucias Schal wollte davonflattern. Kemper fing ihn gerade noch in der Luft auf. Er merkte, dass seine Hände wieder zitterten, und blickte auf die Druckstellen am rechten Handgelenk.

Das warst du selbst!, sagte er sich. Du selber hast zugedrückt. Natürlich! Vor Aufregung ... Wieso hast du dem Jungen nicht geholfen? Er hätte verletzt sein können ... Ruhig bleiben! Jetzt bloß nicht auffallen.

Er fühlte sich wie ein Verbrecher, dessen Fahndungsbild auf der Titelseite des Tagblatts erschienen war. Jedes Kind auf der Straße konnte ihn identifizieren. Er spähte um sich, ob er nicht von einem Passanten mit argwöhnischem Blick beobachtet wurde.

Was, wenn Leo nicht nach Hause gegangen ist?, durchzuckte es ihn. Vielleicht lauert er hinter einem geparkten Auto, um mich auszuspionieren. Dumm ist der Bengel nicht.

Der Gedanke ließ ihn nicht los, deshalb ging er ein Stück in Richtung Salzstraße, nahm jedes Auto, jeden Hauseingang in Augenschein und schlich sogar zweimal um ein und dieselbe Litfaßsäule herum, weil er meinte, dass ein Schatten weggehuscht wäre. Er wurde immer nervöser. Von weitem sahen alle Kinder aus wie Leo. Er musste sich zwingen, gelassen zu bleiben und so unauffällig wie möglich zu gehen, als er zur Wenzelskirche zurückkehrte.

Und mach keinen Buckel, Kemper! Kopf in die Höhe! Schau den Leuten in die Augen. Lächle sie an. Sei fröhlich. Obwohl … Lächeln macht misstrauisch.

Vor lauter Anstrengung, nicht aufzufallen, knickte er um, kam ins Straucheln, rutschte aus, fiel bäuchlings in den Schnee. Im Nu stand er wieder auf den Beinen.

»Nicht auffallen, nicht auffallen«, summte er hinter zusammengepressten Lippen und klopfte den Schnee vom Mantel. Noch unsicherer als vorher, setzte er seinen Weg fort. Niemand weiß, was du für eine Entdeckung gemacht hast. Niemand! Außer dir und Leo. Und Leo ist noch ein Kind. Was interessiert den eine verstaubte Tasche? Der hat das schon wieder vergessen. Bestimmt. Der spielt jetzt mit seinem Dingsda, mit seinem Computer. Kein Mensch ahnt etwas von dem Schatz dort oben auf der Orgel …

»Der Orgelmotor!«, rief er aus, zuckte zusammen und blickte um sich, ob ihn jemand gehört haben könnte. Du Idiot hast vergessen, den Motor abzustellen!

Er hastete zum Südportal. Dort angekommen – er meinte, eine Ewigkeit dafür gebraucht zu haben –, vergewisserte er sich, ob niemand ihn beobachtete. So leise wie möglich drehte er den schweren Schlüssel herum, sperrte die Tür auf, huschte hinein und schloss hinter sich zu. Wie kam es ihm jetzt gelegen, dass die Wenzelskirche im Winter für Besucher geschlossen blieb und die Gottesdienste in der Marien-Magdalenen-Kirche stattfanden. Das deutete er als göttliche Fügung und machte spontan ein Kreuzzeichen auf die Stirn, obwohl er seit jener verhängnisvollen Aufführung der *Matthäuspassion* nicht mehr an Gott glaubte.

Er lief, nein, er stolperte zur Orgelempore hinauf und an den Spieltisch, wo noch der Motor leise vor sich hinschnurrte, er stellte das Gebläse ab, knipste das Licht aus, verschloss den Spieltisch. Erleichtert stieg er auf die oberste Empore, ging sofort zur Tür des Balghauses, öffnete sie und sah die Tasche noch dort stehen, wohin er sie in seiner

Panik gestellt hatte. Wie ein Ladendieb griff er danach, stopfte sie schnell unter seinen Mantel, drückte den rechten Arm stützend dagegen und bemerkte wieder das gerötete Handgelenk. Er wandte sich zur Balustrade, wo das konturlose, unheimliche Etwas gesessen hatte, die unerklärliche Kraft, hielt den Atem an, lauschte. Nichts. Da ist auch nie etwas gewesen, Kemper! Das warst du selber. Herrgott, dieses entsetzliche Kopfweh! Hört es denn nicht auf? Mit zwei Fingern tastete er die Beule an der Stirn ab, drückte zu fest, stöhnte auf.

Ruhig bleiben! Und bloß keine Spuren hinterlassen! Wieso Spuren? Bist du ein Verbrecher? Bist du nicht! Also benimm dich wie ein normaler Mensch. Nicht an die Tasche denken. Einfach nicht daran denken. Und jetzt langsam die Treppen hinuntersteigen ... Eine vergammelte alte Tasche. Ein verstaubtes Notenmanuskript. Nichts von Bedeutung. Wertlos, völlig wertlos. Vermutlich eine Fälschung. Ganz sicher eine Fälschung. Wölfer! Wölfer, du Witzbold! ... Langsam gehen! Einen Schritt nach dem anderen ... Nicht mehr an die Tasche denken ... Das Wasserzeichen! ... Bestimmt ein Irrtum! Und wenn schon! Wer interessiert sich heute noch für diesen alten Plunder? Ein paar Notenblätter. Na und? Wen kümmert's? Du lebst in einem Zeitalter der Primaten. Das Abendland ist längst untergegangen. Die Leute interessieren sich für schicke Autos, wollen sich fortpflanzen, nach Mallorca fliegen, sich den Bauch vollstopfen. So sieht's aus, Kemper! Ein paar alte Noten? Wie langweilig! Eine verschollene Partitur von Johann Sebastian Bach! Wie bitte?

»Das ist Wahnsinn, Kemper! Das ist der helle Wahnsinn!«, kam es ihm laut von den Lippen. »Du hast einen Jahrhundertfund gemacht!« Er lachte hysterisch auf und hielt sofort die Hand vor den Mund.

Nicht daran denken. Langsam gehen ... Ist dir eigentlich klar, was du unter deinem Mantel versteckst? Weißt du, was das wert ist? Millionen! Unschätzbar! Nicht mehr in Zahlen auszudrücken! … Verdammt, dieses Kopfweh bringt mich um!

Mit der einen Hand presste er die Tasche gegen den Bauch, mit der anderen fingerte er im Mantel nach dem Kirchenschlüssel und schloss auf. Er öffnete die Tür einen Spaltbreit, spähte hinaus. In einem günstigen Moment stürmte er in Richtung seines Hauses, ohne nach links oder rechts zu blicken.

»Halt! Stehen bleiben!«, rief eine kräftige Stimme. »Bleib stehen!«, tönte es noch lauter.

Kemper blieb wie angewurzelt stehen und wartete auf den Augenblick, da ihn der Schlag treffe. Er wandte sich nicht nach der Stimme um, weil er wusste, dass alles aus und vorbei war.

Gut, dann will ich hier und jetzt sterben. Gleich setzt das Herz aus. Egal. Sollen die großen Bachforscher dieser Zeit meine Lorbeeren ernten. Die Sperlings, die Zinsers, die van Hulles und Koyatakes. Gleich falle ich um und bin tot. Man wird mir den Mantel aufknöpfen, versuchen, mich wiederzubeleben, wird die Tasche finden und mich liegenlassen. Und der Professor Sperling, dem die Partitur dann in die Hände fällt, wird noch berühmter. Gleich kommt der Infarkt! Jetzt!

»Uhhff!«

»Sag mal, bist du taub? Man könnte meinen, du hast gerade eine Bank ausgeraubt! Aber mir entkommst du nicht, Kloßkopp!«, trompetete die Stimme. »Alles Gute zum Geburtstag! Hier! Betracht's gleichzeitig als Weihnachtsgeschenk. *Stalingrad, wie es wirklich war*. Gutes Buch. Lies es über die Feiertage. Will mit dir darüber reden.«

»Vater, nicht jetzt …«, hauchte Kemper mit dünner, ersterbender Stimme und wartete noch immer auf den Herzinfarkt.

»Wie, nicht jetzt? Hast du keine Zeit mehr für deinen alten Vater?« Zischend zog er die Luft durch die Schneidezähne ein.

»Und wie siehst du überhaupt aus? Wäschst du dich nicht mehr? Deine Finger sind ja ganz schwarz!«

»War im … dths … Keller. Kohlen holen. Vater, ich … dths …«, erwiderte Kemper.

»Und die Beule?«

»Welche Beule? … Ah, die! Bin gegen die … dths … Kellertür …«

»Wenigstens bedanken könntest du dich bei mir.«

»Wofür?«

»Bedankt man sich nicht mehr für ein Geschenk, das einem der Vater höchstpersönlich vorbeibringt?«

»Natürlich … Vielen Dank, Walter … Danke, danke … dths … Danke!«

»Sollst du mir in den Arsch kriechen? Und hör auf zu stottern. Das Interessante an dem Buch ist, dass der Russlandfeldzug mal von einem anderen Standpunkt aus beleuchtet wird. Geschichte wird von den Siegern geschrieben. Hier kommen aber die Verlierer zu Wort.«

»Die Verlierer. Gut. Sehr gut.«

»Lies es! Dann wird dir ein Licht aufgehen.«

»Vater, ich sollte jetzt …«

»Es wird so viel dummes und unwahres Zeug über die Wehrmacht geschrieben. Da stehen die Fakten drin. Schwarz auf weiß. Wenn der verdammte Wintereinbruch nicht gewesen wäre, hätte Hitler den Krieg gewonnen.«

»Ich werde es gleich lesen. Aber jetzt sollte ich …«

»Du wirst es natürlich nicht lesen, wie ich dich kenne.«

»Ich interessiere mich wirklich für den Russland-Feldzug.«

»Das wäre mir neu! Du hast dich noch nie für Politik interessiert.«

»Doch, Vater. Ich bin geschichtsbewusster geworden. Jetzt muss ich aber wirklich …«

»Hast du wieder gesoffen? Verschwitzt siehst du aus! Ungesund. Für die Figur könntest du auch was tun. Du kriegst schon einen richtigen Bierbauch. Ich weiß, dass du ein Alkoholproblem hast. Mir kannst du nichts vormachen. Der Mantel steht dir übrigens nicht. Du siehst beschissen aus.«

»Vater, ich …«

»Einen Cognac kannst du mir wenigstens anbieten. So viel Höflichkeit wirst du wohl noch aufbringen.«

»Ich hab gleich Orgeldienst. In St. Marien-Magdalenen.«

»Deine Maria-Magdalena hockt wohl oben in der Wohnung, was? Die Kleine vom Reisebüro. Stimmt's? Einem Walter Kemper entgeht nichts!«

»Natürlich nicht. Lucia ist wirklich in meiner …«

»Das trifft sich wunderbar! Lern ich endlich deine Zukünftige kennen. Wurde auch langsam Zeit, Junge. Der Name Kemper darf nicht aussterben! Wobei du noch beweisen musst, ob du überhaupt zeugungsfähig bist. Ich hab da so meine Zweifel.«

»Vater, ich …«

»War doch nur ein Scherz! Wir stoßen auf deinen Geburtstag an, und du stellst mir die kleine Schlampe vor.«

Der Vater war zu weit gegangen. Kempers eingefallenes, blasses Gesicht mit den hohen Wangenknochen wurde auf einmal krebsrot, und ein ohnmächtiger Zorn erfüllte seinen Blick. Ein furchtbarer, jahrzehntelang aufgestauter Zorn.

»Vater, du kannst mich kleinmachen und kränken, solange du willst«, krächzte er mit sich überschlagender, verzweifelter Stimme. »Ich kenne ja nichts anderes! Gegen deine Beleidigungen bin ich immun! Aber Lucia lässt du gefälligst aus dem Spiel! Du bist schuld, dass Mutter nicht mehr geredet hat! Und jetzt lass mich in Frieden! … Hier! Deinen braunen Dreck kannst du behalten!«

Er schleuderte dem Vater das Buch vor die Füße. Dabei entglitt ihm der Fund, rutschte unterm Mantel hervor und fiel in den Schnee. Kemper war unfähig, sich zu bewegen. Sein Blick gefror auf der Tasche. Der Vater bückte sich, wollte Buch und Tasche aufheben, aber da rempelte ihn der Sohn an, riss die Tasche an sich und stürzte davon.

In heilloser Panik rannte er die Stufen hinauf in seine Wohnung. Weil ihm der Schlüssel fortwährend aus der Hand fiel, brauchte er lange, um die Tür zu öffnen. Er verschloss sie doppelt und schob den Garderobenschrank davor. Der Kopf drohte ihm zu platzen. Übelkeit überkam ihn. Er eilte ins Badezimmer, um sich zu übergeben. Er hatte Angst, unglaubliche Angst, und musste abermals brechen. Im Wohnzimmer zog er rasch alle Vorhänge zu. Bloß nicht durchdrehen, Kemper! Reiß dich zusammen! Der Alte kann gar nicht wissen, was in der Tasche ist. Ruhig bleiben! Der Alte ahnt nichts! Und wenn er jetzt an der Tür läutet? Nicht öffnen! Um Himmels willen! Ja nicht öffnen!

Er lief wie ein Häftling in seiner Zelle auf und ab, zählte die Schritte, wartete auf das Klingeln an der Tür. In seiner Nervosität setzte er sich ans Klavier und begann zu spielen, exerzierte Etüden, Fingerübungen, Tonleitern, arpeggierte Akkorde, rasante Läufe, Oktavengriffe, was ihm eben einfiel. Allmählich brachte ihn das auf den Boden der Tatsachen zurück, und das hieß:

Da draußen auf dem Flurboden steht eine schwarze Tasche. In dieser Tasche befindet sich mit hoher Wahrscheinlichkeit eine autographe Partitur von Johann Sebastian Bach. Auf dem Deckblatt dieser Partitur steht ein Titel, der mir – ich kenne alles von Bach – noch nie untergekommen ist. Noch nie! Ich weiß, dass vieles von Bach verschollen oder für immer verloren ist. Dutzende von Kantaten. Eine, vielleicht sogar zwei Passionen. Das weiß ich. Aber von einem Oratorium nach der Apokalypse des Johannes habe ich in der Literatur noch nie gelesen. Das bedeutet: Entweder bin ich wahnsinnig geworden oder in dieser albernen Damen-Reisetasche mit dem aufgestickten Hündchen schlummert ein bisher nicht bekanntes Werk des größten Denkers aller Zeiten. Dem Umfang der Mappe nach zu schließen eine Musik von gewaltigen Dimensionen. Im Flur draußen liegt der Fund meines Lebens! Eine Entdeckung, von der jeder Bachforscher ein Leben lang träumt. Vielleicht die größte Entdeckung, seit es die Musikforschung gibt.

Kemper hämmerte wieder in die Tasten, modulierte durch die gesamte Harmonielehre, spielte zweimal hintereinander das *Italienische Konzert*.

Und im Flur lag die Tasche.

Hast du's nicht geahnt? Was heißt geahnt! Du hast es gewusst! Und zwar genau in dem Moment, als dieses Etwas plötzlich auf der Balustrade hockte, dieses Ding, diese Kraft. Genau in diesem Moment. Da hast du es gewusst, Kemper! Etwas Großes wird geschehen. Etwas, das dein kleines, sinnloses Leben verändern wird …

»Die Tasche!«, rief er kehlig, sprang vom Klavierhocker auf und taumelte in den Flur. »Ich muss sie verstecken!«

Mit dem letzten Quäntchen Verstand packte er die Tasche, lief ins Schlafzimmer, öffnete den Wäscheschrank, zog ein Bettlaken hervor, wickelte sie ein, versteckte sie im untersten Schrankfach und türmte Wäsche darauf.

Erschöpft sank er auf den Bettrand, um durchzuatmen. Von dem pausenlosen Wummern hinter seiner Stirn drohte ihm der Kopf zu zerplatzen. Er raffte sich auf, ging ins Badezimmer und schluckte vier Aspirin auf einmal hinunter. Er schwitzte, als wäre es Hochsommer, und fror gleichzeitig, als wäre es Januar. Er war so am Ende, dass er keine Kraft mehr hatte, sich auszuziehen. In Mantel und Schal sackte er in sein Bett. Dort lag er mit irren Augen, rasendem Herzklopfen, ausgetrocknetem Mund und starrte auf die grüne ausgebleichte Tapete, deren Stoßnähte sich an manchen Stellen aufwölbten.

Unbegreiflich, aber er schlief ein, schlief sogar einige Stunden. Als er erwachte, durchzuckte es ihn: Heiligabend! Wie spät? Orgeldienst! Unmöglich! Ich kann nicht spielen. Das stehe ich nicht durch. Ich nicht. Augen zu! Einfach nicht hingehen. Aber dann schöpft der Pastor Dielsch Verdacht. Natürlich schöpft er Verdacht! Er kommt rüber und läutet an der Tür. Los, aufstehen, Kemper! Nimm dich zusammen! Tu so, als sei nichts gewesen. Und wenn Leo es dem Alten erzählt hat? Was dann? Was, wenn sie in meine Wohnung einbrechen, während ich …? Ich bin krank. Grippe. Schwere Grippe …

Noch eine ganze Weile phantasierte er still vor sich hin, wobei ein Gespenst das andere jagte. Hatte er dem einen den Schrecken genommen, baute sich ein anderes umso furchterregender vor ihm auf. Als er sich entscheiden musste, weil der Weihnachtsgottesdienst bald anfing, war er sogar erleichtert, der Hölle seines Bettes zu entrinnen.

Nie war der Musikforscher Jakob Kemper so froh darüber gewesen, sein Haus verlassen zu haben, obwohl er sich doch an seinem Geburtstag am liebsten vor der ganzen Welt verkrochen hätte. Allerdings hatte er auch noch nie so erbärmlich danebengegriffen und den Gesang der festlich herausgeputzten Kirchengemeinde so unkonzentriert begleitet wie in jener Heiligen Nacht.

Weil er einige Minuten zu spät kam, schummelte er sich mit dem leisesten Orgelregister in das Geschehen hinein. Das folgende Lied ging er festlicher an, ließ die Orgel aufbrausen, wobei er in Gedanken plötzlich wieder Leo und den Alten ins Haus schleichen sah und nach der geheimnisvollen Tasche suchen. Daraufhin geriet die zweite Strophe sehr dissonant. Mitten im Choral *Vom Himmel hoch* modulierte er unvermittelt in eine sehr entlegene Tonart, weil er angestrengt darüber nachsann, ob die Wohnungstür abgeschlossen war oder nicht. Das Modulieren hatte zur Folge, dass der Gemeindegesang durcheinanderkam, stockte und überhaupt abbrach. Das Postludium fiel schließlich so kurzatmig aus, dass Pastor Dielsch – ansonsten ein unmusikalischer Mann – nun doch ein ernstes Wörtchen mit dem Organisten zu reden hatte.

Was das für eine merkwürdige und geradezu unprotestantische Auffassung des weihnachtlichen Gedankens sei, formulierte Dielsch, halb als Frage, halb als Vorwurf. Kemper entschuldigte sich, rang nach einer Ausflucht: Die Grippe habe ihn erwischt. Wie angeworfen sei sie da gewesen, sozusagen von einem Takt auf den anderen. Er bedürfe der Bettruhe und könne seinen Dienst in den kommenden Weihnachtstagen nicht versehen. Der Herr Pastor solle bitte eine Vertretung für ihn suchen. Dielsch wich einige Schritte zurück und nickte verständnisvoll, weil er sah, wie sehr Kempers Wangen glühten.

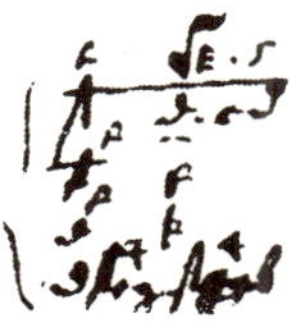

In seinem Schlafzimmer brannte Licht, die ganze Heilige Nacht durch. Untypisch für ihn, wo er doch sonst die verhassten Feiertage durch eine Schlafkur zu verkürzen suchte. Sofort nach dem Gottesdienst war er nach Hause geeilt, in den Schlafanzug gestiegen und unter die Decke gekrochen. Obwohl er ein Schlafmittel eingenommen hatte, war es ihm nicht gelungen, einzuschlafen. Er schwitzte wieder, befühlte Stirn und Wangen, musste feststellen, dass er Temperatur hatte. Er stand auf, holte zwei Flaschen Rotwein und beschloss, sich zu betrinken.

Den Fund im Wäscheschrank rührte er nicht an, er wagte es nicht einmal, auf die Spiegeltür zu blicken, geschweige, sie zu öffnen. Er sah sich dem allen nicht gewachsen. Noch nicht. Er musste zuerst einmal zur Ruhe kommen. Dann würde man weitersehen. Er trank ein Glas mit einem Zug aus.

Tabletten und Wein zeigten keine Wirkung. Die Geräusche in seinem alten, baufälligen Haus, die ihn sonst mit dem Gefühl von Heimeligkeit erfüllt hatten, erlebte er jetzt als Beklemmung, ja als Bedrohung. Das Rascheln und Nagen einer Maus, das Summen des Eisschranks, das Ächzen im Gebälk, der Wind in den zugigen Fenstern, der Widerhall eines Autos oder einer Stimme unten auf dem Topfmarkt, das alles deutete er als herannahende Gefahr. Die Vorstellung, in dem zweistöckigen Haus mutterseelenallein zu wohnen, unter ihm zwei leerstehende, dunkle, vor sich hin gähnende Geschosse, nährte und steigerte die fiebrige Phantasie. Hastig trank er ein weiteres Glas.

Scheinbar widersinnig und in einem nun wirklich dummen, ungünstigen Moment, brach eine hemmungslose, ungezügelte, erotische Sehnsucht in ihm auf. Er musste plötzlich an Lucias Gesicht denken, an ihr rotblondes gelocktes Haar, an das kräftige Rot ihres Mundes, den Klang ihrer Stimme, die rollenden Worte im fränkischen Akzent. Er stellte sich ihr Lachen vor, wie er seinen Mund auf ihre Lippen presste, sie an sich zog und entkleidete, vielmehr der Kleider beraubte. Im selben Atemzug kreiste seine Begierde aber auch um Eva, die Stiefmutter, die er noch immer heimlich begehrte. Auch ihr zerrte er die Kleider vom Leib, drückte seinen schmalen, unbehaarten Brustkorb an ihren warmen, prallen Busen, erzwang sich einen Zungenkuss nach dem anderen, grub dabei seine Finger in ihre Pobacken, ließ unvermittelt von ihr ab, wandte sich wieder Lucia zu, roch ihr Haar, leckte ihre Wange, ihren Nacken …

Jäh mischte sich das Bild des Vaters in seine Phantasien. Herrisch und gewalttätig drängte dieser den Sohn aus dem Bett, fing an, um Lucia zu buhlen. Was heißt buhlen? Er nahm sie einfach und beschlief sie vor seinen Augen. Wenn du mir Lucia auch noch wegnimmst, bring ich dich um!, schwor Kemper, goss das Glas voll, stürzte den Wein in sich hinein, wälzte sich von der einen auf die andere Seite, zog das Kopfkissen über den Kopf und schluchzte in das Kissen hinein. Erst am frühen Morgen schlief er endlich ein.

Am Nachmittag des Weihnachtstags – draußen wurde es schon dunkel – fuhr er mit Kopfbrummen und Albdrücken hoch. Er musste lange überlegen, welcher Tag es war. Im Schlafzimmer, ja in der ganzen Wohnung herrschte klirrende Kälte, weil er nachts vergessen hatte, Kohlen nachzulegen. Er richtete sich auf, taumelte aus dem Bett, stieß die große Zehe so heftig an, dass er meinte, sie sei gebrochen, humpelte fluchend zum Wäscheschrank, sich zu vergewissern, ob die Tasche noch da wäre. Unberührt lag das Bündel unter der Wäsche. Dann hinkte er auf die Toilette und sann dabei über seinen Traum nach.

Er hatte geträumt, wie Professor Sperling mit einer Hundertschaft von als Polizisten verkleideten Bachforschern die Wohnung stürmte. (Die Bachforscher trugen noch die Polizeiuniformen der DDR-Zeit.) Mit schrillen Kommandos befehligte Einsatzleiter Sperling seine Männer. Rauchbomben flogen in die Wohnung, Tränengas-Patronen wurden abgefeuert, nachdem man die Haustür samt Garderobenschrank kurz und klein gehauen hatte. Wie die Irren suchten die Bachforscher nach der Partitur, durchwühlten und zerschlugen alles, und als die Tasche endlich gefunden war, marschierten sie triumphierend davon und zogen Panzerfahrzeuge vom Topfmarkt ab. Ihn jedoch, den Entdecker der Partitur, ließen sie geknebelt und an ein Klavierbein gefesselt zurück in dem, was einmal eine Wohnung gewesen war.

Kemper brachte lange Zeit auf der Toilette zu, um halbwegs in den Tag zu finden. Dabei blickte er wehleidig auf die große Zehe, wie sie mehr und mehr anschwoll und blau wurde. Nachdem er sie eine Weile gekühlt hatte und schließlich wieder einigermaßen gehen konnte, begab er sich ins Wohnzimmer, um einzuheizen. Er musste feststellen, dass die Kohle ausgegangen war. Kein einziges Brikett war mehr vorrätig. In den Keller hinabzusteigen, dazu fühlte er sich außerstande. Aber nicht wegen der Zehe, sondern weil er Angst hatte, es könnte dort jemand auf ihn lauern. Also zog er Mantel und Schal an und ging in die Küche, um sich einen Kaffee zu brühen. Dort besann er sich eines weiteren Albtraums.

Er war als Hauptredner zu einem internationalen Bachkongress geladen worden. Vermutlich nach New York, weil die Lokalität wie der Plenumssaal der Vereinten Nationen aussah. Eine junge Dame – sie ähnelte Lucia – geleitete ihn mit charmantem Lächeln ans Rednerpult. Dort sollte er, der unbekannte Jakob Kemper aus Naumburg an der Saale, der baffen Weltöffentlichkeit zum ersten Mal den Fund der Funde vorstellen. Er justierte also das Mikrofon, klopfte mit dem Finger darauf, blickte lange in das Halbrund des Saals, trank einen winzigen Schluck Wasser, holte Atem, schürzte die Lippen, wartete noch einige Augenblicke, um die Spannung ins Unerträgliche zu steigern. Dann begann er seine Rede. Nun hatte er jedoch nicht bedacht, dass er kein Wort Englisch sprach. Die als UNO-Politiker getarnten Bachforscher rümpften ihre kurzen oder langen, weißen, gelben oder roten Nasen, machten Handzeichen und Gesten, dass sie ihn nicht verstünden. Es entstand ein Tumult, weil sich kein Dolmetscher finden ließ, der des Deutschen mächtig war. Lucia fing an, herzzerreißend zu weinen, und er selber wurde zornig und immer zorniger, zog seinen Schuh aus, trommelte damit wie einst Chruschtschow aufs Rednerpult, pochte auf sein Menschenrecht, auf die Freiheit der Rede, zumindest auf die Freiheit, deutsch sprechen zu dürfen. Das Schreien und Höhnen der Bachforscher wurde immer gespenstischer. Dann riss der Traum ab. Kemper schüttelte den Kopf, schlürfte heißen Kaffee und wärmte die Finger an der Tasse.

»Wie kann man nur so einen Unfug träumen?«, murmelte er, musste sich räuspern und merkte, dass seine Stimme rau und heiser klang, um nicht zu sagen versoffen.

Kurz darauf hinkte er ins Wohnzimmer, stellte sich ans Fenster, öffnete den Vorhang einen Spaltbreit und spähte hinaus. Eine wohltuende Ruhe lag über dem fast finsteren Topfmarkt. Das Laternenlicht, das auf die verschneiten Äste des großen Nussbaums fiel, warf einen gelblichen Streifen auf sein ausgemergeltes Gesicht.

Es wird alles gut werden, Kemper. Von jetzt an wird dein Name untrennbar mit Johann Sebastian Bach verbunden sein! Wo immer du auftauchst, wird dir Hochachtung und Wohlwollen zufliegen. Man wird dich bewundern und hinter vorgehaltener Hand über dich tuscheln. Von dir redet und schreibt man nur noch als dem Bach-Kemper ... Bach-Kemper! Das ist gut! ... Was? Sie kennen Kemper nicht? Den bedeutendsten Bachforscher aller Zeiten? Das Tagblatt wird jede Anstrengung unternehmen, ein Interview mit dir zu bekommen. Das wirst du natürlich freundlich ablehnen. Aber sei auf der Hut! Sie werden mit allen Tricks arbeiten, besonders mit schmutzigen. Sie werden dir auflauern, dich mit einer jungen, schönen Journalistin ködern wollen. Spätestens dann musst du deinen Trieb im Griff haben, Kemper! Du wirst die Journalistin nach Hause schicken und ihr mitteilen, dass die vor Jahrzehnten versprochene Rezension zu deiner Maßstäbe setzenden Aufführung der *Matthäuspassion* noch immer nicht erschienen sei. Hah! Und dann die ungläubigen Augen des Abteilungsleiters in der Berliner Staatsbibliothek! Die will ich sehen, wenn ich, Professor hatse Kemper – in der Zwischenzeit bin ich natürlich Ehrenprofessor in Harvard geworden –, wenn ich das Autograph P 25 entleihen kann, so lang, wie ich es für nötig erachte.

»Da staunen Sie, Herr Holl, wie? Man sieht sich immer zweimal im Leben!«

Oder die Reaktion meines lieben Kollegen Sperling! Wenn ich, Professor hatse, Doktor hatse Kemper – Oxford hat mir im Eilverfahren die Doktorwürde zuerkannt –, zum neuen Vorsitzenden der Bachgesellschaft bestellt werde. Dann müssen Sie wohl oder übel nach Diktat verreisen, geschätzter Kollege Sperling, und zwar für immer. Hah! Hah!

Und reich wirst du sein, Kemper! Steinreich! Sollte eines Tages ein Nachfahre des Goldschmieds Elender finanzielle Ansprüche erheben, wirst du nicht in Verlegenheit sein.

»Wie viel wollen Sie? ... Wie viel? Sie sind ja nicht bei Trost!« Du tust aber nur so, um die Anwälte zu erschrecken. Dann machst du eine rhetorische Pause und sagst: »Hören

Sie zu!« Nochmals lange Pause und ernst dreinschauen. »Ich geb's Ihnen in bar. Man kann nie genug Immobilien haben, nicht wahr? ... Keine Ursache! Das Vergnügen ist ganz meinerseits! Für mich ist das ein Klacks. Mal eben die Portokasse geplündert, lieber Herr Nachfahre!«

Er hatte Heißhunger auf etwas Kräftiges, Würziges. Bratwürste mit scharfem Senf oder panierte Fischstäbchen in Grillsoße. Davon musste noch was im Gefrierfach sein. Er schloss den Vorhang und tappte in die Küche. Während eine vom Gefrierbrand schon weißränderige Bratwurst im blubbernden Wasser lag, plagte ihn das schlechte Gewissen.

Kemper, du hast den vielleicht größten Schatz der Musikgeschichte gehoben, und was tust du? Dir fällt nichts Besseres ein, als ihn in der Bettwäsche zu verstecken. Dafür kriegst du lebenslänglich. Das sind in deinem Fall noch mindestens dreißig Jahre. Zu Recht! Du gehst sofort zu einer Telefonzelle, wählst die Nummer der Bachgesellschaft in Leipzig und beichtest dem Professor Sperling deine Entdeckung ... Feiertag.

Er angelte die geplatzte Wurst aus dem siedenden Wasser, hockte sich an den Küchentisch und verzehrte sie.

Feiertag. Das ist natürlich dumm. Außerdem sitzt der Sperling sowieso in Harvard, unter Kaliforniens praller Sonne, und lässt sich von einer silikonbrüstigen Studentin den Rücken eincremen. Ist doch wahr! Der lungert am Pool rum und verprasst Steuergelder. Liegt Harvard überhaupt in Kalifornien? Im Leipziger Büro ist der jedenfalls nicht ... Die Menschheit wird es schon noch früh genug erfahren. Wie sagt man? Was ich nicht weiß, macht mich nicht heiß. Noch weiß es niemand. Also vermisst auch niemand den Fund. Du bestimmst, wann die Zeit gekommen ist. Du bist jetzt das Maß aller Dinge. Du hast die Partitur gefunden. Sie können dich nicht mehr übergehen und ignorieren. Du bist jetzt der mächtigste Mann der gesamten Musikforschung.

Die Tränen kullerten über die Wangen (zu viel Senf), und er schlang den letzten Bissen in sich hinein. Es gelüstete ihn nach Süßem. Er fingerte ein Glas von der Anrichte herunter, löffelte zähes, klebriges Nougat. Davon wurde er durstig und trank eisigkaltes Wasser direkt vom Hahn. Davon bekam er stechendes Kopfweh.

In der Küche war es nahezu stockfinster geworden, weil er sich nicht getraut hatte, irgendein Licht in der Wohnung anzudrehen. Noch lange saß er unentschlossen da und grübelte. Der Fund im Wäscheschrank verbreitete eine stumme, ungeheuerliche Macht. Sehnsüchte und Ängste, Euphorie und Entsetzen, Jubel und Allmachtsphantasien wirkten und woben durch- und ineinander. Die Zeit war wie angefroren, und er selbst in ihr.

Er würde verrückt werden, wenn er nicht bald etwas gegen diesen Zustand unternähme. Das wurde ihm mit einem Mal bewusst. Er musste mit jemandem reden. Die Gespenster brachten ihn allmählich um den Verstand.

»Lucia!«, schrie er laut und schmerzlich.

Wie dringend hätte er jetzt ihrer Nähe bedurft. Wie notwendig wäre es, mit ihr zu reden. Ihr vielleicht sogar die Sache mit dem Fund anzuvertrauen. Vielleicht sogar das. Nur reden, sich ablenken, in ihre blassgrünen Augen blicken. Dann wäre er nicht mehr so allein gewesen, so verdammt allein …

Im gleichen Moment pochte es an der Wohnungstür. Kemper schoss vom Stuhl hoch, sackte jedoch gleich wieder zurück, weil er zu fest aufgetreten war. Sein erster Gedanke war, so zu tun, als wäre er nicht in der Wohnung.

»Jakob? Bist du daheim?«, ertönte Leos hohe Stimme, und sie klang sehr besorgt.

Das Klopfen wurde energischer.

»Mannoh, mach die Tür auf!«

Kemper überlegte. Dann erhob er sich, fühlte sich aber so wackelig – durch das Bein mit der schmerzenden Zehe rieselten stechende Schauer –, dass er sich an der Wand abstützen musste. Im Dunkeln tastete er in den Flur, rückte den Garderobenschrank ein Stück zur Seite, öffnete die Tür aber nicht.

Nein, er könne Leo heute unmöglich eine Geschichte erzählen, entgegnete er auf die Bitte des Jungen und bemühte sich, dabei so kalt und herzlos wie möglich zu klingen. Er habe eine schwere Grippe, wolle keinen anstecken. Leo solle ihn in Ruhe lassen und verschwinden.

Leo schaltete auf stur.

Er solle gefälligst abhauen und ihn in Ruhe lassen, herrschte ihn Kemper an. Er habe hohes Fieber und müsse zurück ins Bett. Ob Leo schuld sein wolle, wenn er sich eine Lungenentzündung einfange. Wolle er das? Wolle er ihn tot sehen? Na also!

Vor der Wohnungstür wurde es still. Kemper lauschte, weil er vermutete, dass Leo seinerseits lauschte. Er vernahm Schritte auf der Treppe, die sich entfernten, schnelle, kurze Kinderschritte, aber traute ihnen nicht, sondern verharrte noch minutenlang an der Tür.

Ihm geisterte durch den Kopf, dass Leo vielleicht schon alles ausgeplaudert hatte.

Sie wissen es! Der Alte, Eva … Alle wissen es! Halb Naumburg weiß es! Vielleicht warteten sie draußen und wollten Leo nur als Köder benutzen? Gleich werden sie die Tür einschlagen.

Er horchte. Totenstille.

Was hatte der Junge wirklich gesehen? Was wusste er? Kemper, denk nach! … Eine staubige Tasche, eine blaue Mappe. Mehr hat er nicht gesehen. Der hat doch keine Ahnung! Ein zehnjähriger Junge! Du hast ihm doch gesagt, dass die Mappe wertlos ist. Hast du ihm das nicht gesagt? Mensch, Kemper, überleg! Vielleicht hat Leo sogar dichtgehalten. Nein, er hat geredet. Du musst ihn zum Schweigen bringen. Du musst ihn … Dass du so etwas überhaupt zu denken wagst! Aber wenn er doch geredet hat? … Die Partitur muss weg. Du musst sie aus dem Haus schaffen. Die werden kommen. Wenn nicht heute, dann morgen … Vielleicht hat Leo aber geschwiegen. Herrgott, ich halt das nicht mehr aus!

Er kauerte an der Tür, lauschte und biss sich in den Handrücken. Als er einsehen musste, dass der Junge wirklich abgezogen war, rückte er den Schrank wieder vor die Tür, ging ins Wohnzimmer, knipste das Licht beim Schreibtisch an, nahm einen Zettel und schrieb eine Liste vorrangiger Besorgungen. Ganz oben auf der Liste stand: Schlagring und Pfefferspray auf dem Polenmarkt.

Nachdem Leo den Eltern mitgeteilt hatte, dass Jakob krank sei, fand es der alte Kemper angemessen, dem Ältesten am zweiten Feiertag einen Besuch abzustatten. Außerdem wurmte ihn die Dreistigkeit, mit der ihm der Kloßkopp *Stalingrad, wie es wirklich war* vor die Füße geschleudert hatte. Am späten Vormittag – die Schneeflocken gingen allmählich in Regen über – wanderten er, sein Evchen und Leo hinunter zum Topfmarkt.

»Ich habe Leo gesagt, dass ich Grippe habe und niemanden sehen will!«, klang es unwirsch hinter der Wohnungstür.

»Wer Russland überlebt hat, den haut nichts mehr um. Öffne jetzt die Tür! Zackig!«, polterte der Vater und lachte.

Jakob stieß eine Verwünschung aus, fasste sich ins Unabänderliche und schloss auf. Er war in Schlafanzug und Mantel, das dünne schulterlange Haar zerdrückt und verschwitzt. Eva und Leo schauten beunruhigt. Den Vater beeindruckte es nicht. Er musterte den Kranken von Kopf bis Fuß und zog die Luft durch die Schneidezähne ein, was ein zischendes Geräusch erzeugte. Wie hasste Jakob dieses Zischen! Es fuhr ihm durch Mark und Bein. Voller Verachtung blickte er den Alten an, der fast die gesamte Türlaibung ausfüllte und sich vor ihm aufbaute wie eine unüberwindbare Felswand. Der Vater hielt ihm das Geschenk unter die Nase.

»Spätestens in einer Woche will ich mit dir über das Buch reden!«

»Ich pfeif auf dein Buch!«, antwortete Jakob trotzig.

»Ich dachte, du denkst jetzt geschichtsbewusster«, entgegnete der Vater spitz.

»Einen Scheißdreck tue ich!«

»Jetzt fangt nicht schon in der Tür an zu streiten!«, sagte Eva. Sie trug einen grünen Parka und rosarote Ohrenwärmer. »Dürfen wir reinkommen?«, fragte sie und ließ eine klebrige Süße in ihre Stimme tropfen, während sie sich an Jakob vorbeizwängte.

»Dürft ihr nicht!«, wehrte sich Jakob. »Ach, ihr macht ja sowieso, was ihr wollt.«

»Davon kannst du ausgehen, Kamerad«, sagte der Vater und stand schon im Flur. »Wieso schiebst du den Schrank vor die Tür? Hast du Dreck am Stecken?«

»Ich mache die Wohnung sauber«.

»Das erledigt man vor dem Fest! Wieso ist es hier so kalt? Du humpelst ja? Wo ist die Kleine aus dem Reisebüro? Wolltest du sie mir nicht vorstellen?«, fragte der Alte wie ein Trommelfeuer, wartete aber keine Antwort ab, sondern betrat ohne Umstände die Wohnung. »Sind das alles Noten und so Zeug?«

»Ja, Noten und so Zeug«, seufzte der Sohn.

»Jakob«, unterbrach Leo, »der Gameboy ist cool! Thorsten vom Steinweg und Benno sind super neidisch auf mich.«

»Freut dich das Geschenk. Fein«, antwortete Jakob matt und hustete gekünstelt.

»Ja, der Junge hat sich irrsinnig darüber gefreut«, flötete Eva dazwischen, »man sagt generell, dass die Computer jetzt auf dem Vormarsch sind, von daher … Schau, Jakob! Ein paar selbstgemachte Plätzchen. Damit's auch für dich festlich wird.«

»Ich mag keine Zimtbären!«

»Sie sind mir leider aus der Form geraten. Aber schmecken tun sie, von daher. Nett hast du's hier. Man will gar nicht glauben, dass es sich um die Wohnung eines Junggesellen handelt. So ordentlich. Würdest du mir bitte die Jacke abnehmen?«

Jakob entschuldigte sich für die Unaufmerksamkeit und nahm Eva den Parka ab. Er warf einen verstohlenen Blick auf sie. Dabei fielen ihm seine nächtlichen Phantasien ein, und er errötete. Außerdem musste er zugeben, dass Eva tatsächlich noch immer eine Eva war, schöner und sinnlicher als in seinen Träumen. Um auf andere Gedanken zu kommen, hieß er die Familie im Wohnzimmer Platz nehmen, doch auf diese Idee waren sie bereits selber gekommen. Unbemerkt zog er die Tür zum Schlafzimmer zu.

Leo lümmelte sich auf das grüne, schon sehr ausgeblichene Stoffsofa und gab sich mit Konzentration seinem Spiel hin, wobei er nur so tat als ob. In Wirklichkeit interessierte ihn, weshalb sich der Bruder gestern so feindselig benommen hatte.

»Wieso hast du die Vorhänge zugezogen?«, fragte Eva, indem sie die Vorhänge aufzog.

»Er hat Dreck am Stecken«, bemerkte der Vater.

Jakob schwieg, kniff die Lider zusammen und stöhnte, weil ihn das Tageslicht schmerzte.

»Sieht schon viel gemütlicher aus«, fuhr Eva fort, wobei sie die Arme zum Kopf hob und ein Hohlkreuz machte, so dass Jakob unweigerlich auf ihre Brüste sehen musste, die sich groß und rund unter dem T-Shirt abzeichneten. Evas Augen blitzten kurz auf, weil sie erreicht hatte, was sie wollte.

»Das sind also alles Noten«, wiederholte der Vater. »Nicht ein Buch über Geschichte.«

»Ich kann euch nichts anbieten«, entgegnete Jakob hastig, um vom verhassten Thema abzulenken.

»Anbieten konntest du noch nie etwas.«

»Walter, bitte!«, zischte Eva.

»Wie gesagt: Es ist nichts im Haus«, sagte Jakob und ignorierte den Sarkasmus des Vaters.

»Bloß keine Umstände!«, beruhigte Eva ihn. »Setz dich einfach zu uns. Weißt du, wir haben uns richtig Sorgen gemacht.«

»Der Junge«, sprach der Vater unbeirrt weiter, »ist da zum Glück ganz anders. Das ist ein richtiger Kemper. Der hat Rasse. Und zäh ist er wie …«

Eva schnitt ihrem Mann das Wort ab. »Macht Leo gute Fortschritte im Klavierspielen? Man sagt, dass die musischen Fächer wieder sehr im Kommen sind, von daher.«

»Wir sind zufrieden«, antwortete Jakob. »Nicht wahr, Leo?«

Der Junge nickte und drehte sich weg. Jakob konnte nicht länger seinen Gesichtsausdruck studieren, um herauszufinden, auf welcher Seite Leo nun wirklich stand. Auf der Seite der Bachgesellschaft oder auf seiner, Jakobs, Seite.

»Der Kleene hat einen Mordsspaß mit dem Dings … Boydings!«, sagte Eva nach einer Weile, um das peinliche Schweigen zu durchbrechen, das entstanden war. »Hier ist es aber wirklich ungemütlich. Jakob, warum heizt du nicht?«

»Um die Kempersche Rasse abzuhärten. Nicht wahr, Vater?«, erwiderte er, und seine ansonsten ruhigen braunen Augen wurden giftig.

»Jakob! Sollst du so mit deinem Vater reden? Walter liebt dich. Er liebt dich wirklich. Wann werdet ihr endlich Frieden machen?«

»Beim Zapfenstreich im Rosengarten«, sagte der Vater mit einer wegwerfenden Handbewegung in Richtung Eva, »wird man dich vermutlich nicht sehen.«

»Bestimmt nicht!«, antwortete Jakob und lachte dabei fast schmerzlich laut heraus.

»Was gibt es da zu lachen? So ein Fackelzug ist was Erhebendes. Leo wird zum ersten Mal die Fackel tragen. Schöne, stramme Sache.«

Es entstand wieder ein bleiernes, fast unerträglich langes

Schweigen. Eva blickte immerzu auf die chinesische Porzellanuhr über Tschaikowskys Klavier. Leo spielte mit dem Gameboy, und der Alte starrte, die Hände auf dem Rücken, zum Erkerfenster hinaus. Plötzlich erinnerte sich Eva, dass sie einen wichtigen Anruf machen wollte. Zu dumm, dass Jakob noch immer kein Telefon besitze, sagte sie erleichtert und stand vom Sofa auf, dann hätte sie von hier anrufen können. Es sei wirklich schade, dass man sich so selten sehe, wo man so nahe beieinander wohne, von daher…

Etwas überstürzt trat die Familie Kemper den Heimweg an. Zwar verstand der Vater die Eile seiner Frau nicht, wusste auch von keinem Anruf, fügte sich aber.

Im Weggehen zwinkerte Leo dem Bruder vielsagend zu. Jakob wusste nicht, wie er es deuten sollte. War es als Zeichen ihrer Komplizenschaft gedacht, oder war es als Warnung zu verstehen?

Jakob wollte gerade die Wohnungstür schließen, als er im Treppenhaus Eva keifen hörte.

»Walter, mit deiner braunen Scheiße gehst du mir langsam auf den Keks!«

Kemper spitzte die Ohren, vernahm keinen Laut von Verteidigung. Der Alte musste Eva völlig verfallen sein. Andererseits war sie ihm verfallen. Davon war er ebenfalls überzeugt.

»Primaten!«, flüsterte er.

Aufatmend drehte er den Schlüssel herum und rückte den Garderobenschrank wieder vor die Tür. Er fühlte sich auf einmal stark. Vielleicht war es die Jämmerlichkeit des Vaters gewesen, die ihm plötzlich Kraft gab, der Anblick dieses verbohrten verbitterten Mannes, der sich nie mit Schuld und Scheitern auseinandergesetzt hatte.

»Wenn einer von uns beiden rückfällig geworden ist«, flüsterte Kemper, »bist es du.«

Er holte noch einmal tief Luft, schlurfte ins Wohnzimmer, räumte den Arbeitstisch leer – eine ehemalige Tür auf zwei Holzböcken –, wischte die Platte mit einem feuchten

Tuch ab, zog die weißen Seidenhandschuhe über, die er sich zugelegt hatte, um in Berlin P 25 zu sehen, ging zum Wäscheschrank, kramte den Fund hervor, wickelte das Bettlaken auf, trug die Tasche ins Wohnzimmer und stellte sie mitten auf den Tisch.

Jetzt fühlte er sich der Sache gewachsen. Er war bereit. Er öffnete die Tasche. Ehrfurcht ergriff ihn, aber kein Händezittern mehr. Er tat etwas, das ihn selbst überraschte. Er bekreuzigte sich.

Symbolum

Ein weiches graues Winterlicht fiel durch das schmale Erkerfenster auf den Schreibtisch. Das Haus war nordseitig gelegen, weshalb die Sonne selbst bei strahlendem Himmel kaum ins Fenster schien. Außerdem schattete die gebirgige Fassade von St. Wenzel nahezu den ganzen Topfmarkt ab. Der winzige Platz mit dem großen Nussbaum und den zierlichen Bürgerhäusern aus dem achtzehnten Jahrhundert, von deren Fronten der Putz abgeplatzt war, lag still und vereist. Nur aus den tiefer liegenden Straßen drang das Summen der Autos herauf in die Wohnung. Die Turmuhr hatte soeben heiser die Mittagsstunde geschlagen.

Kemper stand am Schreibtisch und blickte mit feierlichem Gesicht auf die Reisetasche. Hatte sie wirklich der Anna Magdalena gehört? War ihr Mann, als er im September 1746 nach Naumburg gekommen war, um die neue Orgel zu prüfen, überstürzt aufgebrochen? Hatte er seine sieben Sachen nicht gefunden und deshalb flugs ihre Tasche geschnappt? Gut möglich, zumal es bei den Bachs oft drunter und drüber ging und ihr Haus einem Taubenschlag glich, wie die Quellen berichten.

Der Forscher lächelte verträumt, zeichnete mit den Fingern die Stickereien auf der Tasche nach, folgte den Konturen des Hündchens mit dem blauen Halsband, wie es keck aus einem Bukett von Rosen hervorluchste. Diesmal war er ruhig, als er den Fund in Augenschein nahm. Die auferlegte Akribie und Nüchternheit des Wissenschaftlers, der nur glaubte, was er beweisen konnte, bot ihm Schutz vor dem Unglaublichen.

Als er in die Tasche blickte, wurde er gewahr, dass neben der blauen Mappe noch andere Dinge lagen. Stofffetzen kamen zum Vorschein, vermutlich verrottete Kleidungsstücke. Die Lumpen rochen nach fauligem Holz. Vorsichtig zog er ein Stück nach dem andern heraus, breitete jedes auf dem Tisch aus und betrachtete es. Er fand etwas, das aussah wie eine langärmelige Weste. Sie schien aus dunkelbraunem Samt genäht, mit teils blinden, teils echten Knopflöchern. Die Annahme, dass es sich um eine Weste handelte, bestätigte sich, als ihm fünf silberne Knöpfe entgegenpurzelten. Die Weste oder was davon noch übrig war, schien in der Taille eng geschnitten. Der Forscher stutzte. War sie eingegangen oder war Bach im Alter ein schlanker Mann gewesen und nicht der feiste, aufgedunsene, wie es das bekannte Portrait von Elias Gottlob Haußmann glauben machte? Auch die Kniehose aus vermutlich einmal gelbem, jetzt fahl bräunlichem Damast deutete auf einen nicht eben beleibten Träger hin, zumindest, was den Bundumfang betraf. Während er ein völlig neues, revolutionäres, ja Maßstäbe setzendes Bachbild im Kopf skizzierte, kramte Kemper weiter in der Tasche und holte ein anderes Stoffbündel hervor. Es bestand aus einem schwarzen löchrigen Kniestrumpf, einigen Fetzen aus grauem Barchent – vermutlich die Leibwäsche – sowie etwas Filzigem, das sich nach Haaren anfühlte. Behutsam löste er das Objekt heraus und tat einen kurzen, kehligen Aufschrei.

»Seine Perücke! Ich fasse es nicht! Kemper, du hältst Bachs Perücke in der Hand! Das ist der helle Wahnsinn! Bist du dir bewusst, was unter dieser Perücke gedacht, gefühlt, geliebt, gehasst und geschwitzt wurde?«

Er presste die Hand an den Mund und verbat sich jede weitere unwissenschaftliche Gefühlsäußerung. Dennoch hätte er zu gern die Allongeperücke auf den Kopf gesetzt und sich Bach nahe gefühlt, wie noch kein Mensch zuvor dem Meister nahe gewesen war.

»Sei nicht albern!« Er legte die Perücke auf den Tisch und schritt mit der Inventarisierung des Fundes fort. Er richtete den Arm der Tischleuchte so aus, dass die Lampe einen blassen gelben Lichtkreis auf den Boden der Tasche warf und ein kleines Rasieretui mit winzigem Messer und einem flachen, ovalen Schleifstein beschien sowie den Kopf einer Tabakspfeife samt abgebrochenem, langem Schaft. Die Pfeife war aus weißem Ton gebrannt. Vorsichtig fügte er die beiden Teile zusammen. Sie passten genau aufeinander. Der Forscher grinste spitzbübisch, lugte wieder auf den Boden der Tasche und kramte ein letztes Fundstück hervor. Es war ein schwarzer kleiner Beutel, dessen Öffnung mit einer schwarzen, wohl ehemals silbernen Kordel festgezurrt war. Auf dem Beutel standen die mit Silberfaden gestickten, ineinander verschlungenen Initialen »JCA«.

»Jott-Tse-Ah«, sagte Kemper leise vor sich hin, knotete mit gerunzelter Stirn die Kordel auf, öffnete den Beutel, steckte seine Stupsnase hinein. Er roch nichts, drückte die Nase tiefer in den Beutel und roch nichts. Er nahm einen Briefumschlag, klopfte den Beutel vorsichtig darüber aus. Feines graues Pulver rieselte in den Umschlag. Der Tabak war im Lauf von knapp 250 Jahren zu einem Häuflein Staub zerfallen, mutmaßte er. Schließlich betrachtete er die Tasche noch einmal von allen Seiten und versenkte sich in den Anblick der unglaublichen Dinge, die vor ihm auf dem Tisch lagen.

»Jott-Tse-Ah«, wiederholte er und begann stumm zu grübeln. Wer ist das? ... Johann Christian? Vielleicht. Bach hatte einen Sohn mit diesem Namen. Hat Johann Christian ihn auf der Reise nach Naumburg begleitet? Hat der Alte seinen Tabaksbeutel geklaut? Aber das A? ... A ist die Initiale für den Familiennamen … Ahle? Es gab einen Komponisten, der so hieß.

Kemper wurde nicht schlau daraus. Er benötigte profunden Rat, ging zum Bücherregal und fingerte nach einem dicken, in rotes Leinen gebundenen Wälzer, schlug den Index auf. Dass es sich bei dem Buch um die epochale Bachbiografie von Hans-Georg Sperling handelte, nahm er mit säuerlicher Miene hin, denn die Lösung des Initialen-Problems war übergeordnet. »Abel. Ahle, Georg. Ahle, Rudolf. Agricola. Albinoni. Altnickol … Moment … Altnickol, Johann Christoph … Aber natürlich! Bin ich ein Esel! Bachs Schwiegersohn und Schüler der letzten Jahre! War das nicht der, der die hässliche Tochter Liesgen heiraten musste …«

Er merkte sich die Seitenzahlen, die neben dem Namen standen, schlug nach und begann zu lesen. Je länger er sich im »Sperling« vertiefte, desto mehr beeindruckte ihn das schier unermessliche Fakten- und Zahlenmaterial, mit welchem der Professor aus Harvard aufwarten konnte. Obwohl er ihn für maßlos überschätzt hielt, musste Kemper einräumen, dass der Kollege nicht zu Unrecht ein anerkannter Bachforscher war. Aber die Öffentlichkeit neigte nun mal zur Übertreibung.

»Da hätte ich selbst draufkommen müssen, ich Dummkopf! Der Tabaksbeutel gehörte Bachs Schwiegersohn in spe. Der Alte muss also gemeinsam mit Altnickol nach Naumburg gereist sein. Wie ist das alles aufregend!« Er legte den roten Wälzer beiseite, wandte sich dem Eigentlichen zu, der blauen Mappe, die geschlossen vor ihm lag und eine geheimnisvolle Kraft ausströmte. Nun bekam der Musikforscher doch Herzklopfen, und im Magen breitete sich ein flaues Gefühl aus.

Wie er es handhaben wollte, das Manuskript nach allen Regeln der Wissenschaft zu untersuchen, darüber hatte er die vergangenen Nächte immer wieder nachgedacht. Er hatte sich einen Plan zurechtgelegt, dem er mit bedingungsloser Konsequenz folgen wollte. Zuerst würde er jeden

Bogen des mysteriösen Notenkonvoluts ausmessen. Dann Zeile für Zeile, Seite um Seite untersuchen und jede Auffälligkeit, sei es, was den Erhaltungszustand des Papiers betraf, sei es, was das Schriftbild anbelangte, exakt in einem Notizheft festhalten. Keinesfalls wollte er sich gestatten, im Autograph weiterzublättern, ehe nicht jeder Taktstrich, jede Note, Verzierung oder Bezifferung bis zum letzten Jota erforscht und analysiert wäre.

Mit etwas zittriger Hand öffnete er den Deckel der Mappe und verschaffte sich einen genauen Überblick über den Umfang der Partitur. Die Handschrift bestand aus insgesamt 42 losen Bogen. Das waren 168 Seiten Musik. Mehr als das Doppelte der *Matthäuspassion*, von der er wusste, dass ihr Autograph rund 80 Blätter umfasste. Mit anderen Worten: Er hatte es hier mit einer Musik zu tun, deren Aufführung an die sechs bis sieben Stunden dauerte. Allein diese Vorstellung ließ seinen Puls in die Höhe schnellen und die Hände noch zittriger werden.

Dann las er zum zweiten Mal mit ungläubigen Augen die Titelüberschrift der Partitur und blieb an den folgenden Worten kleben: *Poesia per Domina Ziegler dictus Romanus*.

»Ziegler, Ziegler? War das nicht …?«

Her mit dem »Sperling«, schnell. Namensregister, Daumen rein und nachgeschlagen.

Die pietistische Dichterin Mariane Ziegler, ließ er sich von seinem berühmten Kollegen belehren, stammte aus den besten Leipziger Kreisen und war eine Tochter des Bürgermeisters Romanus. Obwohl er wegen gefälschter Schuldscheine lebenslänglich in den Kerker gewandert war, unterhielt Madame Ziegler einen hochangesehenen Salon, darin die besten Köpfe ihrer Zeit verkehrten. Sie veranstaltete Konzerte, Rezitationen mit lebenden Bildern, kabbalistisch angehauchte Séancen sowie Experimente zur Vorführung von Elektrizität und Magnetismus. Gottsched, der größte Universalgelehrte Deutschlands, soll für sie geglüht haben. Ihre Reimkunst wie ihr männliches Äußeres hätten ihn unwiderstehlich angezogen. Er sei Madame Zieglers größter Förderer und Bewunderer gewesen.

Der schreibt gar nicht einmal so schlecht, der Sperling, dachte Kemper. Hand aufs Herz: So unhöflich ist der Absagebrief bezüglich der Orgelrenovierung auch wieder nicht gewesen. Sicher, ein überheblicher Ton ist dem Schreiben nicht abzusprechen. Aber direkt ungehobelt oder gar dreist? Man muss natürlich ein Freund der Menschen sein und innere Größe haben, um das so zu sehen.

»Ach ja«, sprach er in freundlichem Ton, »hat nicht jeder Forscher das Recht, ein wenig Wärme von der Sonne Bachs zu erhaschen? Bach scheint doch für alle, selbst für einen Sperling.«

Er legte den Wälzer weg, wandte sich dem Deckblatt zu und wunderte sich, dass es nicht weiter beschrieben war. Normalerweise fügte Bach dem Werktitel die instrumentale und vokale Besetzung bei, und zwar aus Gründen der Ökonomie. Weil Notenpapier eine Kostbarkeit darstellte, hatte er seine Partituren für gewöhnlich bis zum äußersten Rand vollgekritzelt, ein Ries Papier entsprach damals etwa dem Monatslohn eines niederen Lakaien.

Wie schon auf der Orgelempore hielt Kemper nun den ersten Papierbogen gegen das Licht, um das Wasserzeichen genauer zu studieren, den Doppeladler mit Reichsapfel und Schwert. Er legte den Bogen behutsam zurück, erhob sich, ging zur Bücherwand und suchte das Buch des japanischen Bachforschers Yoshiba Koyatake, der sich intensiv mit den Wasserzeichen in Bachs Handschriften auseinandergesetzt hatte. Dort fand er etwas Verblüffendes heraus:

Das Papier, das Bach für dieses bislang unbekannte Werk benutzt hatte, stammte aus derselben Papiermühle in Sachsen wie jenes, auf dem er große Teile der *h-Moll-Messe* niedergeschrieben hatte – sein unbestrittenes Haupt- und Spätwerk. Kemper begann zu kombinieren, und die Gedanken loderten hell und kühn auf: Hatte Bach neben der *h-Moll-Messe*, von der jeder Kenner wusste, dass sie ein

Konglomerat aus früheren Werken darstellte, ein weitaus größeres Vorhaben begonnen? War die *h-Moll-Messe* nur deshalb aus älteren Stücken zusammengeflickt, weil der Meister spürte, dass ihm nicht mehr viel Lebenszeit bleiben würde, und weil er mit dem *Oratorio* sein eigentliches Vermächtnis schaffen wollte? Ist die *h-Moll-Messe* gar nicht die Summe seines gesamten musikalischen Denkens, der absolute Gipfelpunkt, wie die Forschung bisher annahm? Und ausgerechnet ich soll es sein, der dieses Werk nach exakt 246 Jahren auffinden muss? Nachdem es der alte Bach im Balghaus meiner Orgel zurückgelassen oder verloren hat? Weiß der Teufel, wie das zugegangen ist. Mensch, Kemper, es sind deine Hände, die diese Mappe zum ersten Mal öffnen, nachdem Bach sie zum letzten Mal geschlossen hat!

»Das ist der blanke Wahnsinn!«, brüllte er, sprang vom Stuhl auf, klatschte in die Hände, ballte die Faust und hielt sie sich sofort vor den Mund, weil er fürchtete, man habe ihn unten auf dem Topfmarkt schreien gehört.

Er schnaubte, er fauchte, er konnte es einfach nicht glauben. Niemand würde ihm das glauben. Niemand! Kein Bachforscher von hier bis Timbuktu. Vom späten Bach gibt es die *h-Moll-Messe*, dann folgt die *Kunst der Fuge*, schließlich ein letzter Orgelchoral. Dann erblindet er völlig, und schließlich geht ihm das Lebenslicht ganz aus. Finito! Es gibt keine blaue Mappe in einer verstaubten Reisetasche! Von Bach gibt es keine Musik nach der Apokalypse des Johannes! Die gibt es nicht! Wer das behauptet, ist ein Schelm, ein Witzbold, ein Lügner, ein was weiß ich! … Erzähl das mal den klugen Herren von der Bachgesellschaft! Ruf ihn an, den Sperling! Sag ihm, dass du dich sehr wundern musst, weshalb das gewaltige, fast siebenstündige *Oratorio* von 1746 mit keiner Zeile in seiner Bachbiografie erwähnt wird. Wie? Sie kennen das *Oratorio* nicht? Ruf ihn an, Kemper! Der denkt, dort spricht ein Verrückter, und legt gleich wieder auf.

Er brauchte lange, um seine Euphorie, die Schadenfreude und den Hohn zu zügeln. Als er sich halbwegs beruhigt hatte, holte er ein Glas und eine Flasche Wein und begab sich wieder an den Schreibtisch. Das Glas füllte er bis an den Rand, schob es jedoch sofort weit von sich weg, weil ihm plötzlich die Geschichte mit dem holländischen Dirigenten und Organisten van Hulle einfiel, der in Berlin Rotweinflecken auf P 25 hinterlassen hatte. Kemper schürzte verächtlich die Lippen, stellte Flasche und Glas sicherheitshalber noch weiter weg auf das Fensterbrett, spitzte einen Bleistift und nahm ein Lineal, um endlich mit der wissenschaftlichen Arbeit zu beginnen. Aber nicht ein einziges Wort kritzelte er in das Notizheft, die Neugierde war stärker.

Was verbarg sich auf der Rückseite des Titelblatts, von wo die Tinte so kräftig durchschimmerte? Wie fing diese noch von keinem außer von Bachs Ohren gehörte Musik an? Was sind das für Töne, Melodien und Harmonien? Was für Rezitative, Arien, Duette und Chöre? Wie war dieses Werk, das offensichtlich von gewaltigen Dimensionen war, angelegt, aufgebaut und strukturiert?

»Nicht umblättern! Wissenschaftlich bleiben. Erst das Deckblatt ausmessen. Nicht umblättern!«, befahl er sich laut.

Er blätterte um: *Vor die Hauptkirche zu St. Thomae* war auf der Rückseite zu lesen, was darauf hinwies, dass die Musik für die Thomaskirche in Leipzig bestimmt war. Die Buchstaben waren unregelmäßig, dickstrichig und mit brauner Tinte geschrieben, die Tinte zum Teil abgeblättert, genauer gesagt herausgefallen: eine Folge des Tintenfraßes, dem er in Schriftstücken des Stadtarchivs oft begegnet war. Die Tinte von damals war eisenhaltig, hatte gewissermaßen zu rosten begonnen, bis ganze Buchstaben oder Noten aus dem Papier herausbröselten. Über die Jahrhunderte konnte ein Dokument unleserlich, ja unbrauchbar werden. Kemper ermahnte sich, die Seiten mit der größtmöglichen Sorgfalt zu behandeln und jede Erschütterung des Papiers zu vermeiden. Sachte hob er das Weinglas, nahm einen Schluck und stellte es wieder hin, indem er einen großen Bogen um das Manuskript machte.

Dann meinte er, nicht recht gesehen zu haben. Das Werk hob nicht etwa mit einem Eingangschor an, wie es für ein Oratorium der damaligen Zeit typisch gewesen wäre. Ein Solostück machte den Auftakt, ganz ohne die übliche Begleitung durch den Basso continuo, also durch Cello mit Orgel oder Cembalo. Neun dicht an den oberen linken Rand gedrängte Notenzeilen waren es, die den Beginn dieser gewaltigen Partitur bildeten. Über der ersten Zeile dieses Solos stand die Bezeichnung *Sarabande*, was auf eine langsame, getragene Musik hindeutete, und in Klammern waren die Worte *Auf dem Schwalpennest* beigefügt. Ein Schwalbennest bezeichnete eine kleine Empore an der Seitenwand oder im Chorraum der Kirche. Zumeist befand sich dort eine zweite Orgel, und der Einbau ähnelte wirklich einem Vogelnest hoch über den Köpfen der Zuhörer. Von alten Stichen wusste Kemper, dass die Thomaskirche in Leipzig, an der Bach viele Jahre tätig gewesen war, über ein solches Schwalbennest verfügt hatte und dass er es bei der Aufführung von P 25 einbezogen hatte, um einen klanglichen Effekt zu erzeugen, eine Art vorweggenommene Stereophonie.

Was den Forscher aber stutzen ließ, war das Instrument, das Bach für die Ausführung des Solostücks verlangte. In wackeligen Buchstaben hieß es in der Partitur: *Cornettino*.

»Cornettino, Cornettino«, brabbelte der Forscher, schlug in Albert Zinsers dreibändigem *Lexikon der Barockinstrumente* nach und wurde fündig. Unter Cornettino war der Zink gemeint, ein mittelalterliches Blasinstrument, gefertigt aus zwei ausgehöhlten Holz- oder Knochenstücken, die zusammengeleimt und der Festigkeit halber mit Leder umwickelt waren. Der Tonumfang dieses fast archaischen Instruments umspannte nicht mehr als zwei Oktaven, aber der Zink verfügte über einen unverwechselbaren Klang. Er tönte weich und elegisch, fast etwas heiser, als sei er chronisch erkältet, in jedem Fall über alle Maßen sanft und verhalten. Zwar hatte das Instrument die Barockmusik überdauert, es war aber schon zur Bachzeit aus der Mode gekommen. Lediglich die Stadtpfeifer wussten den Zink noch bei öffentlichen Anlässen zu spielen.

Weshalb also dieser unmoderne Zink, überlegte Kemper, wo Bach doch zeitlebens an der Verbesserung und Erweiterung seiner Instrumente interessiert war und regen Kontakt zu den besten Instrumentenbauern unterhalten hatte? Und wieso war die Melodielinie mit roter anstatt mit brauner Tinte geschrieben? Das war in Bachs Partituren seines Wissens nur einmal vorgekommen, und zwar bei der autographen Reinschrift von P 25.

Er umklammerte den Stiel des Weinglases und trat einen Schritt vom Manuskript zurück. Sein Blick schweifte durch das schmale Erkerfenster hinüber zur Südfassade der Wenzelskirche, deren verschachteltes Ziegeldach mit der spitz auslaufenden Turmhaube für Momente in grauviolettes Licht getaucht war. Ein beinahe mystisches Licht, verursacht durch die Brechungen der tief hängenden Wolken, die soeben aufrissen. Auf einmal war die intensive Lehrzeit mit Wölfer wieder gegenwärtig. Wölfer, dieser kleine, quirlige Mann, der immer schneller sprach, als er denken konnte, der in seiner unbändigen Verehrung für Johann Sebastian Bach auf die aberwitzigsten Ideen, Hypothesen und Theorien verfallen war, um dem Wunder dieses musikalischen Gottgeistes, wie er sich ausgedrückt hatte, näherzukommen. Kemper versuchte sich zu erinnern: Laut Wölfer war nichts, aber rein gar nichts bei Bach Zufall oder Nebensächlichkeit, keine einzige Note. Alles war bereits im Kleinsten verborgen, was später im Großen zum Vorschein kommen sollte. Totum in unum, das Ganze in einem. Bach, das war für Wölfer ein unsagbar kostbarer Teppich, so eng gewirkt, dass man die Knoten nur noch mit der Lupe erkennen konnte. Wenn Bach, gleich in welchem Stück, einen musikalischen

Gedanken vortrug, sei es ein Motiv, ein Thema oder eine Akkordverbindung, so drehte und wendete er diesen Gedanken hundertfach. Er soll fähig gewesen sein, aus wenigen Tönen einen ganzen Papierbogen voll kontrapunktischer und harmonischer Möglichkeiten abzuleiten, und zwar beim ersten Hören der Melodie. Damit soll er seine Zeitgenossen verblüfft, ja vielen einen heillosen Schrecken eingejagt haben.

Für Wölfer war Bach die Instanz der Instanzen. Er besaß die Gabe, etwas absolut zu setzen und es gleichzeitig zu relativieren, ohne dass sich die beiden Pole ausschlossen. Indem er so radikal komponierte, wie er dachte, deckte er die Halbheiten und Lügen auf und brachte sie dadurch ans Licht. Weil er schonungslos Zeugnis von sich ablegte, erschien er seiner Mitwelt so monumental und war doch der feinnervigste Musiker seiner Zeit. Er war das Gleichmaß von Ratio und Emotio. Das Paradox bildete die höchste Form seines Denkens.

Bach war für Wölfer nicht nur ein musikalisches Phänomen. Bach reichte weit über die Musik hinaus. Er war für ihn eine Art Lebensmodell, die Synthese des Geistes und der Emotion zugleich, die Verschmelzung von Logik und Gefühl. Er habe in seinen Werken Herz und Verstand hörbar gemacht und in eine kosmische Formel umgewandelt. Denken und Gefühl waren die Parallelen, die sich in der Unendlichkeit schnitten. Unendlichkeit aber bedeutete für Wölfer, schwerelos zu sein im Jetzt und im Hier. Kemper betrachtete die offen daliegende Partiturseite und dachte an seinen alten Lehrer, wie ihm dieser auf der Orgelempore die »Schwerelosigkeit« hatte nahebringen wollen und bei den Zechbrüdern im Alten Krug den »lebendigen Kontrapunkt«. »Du warst viel zu jung, um zu verstehen, was er gemeint hat«, murmelte er und erhob sein Glas. »Wo immer du im Kosmos treibst, Friedhelm … Auf dich!«

Er setzte sich wieder. Weil er über eine gute musikalische Vorstellungskraft verfügte, fiel es ihm leicht, das Niedergeschriebene als Töne und Klänge wahrzunehmen. Während er die Partitur zu lesen begann, drehte er in Gedanken die Zeit um 246 Jahre zurück. Er stellte sich vor, er säße als Zuhörer in der Leipziger Thomaskirche, würde Zeuge der Uraufführung – wenn es denn je eine gegeben hatte –, blickte auf das schwindelerregend hohe Schwalbennest, wo der Solist gerade den Zink an die Lippen höbe und die unbekannte Musik zum ersten Mal erklingen ließe.

Er schürzte die Lippen und beugte den Kopf tief über die Partitur. Die ergrauten nackenlangen Haare glitten wie ein dünner Vorhang auf seine Wangen und vibrierten leicht. Der Atem ging sanft, fast unhörbar. Die mit viel brauner Tinte geschriebenen Noten auf dem gewellten Blatt begannen zu klingen. Das innere Ohr vernahm immer klarer und deutlicher das warme, melancholische Timbre des Zinks. Kemper versank in grenzenloses Staunen.

Das Solo mit einer kleinen Non zu eröffnen, die in eine verminderte Quart hinabstürzte, eine so unvermittelte, scharf tönende Intervallfolge für den Auftakt eines Oratoriums zu wählen, das hatte es in der ganzen Barockmusik nicht gegeben. Aber nicht genug. Je weiter sich die Linie ausbreitete, desto mehr häuften sich Dissonanzen und unübliche melodische Fortschreitungen. Kemper meinte, er höre eine Art Zwölftonmusik, eine Klangsprache, die erst zweihundert Jahre nach Bach entwickelt worden war. Das Solo war gegen alle Regeln und Prinzipien der damaligen Melodieführung komponiert, hatte etwas Beängstigendes, ja Beklemmendes und ergab doch ein unerklärliches, architektonisches Ganzes. Er konnte nicht glauben, dass so viel Misstöne und scheinbar fehlerhafte Dissonanzbehandlungen eine so wohlklingende und doch unwirkliche Musik ergaben. Er musste Takt für Takt wiederholen, Note um Note.

Während er aufmerksam der Musik nachspürte, begann er nach und nach etwas Eigenartiges und Fremdes wahrzunehmen. Überrascht blickte er auf, hob die Nase, schnupperte. Ein sanfter Wind wehte ihm ins Gesicht. Der Wind kam von Mittag und trug den Geruch von Tannenharz herbei. Kemper sah zur Decke. Dunkelblau spannte sich ein makelloser Himmel über ihm aus. Er schloss die Augen, öffnete sie, blickte an sich hinab, bemerkte, dass ihm die weißen Glacéhandschuhe viel zu groß waren. Zu groß für einen sechsjährigen Jungen. Noch ehe er darüber nachdenken oder gar erschrecken konnte, rief Karl nach ihm, nahm ihn an der Hand und führte ihn nach Buchholz, das einige Kilometer außerhalb der Stadt lag. Dort gab es einen unberührten Flecken mit einem Weiher, der »Schwarzer See« genannt wurde, weil die Lichtung von hohen Nadel- und Laubbäumen umstellt war, so dass die Wasseroberfläche beinahe schwarz erschien. Es war ihr Geheimplatz, in den Sommerferien verbrachten sie dort bei Regen wie bei Sonnenschein die Tage.

Kemper schloss langsam die Augenlider.

Sie spielten »Räuber und Gendarm«, schnitzten Pfeifen aus Haselnuss-Stecken, wetteiferten miteinander, wer den höchsten Wipfel zu erklettern wagte. Wem es gelang, in der gefährlich ausschwingenden Krone die Spitze herauszubrechen und zum Beweis vorzuzeigen, war der Sieger. Oft geschah es, dass einer von ihnen auf einem morschen Ast durchbrach und in die Tiefe stürzte. Zum Glück ohne ernsthafte Folgen, weil das dichte Laub- oder Nadelkleid der Bäume den freien Fall abbremste. Kratzer, Schürfungen und aufgeschlagene Knie oder Ellbogen waren die Trophäen, die sie mit nach Hause brachten, sehr zum Ärger der Mutter.

Einen Baum gab es, den vermochten sie beide nicht zu bezwingen. Er war das stolze Wahrzeichen der Lichtung, so einsam, bizarr und monumental, wie er in der Landschaft stand. Weil er einen Ast hatte, der weit über die anderen hinausragte, nannten sie ihn den Kran. Es war das Skelett einer riesigen, abgestorbenen Tanne. Weder Karl noch er hatten es je gewagt, ganz hinaufzuklettern. Auf halber Höhe hatte sie stets der Mut verlassen.

Es war ein lähmend heißer Sommertag. Sie hatten es kaum erwarten können, nach dem Mittagessen wieder in ihr Versteck zu kommen. Von der Landstraße führte ein Karrenweg ab. Vom Karrenweg ab zweigte ein Fußpfad. Bäume sperrten den Blick auf die Lichtung mit dem See. Als sie durchgeschwitzt dort ankamen, gewahrten sie am Ufer plötzlich einen Unbekannten. Ungeheuer männlich und breit lehnte er am Stamm der abgestorbenen Tanne, und es schien, als würde er schon seit Stunden dort verharren.

Karl war enttäuscht und auch wütend, weil sein Geheimplatz entdeckt worden war, denn es war ihnen noch nie ein Fremder auf der Lichtung begegnet. Er hingegen, Jakob, wollte auf der Stelle kehrtmachen, blieb aber vor lauter Angst wie angewurzelt stehen.

»Vor dem musst du keine Angst haben«, flüsterte Karl. »Den verjagen wir! Hast du etwa schon die Hosen voll?«

Ja, er hatte die Hosen voll, und die Aufmunterung half nichts. Karl schüttelte mitleidig den Kopf und pirschte sich allein an den Fremden heran, während Jakob sich hinter einem Haselnuss-Strauch versteckte und immer weichere Knie bekam. Als sich Karl bis auf wenige Schritte an den Mann herangeschlichen hatte, fing dieser an zu reden. Laut und vernehmlich sprach er, mit knarrender, übellauniger Stimme.

»Heute bringe ich dir das Fliegen bei!«, sagte der Mann und lachte höhnisch, und erst am Lachen erkannte Jakob, dass es der Vater war, der dort auf sie beide gewartet hatte.

Kemper fuhr ruckartig auf, stieß gegen die improvisierte Tischplatte, riss sie mitsamt den Fundstücken fast zu Boden, vermochte aber im letzten Moment das Schlimmste zu verhindern. Entsetzt schüttelte er den Kopf, ging nervös im Zimmer auf und ab, blickte zur Decke, betastete seine Finger, sah wieder ungläubig hinauf.

»Reiß dich zusammen!«, rief er mit einem fast flehenden Ton in der Stimme. »Du bist nicht verrückt! Das bist du nicht!«

Zögerlich kehrte er an den Tisch zurück, ordnete die Fundstücke und legte die Papierbögen wieder fein säuberlich in die blaue Mappe. Es bedurfte einiger Schlucke Rotwein, bis er den Mut aufbrachte, sich von neuem in die Partitur zu versenken. Aber immer wieder blitzten Bilder auf. Der Vater, der sich über etwas Regloses beugte und dabei die Hände auf dem Rücken faltete. Eine Krähe, die ohne Flügelschlag ihre Kreise in den untergehenden Tag hineinschrieb und im Abendrot verbrannte. Der schmale Kopf der Mutter mit dem dunklen geknoteten Haar. Das auf der Balustrade hockende Etwas, die formlose Kraft, die sie umfing, ihn und Leo, als sie die Tasche im Balghaus der Orgel gefunden hatten …

Schauer liefen ihm über den Rücken, und er schwemmte die Bilder aus dem Halbdunkel des Unbewussten mit einem weiteren Glas Wein hinweg. Allmählich wurde er ruhiger. Er las die *Sarabande* noch einmal von Anfang an.

Inzwischen war er schon sehr betrunken, und ein Gefühl von unsäglicher Leere klammerte sich um sein Herz. Der Schmerz wurde so überwältigend, dass er im Lesen innehalten musste. Schließlich saß er nur noch da und blickte stumpf vor sich hin. Die Dunkelheit brach an.

Er war unendlich müde, die geschwollene Zehe schmerzte. Er wollte die Partitur schon schließen und sie mit den anderen Fundstücken wieder im Wäscheschrank verbergen, als sein Blick die Innenseite der Mappe streifte. Am unteren von Mäusen angenagten Rand stand ein flüchtig hingekritzeltes Notensystem, dessen fünf Linien nicht mit dem Rastral, sondern freihändig gezogen worden waren. Auf den Linien fanden sich in halben und ganzen Notenwerten die Grundtöne, auf die sich die *Sarabande* aufbaute, sozusagen die Quintessenz des ganzen Satzes. Darüber stand in engem Schriftzug zu lesen: *Soggetto vor die Offenbarung*, was darauf hindeutete, dass es sich um das Hauptthema in seiner Urgestalt handeln musste, um die musikalische Formel, mit der sich die Partitur entschlüsseln ließ. Die Schrift war um vieles feiner, gedrängter, aber auch steifer und hatte nicht den schwungvollen Strich, der selbst noch dem alten, sehgeschwächten Bach zu eigen gewesen war.

Das war nicht seine Schrift. Kemper bemerkte es sofort, obwohl er betrunken war. Nein, er kannte diese Hand nur zu genau und hatte sie oft studiert. Es war Anna Magdalenas Schrift.

Zärtlich strich er mit der Fingerspitze über die Notenlinien. Dabei erleuchtete ein mattes Lächeln sein von den Geschehnissen der letzten Tage noch mehr eingefallenes Gesicht. »Lucia«, hauchte er, senkte den Kopf und roch an dem Blatt. Es verströmte einen karamellartigen Duft.

Er schloss die Mappe und packte die Gegenstände vorsichtig in die Tasche, die er ins Schlafzimmer trug, dann zog er die Seidenhandschuhe aus, sank auf die durchgelegene Matratze und blickte zur weißgekalkten Zimmerdecke, auf der braun gemaserte Ränder wie Wolken ineinanderflossen, weil im vergangenen Frühling das Dach undicht geworden war. »Du hast die größte Entdeckung der Musikgeschichte gemacht«, flüsterte er und gähnte. »Du hast die *Offenbarung* von Johann Sebastian Bach gefunden. Kemper, du Stümper.« Darüber dämmerte er weg und schlief einen langen, traumlosen, narkotischen Schlaf.

Den Schnee wegschmelzend in milder Regennacht, zog das neue Jahr übers wellige, freundlich bewaldete Land zwischen Unstrut und Saale. Kein Sternenlicht lächelte es an, kein Mond. Nur das farbige Zucken und matte Aufblitzen der Feuerwerkskörper, deren spritzende und herabrieselnde Funken von der tiefen Wolkendecke verschluckt wurden. Wie fahles Wetterleuchten sah es aus. Kinder fühlten sich um ihr Staunen betrogen, mehr noch die Erwachsenen, die für das Geknalle schließlich bezahlt hatten. Jakob hatte es in seiner Wohnung nicht mehr aushalten können, brauchte Gesichter, Blicke, Stimmen, Gesellschaft, lechzte nach Ansprache. Obwohl erst eine Woche seit der Auffindung der Partitur verstrichen war, meinte er, eine Ewigkeit nicht mehr unter Menschen gewesen zu sein. Weil Lucia noch immer in Nürnberg ihrem Robert entgegenschmachtete – wie er annahm –, er ansonsten in der Stadt keine Freunde hatte, trieb es ihn doch wieder zur Familie hin, und so sah der letzte Abend des Jahres ihn beim verhassten Zapfenstreich im Rosengarten, regenbeschirmt, umrahmt vom Vater, von Eva und Leo.

Als sie so im Kreis standen, schweigsam dem Regen und den auseinanderlaufenden, aufgeweichten Klängen der Blasmusik trotzten, fühlte er sich in der Gegenwart des Vaters nicht mehr ohnmächtig und minderwertig. Das kantige, fleischige und stets von Hochmut erfüllte Gesicht des Vaters zeigte im Schein der Fackel beinahe etwas Weiches, ja Verletzliches. Kemper schrieb diesen Eindruck der Wirkung des Glühweins zu, den er, nicht zu knapp, in sich hineingeschüttet hatte. Eigenartig blieb es doch. Für Momente mochte er den Alten. Für einen Augenblick liebte er ihn. Gänsehaut überzog seine Unterarme, und er begann zu frieren, obwohl die Wangen brannten.

Anderntags, zu Neujahr, wanderte er schon früh in dem nassen, nebligen Morgen umher. Auf schlammigen Pfaden voller Pfützen ging er nach Buchholz, zur Lichtung mit dem »Schwarzen See«. Dort stand er und schaute in das dunkle Wasser. »Hier muss es irgendwo sein«, sagte er zu sich und suchte im dichten, kahlen Gesträuch nach etwas, das der Erinnerung auf die Sprünge helfen konnte. Er wusste, dass es sich um etwas Dunkles und Gefährliches handelte und dass er als Kind große Angst davor gehabt hatte. Er besann sich schwach, dass es eine Art Eingang zu einer anderen Welt gewesen war. Ein tiefer, grundloser Brunnen etwa oder ein Tunnel ohne absehbares Ende. Geduldig stieg er im Dickicht umher, fand jedoch weder einen Geruch noch einen Gegenstand, mit dem sich etwas verknüpfen ließ. Er tappte im Dunkeln und wusste doch, dass hier in der Lichtung etwas geschehen war. Etwas, das ihn betraf und schuldig machte.

Fast zwei Jahrzehnte war er nicht mehr an diesem Ort gewesen. Die morsche Tanne, den Kran, gab es schon lange nicht mehr, und aus dem ehemals unberührten Flecken war ein Erholungsgebiet geworden, mit gesäumten Rad- und Wanderwegen. Das Ufer hatte einen Badesteg erhalten. Eine Bretterbude mit von Schilfmatten überdachter Veranda lag verwaist da. Ihr Pächter hatte es nicht für nötig befunden, die farbige Lichterkette den Winter über abzuhängen. Die meisten Glühbirnen waren zerplatzt.

Kemper wagte sich auf den glitschigen Steg hinaus bis ganz ans Ende. Dort verharrte er und blickte lange in das schwarze Wasser. Es roch wie damals, roch sogar noch intensiver; faulig, modrig, rostig. Er sah auf seine lehmverklumpten Schuhe. Sie erschienen ihm wie Kinderstiefel, und er musste wieder an die *Sarabande* denken, als ihm plötzlich die Glacéhandschuhe nicht mehr passten. Schnell verjagte er dieses Bild aus seinem Kopf. Er zog das linke Bein an, winkelte es ab, blieb so stehen, spürte, wie sich die Zehen des rechten Fußes automatisch in die Sohle krallten, um das Gleichgewicht herzustellen. Dieses Spiel hatten sie oft gespielt, buchstäblich bis zum Umfallen. Den Halt verloren hatte meistens er, lange vor Karl. Heute verlor er ihn nicht.

»Siehst du, Karl!«, flüsterte er. »Ich kann es!«

Das war sie, die Kindheit. Auf einem Bein stehen können am Abgrund. Nicht zittern, nicht wanken, nicht umfallen. Gegen alle Gesetze der Schwerkraft, denn die Schwerkraft war eine Erfindung der Erwachsenen, wie Wölfer zu dozieren pflegte. Wie recht er damit gehabt hatte!

Und er? Wann hatte er das zuletzt gewagt? Warum konnte er nicht der Schwerelosigkeit vertrauen, der Unmittelbarkeit, dem fraglosen Hier? Er hatte gelernt, auf zwei Beinen zu stehen, sich zu sichern und zu versichern. Spaß hatte das keinen mehr gemacht. Hatte gelernt, in den Stimmen der Erwachsenen zu reden, musste seine eigene Stimme übertönen, überhören, bis er sie schließlich gar nicht mehr vernahm, weil er vergessen hatte, wie sie wirklich klang. Karl wäre niemals Bürstenbinder geworden, daran hätten weder Vater noch DDR rütteln können. Er wäre in den Westen geflohen, und der Alte hätte brüllen, toben, bitten und flehen können, solang er wollte. Karl wäre vielleicht Musiker geworden, Architekt, Regisseur, Rennfahrer. Alles, nur nichts Halbfertiges wie er, Jakob, der in der Hölle geblieben war aus Angst vor der Hölle da draußen.

Aber musste denn alles Mutige und Kompromisslose scheitern? Hatte es keinen Platz, keine Duldung unter den Erwachsenen, den Vernünftigen? Warum ist Karl gestorben?

Kemper wankte. Ihm wurde schwindlig, und er stellte sich schnell auf beide Beine, wich einen Schritt von der Stegkante zurück. Nein, er vertraute lieber der Schwerkraft. Es ging nicht ohne sie. Karl hätte sie auch nicht überwinden können. Wer weiß, was aus ihm geworden wäre. Der Vater war immer stärker gewesen. Bestimmt hätte Karl die Bürstenbinderei übernommen und ein neues Ladenschild über der Tür angebracht: »Kemper & Söhne«.

Dass ihm solche Gedanken durch den Kopf gingen, verstörte ihn. Ob er es wahrhaben wollte oder nicht: Seit die Partitur aufgetaucht war, dachte er an Dinge, die er längst vergessen hatte. Die Welt fühlte sich anders an. Und er in ihr. Sie schmeckte nicht mehr schal. Sie wirkte nicht mehr altbekannt, begriffen und durchschaut. Sie hatte wieder Fragen an ihn. Die Farben waren farbiger, die Klänge heller, die Gerüche beißender. Warum? Die Tage waren plötzlich erwartungsvoll, die Abende erregend. Es kam ihm vor, als wäre er noch einmal auf die Welt gekommen. Sosehr ihn dieses Gefühl beglückte, so sehr machte es ihm Angst.

Das geheimnisvolle Notenkonvolut rührte er nicht mehr an. Das Studium der *Offenbarung* ließ er vorerst ruhen, aber seine Gedanken streiften scheu um das Manuskript. Es erinnerte ihn an die Büchse der Pandora, die, sobald man sie öffnete, Schicksalhaftes verströmte und nur die Hoffnung zurückbehielt. Zwar las er in der Bibel die Apokalypse des Johannes, aber er wunderte sich, was Bach dazu veranlasst hatte, einen so abgrundtief düsteren, trostlosen, von nichts als Rache und Zerstörung handelnden Text zu vertonen. Geschah es unter dem Eindruck von Todesahnungen? Geschah es, weil – wie er sich im »Sperling« kundig gemacht hatte – Leipzig zu der Zeit von preußischen Truppen besetzt war und überall in den Gassen und Straßen den Menschen Gefahr drohte? Oder war der Grund darin zu suchen, dass der größte Denker aller Zeiten resigniert hatte und sein Leben als gescheitert betrachtete?

Eines Nachts schrak Kemper wieder aus einem Albtraum. Während einer Klavierstunde hatte sich Leo der Partitur bemächtigt, sie entwendet und gegen Computerspiele eingetauscht. Das Manuskript wurde nie wieder gefunden. Wegen dieses Traumes – Kemper misstraute Leo in der Tat und eigentlich jedem, dem er begegnete – trug er das Notenkonvolut fortan immer in seiner alten, speckigen Ledertasche bei sich. Er bettete es in einen harten, mit Watte und Seidenpapier ausgeschlagenen Karton und steckte den Karton in eine gelbe Plastiktüte, um ihn vor Feuchtigkeit zu schützen und unverfänglich aussehen zu lassen. So schien ihm die Partitur am sichersten aufgehoben. Stieße ihm etwas zu, ginge der Jahrhundertfund gemeinsam mit ihm unter.

Wenn er durch die Stadt schlenderte, die Ledertasche in der Hand, labte er sich an dem Gefühl, den Fund für sich allein zu wissen und ihn mit niemandem zu teilen. Er musste sein Geheimnis nicht herauskrähen, wie es jeder eitle, ruhmsüchtige Bachforscher unverzüglich getan hätte.

Man darf dir nicht anmerken, dass du ein millionenschweres Manuskript in der Tasche hast, monologisierte er stumm vor sich hin. Geh langsam, aber nicht zu langsam! Mach keinen Buckel! Zu aufrecht darfst du auch wieder nicht gehen, dann meinen sie, du fühlst dich als was Besseres. Halbbuckel! Das ist gut! Tu einfach, als sei nichts gewesen. In der gelben Plastiktüte ist nichts von Wert. Normal weitermachen. Die Klavierstunden absitzen, den Orgeldienst pünktlich und gewissenhaft versehen. Nicht überschwänglich präludieren. Eher piano als forte. Nicht zu lang, aber auch nicht zu kurz. Beides erweckt Misstrauen. Unauffällig sein. Grau. Wie immer. Nicht fliegen, nicht schweben! Die Schwerkraft verteidigen. Das Haupt senken. Dich bücken und verbeugen. Aber dezent. Dann fällst du nicht auf. Weil sie dich gar nicht sehen. Weil du ja einer von ihnen bist. Das ist gut! Sehr gut ist das! Keine Emotionen zeigen. Nüchtern bleiben. Weniger Adjektive! Adjektive erregen Missfallen. Kurze, klare, knappe Sätze. Lange Pausen dazwischen. Dann meinen sie, du hättest Substanz. Keine Gefühle! Kurze Sätze! Tag. Wiedersehn. Große Pausen. Auf eine Frage lange nicht antworten. Das wirkt intelligent. Gut ist das, verflucht gut ist das! Kemper, du musst unaufrichtig sein. Die Wahrheit ertragen sie nicht. Die Wahrheit ist: Es gibt keine Schwerkraft.

Mit diesen Vorsätzen schickte er sich ins neue Jahr, und er war sich sicher, dass ihm nichts mehr in die Quere kommen konnte.

»Schön, Sie wieder unter den Lebenden zu wissen!«, erschallte die vergnügte Stimme von Pastor Dielsch, als Kemper gerade seine Haustüre zuschloss und in die städtische Musikschule gehen wollte, um Klavierstunden zu geben.

Benimm dich unauffällig!, befahl sich Kemper, ehe er sich Pastor Dielsch zuwandte und freundlich nickte.

»Ein erfülltes und gesegnetes Jahr wünsche ich Ihnen!«, sagte Dielsch und musterte Kemper.

»Ebenso«, antwortete dieser und hielt die Ledertasche wie einen Panzer vor seine Brust.

»Blass sehen Sie aus, mein Guter. Und so mager. Wie lange waren Sie krank?«

Kemper schwieg.

»Es soll wärmer werden. Eigentlich schade. Der Schnee lag viel zu kurz«, durchbrach Dielsch das unangenehme Schweigen.

»Ja«, antwortete Kemper und stand regungslos da.

»Wie haben Sie Weihnachten verbracht?«, fragte der Pastor verunsichert.

»Im Bett.«

»Natürlich! Dumme Frage, nicht wahr?«

Kemper zuckte mit den Schultern.

»Übrigens, ich will Ihnen das nicht vorenthalten, es gab noch den einen oder anderen Protest, was Ihre musikalische Auffassung von Heiligabend betraf.«

Kemper blickte Dielsch gefasst in die Augen.

»Interessiert es Sie?«

»Reden Sie.«

»Nun«, sagte Dielsch zögerlich, »ich habe Sie wacker verteidigt. Aber meinen Sie nicht auch, dass man die Leute nicht noch mehr vor den Kopf stoßen sollte, die wenigen, die noch Trost bei uns suchen? Heiligabend ist das Fest des Wohlklangs und der Liebe.«

Kemper nickte und sah auf die Turmuhr an der Wenzelskirche. Dielsch folgte unwillkürlich seinem Blick, und sein knochiges Gesicht zeigte noch größere Irritation.

»Als Pfarrer bin ich bestrebt, den Menschen das Gefühl von Heimat zu geben. Sie sollen spüren, dass sie in meiner Kirche aufgehoben und geborgen sind. Auch die Musik sollte dies vermitteln. Sie sollte schön klingen, nicht misstönig oder gar verstörend. Dissonanzen gehören zu unserem Leben, keine Frage. Aber müssen es gleich so viele sein?

Sehen Sie, ich kämpfe ohnehin schon auf verlorenem Posten. Wer interessiert sich heute noch für Gott? Deshalb sollten wir an einem Strang ziehen.«

»Ja«, antwortete Kemper, schwieg, lächelte Dielsch zu, höflich, mit dünnen Lippen.

»Warum heute so wortkarg, Herr Kemper? Sie sind doch nicht etwa betrunken?« In die Augen des Pfarrers stieg ein misstrauisches Glitzern.

Statt etwas zu sagen, kostete Kemper die Verunsicherung seines Gegenübers aus und wartete. Der Pastor fuhr sich konfus mit den Fingern durchs Haar, suchte in der Jackentasche nach einem Papiertaschentuch und schnäuzte sich.

»Vielleicht wissen Sie es schon«, sagte er, bevor er noch einmal in das Taschentuch trompetete, »morgen kommt die Orgelkommission aus Leipzig. Um sechs lädt der Oberbürgermeister ins Hotel Stern zu einem kleinen, zwanglosen Empfang. Sie werden sicher auch …«

Kemper ließ ihn nicht ausreden, sondern hielt ihm den Hauptschlüssel von St. Wenzel unter die gerötete Nase. Der Pastor schaute verdutzt.

»Was soll ich damit?«

»Ich gebe meine Orgel hiermit in die Hände der Bachgesellschaft«, erwiderte Kemper, drückte Dielsch den Schlüssel in die Hand und stob davon.

»Nun hören Sie endlich auf, mir so ein Theater vorzuspielen!«, rief der Pastor verärgert, denn er war am Ende mit seiner Geduld. »Sie benehmen sich so was von gekünstelt!«

Aber Kemper war schon zu weit weg, um ihn zu hören.

Ratlos blickte Dielsch auf den großen Schlüssel mit dem gezackten Bart. »So ein Sonderling«, knurrte er. »Der wird von Jahr zu Jahr lächerlicher. Der sollte endlich heiraten und mit dem Saufen aufhören.« Kopfschüttelnd ging er über den Topfmarkt.

So muss man mit den Leuten reden!, triumphierte Kemper innerlich auf dem Weg zur Musikschule. Keine Adjektive, keine Gefühle! Dann glauben sie, du hast was zu sagen.

Plötzlich nehmen sie dich ernst. Den habe ich beeindruckt. Was der für ein Gesicht gemacht hat! Kemper, ich bin stolz auf dich!

Die Klavierstunden erteilte er heute nur halbherzig und oft in Gedanken, wobei er die Tasche keinen Moment lang vergaß. Er schob sie entweder zwischen Stuhllehne und Rücken oder klemmte sie zwischen die Füße. Einmal brauste er sogar auf, als er ein Mädchen anherrschte, weil es unvorbereitet erschienen war, vor Bach einen Buckel machte und während der Stunde Kaugummi kaute.

»Es gibt Wichtigeres im Leben als Ihre doofe Klavierstunde«, antwortete das rothaarige Mädchen unbeeindruckt, streckte ihm lasziv ihre kaum vorhandenen Brüste entgegen und kaute demonstrativ am Kaugummi fort, womit Kemper auf dem Boden der Tatsachen angelangt war. Sie hatte ihn wieder, die Gegenwart, die auf alles Erhabene und Feingesonnene verzichten konnte, auf die Musik im Allgemeinen, auf ihn als Person im Speziellen. Er schnaufte und überließ das Mädchen seiner Langeweile.

Nachdem er die Stunden leidlich hinter sich gebracht hatte – beklagen durfte er sich nicht, war der Direktor doch so großzügig gewesen, ihm eine halbe Stelle zu verschaffen trotz fehlender Zeugnisse –, zog es ihn unwiderstehlich in die Salzstraße, zum Reisebüro Sonnenschein. Nachdem er sich vergewissert hatte, dass drüben in der Bürstenbinderei niemand zu sehen war, spähte er durch die mit Billigangeboten fast völlig zugeklebte Scheibe. Als wäre sie nie fort gewesen, als hätte sie nie den Telefonhörer aufgelegt, saß Lucia an ihrem Bürotisch und telefonierte.

Vorsichtig drückte er die Klinke nieder. Das helle Geklingel des Windspiels ließ ihn zusammenfahren und im Türrahmen erstarren. Lucia, in schlabbrigem grünrotem Norweger-Pullover, sah ihn überrascht an, begrüßte ihn mit einem kurzen, kichernden Lachen und winkte ihn herein. Wie ein dürrer, ausgeglühter Kavalier stand er vor ihr, zupfte am Schal und errötete, weil er nicht ihren Schal trug, sondern doch wieder Wölfers verschossenes, von Motten zerfressenes Erbstück. Und er wurde noch roter im Gesicht, als er merkte, dass es Lucia gemerkt hatte. Er wich zurück, um Diskretion zu vermitteln, und tat, als studiere er interessiert die bunten Handzettel mit den Last-Minute-Angeboten, wobei er Lucia aus den Augenwinkeln heraus beobachtete.

Herrgott, war das eine schöne Frau! Sein Herz zersprang beinahe vor Sehnsucht, während der trockene Gaumen nach einem Glas Wasser lechzte. Sie wird immer schöner … Lass es sein, Kemper! Die ist eine Nummer zu groß für dich. Zwei. Lass es sein. Da wird nie was draus … Traurig wirkt sie. Niedergeschlagen. Ist wohl außer Spesen nichts gewesen mit dem Verflossenen. Sie hat sich bestimmt Hoffnungen gemacht. Er hat sie benutzt. Sein kurzes Vergnügen an ihr gehabt, sie wieder abblitzen lassen. Piloten, das weiß man, sind Schürzenjäger. Oberflächlich, primitiv, herrschsüchtig, nur das Vergnügen und die Karriere im Sinn. Nein, so einen hat sie wirklich nicht verdient. Sie verdient einen aufrichtigen Mann, jemanden, der noch an Werte glaubt, der … Herrgott! Wenn sie mich jetzt fragen würde. Ich würde glatt ja sagen. Egal wozu …

Lucia legte den Hörer auf.

Keine Adjektive!, schoss es ihm noch durch den Kopf, aber das Herz war schneller: »Ein frohes, erfülltes, glückliches, unbeschwertes … dths … neues Jahr wünsche ich Ihnen!«

»Warum so förmlich, Jakob? Komm, lass dich drücken!«, sagte sie freudestrahlend und rollte dabei ihr fränkisches »r«. Sie umarmte ihn ungestüm und küsste ihn dreimal auf die Wangen, die nach einem wenig ansprechenden Aftershave dufteten. Ihm kam dieser Augenblick wie die längst ersehnte Verschmelzung von Mann und Frau vor. Nichts mehr zwischen ihnen, das sie voneinander trennen konnte – mit Ausnahme der *Offenbarung*, denn die Tasche schien buchstäblich an seiner Brust festgewachsen.

»Schwarz mit Zucker, wie immer?«, fragte Lucia und

wurde nun ihrerseits verlegen, weil sie ihn so überschwänglich begrüßt hatte.

»Wasser, bitte.«

Lucia nickte, lächelte und verschwand hinter dem Vorhang, der Büro und Küche trennte. Der Wasserhahn plätscherte. Kemper gluckste. Lucia trat hervor und reichte ihm das Glas.

»Sehr liebenswürdig von Ihnen.« Er trank das überschwappende Glas halbleer.

»Ich dachte, wir sind per du«, wandte Lucia fast ein wenig gekränkt ein und bemerkte, dass ihm die Hände zitterten.

»Wie … dths … dumm von mir!«, stammelte er, trank das Glas ganz aus und bekam kurz darauf Schluckauf.

»Noch Durst?«, fragte sie und musste schmunzeln.

Kemper winkte ab.

»Du hast abgenommen, Jakob. Schmal bist du im Gesicht. Geht es dir nicht gut?«

»Wenn ich dich sehe, geht es mir wieder blendend.«

»Schmeichler«, entgegnete sie und biss sich dann auf die Unterlippe. »Was hast du über Weihnachten gemacht?«

»Geschlafen.«

»Stimmt, du kannst Weihnachten nicht ausstehen. Von mir aus könnte man es auch abschaffen. Man frisst immerzu etwas unkontrolliert in sich hinein. Ich hab zwei Pfunde zugelegt.«

»Du siehst reizend aus, hinreißend, phänomenal!«, rief Kemper fast empört.

»Lügner!«

»Ich schwöre es!«

»Jakob, du weißt, dass ich mit Komplimenten nicht umgehen kann.«

Er rang nach weiteren Adjektiven, aber sie machte eine abwehrende Handbewegung.

»Lucia«, sagte er nach einer Pause. »Darf ich auf mein Angebot zurückkommen und dich zum Essen einladen?«

»Sehr gern«, antwortete sie. »Wann?«

»Wann du … hicks … willst. Sagen wir Mittwochabend. Um acht.«

»Wo?«

»Kennst du die Domklause?«

»In der Herrenstraße?«

»Ich reserviere einen Tisch. Mittwochabend … hicks … Pardon! Um acht.«

Er blickte ihr offen und unverwandt in die Augen. Sein Gesicht blühte auf und ließ Lucia etwas von dem erahnen, was einmal sein Kindergesicht gewesen sein musste. Der Mund wurde weich, die Augen sanft, die Züge glatt und versöhnt. Lucia senkte den Kopf, spielte verlegen mit dem Kuli und wagte nicht, Kemper anzusehen, weil sie lächeln musste. Er aber, als er dieses Lächeln gewahrte, fühlte sich plötzlich heldenhaft und mutig. Er fühlte sich wie ein Mann. Nur der lästige Schluckauf trübte diese stolze Empfindung.

»Ich werde Lucia mein Geheimnis anvertrauen. Sie soll es wissen«, flüsterte er, nachdem er sich von ihr verabschiedet hatte und auf der Salzstraße heimwärts strebte. Er küsste die Tasche, ballte die Fäuste vor Freude und seufzte erleichtert auf. Er ging nun langsamer, und da war es wieder: Die Farben wurden prächtiger, die Geräusche, die Klänge reicher und die Gerüche nachhaltiger. Der Schatten einer Wolke verdunkelte gerade den Topfmarkt, als er ihn betrat. Die Goldkugel auf der Turmhaube der Wenzelskirche flimmerte, und ihm war, als leuchte sie unerreichbar und lächle in milder Zustimmung auf ihn herab. Er blinzelte versonnen vor sich hin, alles schien auf einmal durchlässig. Die Häuserfronten zur Linken und zur Rechten bewegten sich wie Gardinen, vom Luftzug geküsst. Die Wolken rissen wieder auf. Das Kopfsteinpflaster glänzte regennass und schimmerte grünviolett von den zahllosen Ölschlieren. Es schien ihm, als wölbte sich die Straße unter seinem Blick. Er bückte sich nach den Schnürsenkeln und zog Schuhe und Socken aus. Ihm war, als laufe er zum ersten Mal in seinem Leben barfuß über den Topfmarkt. Er lief aber nicht. Er tanzte. Er tanzte nicht. Er schwebte.

Vor seinem Haus stand Leo, trat von einem Fuß auf den andern und spielte mit dem Gameboy, eine Baseballkappe auf dem Kopf und eingepackt in eine blaue Daunenjacke. »Du denkst, dass ich dich verpfiffen habe«, nuschelte er, zog die Nase hoch und schaute verblüfft auf die nackten weißen Füße des Bruders. »Ich würd dich nie verpfeifen. Soldatenehrenwort!«

»Zieh deine Stiefel aus«, sagte Kemper, blickte den Jungen liebevoll an und strich mit der Hand zärtlich über dessen Wange.

»Häh?«, äußerte Leo baff.

»Zieh die Stiefel aus! Die Steine sind weich wie Moos. Du sollst es auch spüren. Es ist unglaublich! Einfach wunderbar! Danach mache ich dir eine heiße Schokolade, und wir reden über alles.«

Leo protestierte. Dann besann er sich, kniff die Augen zusammen, zog Stiefel und Socken aus, tat ein paar unsichere Schritte, zuckte mit den Schultern.

Es kroch im Schritttempo ein kobaltblauer BMW den Lindenring entlang, auf der Suche nach dem Hotel Stern, vormals Hotel Troika. In der Limousine mit mausgrauer Lederausstattung und diskret auf der Fahrertür angebrachtem Logo der Bachgesellschaft Leipzig saßen vier Herren, alle bebrillt, ergraut und alle mit gereizten Gesichtern, denn der Fahrer des Wagens hatte einen Stau verursacht, der ein streitbares Gehupe nach sich gezogen hatte. Zwar hatte Dr. Zinser, der Chauffeur, die Warnblinker gesetzt, doch dies führte nur zu einem aggressiveren Hupen. Nach dreimaliger Umrundung des mit jungen Bäumen gesäumten Rings, hatte man endlich das kleine Hotel ausfindig gemacht.

»Da ist sie, die Klitsche!«, sagte Dr. Zinser abfällig und wischte mit dem Handrücken den Schweiß von seiner Stirn. »Die soll einer finden!«

Das Hotel versteckte sich nämlich hinter einem Bauzaun, weil es gerade renoviert wurde. Erschöpft stiegen die vier Herren aus dem noblen BMW, streckten die Glieder und gähnten, ein Zufall, alle auf einmal.

An der Rezeption mit einem pseudovenezianischen Plastik-Springbrunnen, der in den Farben rot und blau changierte, sowie goldgerahmten, verblichenen Monet-Drucken an den Wänden wurden sie schon von Pastor Dielsch und dem Juniorchef der Orgelbaufirma Linke aus Weimar erwartet. Man tauschte Grußfloskeln aus und Neujahrswünsche, lächelte professionell und erging sich in Allgemeinplätzen übers Wetter.

Während der Pastor redete, suchte einer der Herren, der Organist und Dirigent Frits van Hulle, mit samtiger Falsettstimme bei der hübschen, aber lethargischen Empfangsdame in Erfahrung zu bringen, ob die Zimmer links und rechts seiner Suite leerstünden und auch tatsächlich für ihn mitgebucht worden wären. Ohne die Antwort abzuwarten, erkundigte er sich des Weitern nach Sauna, Dampfbad, Whirlpool und Telefax. Die junge Frau runzelte überfordert die Stirn, zumal sie hinter dem bärtigen, sehr männlichen Gesicht niemals eine Kastraten-Stimme erwartet hatte und wohl auch deshalb, weil sie dem undeutlichen Deutsch mit holländischem Akzent nicht hatte folgen können. Van Hulle, ein eleganter Herr mit einem Anzug in der Farbe seines Barts – eisgrau –, lächelte höflich und fistelte jetzt auf Englisch, was sie noch mehr durcheinanderbrachte. Der Dirigent machte eine resignierte Handbewegung und zischelte etwas, das sich nach einem Fluch anhörte.

Es sei eine große Ehre, nicht nur für ihn als Stadtpfarrer, sondern für alle musikinteressierten Bürger Naumburgs, dass sich ein so hervorragendes Gremium von Wissenschaftlern der maroden Orgel von St. Wenzel annehmen wolle, sagte Dielsch und verfiel, ohne es zu merken, in den Predigerton. Wenn es der Theologie nicht mehr gelinge, den Menschen ein Stück Heimat zu vermitteln, ein Stück des Ankommens bei Gott, vielleicht gelinge es der Musik. Nach der Wende seien die Kirchen in Naumburg noch leerer geworden als zuvor. Die Erfahrung der Aushöhlung und Sinnentleerung aller Werte sei ja überall präsent. Die Theologie habe versagt, das müsse er schmerzlich eingestehen. Aber die Musik, besonders die protestantische, sei über alle Missverständnisse erhaben. Wenn er die bachschen Opern höre, sei das eine spirituelle Erfahrung für ihn. Wie dankbar sei er den Herren Professoren, dass sie hierher gekommen seien, zumal die Orgel von St. Wenzel ein wichtiges Kulturgut darstelle, habe doch Bach höchstpersönlich im Jahr 1756 maßgeblich an ihrem Neubau mitgewirkt und …

»Wohl kaum«, unterbrach ihn Prof. Sperling, ein schlanker Mann um die sechzig mit langem Gesicht und römischer Nase. »Da war er nämlich schon sechs Jahre tot.«

Womit die Predigt des Pastors ihr abruptes Ende fand. Dielsch errötete, lächelte gedämpft und bat charmant um Nachsicht. Schon als Junge habe er mit Jahreszahlen auf Kriegsfuß gestanden.

Ob die Empfangsdame die Güte habe, das Gepäck auf sein Zimmer bringen zu lassen, fragte Prof. Yoshiba Koyatake aus New York in tadellosem Deutsch. Er war das vierte Mitglied der Kommission. Der Japaner war klein und gedrungen, hatte zierliche Gesichtszüge, dicke Tränensäcke und eine nackenlange, beeindruckend volle weiße Mähne.

»Die Koffer tragen Sie schon selber«, gab die Rezeptionistin schnippisch zur Antwort, worauf Koyatake zustimmend nickte und sich höflich bedankte.

»Wie bitte?«, äußerte Dr. Zinser empört. »Es wird sich wohl jemand finden, der diesem betagten Herrn die Koffer aufs Zimmer trägt.«

Die Rezeptionistin wich einen Schritt zurück, schaute feindselig und machte sich auf einen Streit gefasst. Van Hulle warf Zinser einen vielsagenden Blick zu und fluchte leise im Falsett. Dr. Zinser rollte die Augen und wischte sich die Stirn mit dem feisten Handrücken ab, während Prof. Sperling verloren herumstand und aussah wie ein Kleiderständer, an dem Mantel und Hut vergessen worden waren.

Der Pastor wollte die peinliche Situation entspannen, indem er sich anbot, dem Japaner die Koffer aufs Zimmer zu tragen. Außerdem hoffte er, damit seinen Fauxpas ausbügeln zu können. Als er sich eilfertig nach dem Gepäck bückte, bemerkte er, dass die Hände des Japaners von grässlichen Brandwunden entstellt waren. Dielsch wollte mit dem Koffer zur Treppe gehen, doch Koyatake verwehrte es ihm so heftig und bestürzt, dass den Pastor die Ahnung beschlich, einen weiteren Fauxpas begangen zu haben.

Er blickte den Herren von der Bachgesellschaft etwas verdrießlich nach, wie sie sich mit ihren Koffern die schmale Treppe hinaufplackten, besonders Prof. Koyatake und der beleibte Dr. Zinser.

Während der gesamten Begrüßung hatte der Juniorchef der Firma Linke untätig und breitbeinig herumgestanden, die Hände in die Taschen der Kordhose vergraben, grinsend mit grotesk kariösen Vorderzähnen. Er hatte kein einziges Wort gesagt.

Jakob Kemper stand am Erkerfenster seines Klavierzimmers und träumte von Lucia. Aufgekratzt beobachtete er die hereinbrechende Abenddämmerung. Ein erstes Funkeln erschien in dem saphirblauen Himmelsband zwischen einer Häuserfront und der Fassade von St. Wenzel. »Der Abendstern! Wie romantisch!«, sagte er entzückt, stutzte aber sogleich. »Aber nein. Nur ein Flugzeug. Schade.«

Er hatte beschlossen, nun doch auf den Empfang zu gehen, obwohl er keine Einladung vorweisen konnte. Es reizte ihn unwiderstehlich, mit dem Jahrhundertfund in der Tasche den prominentesten Bachforschern der Welt gegenüberzustehen.

Welch ein Vergnügen! Sperling, Zinser, van Hulle und Koyatake nur wenige Zentimeter von der größten musikalischen Entdeckung aller Zeiten entfernt zu wissen, ohne dass sie etwas merken! Sie ahnen nicht, was in deiner Tasche schlummert. Mensch, das musst du dir auf der Zunge zergehen lassen, Kemper! Wie das prickelt!

Er zog seinen seit der missglückten Aufführung der *Matthäuspassion* nicht mehr getragenen Anzug an, der schon damals zu kurz gewesen war, band den beigeviolett in Batiktechnik getupften Schlips um – der Gedanke von Mutters immerwährendem Schweigen wehte ihn für einige Augenblicke an –, wichste die Schuhe, klemmte die Tasche unter den Arm und verließ das Haus.

Leichter Wind ging. Die Luft war kalt, klar und anregend. Hinter den geduckten Fenstern des mit Sparlampen neonweiß erleuchteten Restaurants Stern war der Empfang schon zugange. An der Tür baumelte das Schild »Geschlossene Gesellschaft«. Kemper zupfte an Wölfers Schal, das Herz begann zu pochen. Der Mut wurde ihm klein. Er beschloss umzukehren.

Er trat ein.

Die Gäste standen zwanglos um den offenen Kamin, in dem ein Scheit Holz vor sich hin gloste, tranken Aperitif, waren gemütlichen Humors. Zwischen den Damen flatterte muntere Unterhaltung, wobei sie ihre Köpfe zum Takt dezenter Jazzmusik aus Lautsprecherboxen wiegten. Es wurde gelacht. Es näselte großtuerisches Kleinstädtertum.

Kemper genügten nur ein paar suchende Blicke, und er hatte die Herren von der Bachgesellschaft ausfindig gemacht, denn er kannte ihre Gesichter von Buchumschlägen und aus Fachzeitschriften.

Da stand sie also, die Forscherlegende Hans-Georg Sperling, geboren 1930 in Sontheim an der Günz. Keine musikalischen Affinitäten, familiengeschichtlich. Vater Fischzüchter, Mutter Chemikerin. Der Doyen unter den Bachbiografen der Gegenwart. Herausgeber der hundertbändigen Edition der Werke Johann Sebastian Bachs. Verfasser zahlloser Bücher und Artikel zu aufführungspraktischen, rezeptionsgeschichtlichen und musikästhetischen Spezialfragen.

Alt und ausgelaugt wirkte er. Wie er seine Wichtigkeit hinter dem melancholischen Phlegma eines blutleeren Gesichts verbarg! Nach Diktat verreist! Wie er sich in distanziertes, hochmütiges Schweigen hüllte! Und groß war er, größer als vermutet. Die anderen reichten ihm nicht einmal bis zu den Achseln. Auf den Fotos war er stets klein erschienen.

Und dort, Frits van Hulle mit dem kurz geschnittenen Vollbart, den stechenden Augen hinter der dünnrandigen Brille, den lüsternen Fältchen im Gesicht. Van Hulle, der in P 25 Rotweinflecken hinterlassen hatte. Wie unentschuldbar! Und doch ein Genie. Niemand spielte das bachsche Orgelwerk so phantasievoll, virtuos und kühn wie er. Keiner schlug so atemberaubend schnelle Tempi an. Während andere für die *d-Moll-Toccata* acht Minuten benötigten, erledigte er sie – was hatte dieser Mann für kurze Finger! – in vier. Und erst van Hulle, der Dirigent! Die Alt-Arie *Es ist vollbracht* aus der *Johannespassion* dirigierte er in weniger als drei Minuten herunter, wohingegen Karl Richter noch sechseinhalb dafür benötigt hatte. Van Hulle, der Formel-1-Fahrer unter den Bachinterpreten, immer dem Irrsinnigen nah und dennoch von technisch geradezu gespenstischer Meisterschaft.

Kemper, der verdeckt hinter einem Blumenkasten mit künstlichen Funkien und Philodendren stand, verfiel in eine Mischung aus Bewunderung, Ablehnung, Neid und Euphorie. Aufgeregt umklammerte er mit beiden Händen die Ledertasche.

Dort drüben, im Gespräch mit dem Oberbürgermeister, Dr. Albert Zinser, Sohn des Musikforschers Carl Zinser, der mit Albert Schweitzer befreundet gewesen war, darum der

Vorname. Wie hatte Zinser die Bachforschung revolutioniert, jeden Faszikel, jedes Blatt und Fitzelchen in schier unbegreiflich akribischer Forscherleistung gesichtet, beschrieben und zugeordnet. Seine *Chronologie der bachschen Kantaten* wurde an allen musikwissenschaftlichen Instituten dieser Welt gelehrt. Sein dreibändiges *Lexikon der Barockinstrumente* galt als absolutes Standardwerk. Er war die eigentliche Koryphäe unter den Bachforschern dieser Zeit. Den Ruhm hatte jedoch immer Sperling geerntet. Des armen Zinsers Schicksal schien es, aus Sperlings langem Schatten nie heraustreten zu können. Was für eine Demütigung für einen so verdienten Forscher, ein Leben lang als Assistent bezeichnet zu werden!

Ja, und hier, fast zum Anfassen nah – er hätte nur den Arm zwischen den herzförmigen, verstaubten Blättern des Philodendrons hindurchstrecken müssen –, der Organologe und Graphologe Prof. Yoshiba Koyatake, der sich mit der Analyse und Rekonstruktion von Metall-Legierungen historischer Orgelpfeifen befasste, was vermutlich die Verbrennungen an seinen Händen erklärte. Außerdem war Koyatake die unbestrittene Autorität, was die Datierung bachscher Autographen anbelangte. Hunderte von Papiermühlen hatte er ausgeforscht, ihre Wasserzeichen gesammelt, auf Papier gepaust, verglichen und ausgewertet, gut fünfzig Jahre sich mit Bachs Handschrift auseinandergesetzt. Er war angeblich in der Lage, allein anhand eines spitz oder rund zulaufenden Bass-Schlüssels Datierungsfragen schwierigster Art zu klären. Er war der Forscher, der vermutlich mehr über Bach wusste, als Bach je über sich selbst gewusst haben konnte. Ein Japaner! Absurd! Wie er da stand, den Kopf mit der weißen Mähne leicht nach vorn geneigt, klein, unscheinbar, bescheiden! Wie er der jungen, stiernackigen Frau in dem grünen Cocktailkleid geduldig zuhörte, ihre dumme Frage (Feiern die Japaner eigentlich Weihnachten?) höflich beantwortete und sich auch noch verneigte!

Kemper schüttelte verächtlich den Kopf und wich noch weiter hinter das Plastikgrünzeug zurück, weil ihn Koyatakes Blick zufällig erfasst hatte. Auf einmal wurde ihm schwer ums Herz. Oh, wie begehrte er, einer der ihren zu sein! Wie gern hätte er dazugehört! Ein Rad im Getriebe der weltweiten Bachforschung! Ein Rädchen, seinetwegen auch nur eine winzige Sprungfeder! Aber dabei sein! Wie sehnte er sich danach, mitzudenken, mitzureden, mitzuforschen und an dem Mysterium Bach fort und fort zu schreiben! Wie lechzte er nach Anerkennung! Ja, auch er wollte umgeben sein und hofiert von der Öffentlichkeit! Er wollte auch fotografiert werden und sein Bild in der Zeitung sehen (das Tagblatt ausgenommen, da bliebe er konsequent), es mit stummem Stolz betrachten und die eigenen Worte wieder und wieder lesen! Er wollte gefragt sein, gesucht, umringt von Journalisten, berühmt!

Sieht mich denn niemand? Ich bin auf der Welt! Verdammt, ich lebe! Ich habe etwas … dths … zu sagen!

»Haben Sie etwas gesagt?«, wollte eine Frauenstimme hinter seinem Rücken wissen.

»Ich habe nichts zu sagen … gesagt«, antwortete er in heilloser Erschrockenheit und ließ die Tasche fallen.

Der Philodendron erbebte. Kemper wäre um ein Haar in den Blumenkasten gestürzt, konnte sich aber noch rechtzeitig daran festhalten, bückte sich nach der Tasche, wandte sich um und wurde von einer Wolke aus Veilchenparfüm eingehüllt.

»Wieso verstecken Sie sich in dem Grünzeug? Auch keine Einladung?«, fragte die Zotsch amüsiert. Sie hielt ein Sektglas in der Hand, trug üppiges Rouge auf ihren faltigen Wangen und eine ölig schimmernde Perlenkette um den noch faltigeren Hals. »Bin ich froh, Sie zu sehen, Herr Kemper! Ich dachte nämlich schon, Erika, was machst du hier? Dich kennt keine Sau. Haben Sie gesehen? Der Lange dort am Kamin, das ist also der berühmte Professor Spatz. Ich hab ihn gleich aus der Zeitung wiedererkannt …«

»Heute ohne Erich?«, fragte Kemper konfus und wich zwei Schritte zurück, denn die Zotsch war ungebührlich nahe an ihn herangetreten.

»Diesen Namen dürfen Sie nie mehr erwähnen, Herr Kemper! Sonst muss ich wieder weinen. Er ist tot. Musste ihn einschläfern lassen. Die Blase. Überall tropfte er hin. Inkonsin … Inkonsequenz oder wie das heißt.«

»Das tut mir leid.«

»Scheiß der Hund drauf!«, erwiderte sie, senkte den Kopf, als ob sie andächtig innehielte, und trank einen Schluck Sekt.

Kemper blickte peinlich berührt um sich.

»Sagen Sie, geht es Ihnen nicht auch so: Im wirklichen Leben sehen Prominente meistens mickrig aus. Also wenn ich den Professor Spatz …«

»Sperling«, korrigierte Kemper.

»… oder Sperling nicht in der Zeitung gesehen hätte, ich weiß nicht, ob ich mich nach ihm umdrehen würde. Der Japaner, Kimono oder wie der heißt, sieht nach gar nichts aus.«

Kemper litt, hob die Hand, ließ sie fallen.

»Ich mag die asiatischen Männer sowieso nicht. Das sind doch keine Kerle! Hab mal gelesen, dass sie Alkohol nicht vertragen. Finden Sie nicht auch, dass der Bürgermeister schlecht aussieht?«

»Frau Zotsch …«

»Ich sag Ihnen, der hat eine schwere Krankheit. Der macht's nicht mehr lang. Dieses graue Gesicht. Die Ringe unter den Augen. Man munkelt ja, dass er bei der Stasi gewesen ist. Was heißt munkeln! Die Spatzen pfeifen es von den Dächern …«

»Liebe Frau Zotsch …«

»Soso. Hat man Sie also auch nicht eingeladen. Haben wir schon auf das neue Jahr angestoßen?«

»Frohes, neues Jahr, Frau Zotsch.«

»Sie haben aber nichts zum Anstoßen. Das gilt nicht.«

»Frau Zotsch, ich …«

»Wie schön, mein Guter, dass Sie zum Empfang gekommen sind!«, erschallte die erlösende Stimme des Pastors Dielsch, und gleich darauf schob sich der dazugehörige Kopf in Kempers Gesichtsfeld. Dielsch begrüßte Frau Zotsch und bat um Verzeihung, dass er sie störe. Der alten Dame schien das gar nicht zu passen. Mitten im Satz ließ sie ihn stehen.

»Sie war immer schon schwierig«, erklärte Dielsch. »Aber mein Guter! Sie hocken ja auf dem Trockenen!« Er stibitzte einem Kellner, der gerade vorbeiging, ein Glas Sekt vom Tablett und reichte es Kemper. »Auf die neue Orgel!«

Kemper nickte und stieß mit ihm an. Die Zotsch blickte argwöhnisch zu ihnen hinüber, klappte ihr Handspiegelchen auf und prüfte kritisch ihr Make-up, wobei sie das Gesicht ungewollt zu einer Fratze verzog.

»Herr Kemper«, sagte der Pastor in väterlichem Ton, »ich will Ihnen keinesfalls zu nahe treten, aber ich habe den Verdacht, dass Sie Probleme haben, und zwar ernsthafte Probleme. Ich mache mir Sorgen um Sie … Nein, sagen Sie nichts! Es ist schließlich mein Beruf, für Menschen da zu sein. Sie können mir alles anvertrauen, was Sie bedrückt.«

Jetzt bedauerte es Kemper wahrhaftig, seine Wohnung verlassen zu haben.

»Hat man Sie schon der Orgelkommission vorgestellt? Nein? Dann wird es aber höchste Zeit, dass Sie Professor Sperling kennenlernen.«

Kemper stieß einen kehligen Laut des Entsetzens aus, aber Dielsch hatte ihn schon fest im Griff, lachte und zerrte ihn am Ärmel in Richtung Kamin.

»Verzeihung, meine Herren, wenn ich Ihre geistreiche Unterhaltung für einen Augenblick unterbreche«, sagte der Pastor.

Sperling und van Hulle sahen auf und blickten Dielsch mit dem Ausdruck von Unverzeihlichkeit an.

»Darf ich Sie mit dem Organisten von St. Wenzel bekannt

machen? Herr Kemper ist die gute Seele unserer Kirchgemeinde. Seit nahezu dreißig Jahren übt dieser bescheidene Mensch um Gotteslohn sein Amt aus.«

Der bescheidene Mensch wurde rot und schlug die Augen nieder.

»Guten Abend«, erwiderte Prof. Sperling distanziert, und van Hulle murmelte Unverständliches.

Kurze Sätze! Substanz zeigen!, durchzuckte es Kemper. »Dths ... Guten Abend, Herr Professor, Doktor, Doktor Sperling! Hatten Sie eine schöne ... dths ... Anreise? Es ist mir eine große, was heißt große, eine unschätzbare Ehre, Sie endlich persönlich ... dths ... kennenzulernen!« Seine Worte überstürzten sich, und er reichte Sperling sein leeres Sektglas statt der Hand. »Pardon! ... Dhts ... ich habe alles von Ihnen gelesen, nicht gelesen, verschlungen habe ich es, und Ihre Biographie *Bach. Anfang ohne Ende* zählt für mich zum Bedeutendsten, was je auf diesem Gebiet ... dths ... publiziert worden ist«, sagte er atemlos.

»Na, na, na!«, dämpfte Sperling erheitert den Wortschwall.

»Herr Professor Sperling! Für mich Sie sind der wichtigste Bachforscher der Jetztzeit, und der ...«

»Schweigen Sie, Herr ...«

»Kemper. Jakob Kemper.«

»Herr Kemper. Sie machen mich noch ganz verlegen.«

»Im Gegenteil!«, rief Dr. Zinser schrill dazwischen. »Man kann nie genug gelobt werden. Nur Lumpen sind bescheiden, nicht wahr?«

Zinser lachte laut. Sperling tötete seinen Assistenten mit einem einzigen Blick und wandte sich dann Kemper zu. Mit skeptischem Interesse musterte Sperling den dürren, kauzigen Mann, wobei der Blick von der Batikkrawatte zur speckigen Tasche glitt. Kemper folgte Sperlings Augen. Unauffällig ließ er die Tasche sinken.

Jetzt erst wurde ihm seine Kühnheit richtig bewusst: Kemper, du redest mit Hans-Georg Sperling, dem Bachforscher schlechthin, und verrätst nichts von deiner Entdeckung! Dafür kriegst du lebenslänglich! Das Tagblatt wird eine riesige Schlagzeile draus machen. Der Alte wird sagen, dass er es immer gewusst hat. Eva wird weinen. Sie werden dir Leo vorenthalten. Lucia wird enttäuscht sein. Aus der Musikschule fliegst du hochkantig raus. Alle werden dich schneiden …

»Nun geben Sie mir endlich Ihren Mantel und Ihre Tasche!«, sagte Pastor Dielsch. »Ich will Ihnen doch nur die Garderobe abnehmen!« Er zupfte an der Tasche.

Kemper starrte auf Dielschs wurstige Finger und schrie so gellend auf, dass es in den feinnervigen Ohren der Herren von der Bachgesellschaft schmerzte, denn Sperling und van Hulle kniffen die Augen zusammen.

»Dann eben nicht«, äußerte der Pastor verdattert, drehte sich auf dem Absatz um und lief geradewegs einem jungen Paar in die Arme.

»Wie?«, rief er hocherfreut. »Hat es endlich geklappt?« Mit beiden Händen zeigte er auf den hochschwangeren Bauch der Frau, deren Mann sofort errötete.

Nachdem Kemper seinen Schrecken in einem zweiten Sektglas ertränkt hatte, sagte er mit brüchiger Stimme zu dem neben Sperling stehenden van Hulle: »Es beglückt mich außerordentlich, auch Sie kennenzulernen. Darf ich Ihnen sagen, wie sehr mich Ihre Maßstäbe setzende Schallplatten-Aufnahme der *Matthäuspassion* beeindruckt hat.«

»Welche?«, fragte van Hulle und sah mit stechenden Augen hinter der Brille hervor.

»Bitte?«

»Welche? Ich habe sie fünfmal aufgenommen.«

»Was Sie nicht sagen!«, erwiderte Kemper, wobei er fasziniert auf van Hulles Hände blicken musste, weil ihm nicht einleuchten wollte, dass so kurze Finger so schnell so viele Noten spielen konnten.

»Bei der sechsten Einspielung«, fuhr Zinser dazwischen, »wird er die Tempi dann so schnell nehmen, dass man gar nichts mehr von der Musik hört. Auch eine Möglichkeit, Bach umzubringen.«

»Albert, bitte«, diskantierte van Hulle ärgerlich, »nicht wieder die leidige Tempo-Frage!«

»Herr Professor Doktor Sperling …«, suchte Kemper das Wort an sich zu ziehen.

»Sperling reicht«, entgegnete dieser und gähnte.

»Wie Sie wünschen«, antworte Kemper ehrerbietig und nahm allen Mut zusammen. »Ich möchte nicht versäumen, mich für Ihren warmen, herzlichen Brief zu bedanken, obwohl ich – gestatten Sie mir die Offenheit – ein wenig darüber enttäuscht war, nicht an der Orgelrenovierung mitwirken zu können. Selbstverständlich stehe ich noch immer zu Ihrer Verfügung. Wie, wann und wo Sie mich auch brauchen.« Er musste einen kräftigen Schluck nehmen, um über so viel Eilfertigkeit nicht vor Scham im Boden zu versinken.

»Welcher Brief?«, fragte Sperling höflich, aber desinteressiert. »Vielleicht helfen Sie mir ein wenig auf die Sprünge.«

»Ich habe Ihnen den Aufsatz *Naumburg und die Musikerfamilie Bach* zur gnädigen Kenntnisnahme beigelegt. Wenn Sie sich erinnern.«

Sperling tat so, als würde er nachdenken. »Tut mir leid, ich erinnere mich nicht. Wissen Sie, einen großen Teil der Korrespondenz erledigt meine Sekretärin. Ich werde sie fragen.«

»Sie schneidet ihm sogar die Haare!« Wieder lachte Zinser.

»Die Haare«, wiederholte Kemper.

Sperling warf Zinser einen vernichtenden Blick zu. Ein langer, schriller Rückkopplungston platzte aus den Lautsprecherboxen und ließ die Gäste verstört aufblicken. Der Oberbürgermeister von Naumburg hielt das Mikrofon in der Hand. Jemand in seiner Nähe fuchtelte mit dem Arm, um ihm zu bedeuten, von den Lautsprechern wegzutreten. Das Pfeifen verstummte.

»Einundzwanzig, zweiundzwanzig«, sagte der Bürgermeister ins Mikrofon, dann erhob er die Stimme.

Er sah wirklich ungesund aus. Das Gesicht war aufgedunsen, die Augen wirkten übernächtigt. Er redete hastig, verstieg sich in langen Sätzen, musste sie abbrechen und von neuem beginnen.

»Sehr geehrte Kommission, geschätzte Mitglieder des Förderkreises Hildebrandt-Orgel e. V., liebe Naumburgerinnen und Naumburger! Als Johann Sebastian Bach gemeinsam mit dem Orgelbauer Gottfried Silbermann in unsere schöne Stadt kam, das war im Jahre ...« Hier musste er bereits innehalten, weil ihm der Spickzettel die Jahreszahl nicht preisgeben wollte. Da nutzte es auch nichts, dass er die Lesebrille aufsetzte. Er habe es nicht so mit den Zahlen, flachste der Bürgermeister. Wohlwollende Zustimmung raunte durch den Saal.

»Mit Jahreszahlen scheint man hier generell auf Kriegsfuß zu stehen«, spottete Zinser so laut, dass Pastor Dielsch, der in seiner Nähe stand, es hören musste.

Der Bürgermeister pries die Sehenswürdigkeiten der Stadt, die weltberühmten Stifterfiguren im Westchor des Doms, Uta und Ekkehard II., geschaffen aus dem Muschelkalk des Unstruttals.

»Als ich ein kleiner Junge war – erlauben Sie mir dieses intime Geständnis –, habe ich mich unsterblich in die schöne Uta verliebt.«

Er machte eine Pause, weil er sich der Wirkung dieser oft erprobten Pointe bewusst war. Der Saal schmunzelte, und die älteren Damen seufzten. Er redete vom Marientor, vom Schlösschen, vom Friedrich-Nietzsche-Haus, flocht zu jedem Denkmal eine persönliche Anekdote ohne erkennbare Pointe ein. Als er mit seiner Ansprache endlich fertig war, nicht ohne am Schluss auf die Hetze gewisser Medien gegen seine Person hinzuweisen, erhob er das Glas auf die Professoren und bat die Gäste – »Nur die geladenen, bitte!« –, ihre Plätze an den Tischen einzunehmen.

Sperling, Zinser und van Hulle atmeten auf und applaudierten dünn. Koyatake lächelte undurchschaubar.

Nur Kemper klatschte nicht. Benommen hatte er dagestanden, hatte kein Wort von der Ansprache mitbekommen, sondern an Sperlings Sekretärin gedacht: Und ich Trottel, habe den Brief auch noch in Schönschrift abgefasst, damit eine Sekretärin – vermutlich ist sie seine Geliebte, sonst würde sie ihm nicht die Haare schneiden ... Er war gedemütigt, wütend, gereizt.

Wie nun die Bachgesellschaft am besten Tisch des Saals Platz nahm, flankiert vom Bürgermeister, von Pastor Dielsch und dem Orgelbauer Linke, überlegte Kemper nicht lang, schnappte sich einen Stuhl und gesellte sich trotzig dazu, was den Kellner ins Grübeln brachte. Dielsch regelte die Angelegenheit diskret. Der Kellner legte ein zusätzliches Gedeck auf.

Kemper schmollte und missbilligte alles, was am Tisch geredet wurde. Nach wenigen Minuten stiller, missgünstiger Beobachtung war es ihm unbegreiflich, dass ein so feinsinniger Forscher wie Albert Zinser ein so ungehobelter, lauter Mensch sein konnte. Zinser hatte nämlich, als der »Gruß aus der Küche« kam und der Bürgermeister zuerst bedient werden sollte, ausgerufen: »Lasst doch ein einziges Mal die Wissenschaft vor der Politik satt werden!« Dabei hatte er dem überraschten Kellner den Teller aus der Hand genommen und dreist vor die Wölbung seines beträchtlichen Bauchs geschoben. Kempers anfängliches Wohlwollen Zinser gegenüber schlug in Verachtung um.

Während sie dinierten, schlich die Zotsch noch einige Male erwartungsvoll um den Tisch herum und klimperte mit den Augen, in der Hoffnung, Kemper oder Pastor Dielsch möchten sie dazubitten. Als aber nichts dergleichen geschah, gab sie auf. An der Tafel selbst mochte keine rechte Unterhaltung in Gang kommen.

»Meiner Meinung nach ist der Kapitalismus die Geißel unserer Zeit. Er ist das Krebsgeschwür, an dem die Menschen still leiden, besonders die Menschen im Osten. Wie sehen Sie das im Westen?«, bemühte sich der Pastor, ein Gespräch in Gang zu bringen. Niemand fühlte sich angesprochen. Seine Frage blieb im Raum stehen und verpuffte.

Man speiste versalzenen Schweinebraten mit schwerer Soße und trank sauren Saale-Unstrut-Wein. Der Bürgermeister war in Gedanken – die medialen Anfeindungen der letzten Wochen –, Pastor Dielsch hütete seine Zunge aus Angst, in ein Fettnäpfchen zu treten, der Orgelbauer Linke verlangte Nachschlag, schmatzte und klapperte mit dem Besteck.

Obwohl sich die Wissenschaftler duzten, also miteinander befreundet waren, wie Kemper annahm, erwähnte keiner von ihnen die Musik Johann Sebastian Bachs, ihren eigentlichen Forschungsgegenstand. Sie redeten Belangloses. Die Gespräche plätscherten dahin.

»Wie war noch gleich Ihr Name?«, fragte van Hulle, sich plötzlich Kemper zuwendend.

»Kemper, Jakob Kemper.« Er machte einen geraden Rücken.

»Gab es nicht einen Dirigenten, der Kempe hieß?«

»Kemperrr!«, wiederholte Kemper gereizt.

»Die Deutschen verstehen einfach keinen Spaß«, murmelte van Hulle und schob einen Bissen Fleisch zwischen die Zähne.

»Tatsächlich«, entgegnete Kemper lakonisch. Er spürte, wie ihm allmählich die Geduld riss, und musste sich zusammennehmen, um nicht mit der Faust auf den Tisch zu hauen und diesen gelangweilten, blasierten Forschern die Meinung zu sagen. Dem glatten Sperling, der das Gähnen fast bis zum Weinen unterdrückte. Dem infantil feixenden, geschniegelten Holländer. Dem unkultivierten Zinser mit seinen groben Späßen. Der fragile, stille Koyatake war der Einzige, der seinem Ideal eines Bachforschers standhalten konnte.

Das Dessert war noch nicht ganz verzehrt, da erhob sich der Oberbürgermeister, verabschiedete sich unvermittelt

– Himbeermark klebte in seinen Mundwinkeln – und verließ überraschend die Gesellschaft. Auf Zinsers Vorschlag verfügte man sich an den offenen Kamin, sank in den Plüsch der Polstersessel, rauchte und verdaute. Pastor Dielsch bemühte sich, den Barkeeper zu überzeugen, den erkalteten Kamin zu befeuern.

»Unsere Gäste sollen sich in Naumburg wohl fühlen«, sagte er.

»Nach zehn kein Feuer mehr. Ich habe meine Anweisungen«, rechtfertigte sich der junge, von Pickeln übersäte Mann. Dielsch kapitulierte, fand aber gleich eine Überleitung. »Der Kapitalismus, meine Herren, höhlt über kurz oder lang alle Weltreligionen aus. Indem er den Menschen das Gefühl von materieller Sicherheit gibt, entfremdet er sie ihrer eigentlichen Heimat. Der Heimat in Gott«, dozierte er und blickte gespannt unter seinen schwarzen buschigen Augenbrauen hervor, ob seine These Zuspruch fände. Sie verpuffte in dem dichten Zigarrenrauch.

»Ich möchte nochmals auf deinen gestrigen Vortrag zurückkommen«, sagte Sperling zu Koyatake. »Ich teile deine Meinung ganz und gar nicht. Ich glaube vielmehr, dass das *Et incarnatus est* der einzige Teil der *h-Moll-Messe* ist, den Bach neu komponiert hat.«

Kemper merkte auf. Endlich reden sie über Bach! Die Tasche in seinem Rücken verströmte eine sonderbare Hitze. Seine Hände begannen zu schwitzen.

»Ich will dir auch sagen, weshalb«, fuhr Sperling fort. »Bach hat das Stück auf einem separaten Einlegeblatt niedergeschrieben und erst nachträglich in die Partitur eingefügt.«

»Das beweist gar nichts!«, fiel ihm Zinser ins Wort, nahm die Zigarre aus dem Mund und paffte Ringe in die Luft.

»Ich rede mit Koyatake, nicht mir dir«, maßregelte Sperling seinen Assistenten.

»Bloß weil wir nicht wissen, woher das *Et incarnatus est* stammt«, sprach Zinser unbeeindruckt weiter, »muss Bach den Satz noch lange nicht neu hinzukomponiert haben.« Auf seinem grobschlächtigen Gesicht waren plötzlich sehr nachdenkliche, ja feinsinnige Züge erschienen. Kemper registrierte es mit Misstrauen.

»Alberts These ist zumindest bedenkenswert«, sagte Koyatake mit leiser, sehr musikalischer, fast singender Stimme.

»Wir wissen wirklich nicht, woher das *Et incarnatus est* stammt. Das mit dem später hinzugefügten Blatt, lieber Hans-Georg, scheint mir ein ziemlich dürftiger Beweis.«

»Nicht minder dürftig als deine Behauptung, das *Et incarnatus est* sei aus dem *Salve regina* von Pergolesi entlehnt«, konterte Sperling, wobei er seinen Unmut hinter einem jovialen Lächeln verbarg.

»Konkordanzen sind zweifellos vorhanden, strukturell wie melodisch, lieber Herr Kollege. Etwas anderes habe ich in meinem Vortrag in Leipzig auch nicht dargestellt.«

Kemper genoss die sich gegenseitig aufschaukelnde Fachsimpelei und war jetzt hellwach.

»Genau das habe ich vorhin mit Heimat gemeint!«, mischte sich Pastor Dielsch ein. »Vielleicht gelingt es der Musik, den Menschen wieder ein Gefühl des Ankommens zu vermitteln. Wenn sie anderswo ganze Sportstadien füllt, wieso nicht wieder Kirchen? Bach hören ist Gott hören. Nehmen Sie zum Beispiel das grandiose *Halleluja*! Ist das nicht Gottesbeweis genug?«

Er blickte triumphierend in die Runde. Kemper biss sich peinlich berührt auf die Lippen. Zinser blies Rauch aus. Koyatake nickte höflich. Sperling reagierte überhaupt nicht.

»Ich fürchte«, mengte sich jetzt van Hulle in die Diskussion, und sein bubenhaftes Mienenspiel wich dem eines erwachsenen, reifen Mannes, »die Entstehungsgeschichte der *h-Moll-Messe* bleibt sowohl für die Musikwissenschaft als auch ihre Interpreten ein Geheimnis, das nie aufgeklärt werden wird. Das macht es ja so spannend.«

»Vielleicht nicht!«, platzte Jakob Kemper heraus, als habe

er fünfundvierzig Jahre lang stillschweigen und genau auf diesen Moment warten müssen.

Alle, Sperling ausgenommen, der gerade seine Brillengläser putzte und darauf hauchte, hefteten ihren Blick auf das karge, eingefallene Gesicht, in dessen Augen eine ungeheure Sehnsucht loderte.

»Vielleicht nicht«, wiederholte Kemper fast im Schock und erblasste. Der Griff der Tasche drückte auf seine Wirbelsäule. Die geheimnisvolle Wärme, die von dem Manuskript auszugehen schien, verwandelte sich in Mut, kroch den Rücken hinauf, ließ ihn sich aufrichten, umfing das Herz. »Vielleicht nicht«, sagte Kemper zum dritten Mal mit deutlich vernehmbarer Stimme. »Wie jeder Bachkenner weiß – ich erlaube mir, mich auch als solchen zu bezeichnen –, besteht die *h-Moll-Messe*, wie Sie schon bemerkten, aus älteren, für andere Anlässe komponierten Stücken! Nun frage ich: Wieso? Das mag Ihnen naiv vorkommen. Ich stelle die Frage trotzdem: Wieso hat Bach bei der Komposition eines so gewaltigen Werkes auf ältere Sachen aus seiner Feder zurückgegriffen? Sind ihm etwa die Ideen ausgegangen? Wohl kaum, wie die *Kunst der Fuge* beweist. War er unter Zeitdruck? Vermutlich nicht, denn er hatte sich längst aus dem öffentlichen Musikleben zurückgezogen. Warum ist die *h-Moll-Messe* – verzeihen Sie diese gewagte Formulierung – Stückwerk, und zwar im wortwörtlichen Sinn?«

Hier machte er eine lange Pause und genoss das plötzlich erwachte Interesse an seiner Person wie die Haut die Sonnenstrahlen. Die Gleichgültigkeit Sperlings – er gähnte jetzt, ohne die Hand vor den Mund zu halten – irritierte ihn nicht, im Gegenteil, sie stachelte ihn an.

»Vielleicht ist Bach, als er an der *h-Moll-Messe* arbeitete, auf etwas gestoßen, das seine Phantasie weit mehr beflügelte.«

»Wie meinen Sie das?«, fragte Koyatake und sah Kemper direkt in die Augen.

»Nun, es könnte doch sein, dass er die *h-Moll-Messe* deshalb aus älteren Stücken zusammenstoppelte – mir fällt gerade kein besseres Wort ein, verzeihen Sie –, weil er Zeit für das Größere brauchte.«

»Größer als was?«, fragte Zinser von oben herab.

»Größer als die *h-Moll-Messe*, Herr Doktor.«

»Hübsche Idee.« Zinser hustete, weil der Zigarrenrauch seinen Hals gereizt hatte.

»Gentlemen!«, sagte van Hulle, klatschte in die Hände und erhob sich. »Es wird Zeit. Ich habe noch ein berufliches Telefonat mit Utrecht zu führen. Gute Nacht!«

»Die Hände schön auf der Bettdecke lassen, Frits«, sagte Zinser albern.

Linke, der Orgelbauer, lachte hinter braunen Zähnen.

»Ach richtig!«, sagte van Hulle spitz. »Sie sind ja auch noch da, Herr Linke.«

»Bitte!«, flehte Koyatake. »Lasst Herrn Kemper ausreden! Er hat doch eine nicht alltägliche These vorgetragen.«

Van Hulle blickte auf die Armbanduhr, schob die Hände in die Westentaschen seines Maßanzugs, blieb mit unleidlicher Miene stehen.

»Sie haben mich neugierig gemacht«, sagte Koyatake und senkte sich verneigend den Kopf.

Kemper nickte ebenfalls. »Was ich sagen will«, nahm er den Faden wieder auf, »es könnte doch sein, dass zwischen *h-Moll-Messe* und *Kunst der Fuge* eine Komposition liegt, die wir nicht kennen, die verschollen ist und in einem Archiv in Russland, Polen oder wo auch immer ihrer Auffindung harrt. Theoretisch. Vieles von Bach ist verlorengegangen, vermutlich ein kompletter Kantatenjahrgang, wenn nicht zwei. Eine Passionsmusik nach Markus, von der wir das Libretto kennen, aber nicht die Musik. Wer weiß? Vielleicht findet man schon morgen, wenn die Hildebrandt-Orgel zerlegt wird, ein Notenkonvolut. Das ist nur ein Beispiel. Theoretisch. Vielleicht entdecken Sie morgen unter einer morschen Diele das fehlende Bindeglied, das Opus

Magnum von Johann Sebastian Bach? Ein Beispiel, wie gesagt.«

Das Blut war ihm zu Kopf gestiegen, die Lippen ausgetrocknet, Schweißperlen standen auf der Stirn, denn er hatte bemerkt, dass Sperling nicht mehr gähnte, und das machte ihm plötzlich Angst: Kemper, bist du wahnsinnig? Jetzt bist du zu weit gegangen.

»Schluss mit dem Unfug!«, äußerte van Hulle unwillig. »Ich merke, dass ich wieder in Deutschland bin. Romantischer Schwachsinn.«

»Darf ich fragen, was Sie neben Ihrer Tätigkeit als Organist beruflich machen?«, wollte Koyatake von Kemper wissen.

»Ich bin ein Kollege«, antwortete dieser selbstbewusst und hielt Ausschau nach dem Barkeeper, denn er hatte mörderischen Durst.

»Eigentlich ist er gelernter Bürstenbinder«, sagte Pastor Dielsch. Er musste sich räuspern, weil er lange und stumm vor sich hin geschmollt hatte. »Studiert hat er nicht.«

»Worüber forschen Sie?«, fragte Koyatake weiter, ohne auf die Bemerkung des Pastors zu reagieren.

»Ich forsche über Johann Theile.«

»Stammt Theile nicht aus Naumburg?«

»Richtig ... Herr Ober! Noch ein Glas Wein bitte!«

»Mir ist Theile wohl als Musiktheoretiker ein Begriff. Aber sein musikalisches Schaffen kenne ich nicht. Wie ist seine Musik?«

»Fragen Sie mich als Privatmann oder als Wissenschaftler?« Kemper staunte über sich selbst, weil ihm, wie er fand, eine so elegante Replik eingefallen war.

»Beides«, antwortete Koyatake und lächelte.

Kemper machte wieder eine rhetorische Pause (er erinnerte sich an den Vorsatz, Substanz zu zeigen), schürzte die Lippen und begann zu explizieren. »Vor einigen Monaten bin ich im Stadtarchiv auf einen Faszikel gestoßen, zweifellos die Handschrift von Johann Theile. Was ich bis jetzt über die Musik von *Mein Jesus schwimmt in meinem Munde* sagen kann – leider ist nur die Continuo-Stimme erhalten –, ist das Folgende …«

Hier verstummte er irritiert, weil Zinser vor sich hin gluckste. Das unterdrückte Lachen war so komisch, dass auch Pastor Dielsch, van Hulle und sogar Sperling davon angesteckt wurden.

»Mein Jesus schwimmt in meinem Munde!«, grunzte Zinser. »Na dann! Prost meine Herren!« Er lachte jetzt hemmungslos, stürzte den sauren Wein in seinen dicken, kurzen Hals und wischte eine Träne aus seinem Augenwinkel. »Ich sterbe!«, rief er und bekam einen Hustenanfall.

Kemper schnellte vom Sessel auf. Das müsse er sich nicht gefallen lassen, sagte er, und die Stimme überschlug sich. Den ganzen Abend habe er schon gespürt, dass sie auf ihn herabblickten, dass er in ihren Augen ein Niemand sei. Das gebe den Herren Professoren aber nicht das Recht, sich über ihn lustig zu machen.

Koyatake schaute betreten auf den Couchtisch aus schwarzgrün marmoriertem Kunststein. Pastor Dielsch machte einen fruchtlosen Versuch, Kemper zu besänftigen.

Wie habe er sich – zugegeben nur ein Bürstenbinder und Amateur-Forscher – darauf gefreut, die bedeutendsten Musikwissenschaftler dieser Zeit kennenzulernen. Er habe sein Herz in die Hand genommen, sei vor sie getreten, um etwas von ihrem Wissen, ihrer Könnerschaft und Weisheit zu erhaschen. Denn er kenne fast alle Schriften der hier versammelten Persönlichkeiten. Unter großen Schwierigkeiten, das dürften sie ihm glauben, habe er sich ihre Bücher zu DDR-Zeiten besorgt, habe sie mit Begierde, Staunen und heißer Liebe gelesen. Welcher Genuss seien für ihn Hans-Georg Sperlings monumentale Bachbiografie gewesen, *Albert Zinsers Studien zur Chronologie der bachschen Kantaten* oder van Hulles Platten. Oft, wenn er in einsamen Stunden diese Platten gehört habe oder in den besagten Büchern geblättert, sei er auf unerklärliche Weise getröstet gewesen. Da habe er für Momente so etwas wie Glück erfahren, eine Art Familiengefühl. Jawohl Familie. Denn er habe gewusst, dass auf dieser Erde, jenseits aller politischen Grenzen, Menschen wohnten, die eines miteinander verband: die Liebe zu Johann Sebastian Bach. Die Mauer habe es plötzlich nicht mehr gegeben. Überall auf dieser runden, schönen Welt forsche man über Bach, habe er wach vor sich hin geträumt. Wie habe er danach gedürstet, mit diesen Männern in Kontakt zu treten, sich mit ihnen auszutauschen, gemeinsam an dem Mysterium Bach fortzuschreiben.

Auch wenn er nur Bürstenbinder sei, kein Universitätsprofessor in Harvard, habe er doch das Herz, um zu ahnen, dass Bachs Geheimnis niemand ausschöpfen könne oder gar erklären.

»Dieser große Bach! Dieser Gottgeist! Er ist größer, als wir ihn uns vorgestellt haben«, sprach er. »Und ich behaupte, meine Herren, dass weder ich noch Sie eine Idee davon haben, wie groß Bach wirklich ist. So viel ahne ich: Sein Denken reicht weit über die *h-Moll-Messe* hinaus. Er hat etwas noch viel Größeres geschaffen! Etwas, das über die Musik selbst hinausgeht! Das ahne ich! Ich ahne es nicht, ich weiß es!«

Hier brach er ab, weil ihm die Stimme versagte. Einen langen, ewig langen Augenblick geschah nichts.

»An dem Klischee ist etwas dran«, murmelte Sperling, indem er vom Sessel aufstand, seinen Rock glättete und den Schlips zurechtrückte.

»An welchem Klischee?«, fragte Zinser.

»Ich will niemandem in dieser Runde zu nahe treten, aber mir will scheinen, dass man im Osten sehr zur Rührseligkeit neigt. Gute Nacht, und schlafen Sie gut!«

Groß, nobel und würdevoll verließ er den Raum.

»Ein romantischer Schwachkopf«, piepste van Hulle Zinser ins linke Ohr.

Kemper hörte es. Er brachte vor Fassungslosigkeit den

Mund nicht zu, stürzte grußlos davon, stolperte an die Bar, bezahlte und verschwand.

Auch Yoshiba Koyatake hatte sich erhoben. Er verbeugte sich mit einem verkrampften, fernöstlichen Lächeln.

»Er hat seine Tasche liegenlassen«, sagte Pastor Dielsch.

»Da wird wohl das Opus Magnum drin sein«, sagte Zinser und begann wieder zu lachen. Van Hulle grinste einverständig.

»Darf ich Ihre Zigarre fertig rauchen?«, fragte der Orgelbauer Linke und zeigte auf Zinsers erloschene Zigarre im Aschenbecher. Zinser schaute ihn entgeistert an.

Mit dieser Äußerung – übrigens der einzigen, die Linke von sich gab – wurde der Abend beschlossen.

Oh, diesen Stachel kannte er zu gut! Etwas riskiert zu haben und dafür ausgelacht zu werden. Aber dieses Mal tat es besonders weh. Dass ihn die Bachgesellschaft als Wissenschaftler nicht ernst nehmen würde, davon war er ausgegangen. Dass sie ihn jedoch verhöhnten, das war zu viel!

»Bin ich eine Schießbudenfigur?«, rief er, hob die Faust zum Himmel, darin die Sterne matt und unbeteiligt leuchteten und die Scherbe des Mondes gerade hinter einer dünnen Wolke verschwand.

Er war gedemütigt. Er war wütend und gleichzeitig stolz auf sich. Diesen desinteressierten Wichtigtuern hatte er es gezeigt! Mochten sie ihn einen »romantischen Schwachkopf« nennen, mochten sie über ihn denken, was sie wollten. Er hatte ihnen die Meinung gesagt, ihnen fein heimgeleuchtet, sie daran erinnert, weshalb sie den Forscherberuf ergriffen hatten: Weil sie einmal die Musik von Johann Sebastian Bach geliebt haben! Aber diese Liebe, das hatte er an diesem Abend schmerzlich lernen müssen, hatten sie schon lange verloren. Koyatake ausgenommen.

Er lief durch die kärglich beleuchteten Gassen, wo in Pfützen das gelbliche Licht der Straßenlaternen schimmerte, gelangte zum Topfmarkt und wollte die Tasche abstellen, um in seinem Mantel nach dem Hausschlüssel zu kramen, als ihm der Atem stockte.

»Die Tasche!«, schrie er in die Dunkelheit hinaus. Er verschluckte sich, begann zu husten. Sein Herz pochte rasend schnell und laut. Der Puls trommelte in den Schläfen, in den Ohren begann es zu sausen. Er versuchte, mit der Gewissheit fertig zu werden, die gerade auf ihn eingestürzt war: Sie haben das Manuskript! Kemper, du Stümper! Sie haben die *Offenbarung*! Jetzt ist alles aus!

Ohne zu überlegen, rannte er zurück zum Hotel Stern. Dort musste er feststellen, dass in der Lobby nur noch das Nachtlicht brannte, die Zimmer darüber aber hell erleuchtet waren. Er riss die Hoteltür auf und stürmte an der unbesetzten Rezeption vorbei in den Saal, wo der Empfang stattgefunden hatte.

Vor dem Kamin kniete der Barkeeper mit dem pickelübersäten Gesicht und entfachte ein Feuer, während es sich ein hübsches Mädchen – es war die lethargische Rezeptionistin – just in dem Fauteuil bequem machte, in dem Kemper gesessen hatte. Das Mädchen hatte ihre netzbestrumpften Beine samt Schuhen auf den Couchtisch gelegt und nippte an einer Bierflasche. Die beiden wirkten einigermaßen verblüfft, als Kemper plötzlich vor ihnen stand.

Die Gäste aus Leipzig seien schon auf ihre Zimmer gegangen, beantwortete der Barkeeper Kempers überstürzte Frage und erstickte rasch das bereits züngelnde Kaminfeuer. Von einer liegengebliebenen Tasche wisse er nichts.

Sie auch nicht, sagte die Rezeptionistin ungefragt.

Ob sie sich freundlicherweise erheben möchte, weil er genau auf diesem Platz gesessen habe, bat Kemper, jetzt etwas gefasster.

Das Mädchen maulte leise, stand umständlich auf, ließ Kemper suchen, wühlen, ließ sich gleich darauf wieder in den Sessel fallen und kreuzte ihre Beine auf dem Tisch.

Komme gar nicht in Frage, die Gäste um diese Zeit noch aus ihren Zimmern zu klingeln, sagte der Barkeeper sichtlich ungehalten. Er habe seine Anweisungen, der gute Mann solle morgen wiederkommen, er könne ihm ja die Adresse dalassen.

Der verzweifelte, untröstliche Kemper flehte die beiden an, vergeblich. Er hatte Glück, dass sie ihn nicht sofort hinauswarfen, denn sie wurden immer unhöflicher und aggressiver.

In der halbdunklen Rezeption stand er noch eine Weile unschlüssig herum und erwog sogar, nach den Anmeldungen zu suchen, die Zimmernummern ausfindig zu machen, hochzugehen, an die Türen zu klopfen und nach der Tasche zu fragen. Er ließ den Gedanken fallen, weil er nicht den Mut aufbrachte, sich hinter die Rezeption zu schleichen.

Auf dem Heimweg fing er an zu weinen. Er fröstelte wie früher als Junge in der Werkstatt seines Vaters und bekam gleichzeitig Schweißausbrüche. Bis tief in die Nacht durchlebte er Exzesse der Verzweiflung, fluchte und schrie, stampfte und fauchte, hatte Herzrasen und Atemnot. In der Küche entkorkte er eine Weinflasche. Sie entglitt ihm und zersprang mit einem dumpfen Klirren. Heulend las er die Scherben zusammen, wischte den Boden provisorisch auf, öffnete trotzig eine zweite Flasche. Schließlich ließ er sich auf das Sofa fallen. Eine Sprungfeder krachte. Erschrocken sprang er auf und taumelte durchs Zimmer. Endlich tat das Valium, das er in nicht zu knapper Dosis geschluckt hatte, seine Wirkung.

Auch Prof. Sperling fand lange nicht in den Schlaf. Der unbarmherzige akademische Kalender hielt ihn wach. Beengt und unbequem kauerte der große Mann an der schmalen Tischplatte vor dem beschlagenen Fenster seines Zimmers und las die Druckfahnen des Aufsatzes *Neue Überlegungen zum »Et incarnatus est« in Bachs h-Moll-Messe*. Eines Aufsatzes, den er schon vor Wochen seinem amerikanischen Verleger hätte zukommen lassen sollen. Tief gebeugt vor Kurzsichtigkeit, saß Sperling da, las und korrigierte. Die römische Nase berührte fast die Manuskriptseiten. Er schwächte die These ab, wonach das *Et incarnatus est* die einzige originale Komposition der Messe sei, und wies darauf hin, dass strukturell wie melodisch verblüffende Ähnlichkeiten zu Pergolesis *Salve regina* in c-Moll bestünden. Dann betrachtete er den Artikel als abgeschlossen und nicht ganz ungelungen und setzte als Imprimatur seine winzige Unterschrift darunter.

Sperling zog sich aus, den Flanellschlafanzug an und begab sich ins Badezimmer. Beim Zähneputzen musste er an den Organisten von St. Wenzel denken, diesen seltsamen Kauz, der von einem verschollenen Großwerk Bachs gefaselt hatte.

»Es gibt nichts Größeres als die *h-Moll-Messe*«, murmelte Sperling, gurgelte, hielt inne und betrachtete sein Spiegelbild. »Aber wer weiß? Vielleicht findest du morgen tatsächlich unter einer morschen Diele das Hauptwerk von Bach.«

Zahnpasta klebte auf seiner Oberlippe, und ein übermütiges, jungenhaftes Lächeln tanzte um seinen Mund. Sperling stockte. Er roch etwas. Es roch nach Fisch. Im gleichen Moment sah er sich am Ufer der Günz stehen, wie er mit aller Kraft eine Angelrute festzuhalten suchte. Der Vater kam ihm zu Hilfe, und gemeinsam zogen sie ein Prachtexemplar von Forelle aus dem Wasser. Der Vater klopfte ihm auf die Schulter, und er, der kleine Junge, lächelte genauso, wie er, Sperling, gerade in den Spiegel gelächelt hatte. Verschämt und doch voller Übermut: Siehst du? Ich kann es! Alles ist möglich! Was kostet diese Welt?

Sperling beendete seine Toilette, ging zu Bett, tastete nach dem Lichtschalter, knipste ihn aus, kroch unter die Decke, die ihm viel zu kurz war, und überlegte: Wie lang war das her, dass er an seinen Vater gedacht hatte, an die Fischzucht in Sontheim, an das satte grüne Ufer der Günz und daran, dass man alles im Leben bekommen konnte?

Zwei Türen weiter telefonierte der Dirigent und Orgelvirtuose Frits van Hulle mit Utrecht. Eine gewisse Françine, eine bekannte Oratoriensängerin, die er »Mon Kuschele« nannte, machte dort auf ihrer Konzertreise durch Europa Station. Seit zwei Stunden telefonierten sie nun miteinander, und van Hulle hatte Françine unter Aufbietung aller rhetorischen Fähigkeiten – vom Holländischen zum Englischen, Französischen und Deutschen – schon verbal bis zum Slip entkleidet, den Genuss immer wieder hinausgezögert, verfeinert und unermüdlich nach neuen Bildern, Worten und Wortschöpfungen gesucht. Jetzt, da »Mon Kuschele« fast nackt in seiner Phantasie vor ihm stand, wurde er überraschend einsilbig und schläfrig. Er sagte, dass er auflegen müsse. Am anderen Ende des Hörers warf ihm eine sehr unbefriedigte Françine vor, nur ihren Körper zu begehren, nicht aber ihr Wesen, ihre Seele, ihr »Yin«, wie sie sich ausdrückte.

Van Hulle suchte sie auf andere Gedanken zu bringen und erzählte von einem Monsieur Kempe, einem geistig verwirrten Schuster und Organisten, der behauptete, Bach habe noch viel Größeres geschrieben als die *h-Moll-Messe*. »Mon Kuschele« ließ sich nicht ablenken, insistierte auf die fernmündliche Erfüllung ihrer Sehnsüchte, und als das nichts half, begann sie zu schimpfen. Van Hulle schnitt Grimassen und zählte die Pinselstriche in Monets *Junge Mädchen in einem Boot*, das in einem Goldrahmen festgeschraubt über seinem Bett hing.

Ein Stockwerk höher, in Zimmer 214, brannte ebenfalls noch Licht. Doch der Gast schlief schon lange, was sein Schnarchen bewies. Der Fernseher lief auf einem zu bezahlenden Kanal, auf der Brust von Dr. Zinser lag der Börsenteil der Financial Times, eine Ausgabe älteren Datums.

Und schließlich, auf Zimmer 215, saß Yoshiba Koyatake, zermürbt vom Geschnarche und Lustgestöhne von nebenan, im Bademantel auf dem floral bedruckten Teppich im Schneidersitz. Auch er überdachte verschiedene Passagen in seinem zur Veröffentlichung stehenden Vortrag *Bach und der Pergolesi-Stil*. Mit abgeschriebenem Bleistift schwächte er einige Behauptungen ab und leistete der These wieder Vorschub, derzufolge das *Et incarnatus est* vielleicht doch eine originale Komposition sei, weil es als Einlegeblatt in die autographe Partitur aufgenommen worden war.

Koyatake verstopfte sich die Ohren mit Schnipseln eines Papiertaschentuchs. Dabei kam ihm der arme, gedemütigte Kemper in den Sinn. Gewiss, er ist ein Narr, dachte er. Aber ein sympathischer. Was würde ich drum geben, wenn ich noch so viel Inbrunst, Liebe und Naivität besäße! Was würde ich für dieses Feuer geben, das in seinen Augen gebrannt hat, als er von Bach redete!

»Yukichan«, begann Koyatake jetzt zu flüstern, »süße Yukichan! Singe noch einmal für mich! Vom alten Deutschland! Nur ein einziges Mal!« Er schloss die Augen, der Bleistift glitt ihm aus den Fingern. Ein unbeweglicher, erdig brauner Himmel senkte sich tief über Ueno herab, so tief, dass die Spitzen der Hochhäuser in den Wolken verschwanden. Der Donner grollte, am Horizont glimmten gelbliche Blitze auf. Er, noch ein Junge, lag bei ihr, den Kopf müde an ihre Brüste gelehnt. Und Yukichan sang.

Die Pappeln an der Allee von Weißenfels schossen an ihm vorbei und verschwammen links und rechts zu einer graugrünen Wand. Die Scheinwerfer kamen immer näher. Das Hupen wurde schriller. Er konnte nichts tun, denn er saß auf dem Rücksitz und musste zusehen, wie der Wartburg auf das entgegenkommende Auto zuraste. Er schrie den Großonkel an, endlich zu bremsen. Aber der Großonkel saß nicht am Steuer. Am Steuer saß niemand. Das Hupen wurde noch lauter, noch schärfer. Mit dem Mut der Verzweiflung kletterte er über den Rücksitz nach vorn, um an das Bremspedal zu kommen oder wenigstens das Steuer herumzureißen. Zu spät. Aus dem Hupen wurde ein ohrenzerreißender, lang anhaltender Sirenenton …

Kemper fuhr aus dem Schlaf. Aufrecht saß er auf der Couch, mit geschwollenen, verklebten Augenlidern. Gottseidank, er war am Leben! Es war die Türklingel gewesen. Wer weiß, wie lang man geklingelt hatte. Jetzt war es still.

Er stand auf, machte ein paar Schritte, stieß gegen Tschaikowskys Klavier, verspürte ein grauenhaftes Kopfbrummen. Draußen war es hell. Das Mittagslicht blendete schmerzhaft. Benommen und fast noch blind, tastete er sich zur Tür, schleppte sich die Treppe hinunter, öffnete die Haustür und stieß mit der Fußspitze gegen die Tasche. Ohne Stimme schrie er auf, bückte sich, öffnete die Tasche mit ungeschickten Bewegungen, zog den Karton aus der Plastiktüte heraus, hob den Deckel und sah verschwommenen Blicks hinein. Er konnte sein Glück nicht fassen, küsste den Deckel der blauen Mappe und beschloss, auf der Stelle ein braver Protestant zu werden und nie wieder dissonanzenreich zu präludieren, denn so viel brachte sein vernebelter Verstand zusammen: Nur Pastor Dielsch wusste, wo er wohnte. Also hatte er die Tasche zurückgebracht! Dieser großartige, ehrliche, dieser selbstlose, dieser wundervolle, dieser integre, dieser wirklich christliche, dieser … Mensch!

Zu selben Stunde, als Jakob Kemper die *Offenbarung* wieder in seinen Händen hielt und zu neuem Lebensmut erwachte, saßen die Herren von der Bachgesellschaft im Hotel Stern am Mittagstisch. Sie waren gut gelaunt und begegneten einander in vertrautem Sarkasmus. Im Hotel herrschte ein stumpfer Lärm von Bohrern und Schlaghämmern. Maler und Maurer mit einfältigen, aber selbstbewussten Gesichtern staubten unablässig durchs Restaurant, vorbei an den tafelnden Herren.

Der Vormittag hatte die Kommission bereits früh auf der Empore der Wenzelskirche angetroffen, wo Handwerker der

Firma Linke aus Weimar Gerüste hochgezogen und Scheinwerfer für ausreichendes Licht aufgestellt hatten. Während der drei Tage, die die Kommission für ihren ersten Aufenthalt veranschlagte, wollte man eine genaue Dokumentation des noch aus der Bachzeit vorhandenen Pfeifenwerks, der ursprünglichen Mensuren, Windladen, Wellenbretter, Registerschwerter, der stark beschädigten Klaviaturen und so weiter erstellen.

Frits van Hulle setzte sich an die Orgel, um ihre Lunge zu prüfen, schweifte mit zackigen Arm- und Beinbewegungen von einem Register zum anderen. Seine Finger und Fußspitzen jagten so schnell über Tasten und Pedal, dass die Orgel, wenn überhaupt, lediglich ein paar Heuler und Seufzer von sich gab.

»Darf ich fragen, was du da gerade spielst?«, wollte Koyatake wissen.

»Die *d-Moll-Toccata*«, diskantierte van Hulle und fingerte ungestüm fort.

»Danke«, sagte der Japaner, »ich habe das Stück beim besten Willen nicht erkannt.« Er schüttelte den Kopf und verneigte sich gleichzeitig.

Als kurz darauf einige Handwerker die Holzverkleidungen des Balghauses abtrugen und mit gleißendem Scheinwerferlicht hineinleuchteten, wurde jedermann das Ausmaß des desolaten Zustands der Orgel bewusst.

»Da drin sieht es genauso verlottert aus wie in Linkes Maul«, witzelte Zinser.

»Wenn die Genossen schon kein Geld hatten, hätten sie die Orgel wenigstens mit einer Plastikplane abdecken können, diese Vandalen und Kulturbanausen!«, zürnte Sperling.

Sein Blick streifte eine eingetretene Diele im Boden des Gehäuses. Da schoss es ihm plötzlich in den Sinn: Hatte der Armleuchter gestern nicht etwas von einer morschen Bohle gefaselt? Sperling wartete einen günstigen Moment ab, da gerade niemand zugegen war, stieg in das Gehäuse hinein, bückte sich, zerrte vorsichtig an dem Brett, kniete sich in den Staub, griff mit der Hand in den Hohlraum und tastete den Unterboden ab.

»Suchst du den Jahrhundertfund?«, fragte Zinser, die Hände vor den dicken Bauch gefaltet, Daumen drehend, nachdem er dem selbstvergessenen Sperling minutenlang zugesehen hatte.

Der Harvard-Professor schnellte kreischend auf wie ein Sackmesser, wobei er mit dem Kopf gegen einen Balken schlug. Nachdem er aus der Orgel herausgekrochen war und den Staub vom Anzug geklopft hatte, fuhr er laut und bitter seinen Assistenten an. Fahrlässig sei das, geradezu verbrecherisch, jemanden so hinterhältig zu erschrecken. In Wahrheit ärgerte sich Sperling über sich selbst, weil er den Hirngespinsten des Möchtegern-Forschers Kemper auf den Leim gegangen war und weil er sich von Zinser dabei hatte erwischen lassen.

l'Amour

»Zuerst war ich nervös, das gebe ich zu. Man trifft schließlich nicht jeden Tag auf solche Koryphäen. Da ist man lieber still, beobachtet, wartet ab. Sie waren übrigens alle unheimlich nett, Menschen wie du und ich. Doktor Zinser, zum Beispiel, hat einen herrlichen Humor, zum Schreien komisch, und van Hulle, der Orgelvirtuose, hat so kurze Finger, dass ich geschworen hätte, der kann damit keine Oktave greifen. Kurz und gut: Als mich Professor Koyatake ermunterte, von mir zu erzählen ... Noch einen Schluck Wein, Lucia?«

»Ich bleib beim Wasser, danke.«

»Als mich Koyatake aufforderte, über meine Forschungsergebnisse zu berichten, war ich natürlich sehr aufgeregt. Die Aufregung legte sich, als ich sah, wie interessiert mir die Professoren zuhörten. Es entspann sich eine leidenschaftliche, aber stets sachliche und profunde Diskussion. In aller

Bescheidenheit, Lucia: Ich habe einen mächtigen Eindruck auf sie gemacht.«

»Du wärst so gern einer von ihnen, nicht wahr?«

»Bitte?«

»Du möchtest dazugehören. Mitreden. Respektiert und anerkannt sein.«

»Die Unterhaltung war rein wissenschaftlicher Art. Wir haben über Aspekte des *Et incarnatus est* gesprochen.«

»Jakob, ich höre doch, was du mir sagen willst. Deine Augen sagen es, deine Hände.«

»Ich weiß nicht, worauf du hinauswillst. Jedenfalls hat es Professor Sperling zutiefst bedauert, dass ich nicht in der Kommission vertreten bin.«

»Es geht nicht um diese blöde Kommission. Es geht nicht um Bach.«

»Um was, bitte schön, geht es dann?«

»Es geht um dich! Ich finde, du solltest ehrlich zu mir sein.«

»Wann war ich nicht ehrlich zu dir?«

»Forget it.«

»Es erschüttert mich, dass du so über mich denkst. Nur weil du deprimiert bist, enttäuscht …«

»Das sagst du jetzt schon zum dritten Mal! Wie kommst du eigentlich darauf?«

»Ich habe auch Augen im Kopf. Ich sehe auch, was deine Hände sagen. Aber lassen wir das. Lucia, das ist unser erster gemeinsamer Abend, und ich hoffe sehr, dass es nicht unser letzter bleibt. Ich habe dir etwas mitgebracht. Ich will, dass du es siehst. Es ist etwas ganz und gar Unglaubliches. Vielleicht wird es deine Zweifel an meiner Ehrlichkeit zerstreuen.«

»Du machst es aber spannend.«

»Lange habe ich mit mir gerungen, ob ich es überhaupt einem Menschen anvertrauen sollte. Wem könnte ich vertrauen, wenn nicht dir? Du bist mir wichtig. Mehr als das. Öffne diese Schachtel.«

»Was ist in der Schachtel?«

»Sieh nach!«

»Du machst es wirklich verdammt spannend.«

»Vorsicht, Lucia! Behutsam anfassen!«

»Sind das Noten?«

»So ist es. Lies den Titel.«

»*Apocalypsis Beati Ioannis …*«

»*Apostoli*, ja. Lies die dritte Zeile von unten.«

»*Musica di J. S. Bach* … Was ist das, Jakob?«

»Ein Autograph.«

»Ein was?«

»Leise! … Du blickst gerade auf eine originale Handschrift von Johann Sebastian Bach. 246 Jahre alt. Die *Offenbarung*.«

»Die was?«

»Die *Offenbarung*. Anna Magdalena nannte sie so.«

»Wer ist Anna Magdalena?«

»Bachs zweite Frau.«

»Wie kommt das in deine Hände?«

»Es lag im Balggehäuse meiner Orgel. Ich habe es Heiligabend gefunden. Seit 246 Jahren lag es dort und moderte vor sich hin. Keine Ahnung, wie es dort hingelangt ist. Ich stehe vor einem gewaltigen Rätsel.«

»Weiß jemand davon?«

»Das ist ja das Ungeheuerliche! Man weiß nicht einmal, dass Bach so etwas komponiert hat. Kein Wort ist davon überliefert. Weder in seinen Briefen noch in den Zeugnissen seiner Söhne und Zeitgenossen. Was da vor dir liegt, ist theoretisch gesehen unmöglich, praktisch gesehen ein Wunder.«

»Wissen es deine Professorenfreunde?«

»Wo denkst du hin! Wenn sie das wüssten, wäre ich vermutlich nicht mehr am Leben.«

»Obwohl es Menschen sind wie du und ich.«

»Lucia, das ist nicht witzig. Hier handelt es sich um eine Entdeckung von epochaler Bedeutung für die gesamte Menschheit.«

»Was gedenkst du zu tun?«

»Ich bin dabei, den Fund wissenschaftlich zu erforschen. Ich habe gerade erst damit angefangen. Lucia, ich bin in den letzten Wochen durch eine Hölle gegangen, die du dir nicht vorstellen kannst.«

»Jakob, du solltest das sofort der Bachgesellschaft melden.«

»Nie!«

»Leise.«

»Jedenfalls nicht jetzt. Später vielleicht.«

»Was heißt später? Was heißt vielleicht? Du machst dich strafbar, und zwar im höchsten Maß strafbar. Davon bin ich überzeugt.«

»Meinst du, ich bin mir der Verantwortung nicht bewusst? Ich bin Wissenschaftler. Ich habe Erfahrung im Umgang mit Autographen. Solange niemand von der Existenz dieser Partitur weiß, vermisst sie auch keiner.«

»Das ist keine Entschuldigung. Da geht es um Anstand. Du begehst einen kriminellen Akt, Jakob.«

»Gibst du mir bitte die Mappe.«

»Ich nehm sie dir schon nicht weg.«

»Danke. Weißt du, Lucia, mir ist im Lauf meines Lebens nicht gerade viel Anstand begegnet. Was ich auch versucht und unternommen habe, ist mir gründlich missglückt. Im Beruflichen wie im Privaten. Aber jetzt, ich fasse es selbst nicht, jetzt ist die Stunde meines Lebens gekommen. Dieses Mal werden mich die Klassenkameraden nicht schikanieren. Sie werden es nicht mehr wagen, ›Kemper, du Stümper!‹ zu mir zu sagen. Sie können mich nicht mehr hänseln. Diesen Triumph werde ich auskosten. Erst wenn ich Genugtuung gefunden habe, will ich der Bachgesellschaft den Fund übergeben. Erst wenn ich die Partitur wissenschaftlich analysiert habe. Keinen Tag, keine Stunde früher.«

»Und wann meinst du, hast du Genugtuung gefunden? In einem Monat? In zwei Jahren, in zehn?«

»Darüber habe ich noch nicht nachgedacht.«

»Ich an deiner Stelle könnte keine Nacht mehr ruhig schlafen.«

»Kann ich auch nicht. So absurd es klingt, Lucia: Irgendwann gewöhnt man sich an die Hölle. Man will gar nicht mehr in den Himmel.«

»Warum zeigst du das ausgerechnet mir? So nahe stehen wir uns auch wieder nicht. Ich könnte aufstehen und zur Polizei gehen.«

»Weil ich mit jemandem reden muss. Weil ich allmählich verrückt werde. Weil du der einzige Mensch bist, dem ich vertraue … dhts … Weil ich dich liebe. Lucia … ich … dths … liebe dich. Weißt du noch, wie du für mich zum Bahnhof gefahren bist und eine Fahrkarte nach Westberlin gekauft hast, weil ich zu dämlich war dazu? Das Lachen in deinen Augen, dieses … dths … kostbare, reine Lachen. Da wusste ich: Sie … dths … ist es. Nur sie.«

»Jetzt brauche ich einen Schluck Wein.«

»Ich erwarte nicht, dass du meine Liebe erwiderst … Gott, wie ungeschickt von mir! Ich habe deine Bluse bekleckert. Oh, ich könnte mich ohrfeigen.«

»Das geht wieder raus. Aber die Noten legen wir besser in den Karton.«

»Die Noten. Entschuldige, ich bin völlig durcheinander … Was wollte ich sagen? … Ich weiß, dass dein Herz für einen anderen Mann schlägt. Ich weiß, wie unglücklich du in deinen Robert verliebt bist … Nein, sag nichts! Lass mich ausreden! … Ich weiß, wie das weh tut. Glaub mir, ich kenne Liebeskummer. Dieses verdammte Hoffen, dieses verdammte Warten, diese schreckliche Ohnmacht, diese Zeit, die nicht mehr vergehen will. Man nimmt jede Demütigung in Kauf und beneidet alle, die nicht lieben müssen. Ich kenne dieses Gefühl in- und auswendig …«

»Mir hast du gesagt, du seist nie lange verliebt gewesen.«

»Dann habe ich dich belogen. Vier Jahre lang habe ich wegen eines Mädchens gelitten wie ein Hund. Es ist eine

Ewigkeit her, das stimmt. Damals wollte ich noch Komponist werden. Ich habe ihr sogar ein Werk gewidmet. Sie hat schallend darüber gelacht. Heute lache ich selber darüber. Man ist lächerlich, wenn man liebt. Deshalb verstehe ich deinen Kummer …«

»Erstens bin ich nicht lächerlich, und zweitens habe ich keinen Kummer!«

»Ich sehe ja, wie du leidest! Glaub mir, ich bin ein Menschenkenner …«

»Jakob!«

»Lass mich diesen Gedanken noch zu Ende bringen, Lucia … Nun, du bist vermutlich voller Erwartungen nach Nürnberg gefahren. Robert hat dir wieder Hoffnungen gemacht. Dein Herz ging auf wie eine Frühlingsblume. Alle Enttäuschungen waren vergessen und verziehen …«

»Stopp, Jakob, stopp! Du bist ganz schön anmaßend.«

»Anmaßend?«

»Weil ich heiraten werde.«

»Wen?«

»Robert. Am 5. Mai.«

»Das widerlegt natürlich alles.«

»Tut mir leid, es dir so brutal sagen zu müssen, aber bevor du dich noch weiter in so abstruse Spekulationen hineinsteigerst …«

»Du bist schwanger.«

»Quatsch! Ich bin einfach nur glücklich, überglücklich. Robert hat mir einen Heiratsantrag gemacht, und ich habe ja gesagt. That's it. Übrigens auch Heiligabend.«

»Wie passend.«

»Ja, richtig romantisch. Er kam mit einem winzigen Weihnachtsbaum. Daran hing eine Tüte mit roten Gummibärchen. In der Tüte war ein Ring und ein Zettel …«

»Erspare mir bitte die weiteren Details.«

»Natürlich. Entschuldige.«

»Schon gut.«

»Robert, ich möchte, dass wir …«

»Jakob. Ich heiße Jakob.«

»Gott, bin ich dämlich.«

»Du möchtest, dass wir Freunde bleiben. Das werden wir, Lucia.«

»Ich wollte etwas anderes sagen. Ich möchte … ach, jetzt hab ich alles vermasselt.«

»Dessert?«

»Für mich nicht.«

»Herr Ober! Bringen Sie uns eine Flasche Schampus. Aber vom Besten! Wir haben eine Verlobung zu feiern!«

»Gratulation!«, sagte der Kellner, streckte Kemper die Hand hin, zog sie aber gleich wieder zurück. »Verzeihung! Die Verlobte zuerst!«

Durch ausgeleerte Gassen torkelte er weit nach Mitternacht heimwärts. Seine Schritte verhallten an den Fronten unbewohnter Häuser mit eingeschlagenen Fenstern und provisorisch vermauerten Eingängen. Sich von Lucia nach Hause begleiten zu lassen, hatte er schwerzüngig abgelehnt. Er müsse allein damit fertig werden, und das werde er.

Das wolle er noch sehen, lallte er jetzt vor sich hin, ob sie wirklich diesen Piloten mit den goldglänzenden Epauletten heiratete. Bis zum 5. Mai sei es noch lange hin, und habe man nicht in letzter Zeit fast wöchentlich von Flugzeugabstürzen lesen müssen. Das wolle er noch sehen.

Rachsucht und Verbitterung umwölkten ihn. Er fühlte Streitsucht aufkeimen, wollte die Wut an jemandem auslassen und wankte – einer spontanen Eingebung folgend – in Richtung Lindenring. Vor dem Hotel Stern fing er ein Gejohle an und schimpfte zu den Fenstern empor, die noch erleuchtet waren. Immer wieder brüllte er die Namen Sperling, Zinser, van Hulle, und dass einer von den Kloßköppen gefälligst die Courage haben solle, sich mit ihm zu schlagen, ansonsten komme er hinauf und hole sie aus den Betten.

»Ihr Schweine, ihr habt Bach verraten! Besserwisser seid ihr! Arrogante Klugscheißer! Arschlöcher! Jawohl! He! Sperling! Ich rede mit dir! Komm runter, du Schmierlappen! Oder lässt du dich gerade von deiner Sekretärin frisieren? Ha-ha! Komm schon! Trau dich! Und der Zinser soll gleich mitkommen, die fette Sau! Und der Holländer, die Schwuchtel! Ha-ha!«

So lärmte er hinauf, wobei er Schimpfwörter benutzte – Leo hätte sich gewundert –, die er nüchtern als in seinem Wortschatz existent geleugnet hätte. Allein Koyatake pöbelte er nicht an, sondern bat ihn, die Ruhestörung höflichst zu entschuldigen. Aber sie müsse sein.

In der Hotellobby zuckten die Neonlichter auf. Kurz darauf stand ein junger, schlaksiger Mann im Eingang, reckte den Hals und spähte umher, um den nächtlichen Ruhestörer auszumachen. Kemper erkannte den Barkeeper, stolperte auf die andere Straßenseite und flüchtete in die Nacht.

In der klirrend kalten Wohnung fachte er ein Feuer in allen Öfen an. Wie er die Flammen betrachtete, die blau züngelnd die Kohle beleckten, fasste er einen Plan.

»Schluss. Aus. Es reicht. Fünfundvierzig Jahre Kemper sind genug! Fünfundvierzig Jahre Unglück!«

Alles lag mit einem Schlag glasklar vor seinen Augen, es war lediglich eine Sache entschlossener, emotionsloser Ausführung.

Wankend ging er ins Badezimmer, öffnete den kleinen Spiegelschrank über dem Waschbecken und griff nach den Tabletten. Gleichzeitig schnitt sich sein Blick an einer offen daliegenden Rasierklinge. Er nahm die Klinge zwischen die Finger und betrachtete sie lange.

»Kleiner Leo«, flüsterte er und wurde sentimental, »ich wollte dir immer ein Vorbild und guter Bruder sein. Ich habe es nicht geschafft. Ich habe versagt. Verzeih mir. Wenn du erwachsen bist, wirst du verstehen, warum ich es tun musste. Dann wirst du denken, wie nobel von ihm, dass er der Familie nicht länger zur Last gefallen ist.«

Obwohl ihm Wasser in den Augen stand, empfand er sich leicht, weit, befreit und erlöst. Die Trunkenheit schien sein Denken nicht mehr zu vernebeln. Oder erst recht? Denn die Enge des winzigen Badezimmers schien sich zu weiten. Decke und Wände zerfielen zu flirrendem Staub, die Herbstsonne prahlte mit goldgelbem Licht. Ihm war, als röche er feuchte Erde und modriges Blattwerk.

Mit langsamen, theatralischen Gesten bereitete er alles für den letzten Augenblick vor, legte die Rasierklinge auf den Rand der Badewanne, daneben die Tabletten. Einen Abschiedsbrief zu schreiben, kam ihm zu gewöhnlich vor. Das taten alle, die am Ende waren. Nein, sollten die Hinterbliebenen ruhig rätseln und ihre Theorien spinnen.

Er ließ Wasser einlaufen, stand ruhig, gefasst, fast unbeteiligt dabei und starrte auf das dünn plätschernde Rinnsal. Da schoss ihm der Gedanke an den Fund durch den Kopf. Was wird aus der Partitur? Kemper, du kannst nicht gehen, ohne die *Offenbarung* zu kennen!

Er drehte den Wasserhahn zu, zog den Stöpsel aus der Badewanne, ging ins Klavierzimmer, knipste die Schreibtischlampe an, holte die Tasche, streifte die weißen Seidenhandschuhe über, nahm den Karton, hob den Deckel und schälte die blaue Mappe aus dem Seidenpapier heraus. Das sollte der letzte Genuss seines Lebens sein: Die Partitur lesen, sie studieren und hören, bis ihr letzter Akkord verklungen wäre. Danach würde er das Notenkonvolut in einen Umschlag stecken, es an die Bachgesellschaft adressieren, zur Hauptpost tragen und dort in den Briefkasten werfen. Das war er denen schuldig, die die Musik Johann Sebastian Bachs liebten. In erster Line aber Lucia, weil sie recht hatte: Er war ein Krimineller, wenn er die Partitur noch länger zurückhielt. Von der Hauptpost zurückgekehrt, würde er Wasser in die Wanne laufen lassen. Der Rest wäre bloß noch die

Wirkung zweier kurzer, entschlossener Schnitte und der Tabletten. So wollte er vorgehen.

Er wendete das Deckblatt um und musste dabei an Lucias schöne Hände mit den bordeauxrot lackierten Fingernägeln denken, wie sie im Restaurant sanft die Blätter der Partitur berührt hatten.

»Halt!« Ihm ging ein Licht auf. »Der Ring! Natürlich! Der Rotgoldring war ihr Verlobungsring! Ich Trottel! Wie konnte ich nur so dumm sein und ihr eine Liebeserklärung machen!«

Er errötete, träumte sich aber gleichzeitig in Lucias Gegenwart hinein, dachte an ihre erquickende Art, die Dinge beim Namen zu nennen, eine Gabe, um die er sie wirklich beneidete. Er schämte sich noch mehr, weil er nicht aufrichtig gewesen war. Profunde Diskussion! Du und einen mächtigen Eindruck auf die Bachgesellschaft gemacht! Von wegen! Gelacht haben sie über dich!

Vor Gekränktheit den Tränen nahe, schaute er stumpf in das schmale Erkerfenster, das eine schwarze eisige Januarnacht einrahmte. Sein Blick wanderte zum Fenstergriff, dessen Ränder von Eisblumen überzogen waren, so kalt war es in seiner Wohnung. Er streifte die Handschuhe ab, stand auf, legte Kohlen nach, zog Schal und Mantel an, setzte sich wieder an den Tisch, nahm die Handschuhe, betrachtete dabei die glitzernden Nadeln und Sterne der Eisblumen, studierte sein Spiegelbild und bemerkte, dass sein Gesicht im Widerschein der Lampe noch älter, noch unversöhnter, noch hässlicher wirkte. Er senkte die Augen, neigte den Kopf, blickte auf das Autograph, wollte lesen. Die mit viel brauner Tinte geschriebenen Noten flossen plötzlich ineinander, wölkten auf, verwischten. Er rieb sich die Augen, um klar zu sehen. Es gelang ihm nicht.

Als er wieder Herr seiner Gefühle war, hatte er endlich die Kraft, sich der Partitur zuzuwenden, dem Unglaublichen, das ihn von einem Tag auf den anderen so aus der Bahn geworfen hatte.

Ein Raunen aus tiefen, samtigen Tönen hob an. Musik wisperte in den Gründen eines noch schemenhaften, trägen g-Moll-Dreiklangs. Erst ein Motiv, archaisch in Gestalt und Rhythmus, dann ein zweites und drittes, zusammengehalten von mit zittriger Hand gezogenen Bindebögen. Im schwermütigen Typ der Allemande fügte sich Note um Note zu einem siebentaktigen Thema, murmelnd vorgetragen von Continuo und Laute. Das Thema kletterte beschwerlich empor, schälte sich aus dunstiger Konturlosigkeit heraus, schien nach Höhe zu ringen, nach Licht, schwang im gedämpften Melos aus, sank schließlich ins Nebelhafte und Formlose zurück. Dort, im verschatteten Moll, kroch es erneut herauf, in gleicher Gestalt, aber dieses Mal kanonisch begleitet von den mittleren Streichern. Wieder mühte sich das Thema Intervall um Intervall in eine lichtere Welt, verharrte kurz und scheinbar kraftlos im Zenit, taumelte gleich darauf mit seufzenden Abwärtsgesten chromatisch dem Grundton zu und erhob sich ein drittes Mal, beharrlich, unbeirrt in den hohen Streichern, schob sich heraus aus lethargischer Schwüle, stieg einem klaren, ungetrübten Dur entgegen, suchte in langen Ligaturen zu verweilen, zerfiel doch wieder zu einem vagen, bleiernen g-Moll. Geradezu unbarmherzig zog die immer gleiche Melodie ein viertes, fünftes und sechstes Mal herauf, jetzt aber aufgepeitscht und angetrieben von Pauken, Hörnern und Trompeten. Das Thema kehrte wieder und wieder, unaufhörlich, unerbittlich, wie ein Perpetuum mobile, das in alle Ewigkeit fortschwingen wollte.

Die Musik wurde vielstimmiger und breiter, das Orchester dichter und reicher. Ein Wetterleuchten aus Dissonanzen und querständiger Chromatik zuckte auf. Klänge türmten sich übereinander, darin eine bizarre Polyphonie aufblitzend sich verästelte und sich nach allen tonalen Richtungen hin zu entladen drohte. Akkorde ballten sich zu statischen Einklängen, zerflossen, schichteten sich auf, zogen dunkel rollend dem Grundton entgegen. Gleißende Trompetenrufe erhellten die düstere Färbung der Streicher. Im Continuo rumorte und bebte es von lang ausgehaltenen Trillern und Tremoli. Das Arpeggio von Laute und Cembalo stob in glitzernden Funken über die Schwerzeiten der Takte hinweg, flog dahin, glühte, verrauchte, glomm noch einmal auf, erlosch und kühlte ab.

Da zerriss ein gewaltiger Chor mit grellen Ausrufen das wilde Gewoge des Orchesters: *Sonn' und Sterne müssen fallen, und der Mond wird sein wie Blut* sang es siebenstimmig, rief es in grimmigen Intervallsprüngen durcheinander. Harsche Linien und Phrasen kreuzten sich in bizarr verschobenen Rhythmen. Die Musik gewann an Tempo, beschleunigte, flammte auf, brannte. Aus der anfänglich monotonen, sich in einem fort wiederholenden Basslinie, war ein stampfendes, schnaubendes Ungetüm geworden. Eine Maschine, die vom geraden, schleppenden Zeitmaß plötzlich in einen zackigen Dreivierteltakt wechselte. Und die Maschine stürmte voran, unaufhaltsam, angetrieben durch martialische Orchesterschläge, schmetternde Trompetenstöße, flirrendes Pizzicato. Darüber prasselte der Chor in peitschenden Sechzehntel-Phrasen hernieder, zerhaute das vielstimmige Geflecht mit verminderten Akkordschüben: *Da wird die Posaune schallen, wenn die Welt vergeht zu Glut.*

Das war der mythische Ort Harmagedon mit seinen tief hängenden Rauchschwaden, die von Verheerung und Untergang kündeten, von einer trostlosen, unbewohnbaren Erde. Der Ort, wo die Teufelsgeister am Ende aller Tage die Herrscher der Welt zu einer letzten, gewaltigen Schlacht versammelten, wie es in der Apokalypse des Johannes geweissagt war.

Und die Musik, die Maschine, wälzte sich weiter, schluckte gierig die leisen Seufzer in den Oboi d'Amore, erstickte die flehenden Tonfiguren der Bratschen, die greinenden Ausrufe der Blockflöten. Wie ein riesiger Drache schwang sie sich auf, modulierte in immer höhere Tonlagen, verlor das Fundament und trieb in aberwitzigen Modulationen in die entlegensten Richtungen. Sie vermochte nicht mehr innezuhalten, weil das stets gleichförmige Grundthema sie ununterbrochen vorantrieb. Zu einem Panzer aus metallisch schimmernden Melismen und Harmonien war sie geworden. Höher und höher stieg sie, zog über eine brennende Erde, richtungslos, ohne jemals wieder an fruchtbaren, unversehrten Ufern zu landen.

Doch über dem heillosen Inferno ein Funke von Hoffnung – der tröstende Klang des Cornettinos in langen, schier unendlich langen Notenwerten. Der geheimnisvolle Zink mit dem unverwechselbar sanften Timbre, die Melodie des Anfangs intonierend. Jene Formel, die von Anna Magdalenas Hand flüchtig an den Rand der Mappe geschrieben worden war. Die mysteriösen Zeilen, die Kemper, als er sie zum ersten Mal hörte, so verstört hatten.

Sein Herz schlug schnell, denn die Notenblätter schienen wieder den merkwürdigen Duft von Karamell zu verströmen wie am Nachmittag von Heiligabend, als Leo die bestickte Tasche im Balghaus der Orgel gefunden hatte. Kemper strich mit der Nase über den Papierbogen, sog den Geruch in sich auf und erstarrte.

Da hockte es. Es war da. Im Zimmer. Kein Zweifel. Irgendwo im Halbdunkel des Zimmers. Hockte da und lauerte. Kemper spürte es. Er wusste es. Er war nicht allein im Zimmer. Vielleicht saß es in einer Ecke, vielleicht kauerte es unter dem Klavier oder verharrte direkt hinter ihm auf dem Boden. Ohne Arme, ohne Beine, ohne Gesicht, ohne Mund, ohne Augen. Körperlos, aber von schauriger Gewalt. Es war gekommen durch Räume ohne Anfang und Ende. Und jetzt war es bei ihm. Konturlos, alt, unvorstellbar alt.

»Dreh dich nicht um!«, raunte Kemper. »Lies weiter. Gib ihm keine Macht. Nicht umdrehen. Weiterlesen. Es hat keine Macht über dich.« Seine Schultern versteiften sich. Er hielt den Atem an, um kein Geräusch von sich zu geben. Langsam und unmerklich ballte er die Hand zur Faust. Kalter Schweiß rann den Rücken entlang. Gänsehaut überzog die Arme. Nicht bewegen! Warte, bis es verschwunden ist! Nicht zeigen, dass du Angst hast! Wenn es dich anfällt, schreist du nach Leibeskräften.

Er wartete, atmete unhörbar aus und wieder ein, hielt die Luft zurück. Die Uhr von St. Wenzel schlug heiser und verstimmt. Irgendwo heulte der Motor eines Autos auf. Gleich darauf ein zweiter, ebenso wütend. Räder drehten durch. Bremsen quietschten. Kemper lauschte in den Motorenlärm, bis dieser vom dumpfen Pulsschlag seines Herzens übertönt wurde. Er verspürte Durst, blieb jedoch unbeweglich sitzen. Ihm war, als würde die unheimliche Kraft allmählich schwächer werden, sich zurückziehen, aufhören zu wirken. Er verharrte noch eine Weile regungslos, dann hob er langsam den Kopf. Durch die schmalen Flügelfenster gähnte ihn die sternenlose schwarze Nacht an. Die Eisblumen begannen zu schmelzen, und auf dem Fenstergriff bildeten sich glitzernde Wassertröpfchen. Im Zimmer war es wärmer geworden.

Siehst du? Es hat keine Macht über dich. Es kann dir nichts anhaben. Lies weiter!

Er beugte sich über die Partitur, legte die Stirn in die offene Hand, suchte die Stelle, an der er sich verloren hatte, überflog die Takte, schärfte sein Gehör und vernahm wieder Musik.

Nachdem der stampfende Koloss ins düstere Nichts gestürzt war – die Niederschrift des Eingangschors hatte sich über fünf eng beschriebene Papierbogen hingezogen, Dimensionen, die für Bach einzigartig waren –, folgten Episoden von geradezu pastoraler Idylle. Es waren Rezitative, Arien, Duette und instrumentale Zwischenspiele, die so zauberisch leicht waren, durchscheinend und fragil, dass sich Kemper mitten in eine verschwenderisch farbige Frühlingswiese gelegt fühlte. Er träumte in dem hohen Gras, das im lebhaften Mittagswind auf- und niederwogte, dargestellt durch ein wiegendes Siciliano in den Streichern. Überall summte, brummte, raschelte und wisperte es im Tremolo der Geigen und Bratschen, in den Zweiunddreißigstel-Läufen des Cembalos, im Zittern der Laute. In den munteren Kantilenen einer Oboe da Caccia meinte er eine Schwalbe zu sehen, die auf das diesigblaue Firmament zuschoss, in steiler Bahn hinaufzog, auf dem höchsten Punkt der Kurve plötzlich stillstand, in den Sturzflug kippte und erst wenige Meter über der Erde ihre Flügel wieder ausspannte, um das launige Spiel von vorne zu beginnen und abermals lustvoll im Himmel zu explodieren. Im fugierten Dahinjagen von Traversflöte und Bachtrompete sah er die vom kalten Nordwind zerzausten Wolken, im synkopisch perlenden Sesquialtera-Register der Orgel den einsetzenden Frühlingsregen und in den hell schimmernden Ligaturen der Violini piccoli den bald darauf sich zeigenden Regenbogen.

Ihm schien, als wollten Bach und seine Textdichterin Madame Ziegler in pietistisch schmachtender Jenseitsverzückung – ganz Kinder ihrer Zeit – eine neue Welt erfinden: die verheißene Stadt, von der Johannes von Patmos in der Apokalypse erzählte. Eine mystische Stadt in einer weiten Himmelsaue, die aus Jaspis und reinem Gold erglänzte, darin nichts Unreines, keine Not, kein Gräuel, kein Weinen, nicht mehr Lüge noch Hass herrschten. Eine Stadt, die keiner Sonne und keines Mondes bedurfte, deren Tore nicht verschlossen waren, weil es darin keine Nacht mehr gab.

Takt um Takt, Nummer um Nummer studierte Kemper begierig die Blätter der *Offenbarung*. Der Entschluss, seinem Leben ein Ende zu machen, kam ihm fast lächerlich vor in Anbetracht der unbegreiflichen Weite und Kraft von Bachs musikalischen Gedanken. Er blickte ins Fenster, betrachtete sein Spiegelbild, schüttelte verständnislos den Kopf. Ein kurzes, schamhaftes Lächeln huschte ihm über die Lippen, als er sich umdrehte und mit misstrauischen Blicken das Zimmer absuchte. Da war nichts, und da war auch nie etwas gewesen. Friedvolle Stille und behagliche Wärme breiteten sich aus. Kemper musste über sich selber schmunzeln, stand auf, legte Mantel und Schal ab, ging in die Küche, kam mit Glas und Weinflasche zurück, setzte sich, schenkte ein, trank langsam und genüsslich.

Er musterte die gelblichen welligen und aufgerauten Blätter, wie eins um das andere von braunen wuchtigen Noten, Bindebögen, Vor-, Auflösungs- und Pausenzeichen übersät war. Verfolgte die waagrechten Linien und senkrechten Taktstriche, die mit wackeligen Federstrichen wie ungefüge Gitterstäbe ineinander verschränkt lagen. Dort, wo die Tinte reichlich geflossen war – in den Sechzehntel- oder Zweiunddreißigstel-Figuren –, klafften winzige Löcher, waren die Notenbalken teilweise herausgefallen. Die Gallustinte hatte das Papier buchstäblich durchgerostet. Ihm wurde mulmig zumute, und er bekam Gewissensbisse. Die Partitur zerfällt, wird für immer verloren sein, wenn sie nicht fachmännisch restauriert und konserviert wird. Du musst das Manuskript so schnell wie möglich der Bachgesellschaft übergeben!

Vorsichtig wendete er die Blätter um, las weiter und stieß auf eine seltsame Veränderung im musikalischen Aufbau des Oratoriums. Das harmonische Gefüge verharrte plötzlich in eigentümlichem Schweben. Die Rezitative und Arien verfügten über keine Basslinie mehr, das Fundament war ihnen entzogen, der Basso continuo fehlte schließlich ganz. Alles flirrte, alles war sphärisch und unwirklich in dieser neuen, paradiesischen Welt und klang doch unerklärlich vollstimmig. Schwerelos, von unsichtbaren Kräften gehalten, steuerten die Melodien durch ein bezugsloses System, mochten sich nicht entscheiden, welcher Tonart sie zuneigten, drifteten gleichzeitig nach Dur und nach Moll, zogen durch einen schier unbegrenzten harmonischen Kosmos und fanden doch im Wohlklang traumwandlerisch wieder zusammen.

Aber die Himmelsmusik, die Bach da komponierte, machte Kemper nicht froh. Sie erinnerte ihn an sein kleines, missglücktes Leben, und er konnte sich nicht erklären, weshalb. In den chromatisch auf- und niedersteigenden Motiven der Oboe d'amore erkannte er sein eigenes Schluchzen wieder, fühlte sich in die schwülen Sommerabende der Kindheit zurückversetzt, da es draußen noch hell war, er bei verdunkelten Fenstern wach lag, die Umarmung der Mutter entbehrend, stundenlang auf das Geräusch ihrer Schritte wartete, bis er schließlich doch einschlief, ungeküsst. In den dissonanten, schneidenden Einschüben dreier Hörner meinte er das schmetternde Organ des Vaters zu hören, wie es ihn anherrschte, sein Denken und Fühlen zu korrigieren, sich zu bessern, endlich ein nützliches Glied der Gesellschaft zu werden. Im gedämpften, brüchig-heiseren Klang des Cornettinos vernahm er die eigene Stimme, die stets zu leise gewesen war, sich nie hatte behaupten können, und wenn doch, nur um den Preis der Lächerlichkeit. In den Schmeichelgesten und Liebkosungen zwischen Violine und Sopran erwachte die ungestillte Sehnsucht wieder, endlich um seiner selbst willen angenommen, gemeint und geliebt zu sein. »Lucia«, flüsterte er und schloss wehmütig die Augen.

Den verchromten Aschenbecher in der linken Hand, saß Lucia in ihrer engen, aber hellen Neubauwohnung auf einem Umzugskarton, darauf mit schwarzem Marker »Küche II« geschrieben stand. Überall auf dem dunklen Parkettboden standen Kisten und Kartons. Lucia trug ein enges sandgelbes T-Shirt, eine braune Jeans, war ungeschminkt, hatte die Haare hochgesteckt.

»Wo ist dein Ring?«

»Forget it!«, fuhr sie ihn an, wandte ihr Gesicht ab, lief zum Fenster, kämpfte gegen die Tränen.

Er trat zu ihr hin, legte unsicher die Hand auf ihre Schulter. »Nun sag schon! Wo ist der Ring?«

»Ich kann jetzt nicht darüber sprechen«, antwortete sie gepresst, und gleich darauf begann sie zu weinen.

Betreten und steif stand er bei ihr, überlegte, ob er sie in den Arm nehmen sollte oder ob er ihr dadurch zu nahe treten würde. Ungelenk ließ er seine Hand auf ihrer Schulter liegen und wartete, bis sich Lucia umdrehte und ihm an die Brust fiel.

Kemper öffnete die Augen, hob den Kopf und wunderte sich über den Traum. Wie konnte er Lucias Wohnung kennen, er war doch nie bei ihr gewesen? Und der Ring? Schnell goss er Wein nach und trank das Glas halb leer. Die Müdigkeit beschwerte seine Augenlider. Er kämpfte gegen das Gähnen an. »Nicht einschlafen! Lies weiter! Du musst weiterlesen!«, ermahnte er sich, rieb die Augen, streckte den Rücken, kreiste die Arme und fuhr in der Lektüre des Manuskripts fort.

Er hatte jetzt mehr als die Hälfte dieser sonderbaren Partitur studiert und begann allmählich zu begreifen, dass darin ein Geist wirkte, der danach trachtete, alle bisher geltenden Gesetze der Harmonie aufzuheben. Hier riss einer die Welt aus den Angeln, kehrte sie um, ordnete sie neu. Nicht mehr von unten nach oben, sondern von oben nach unten. Ein Baumeister, der scheinbar verrückt geworden war und sich einbildete, das Haus mit dem Dachstuhl beginnen zu können, die Mauern nach unten zu ziehen und den Grundstein erst zu legen, nachdem der Bau vollendet war. Ein Narr, der gegen alle Regeln der Theorie ein Kunstwerk schuf, das keine Musik mehr war im eigentlichen Sinn, sondern etwas, das über Klänge, Rhythmen, Räume und Zeiten hinauswuchs.

War die Partitur deshalb nicht entdeckt worden?, grübelte er. Musste sie darum 246 Jahre lang verschollen bleiben und in einem morschen Zwischenboden vor sich hin rotten? Hätte Bach die *Offenbarung* seinen Zeitgenossen überhaupt zumuten können? Hätten sie ihn nicht für verrückt erklärt, ins Tollhaus geworfen? Sie hätten mit Gewissheit den Kopf geschüttelt, die Nüchternen und Mächtigen seiner Zeit. Sie hätten ihn verlacht. Denn er hatte einen unverzeihlichen Fehler begangen. Er hatte es gewagt, das Gesetz der Schwerkraft anzuzweifeln, und damit jene Lügen gestraft, die an der alten Ordnung festhielten. Angstvoll festhalten mussten, selbst wenn sie vielleicht den Kindertagen nachträumten, da sie es noch beherrscht hatten: das Gehen in der Luft, die Unmittelbarkeit, die Fraglosigkeit.

Er blätterte weiter, lauschte den Rezitativen, Arien, Chören und Chorälen, die er in solcher Kühnheit noch nie bei Bach gehört hatte, erst recht nicht bei einem anderen Meister dieser Epoche. Aber nicht nur in der Komposition sprengte Bach alles Dagewesene, sondern auch in Form und Besetzung. Er schrieb siebenstimmige Sätze ohne Fundament, endlose melismatische Bänder von ungemeiner Dichte, und entwarf neuartige Arienformen, die auf den üblichen Dacapo-Teil verzichteten. Überbordend war sein Einfallsreichtum in der Kombination von Instrumenten. Einer Tenor-Arie, begleitet von vier Fagotten, folgte ein Bass-Terzett, unterstützt lediglich von Violine und Pauken. Hörner kombinierte er mit Blockflöten, drei obligate Lauten ließ er zu einem Soloregister auf der Orgel konzertieren und dergleichen mehr an ungewöhnlicher Orchestrierung. Sogar einen Glockenzug schrieb er vor, um den Text einer Alt-Arie zu illustrieren, der vom letzten Stündlein berichtete. Die Melodieführung dieser von Zink und Tenorposaune begleiteten Arie mutete so fremd und unwirklich an, dass Kemper sie ein zweites Mal lesen musste. Noch nie hatte er so geheimnisvolle, geradezu geisterhafte Musik gehört. Er las sie noch einmal und nickte dabei ein.

Leo riss die Baseballkappe vom Kopf, wischte sich die Stirn, warf die Kappe in hohem Bogen in Richtung Klavierzimmer, wo sie auf das Sofa segelte. Er legte die Noten aufs Klavier, setzte sich und begann zu klimpern. Aber nicht lange, und er nahm die Hände von den Tasten, wandte sich um.

»Du-u, Jakob«, nuschelte er und sah betreten zu Boden.

»Ich weiß es, Leo.«

Der Junge hob den Kopf. Die Augen zuckten verwundert auf.

»Ich weiß es. Ich werde heute zu euch kommen.«

Der Ellbogen rutschte von der Tischkante. Kemper brauchte einige Sekunden, um in der Gegenwart anzukommen. Er rieb die Augen, sann dem merkwürdigen Traum nach, wimmelte ihn ab und versenkte sich wieder in die Partitur.

Bei jeder neuen Nummer stand er vor einem noch größeren Rätsel. Außerdem zeigte das Schriftbild eine erst unmerkliche, dann immer deutlichere Veränderung. Bachs Hand schien fahriger zu werden. Die Schrift wirkte gehetzt, der Strich des Gänsekiels unregelmäßig. Notenhälse flogen überstürzt nach rechts. Artikulationsbögen waren flüchtig hingeworfen. Ganze Taktfolgen blieben leer oder wiesen nur die musikalische Kurzschrift aus, bestehend aus Zahlen und Buchstaben. Der Komponist unterließ es jetzt, die Worte des Erzählers geduldig mit roter Tinte einzufügen. Die Partitur nahm Konzeptcharakter an. Ihr Schöpfer hatte offensichtlich nicht mehr die Muße, sie in die Reinschrift zu bringen.

Was war geschehen?, rätselte Kemper. War Bach in großer Eile gewesen? Hatte er keine Zeit mehr gehabt, das Manuskript abzuschließen? Denn es näherte sich seinem Ende. Kemper war auf dem letzten Bogen angelangt.

Darauf fanden sich drei Skizzen zu einem Choral ohne Bass-Stimme, beginnend mit den Worten *Dein' Hand mich wiegt zur ew'gen Ruh*, und Bach hatte sich vermutlich nicht entscheiden können, welche Variante er bevorzugte. Die Musik war in einfachem C-Dur notiert. Während die beiden ersten Fassungen Durchgänge und Verzierungen aufwiesen, mehr linear als vertikal gedacht waren, war die dritte ausschließlich homophon gesetzt. Note gegen Note. Schmucklos, ganz ohne Schnörkel. Die letzte Variante wirkte wie ein simples Lehrbeispiel, um einen Schüler in den Regeln des dreistimmigen Satzes zu unterweisen, als ob

Bach am Ende seiner monumentalsten Partitur an die eigenen Anfänge zurückgekehrt wäre, in die Kindheit, wo alles Kunstfertige noch weit von ihm entfernt gewesen war. Der Charakter des Satzes sowie das tänzerische Taktmaß deuteten auf ein Wiegenlied, bestehend wieder aus jenen Tönen, die Anna Magdalena auf dem unteren Rand der Mappe notiert hatte. Kemper brauchte lange, um die letzten Takte der *Offenbarung* zu entziffern. Als schließlich der Schlussakkord verklungen war, hob er seinen müden Kopf, schaute mit geröteten, brennenden Augen zum Fenster, und da blickte es ihn an. Aus der Schwärze der Nacht. Blickte ihm direkt ins Herz. Es hatte Arme, Beine, ein Gesicht, Mund und Augen. Es war jung. Es war alt. Es starrte ihn an, starrte in sein Herz.

»Geh weg!«, kreischte Jakob Kemper in heilloser Panik. »Verschwinde! Verschwinde!« Er war so fürchterlich erschrocken, dass er mit dem Stuhl fast nach hinten kippte. Dabei schlug er mit den Knien gegen die Tischkante. Davon fiel die Weinflasche um und ergoss sich mit einer großen Lache über das Notenkonvolut.

Er brüllte noch verzweifelter auf, ergriff den nassen Bogen, stürzte in die Küche, schlug die Tür hinter sich zu, hielt die Seite über den Ausguss, ließ den Wein abtropfen, nahm eine ganze Handvoll Salz und streute es auf das weingetränkte Papier. Fassungslos schaute er auf das sich wellende Blatt. Vor lauter Angst wusste er nicht, woran er zuerst denken sollte. An das Etwas im Fenster oder an das furchtbare Missgeschick mit dem Autograph. Völlig irrwitzig tauchte in seinem Kopf das Bild einer Armbanduhr auf, in deren Ziffernblatt eine Mickymaus hampelte. Wo hatte er diese Armbanduhr gesehen? Und an wem? Berlin! Doktor Holl! Der Rotweinfleck, den van Hulle auf P 25 hinterlassen hatte! Er besann sich plötzlich in allen Einzelheiten auf das gequälte, beleidigte Gesicht des Abteilungsleiters, als stünde dieser gerade vor ihm und fällte das Todesurteil über ihn.

Er wollte weinen, aber er konnte nicht. Er wollte lachen, weil ihm nach Weinen war. Auch das ging nicht. Er wollte zurück an den Schreibtisch. Er wagte es nicht. Also blieb er stehen, wartete, tat nichts.

»Du bist nicht wahnsinnig!«, begann er laut mit sich zu reden, um die Angst zu verjagen. »Du bist besoffen, das ist es! Kemper, da ist niemand! Frische Luft! Genau! Frische Luft tut dir gut!«

Er öffnete die Küchentür einen Spaltbreit, horchte, zitterte, fror, schwitzte, hatte höllischen Durst. Vorsichtig streifte er die Seidenhandschuhe ab, trank gierig vom Wasserhahn. Das Wasser war eisigkalt und schmeckte nach Rost. Er bekam Schluckauf. Nach langem Zaudern wagte er sich endlich wieder in das Klavierzimmer, wo er blitzschnell nach Mantel und Schal griff, keinen Moment lang in das Fenster blickte und fluchtartig die Wohnung verließ.

Dreimal umrundete er beim gelblichen Schein der Straßenlaternen die Wenzelskirche. Keine Menschenseele begegnete ihm. Es war bitterkalt, und er hatte die Mütze vergessen. Die scharfe Luft biss und schnitt in Nase und Hals. Als er zum vierten Mal um die Kirche schlich, murmelte er: »Vielleicht weiß Lucia, wie man Rotweinflecken wegkriegt. Sicher … hicks … weiß sie es! Es wird alles wieder gut. Kemper, du musst mit dem Saufen aufhören. Dein Hirn weicht auf. Du siehst Gespenster. Du verblödest. Ein Alkoholiker bist du! Ist doch wahr! Ich sag's dir zum letzten Mal … hicks … In dem Zimmer war niemand!«

Über den Widerhall erschaudert, den seine Worte auf dem Topfmarkt erzeugten, blickte er hinter sich, ob ihn jemand gehört haben könnte. Gleichzeitig wurde er das bange Gefühl nicht los, als ob etwas neben ihm herlaufe, schon die ganze Zeit. Wieder geriet er in Panik. Wie spät mochte es sein? Fünf? Sechs? Er hatte nicht aufgepasst, als die Turmuhr geschlagen hatte.

Mit unsicheren, gehetzten Schritten stieg er in dem leeren, finsteren Haus die Stufen empor zu seiner Wohnung, blieb davor stehen, lauschte. Er vernahm nichts außer seinen Puls und das stumpfe Brummen des allmählich erwachenden Morgenverkehrs, das vom Wenzelsring herüberdrang. Er schloss die Tür auf, legte die Hand auf die Klinke, und auf einmal, als ob er einen Lichtschalter gedrückt hätte, wich die Angst vor dem, was in der Wohnung auf ihn lauerte. Egal, was ihn da erwartete, es war nicht böse. Es konnte gar nicht böse sein und zerstörerisch, denn es war aus der Tiefe der Musik zu ihm heraufgestiegen. In den unerschöpflichen Gedanken der Partitur hatte es gewohnt, in ihren Worten, Melodien, Stimmen und Klängen. Vielleicht sogar jenseits davon. Vielleicht war es noch älter als Bach. Vielleicht hatte es damals mit der gleichen Geduld und Hartnäckigkeit auf Bach, den Menschen, gewartet, wie es jetzt auf ihn wartete, auf jeden, der es hören konnte, es hören musste. Natürlich! In dem Augenblick, als er mit dem Fund in Berührung gekommen war, war es da gewesen. Hatte auf der Emporenbrüstung gehockt oder wo auch immer, formlos und stumm, und darauf gewartet, bis man es ansah.

»Ich werde es ansehen«, flüsterte Kemper, trat in die Wohnung, ging in die Küche, wo er den beschädigten Partiturbogen zum Trocknen hingelegt hatte, zog die Seidenhandschuhe an, die noch danebenlagen, ergriff das Blatt mit spitzen Fingern und trug es ins Klavierzimmer. Dann blickte er in das Erkerfenster, hinter dem ein noch kaum konturierter Morgen zu erahnen war mit den dunkelgrauen Schemen des alten Nussbaums und der Fassade von St. Wenzel.

Er wartete, wandte die Augen nicht von seinem blasser gewordenen Spiegelbild ab, stand still mit der Zeit, die stillstand. Es waren ungeheuerliche Momente der Leichtigkeit, der Schwerelosigkeit des Fühlens. Er vergaß das Alte, das Unerlöste. Vergaß den Unmut seines Lebens, die Kränkungen und das Krankmachende, die Klage und das Anklagende, die Schuld und die Schuldigen. Er wurde Klang, wurde hörend, ahnte, dass er gewollt war mit all dem Unerfüllten und Verratenen. Verspürte wieder die unschuldige Lust, unbelehrbar der zu sein, der er war: Jakob Kemper. Lange gelebt und lange auf Umwegen gegangen. Nach den Sternen gegriffen, gefallen, um wieder nach den Sternen zu greifen.

Auf dem Fenstergriff bildete sich ein Wassertropfen. Der Tropfen glitzerte silbern im Licht der Tischlampe, dehnte sich, dehnte sich immer weiter aus, riss sich los, schwebte, drehte sich um die eigene Achse, sank herab, sank auf das Fensterbrett, teilte sich, zersprang, zerstäubte.

Kemper sah unentwegt auf das Gesicht im Fensterglas, auf das Antlitz des Jungen. Er hatte das Haar geschoren, den Mund geöffnet. Die Lippen waren grau, die Wangen eingefallen, die Stirn war glatt, seidig und weiß. Er trug einen gestärkten Hemdkragen, den dunkelblauen Anzug, der die Schultern noch hängender erscheinen ließ. Das Antlitz des Jungen kam näher, die Augenlider waren geschlossen. Es kam noch näher. Kemper küsste die grauen kalten, harten Lippen, und sie schmeckten süß, verströmten einen betörenden Duft von geschmolzenem Zucker.

Er verharrte beim Fenster und blickte in sein Spiegelbild. Der Widerschein der Tischlampe reflektierte das Gesicht nur noch schemenhaft. Keine Augen mehr zu sehen, nicht Mund noch Nase, lediglich die Kontur eines schmalen, knochigen Kopfes. Und dahinter der fahle, neue Morgen. Die Silhouette des Nussbaumes, rötlich und unwirklich im verblassenden Laternenlicht. Das Mauerwerk der steil aufragenden Kirchenfassade mit den hohen Spitzbogenfenstern.

Er stand bewegungslos da, unfähig, einen Gedanken zu fassen. Aber er hatte keine Angst. Jetzt nicht mehr. Er wartete ruhig. Dann schloss er die Mappe, um sie in den Karton mit Watte und Seidenpapier zu legen. Er zögerte, hob noch einmal den Deckel, roch an dem Konvolut. Es roch nach nichts. Nach überhaupt nichts. Nicht nach Wein, nicht einmal nach modrigem Papier.

»Fünf, sechs, sieben …« Jakob Kemper zählte die heiseren Glockenschläge von St. Wenzel. Acht Uhr. Stimmen. Jemand pfiff auf zwei Fingern. Dann noch einmal. Gelächter. Der Topfmarkt belebte sich. Flaschen klirrten im Container. Autos fuhren heran und entfernten sich.

Er beschloss, ein heißes Bad zu nehmen. Nachdem er den Badeofen angeheizt hatte, drehte er den Hahn auf, mischte das Wasser und lauschte auf das gleichförmige Klopfen in der Leitung. Es klang penetranter als sonst. Das Wasser plätscherte als dünnes Rinnsal in die Wanne, die rostige Flecken zeigte, wo die Emaille abgeplatzt war. Er fühlte sich wie unter einer Glasglocke. Seine Bewegungen erschienen ihm gebremst und zeitverzögert, als er sich auszog. Er schlotterte, obwohl der Badeofen Hitze ausstrahlte. Dampf nebelte das fensterlose Badezimmer ein. Allmählich beschlugen die hellblauen Fliesenimitate aus Plastik. Auf dem Rand der Wanne lagen noch die Tabletten, und der Entschluss von gestern blitzte ihn scharf an – die Rasierklinge. Kemper runzelte die Stirn. »Dummkopf!«, flüsterte er und legte die Klinge mit spitzen Fingern in den Schrank über dem Waschbecken. »Das kommt nur von der Sauferei. Ab heute hörst du damit auf. Und mit den Tabletten auch.« Er nahm das Valium und warf es in den Mülleimer.

Als er in der Wanne lag und zusah, wie der aufbauschende Schaum in allen Regenbogenfarben schillerte, durchrieselten ihn ein kindliches Glücksgefühl und tiefe Zufriedenheit. Der Triumph, der erste Mensch zu sein, der die *Offenbarung*, das unbekannte Spätwerk von Johann Sebastian Bach, hatte auffinden und lesen dürfen, machte ihn ausgelassen. Am liebsten hätte er sich auf den Bauch gedreht, wäre untergetaucht und hätte U-Boot gespielt, wie er und Karl es als Jungen getan hatten, wenn sie samstags von der Mutter gebadet wurden. Bei dem Gedanken an den so früh verstorbenen Bruder verfiel er ins Grübeln. Wer war der kahlgeschorene Junge im Erkerfenster? Die grauen harten Lippen, die geschlossenen Augenlider, der dunkelblaue Anzug? Dieser überwältigende, süßliche Geruch? War ihm ein Toter erschienen? War es Karl? Wieso hatte er ihn nicht erkannt?

»Das ist vierzig Jahre her. Vierzig Jahre! Karl? Mir erschienen? So ein Quatsch! Erstens war ich besoffen. Zweitens habe ich die ganze Nacht nicht geschlafen.«

Ihm wurde kalt. Er ließ heißes Wasser nachlaufen.

Und die Szene in Lucias Wohnung? Die Umzugskisten? Der Verlobungsring? Ich weiß ja nicht einmal, wo sie wohnt! Und Leo! Er wollte mir sagen, dass der Alte sterben wird. Natürlich! Genau das wollte er mir sagen.

Aus Unachtsamkeit verbrühte er sich fast den Fuß. Er zuckte fluchend zusammen. Die Wanne schwappte über. Er tastete nach der Armatur, drehte das Heißwasser ab. Es war so dunstig, dass er die Hand kaum vor den Augen erkennen konnte. Langsam sank er auf den Rücken, benetzte Knie und Brust mit einer Handvoll heißen Wassers, denn die Wanne war viel zu kurz für einen Mann seiner Statur.

Musik vermag vieles, aber sie kann nicht die Zukunft voraussagen, das bestimmt nicht. Sie kann an Vergangenes erinnern. Das schon. Sie kann Glücksgefühle erzeugen, zu Tränen rühren, aber nicht die Zukunft voraussagen. Das nicht. Und sie riecht nicht. Musik riecht nicht. Das wäre Humbug, Zauberei …

»Kemper, du musst mit dem Trinken aufhören. Ab heute ist definitiv Schluss. Nie mehr Alkohol. Soldatenehrenwort? … Soldatenehrenwort.«

Bei diesem Vorsatz fielen ihm die Augen zu. Er erwachte erst wieder, als ihn zu frösteln begann, weil das Wasser lau geworden war. Der Schaum hatte sich aufgelöst. Das Wasser schimmerte flaschengrün. Es bedurfte einer Weile, bis er sich zurechtgefunden hatte. Aufmerksam musterte er seinen Körper. Arme und Hände waren aufgeweicht und pergamentbleich. Die Adern loderten blau, die Handflächen und Finger lagen runzlig vor ihm. Er musste plötzlich ans Altwerden denken, blickte auf sein Geschlecht und fühlte sich als der einsamste Mensch, verloren und vergessen in einer Welt, die seiner nicht bedurfte. Er würde schattenhaft abtreten.

Aber hatte er nicht die Partitur? Stand er nicht an der Schwelle eines neuen Lebens? »Musikforscher aus Naumburg gelingt Jahrhundertfund!« Er machte eine theatralische Handbewegung. »Oder meinetwegen so: Bürstenbinder findet Bachautograph! Auch gut.« Ächzend rappelte er sich aus der Wanne hoch, trocknete sich ab. »Wie unverzeihlich, dieser schreckliche Rotweinfleck! Wie du das dem Sperling erklären willst, weiß ich nicht.«

Er ging ins Klavierzimmer hinüber, öffnete den Karton, schlug die Mappe auf und untersuchte die beschädigte Seite. Von den drei Fassungen des Schluss-Chorals existierte nur noch die letzte. Die übrigen Noten hatten sich im bläulichen Rot des Weines aufgelöst, waren wohl für immer verloren. »Was soll's?«, murmelte er mit verkniffenem Mund. »Die letzte Fassung war sowieso die beste.«

Es arbeitete in ihm. Er kleidete sich an.

Zu aufgewühlt war er, um sich ins Bett zu legen. Zu vieles geisterte ihm durch den Kopf. Euphorie und Bangigkeit mischten sich. Überdreht und ziellos verließ er sein Haus, ging durch den frostigen Vormittag, irrte unter einem schlierigen Himmel dahin. Die kalte Luft ließ ihn allmählich klarer denken.

Ganz gegen seine Angewohnheit, gebeugt und mit gesenktem Haupt an Dingen und Menschen vorbeizuhetzen, ausschließlich um sich und seine Wissenschaft kreisend, fand er heute auf unerklärliche Weise Gefallen an seiner Mitwelt.

Wenn du dich nicht für die Leute interessierst, wie sollen sie sich für dich interessieren? Du musst auf sie zugehen. Sie auf dich neugierig machen.

Also verlangsamte er den Gang, lief gerade, blickte hier und dort in die Geschäftsauslagen und blieb sogar davor stehen. In der Engelgasse begegnete ihm eine ältere Dame mit Kind. Das Mädchen riss sich unwillig die Wollmütze vom Kopf und schleuderte sie in hohem Bogen auf das Pflaster. Die ältere Dame wollte sich gerade bücken, doch er kam ihr zuvor, hob die Mütze auf, säuberte sie und streifte sie der Kleinen lächelnd über den Kopf. Vor lauter Schreck fing das Mädchen zu weinen an, während die verdatterte Dame drauflosschimpfte: Was ihm einfalle, ihr Enkelkind anzufassen.

Kemper drückte stotternd sein Bedauern aus und rettete sich, als keine Entschuldigung half, gebeugt und mit zügigen Schritten ins Café Kalb.

»Und so einer läuft frei herum!«, hörte er noch die Frau keifen. Er zog eilig die Tür hinter sich zu, nahm die Baskenmütze vom Kopf und knöpfte den Mantel auf, als ihm einfiel, dass er die Tasche vergessen hatte und die Partitur. Sofort wandte er sich zum Ausgang, zögerte jedoch – der Alten wollte er nicht ein zweites Mal begegnen. Er fasste sich, ging zu einem leeren Tisch, faltete den Mantel über die Stuhllehne, nahm Platz, tat, als würde er die Karte studieren, dachte aber nur an das Konvolut und an die Geschehnisse der letzten Nacht. Da kam ihm ein befremdlicher, jedoch seltsam befreiender Gedanke: Sollen sie ruhig einbrechen und es mir wegnehmen. Dann ist der Spuk endlich vorbei, und ich finde wieder Ruhe.

Die Vorstellung, dass jemand von der Bachgesellschaft die *Offenbarung* in seinen Besitz brachte, sie publizierte und damit unsterblich wurde, hatte nichts Beängstigendes mehr. Im Gegenteil! Ich habe doch die Partitur als Erster lesen dürfen! Und Lucia wäre über diese Wendung sicherlich auch erleichtert.

»Was darf ich Ihnen bringen?« Die Bedienung war eine Frau um die vierzig, brünett, zierlich, nicht unhübsch. Das helle Blau ihrer Augen strahlte etwas Verträumtes aus.

Kemper errötete, bestellte verwirrt ein Frühstück, obwohl er keinen Hunger hatte, dazu Tee. »Ohne Rum! Bitte ohne Rum!«

»Hmh«, murmelte die Bedienung, sah ihn an, und ihm fiel erst jetzt auf, dass sie an ihm vorbeisah. Sie schielte.

Im Café Kalb, an dessen Wänden große, von Rauch und Küchendunst milchig gewordene Spiegel hingen, ging es laut zu. Blaugraue Schwaden hüllten die Gäste ein. In der Hauptsache waren es Männer jüngeren und mittleren Alters, die vermutlich eines gemeinsam hatten: keine Arbeit, jede Menge Zeit. Kemper studierte ein Gesicht ums andere, versuchte das Mienenspiel zu deuten, die herabgezogenen Mundwinkel, die unrasierten Wangen, erhaschte einzelne Wortfetzen, hörte in das Husten und in das Lachen.

Einem jungen, bulligen Mann, der am Tresen stand, fiel auf, dass er beobachtet wurde. Er trug eine Halskrause, hatte buschige rote Augenbrauen und einen gestählten Oberkörper. Bald wurde er unsicher, spielte nervös mit einem Bierdeckel, nahm schließlich den, der ihn so anstarrte, selbst feindselig ins Visier. Kemper hielt dem Blick stand, bis jener den Kopf wegdrehte. Das war für Kemper fast so etwas wie ein Etappensieg. Normalerweise war er es, der den Blicken der Menschen auswich. Siehst du? Den hast du neugierig gemacht. Der merkt sich dein Gesicht. Den beschäftigt das.

Er fühlte sich mutig, um nicht zu sagen stark. Von heute an würde er sich nicht mehr verstecken. Vor niemandem. Das hatte er zu lange getan. Zu lange hatte er im Schatten gestanden, hatte zugesehen, wie das Leben sonnig und lärmend an ihm vorbeigerauscht war. Er musste wieder an die magischen Sekunden der vergangenen Nacht denken, als er in die Wohnung zurückgekehrt war, die Türklinke niederdrückte und alle Angst mit einem Augenaufschlag von ihm gewichen war. An das wunderbare Gefühl der Schwerelosigkeit. Wieder nach den Sternen greifen. »Ich werde es ansehen«, raunte er. »Was oder wer es auch ist, ich werde mich stellen. Und sei es dem Alten. Ja, auch dem. Ha!«

Den Mund etwas zu voll genommen, verschluckte er sich am Toast und begann zu husten, während die Bedienung ihm soeben den Teller mit dem Spiegelei hinpfefferte. Der Anblick des wackelnden Eigelbs erinnerte ihn an den Leim in der Bürstenbinderei. Angeekelt schob er den Teller beiseite, und mit dem ohnehin geringen Hunger war es endgültig vorbei. Er schlürfte stattdessen den Tee, nahm das Tagblatt, überflog den Kulturteil, hustete nach, las die Veranstaltungstermine, überlegte, ob er es sich zumuten wollte, die *Brandenburgischen Konzerte* unter der Leitung des städtischen Musikschuldirektors zu hören, entschied sich dagegen, kam sich undankbar vor, wo ihm der Direktor eine halbe Stelle verschafft hatte. Also beschloss er hinzugehen, legte die Zeitung weg und musterte wieder die anderen Gäste. Doch bald drifteten seine Gedanken zurück in die vergangene Nacht.

Wie ist Karl ums Leben gekommen? Hatte der Alte ihn angetrieben, immer höher zu klettern? Aber Karl ist erstickt, hieß es. Außerdem: Vater war nie in Buchholz, das weiß ich. Nur die Mutter kannte unser Versteck. Hieß es nicht, dass der Alte am Unfalltag bei einer Parteiveranstaltung der NDPD in Halle war und erst am nächsten Morgen zurückkam? Warum hat Mutter nicht mehr geredet? Hat sie etwas zu tun mit … »Niemals!«

Einige wandten die Köpfe nach ihm um. Die Halskrause am Tresen blickte lauernd herüber. Kemper nickte freundlich, die Halskrause nicht. Sie hätte es auch nicht gekonnt.

Ich muss es wissen. Ich gehe jetzt zum Alten. Ich werde über das reden, worüber nie gesprochen wurde. Ich werde ihn zwingen, mir die Wahrheit über Karl zu erzählen. Dann werde ich auch wissen, was es mit dem anderen Traum auf sich hat. Vermutlich gar nichts. Sehr gut! Du wirst jetzt von diesem Stuhl aufstehen und direkt zur Bürstenbinderei gehen. Jetzt stehst du auf!

»Tschuldigung!«, rief er der Bedienung in den Rücken und schnalzte wie ein Schüler mit zwei Fingern.

Sie drehte sich um, bemerkte die erhobene Hand, kam an den Tisch, wobei ihre Brüste nicht ungefällig mitwippten.

»Dths … Einen doppelten … dths … Cognac, bitte.« Er spürte, dass sie gesehen hatte, wie er auf ihren Busen geschielt hatte, und schämte sich. Mit den Vorsätzen war es plötzlich auch vorbei. Bei der Vorstellung, den väterlichen Laden zu betreten und den Geruch von Werg und Rosshaar einzuatmen, fiel ihn fast ein Brechreiz an.

Hastig stürzte er den Cognac hinunter und bezahlte. Die Bedienung bedankte sich nicht für das Trinkgeld. Er band den Schal um, schlüpfte in den Mantel, setzte die Mütze auf und wandte sich dem Ausgang zu.

»Augenblick noch, Vogelscheuche!«

Kemper tat, als habe er nichts gehört.

»Bleib stehen, du Halbhirn!«

Er ging ruhig zur Tür, aber der Bullige mit der Halskrause krallte sich in seine Schulter.

»Was hast du mich so angeglotzt?«

»Wie bitte?«

»Warum du mich so angeglotzt hast!«

»Ich verstehe Sie nicht.«

»Hat wer an der Klospülung gezogen, dass du so blubberst?«

»Mein Herr, bitte lassen Sie mich los!«

»Mein Herr, bitte lassen Sie mich los. Was Besseres, wie?« Er trat Kemper auf die Fußspitzen, stellte ihm den Mantelkragen auf, zupfte am Schal, zog ihm die Baskenmütze über die Augen, tätschelte die Wange und fing an, ihn herumzuschubsen.

»Ich rufe die Polizei, wenn Sie mich nicht sofort in Ruhe lassen!«

»Erzähl's deinem Pfleger.« Der Mann wurde immer gröber, wühlte mit der Hand in Kempers ausgedünntem Haar. »'nen coolen Frisör hast du! Aber wenn ich dein Gesicht sehe, gefällt mir mein Arsch doch besser.«

»Fuzzy, lass den Gast in Ruhe!«, rief die Bedienung, trat dazwischen und blickte den Rothaarigen für einen Moment böse an, worauf dieser sofort von seinem Opfer abließ. Dann kniff sie ihn neckisch in die Nase und schickte ihn an den Tresen zurück. Fuzzy nickte und gehorchte.

»Er ist ein ganz Netter«, entschuldigte sie sich bei dem verängstigten Kemper, zuckte mit den Schultern und schwebte davon.

»Ein ganz Netter«, murmelte er, glättete die Haare, richtete die Mütze, verließ das Café, kalkweiß im Gesicht und in der festen Überzeugung, es nie wieder zu betreten.

Während er zügig durch die Engelgasse in Richtung Salzstraße schritt, sich dabei ständig umdrehend, verwarf er den edlen Plan, nunmehr auf die Menschen zuzugehen, offen zu sein, sie neugierig zu machen, ihnen die Angst zu nehmen. Das wolle er noch reiflich prüfen, ob der Menschheit die *Offenbarung* zuzumuten wäre. Diesem Fuzzi jedenfalls bestimmt nicht.

Bei seinem Vaterhaus angekommen, zwang er sich dennoch zu entschlossenem Handeln, atmete tief durch, trat vor die verglaste Ladentür, die er einmal – das fiel ihm wieder ein – im Zorn so heftig zugeschlagen hatte, dass sie in tausend Scherben zersprungen war. Er drückte die alte messingglänzende Klinke nieder. Die Tür war verschlossen. Erst jetzt bemerkte er das Schild »Komme gleich wieder!«. Wehmut packte ihn, denn der zerfranste Pappkarton trug noch Mutters schnörkelige Handschrift. Mutter war es gewesen, die ihm das kalligraphische Schreiben beigebracht hatte. Wie viele Stunden hatten Karl und er an langen Winterabenden damit zugebracht, Kurrentschrift zu lernen. Karl war immer besser gewesen, schneller, begabter, eleganter, leichter. Wie hatte er ihn um das Lob der Mutter beneidet, um ihr vor Stolz leuchtendes Gesicht. Gehasst hatte er ihn dafür.

Er zog an der altmodischen Ladenglocke. Niemand schien da zu sein. Er zog energischer. Der Seilzug war mit einer zweiten Glocke oben in der Wohnung verbunden. Sie bimmelte in dem hellen, vertrauten Ton. Niemand öffnete. Unschlüssig stand er vor dem Laden herum und betrachtete die Auslage. Auf verstaubten schwarzen Samtkissen lagen Bürsten lieblos drapiert, von der Klobürste bis zum Rasierpinsel. Das hätte es zu Mutters Zeit nicht gegeben! Eva, du faules Stück!

Er schürzte verächtlich die Lippen, zog noch einmal an der Klingel, überlegte, ob er im Haus auf den Alten warten sollte. Er wusste, wo der Hausschlüssel versteckt war, in der Mauerritze neben der Türschwelle. Er besann sich anders, wandte sich um, querte die Straße und betrat das Reisebüro Sonnenschein.

Lucia war ziemlich überrascht, ihn zu sehen. So überrascht, dass ihr der kräftig geschminkte Mund missverständlich halb offen stehen blieb. »Du, kann ich dich gleich zurückrufen? Kundschaft«, flüsterte sie in den Telefonhörer.

Kemper nahm an, dass sie gerade ihren Robert abwürgte. Er war sich sogar sicher, denn das Rascheln in der Ohrmuschel – bestimmt Obszönitäten – beantwortete sie mit mädchenhaftem Kichern. Lucia legte den Hörer auf und begrüßte Kemper mit einem Kuss auf die Wange, wobei sie ihm unauffällig den Mantelkragen umlegte. Ihr Gesicht strahlte. Die blassgrünen Augen blickten ihn wach und offen an.

»Und ich dachte schon, dich nie wieder zu sehen«, sagte sie erleichtert.

»Wir sind Freunde, Lucia«, entgegnete er steif.

»Das sagen alle Männer.«

»Ich bin kein Mann ... Ich bin nicht wie alle Männer, wollte ich sagen.«

Sie schmunzelte.

»Es lag grad auf dem Weg. Da wollte ich einfach mal vorbeischauen«, sagte er, um den Lapsus zu überspielen. Irritiert blickte er nach ihrer linken Hand. Dick und rotgolden schimmerte der Verlobungsring. Aber nein, er schimmerte nicht, er prangte! Er prangte nicht, er glühte! Kempers Hoffnungen schmolzen dahin, je länger er den Ring fixierte.

»Heute ohne Tasche?«, fragte Lucia und verschränkte die Arme, sodass der Ring unter ihrer Achsel verschwand.

»Ich möchte mich in aller Form bei dir entschuldigen, Lucia.«

»Wofür?«

»Ich habe mich gestern in deiner Anwesenheit sinnlos betrunken. Ich weiß nicht mehr, was ich geredet habe. Wenn ich dich gekränkt habe oder ausfällig geworden bin, wenn ich etwas gesagt oder getan habe, was dich verletzt haben könnte, dann bitte ich dich hiermit um Verzeihung.«

»Quatsch! Du hast mich nicht verletzt. Dazu bist du ein viel zu feiner Mensch. Sogar, wenn du betrunken bist«, beschwichtigte sie ihn und zwinkerte ihm zu.

»Du bist sehr großmütig, Lucia.«

»Nun sei doch nicht so steif! Gib mir den Mantel. Schwarz? Mit Zucker?«

»Danke. Sehr gern ... Du musst wissen, dass ich dich weder aus meinem Herzen noch aus meinem Leben verbannen werde. Ich kann es gar nicht. Ich brauche dich ... deine Freundschaft ...«

»Was hast du gesagt?«

»Ich sagte, dass wir Freunde bleiben!«

»Die Kaffeemaschine ist so laut.«

»Freunde!«

»Moment! ... So. Der Kaffee. Zucker ist drin. Tschuldige. Also.«

»Ich wollte sagen ... nun ... du bist neben Friedhelm Wölfer der einzige Mensch, der mich ernst genommen hat.«

»Wer ist Friedhelm Wölfer?«

»Das war mein Kompositionslehrer.«

»Der mit dem Ufo?«

»Lucia, ich muss dir noch etwas beichten. Ich war nicht ehrlich zu dir und habe mich in einem anderen Licht dargestellt, weil ich dir imponieren wollte. Ich wollte glänzen, dir was vorspielen. Die haben mich ausgelacht, die Herren Bachforscher. Einen romantischen Schwachkopf haben sie mich geschimpft. – Hast du überhaupt Zeit?«

»Natürlich, Jakob.«

»Ich habe in der vergangenen Nacht etwas Unglaubliches erlebt. Es geht um die Mappe, die ich dir gezeigt habe. Das ist gar keine Musik. Jedenfalls keine Musik, wie ich sie bisher verstanden habe. Klang, Rhythmus. Freilich, das alles ist sie auch, oberflächlich betrachtet. Aber in diesen Noten liegt noch etwas Tieferes. Etwas, das ich nicht erklären kann. Ich glaube, dass Bach in diesem Werk eine Grenze überschritten hat, die in einen unbekannten Raum führt, wo Vergangenheit, Gegenwart und Zukunft dasselbe sind. Ich weiß nicht, wie ihm das gelungen ist, aber plötzlich konnte ich einige Momente lang in die Zukunft sehen. Es klingt verrückt, aber die Partitur kann weissagen. Das Musikalische ist nur die Oberfläche. Darunter liegt eine Botschaft verborgen. Die Blätter rochen auf einmal süßlich. Kennst du Leichengeruch? Die Musik hat ein totes Kind zum Leben erweckt. Mir ist Karl erschienen. Du hast doch Zeit?«

»Wirke ich gestresst?«

»Weil du immer auf das Telefon schaust.«

»Red weiter, Jakob.«

»Was ich dir erzähle, klingt abstrus und hat nichts mit seriöser Wissenschaft zu tun. Ich bin weder ein gläubiger Mensch, noch hänge ich diesem neumodischen esoterischen Zeug an. Als Forscher glaube ich nur das, was ich beweisen kann. Dachte ich jedenfalls. Bis gestern Nacht. Ist heute Donnerstag?«

»Donnerstag«, antwortete Lucia.

Die anfängliche Beschwingtheit, so schien es Kemper, war einer Verunsicherung gewichen. »Am Donnerstag kommt Leo zu mir in die Klavierstunde, wenn er es nicht wieder vergisst. Immer um fünf. Heute wird er sich anders verhalten als sonst. Er wird aufgeregt sein, fahrig, wird herumdrucksen. Er will mir etwas sagen, kann es aber nicht. Ich schwöre es, Lucia: Als ich die Partitur las, stand plötzlich Leo vor mir. Er sah mich an, redete, und da wusste ich, dass Vater nicht mehr lange zu leben hat.«

»Du schwitzt ja. Laß mich fühlen. Du hast Fieber!«

»Ich habe kein Fieber. Ich habe die ganze Nacht nicht geschlafen, das ist alles. Du hältst mich für übergeschnappt, nicht wahr?«

»Darf ich ehrlich sein, Jakob?«

»Ich bitte darum.«

»Ich sehe einen Menschen, der mit seinem Leben nicht mehr zu Rande kommt. Vermutlich nicht erst seit gestern Nacht. Ich kenne dich zu wenig, um mir ein Urteil anzumaßen. Du bist so ganz anders als die andern, die Angepassten, die da draußen massenweise herumlaufen. Ich mag deine Ecken. Ich mag deine Kanten. Wirklich, Jakob. Du hast dir noch so viel Naivität bewahrt, so viel Leidenschaft. Wenn du über Musik redest, fängst du an zu blühen. Dann hast du richtige Kinderaugen. Du schwelgst und kannst dich ganz hingeben. Darum beneide ich dich sehr. Leider verstehe ich nichts von Bach. Ist nicht grad meine Wellenlänge, geb ich offen zu. Nein, du bist nicht übergeschnappt. Vielleicht in den Augen der anderen. In meinen nicht. Aber ich mache mir trotzdem Sorgen. Weil du ein so schutzloser Mensch bist.«

»Du glaubst mir kein Wort.«

»Glaubst du dir selbst? Kommt es nicht darauf an? Jule, meine beste Freundin – wir haben grad miteinander telefoniert, als du reinkamst –, hat im Alter von sieben Jahren ihren Vater verloren. Er ist beim Klettern abgestürzt. Aber sie war viele Jahre lang davon überzeugt, dass ihr Papa noch lebt. In ihren Wachträumen hatte er sie jeden Morgen geweckt, sie geknuddelt und mit ihr geschmust. Dann ist er zum Klettern in die Alpen gefahren. Jeden Tag. Jule kann heute noch die Stimme ihres Vaters imitieren. Wenn sie das tut, glaubst du, ein Mann redet. Zum Kugeln ist das! Total crazy!«

»Lucia, du bist mir auch erschienen. In deiner Wohnung liegt ein dunkler Parkettboden. Du hattest den … dths … Verlobungsring …«

»Ja?«

»Nichts.«

»Du solltest dich damit abfinden, Jakob. Ich liebe ihn. Übrigens: In meiner Wohnung liegt ein grässlicher Teppichboden. Blaulila. Vom Vormieter.«

»Tatsächlich?«

»Tatsächlich.«

»Wo du gerade Teppichboden sagst: Wie kriegt man Rotweinflecken weg?«

»Probier es mit Fleckenteufel.«

»Womit?«

»Hat bei meiner Bluse auch funktioniert. Ich besorg dir das Mittel. Jakob, ich würde mich gerne für das Abendessen revanchieren und für dich kochen.«

»Das wäre eine große Ehre für mich«, antwortete er leise, und der Tonfall in seiner melodischen und sehr männlichen Stimme berührte Lucia, berührte sie mehr, als sie es wahrhaben wollte.

»Gut«, sagte sie unsicher, blickte ihn kurz und irritiert an.

Das Telefon schellte. Zum Glück. Lucia wollte den Hörer abnehmen, doch er griff nach ihrer Hand.

»Geh nicht ran. Nicht jetzt.«

Sie schaute noch verdutzter. Beide standen stumm voreinander da, warteten, bis dem Klingeln die Geduld riss. Er ließ ihre Hand los und atmete den Duft ihres Parfums tief, aber unauffällig ein. Die Zeit blieb stehen. Er musste an den Wassertropfen denken, der langsam, sich um die eigene Achse drehend, auf das Fensterbrett herabgeschwebt und dort zersprungen war. Das Telefon ging abermals. Lucia blickte Kemper an, als ob sie seine Zustimmung erwartete. Er nickte. Sie war so baff, dass sie, anstatt nach dem Hörer zu greifen, die Zigarettenpackung in die Hand nahm.

»Kopfloses Huhn«, hauchte sie, schüttelte den Kopf und nahm das Gespräch entgegen.

Die Partitur lügt nicht. Parkettboden hin, Teppichboden her. Lucia wird den Piloten nicht heiraten. Davon war Jakob überzeugt, nachdem er sich von der Freundin verabschiedet hatte. Zu neuer Hoffnung gelangt, tappte er müde in den Mittag und dachte nur noch an Schlaf. Der Weg führte vorbei an einer Litfaßsäule. Darauf klebte ein großes Plakat mit Bachs Konterfei: die Ankündigung der *Brandenburgischen Konzerte*. Kemper blickte etwas scheu zu Bachs Antlitz empor. Dann wurde er unmutig: Wie schlecht dich dieser Haußmann portraitiert hat! Ein Stümper von einem Maler! Ein Nichtskönner! Du warst schlank, nicht fett. Ausgezehrt, ausgemergelt. Das Portrait ist eine glatte Geschichtslüge!

»Guantanamera …«, sang es hinter dem Rücken.

Kemper drehte sich um. Vor ihm stand Pastor Dielsch. Er trug eine auffällige, tomatenrote Daunenjacke, in der er wie ein aufgeblasener Luftballon aussah. Unter der braunen Pelzmütze blitzte sein rundes Gesicht hervor.

»Na? Haben Sie Ihr Heiligtum wieder?«

Kemper wurde rot wie die Daunenjacke. Er hatte es versäumt, sich beim Pastor für die zurückgebrachte Tasche zu bedanken.

»Ich wollte mich schon bei Ihnen bedanken …«

»Schon gut. Ich habe es gern getan. Wissen Sie, eigentlich bin ich es, der erröten müsste. Um ehrlich zu sein: Ich schäme mich. Ich war feige. Man hat Sie auf dem Empfang schlecht behandelt. Ich hätte intervenieren müssen. Was tue ich? Ich schweige. Haben Sie schon zu Mittag gegessen? Wollen Sie mich begleiten?«

»Danke, nein.«

»Selbstverständlich sind Sie mein Gast.«

»Ich bin nicht hungrig, Herr Dielsch.«

»Lieber, für die Armut braucht man sich nicht zu schämen. Nehmen Sie meine Einladung ruhig an.«

»Nett, dass Sie das sagen, aber ich habe wirklich keinen Hunger. Außerdem bin ich sehr müde.«

»Richtig, Sie sind ein Nachtmensch. Ich könnte so ein Leben nicht führen. Mir ist die Nacht unheimlich. Da kommen einem schwere Gedanken. Apropos Nacht! Gestern hat jemand vor dem Hotel Stern randaliert und die Reifen an Professor Sperlings Wagen zerstochen. Alle vier. Jetzt müssen die Herren warten und können nicht nach Leipzig zurückreisen. Nicht gerade eine Visitenkarte für unsere Stadt. Finden Sie nicht auch?«

»Das finde ich auch«, erwiderte Kemper und musste husten.

»Die Polizei geht davon aus, dass es Autonome waren. Eine konkrete Spur gibt es bislang nicht, sagte mir Sperling am Telefon. Er hegt allerdings einen Verdacht, wollte sich aber nicht dazu äußern. Er will die Ermittlungen abwarten. Gedankensprung. Sie als Musiker können mir bestimmt sagen, wie man einen Ohrwurm wegkriegt? Heute Morgen lief *Guantanamera* im Radio. Ich krieg's nicht mehr aus dem Kopf.«

»Versuchen Sie es mit einem Gegenlied«, antwortete Kemper, dem der redselige Pastor auf die Nerven ging.

»Ein Gegenlied?«

»Zum Beispiel mit dem *Halleluja* aus Bachs *Messias*.«

»Der *Messias* ist von Händel, bitte schön!«

»Was Sie nicht sagen.«

»Herr Kemper, Sie sind ein zynischer Mensch. Das gefällt mir nicht an Ihnen. Sie haben sich sehr verändert in letzter Zeit. Aber nicht zum Guten. Das muss Ihnen mal jemand sagen …«

»Herr Pastor, noch einmal danke, dass Sie mir die Tasche zurückgebracht haben. Ich muss jetzt weiter.«

»Nur zu! Ich halte Sie doch nicht auf. Stopp! Beinah hätt ich's vergessen …«

»Ja?«

»Deshalb habe ich Sie angesprochen.«

»Bitte.«

»Der Professor Koyoto …«

»Koyatake.«

»… oder so hat sich nach Ihnen erkundigt.«

»Nach mir?«

»Er wollte wissen, wo er Sie erreichen kann. Ich habe ihm Ihre Adresse gegeben.«

»Nein!«

»Doch. Ein unwahrscheinlich höflicher Mensch.«

»Sicher«, erwiderte Kemper bedrückt.

»Wie lange kennen wir uns jetzt schon?«, begann Dielsch ein neues Thema.

»Herr Pastor, können wir nicht ein andermal …«

»Ich lasse Sie ja gehen! Wissen Sie, ich mag Sie irgendwie. Leben Sie wohl!«

Kemper sah dem Pastor nach.

»Haaaah-lle-luja, dada-dmm-dmm«, brummte es nach wenigen Schritten.

Die rote Daunenjacke verblasste allmählich in der eisigen Winterluft.

Kemper lief zügig zum Topfmarkt, wobei ihm zweierlei durch den Kopf ging: Was will Koyatake von mir? Hat mich der Barkeeper wiedererkannt?

Auf dem Platz vor der Wenzelskirche herrschten Lärm und Betriebsamkeit. Handwerker der Firma Linke gingen in der Kirche ein und aus, beluden einen Sattelschlepper mit alten Balken, Brettern und Kisten voller Orgelpfeifen. Ein gelber Hubstapler zirkelte gerade den nunmehr unbrauchbaren Spieltisch auf die Rampe des Lkws.

Als das Elfenbein der Tasten aufschimmerte, musste Kemper mit Wehmut daran denken, wie viele Jahre er auf diesen Manualen gespielt hatte. Wie im Schnelldurchlauf sah er die Stationen seines Lebens sich abspulen. Alle hatten sie in irgendeiner Form mit diesem Instrument zu tun gehabt: die Lehrzeit bei Wölfer, das nächtelange Präludieren und Komponieren, der Tag der Auffindung des Manuskripts. Er mochte nicht länger zusehen, wie der Staplerfahrer den Spieltisch ungeschickt in das Dunkel des Sattelschleppers zwängte, und musste sich abwenden. Seine Augen begannen ihm zu tränen. Nicht, weil er so bewegt war, sondern weil ihm ein eisiger Windstoß ins Gesicht fuhr.

In der Ritze zwischen Türstock und Haustür steckte ein blassroter Zettel. Kemper faltete ihn auf und las. Die zierlich-runde Schrift mutete fast kindlich an:

»Sehr geehrter Herr Kemper, verzeihen Sie, dass ich mich Ihnen auf diese Art aufdränge. Pfarrer Gisbert Dielsch hat mir Ihre Adresse genannt. Ich muss mit Ihnen reden. Ich bin heute noch den ganzen Tag in der Wenzelskirche zu finden, da wir erst morgen abreisen. Ab zirka 18.30 Uhr bin ich wieder im Hotel Stern zu erreichen. Meine Zimmernummer ist 215. Ergebene Grüße Ihres Yoshiba Koyatake.«

Noch einmal las er die Notiz, ungläubig, wobei die Lippen jedes einzelne Wort mitformten. Er drehte sich um, spähte zum Südportal hinüber und überlegte. Wieder kam ihm der Gedanke, den er im Café Kalb gehabt hatte: Das wäre die Gelegenheit, dem Spuk ein Ende zu machen. Ich bräuchte nur die Mappe zu holen, die paar Meter zur Kirche hinüberzugehen … Nein, noch nicht! Ich muss die Partitur noch einmal genau lesen. Ich muss dem Geheimnis auf die Spur kommen. Dann können sie die *Offenbarung* haben. Vielleicht ist es eine Falle, die mir Koyatake stellen will. Ganz sicher ist das eine Falle. Andererseits: Wenn du nicht reagierst, denkt er noch, du hättest was zu verheimlichen, und wird erst recht misstrauisch. Also geh hinüber. Frag ihn, was er will. Er kann unmöglich von dem Fund wissen. Ausgeschlossen! Niemand weiß davon, außer Leo und Lucia. Leo zählt nicht. Ein Kind hat keine Ahnung, was so ein Autograph wert ist. Und Lucia? Das würde sie nicht tun. Nie im Leben! Und wenn Koyatake doch etwas ahnt? Instinktiv? Forscher sind Schnüffler. Die haben den Riecher. Darum sind es ja Forscher. Kemper, mach dich nicht wieder verrückt! Aber was zum Teufel will er von mir?

Verwirrt schlich er in die Wohnung hinauf, verschloss die Tür zweimal und verbarrikadierte sie wieder mit dem Garderobenschrank. Auf einmal sehnte er sich nach der Zeit bevor er die Reisetasche der Anna Magdalena Bach gefunden und als er im Stadtarchiv mit Muße vor sich hin geforscht hatte. Wer interessierte sich schon für Johann Theile und seine Kantate *Mein Jesus schwimmt in meinem Munde*? Doch nur ein mittelmäßiger Forscher. Einer wie er. Er wünschte sich nur noch eines: Ruhe haben, ausruhen, Friede, schlafen. Endlich schlafen!

Nein, die *Offenbarung* überstieg seine Kräfte. Die geistigen wie die emotionalen. Er war dieser Aufgabe einfach nicht gewachsen. Schon rein körperlich nicht, mit seinen vierundsechzig Kilo. Er war nicht stark genug. Er hatte nicht Zinsers Fettpolster. Außerdem war er viel zu wenig gewieft. Abgebrüht schon gar nicht. Er würde nie ein Sperling sein.

Ich will nicht berühmt werden! Ich habe mich geirrt, Welt! Berühmt sein ist wie Fegefeuer. Nur sündige Menschen werden berühmt. Wie sie alle aufschreien, um gesehen zu werden! Wie sie poltern und lärmen, die Zinsers und van Hulles! Diese unreinen und verletzten Seelen in Film, Fernsehen, Kunst, Politik und Wissenschaft! Sie werden doch zu Asche.

»Ist doch wahr!«

Nein, der Glanz, das Licht, die Bewunderung, in die er sich all die Jahre hineingeträumt hatte, waren in Wirklichkeit eine sengende Hitze aus Eitelkeiten, Gier, Machtstreben und Anmaßungen. Waren eine Hitze, in der er früher oder später umkommen würde. Dann lieber im Schatten bleiben, ungesehen. Das war es doch gewesen, wofür ihm die unbekannte Musik von Johann Sebastian Bach die Augen geöffnet hatte:

Endlich das Alte vergessen, den Unmut, die Kränkungen, das Versagen. Sich versöhnen mit seinem Leben. Sich verzeihen lernen. Sich selber eine Umarmung zu schenken bewirkt mehr, als aller Ruhm dieser Welt, der genau einen Atemzug lang anhält.

Kemper zog den Mantel aus, setzte die Mütze ab, legte sich auf das grüne verschossene Sofa und blickte hinüber zum Schreibtisch, wo die Partitur offen dalag. Er wollte aufstehen, sie im Wäscheschrank verstecken, hatte aber nicht die Kraft dazu und schloss die Augen.

»Schlafen! Bitte!«

Aber die Gedanken wanderten zurück in die vergangene Nacht und hinein in den Schluss der Partitur mit dem mysteriösen Wiegenlied, über dessen Noten er den Wein verschüttet hatte.

»Fleckenteufel. Hat bei meiner Bluse auch funktioniert«, murmelte er.

Und sämtliche Gewissensbisse waren wieder versammelt, umstanden ihn wie drohende Halbstarke: Wie kam er dazu, so unverfroren, so kaltschnäuzig zu sein und das epochale Musikwerk geheim zu halten? Bei sich im Wäscheschrank! Es gehörte der Menschheit. Es gehörte allen, selbst diesem Fuzzi im Café Kalb. Ja, auch dem!

Er erhob sich mühsam vom Sofa, schlurfte unschlüssig in der Wohnung umher, war sogar drauf und dran, das Autograph einzupacken und es nun doch der Bachgesellschaft auszuhändigen. »Halt! Ich muss erst wissen, was es mit der Musik auf sich hat. Dann kann ich ihnen den Fund überlassen. Auf die paar Wochen kommt es auch nicht mehr an«, beschwichtigte er sich.

Wieder sank er auf das Sofa.

»Was will Koyatake von mir?«

Über diesen Worten dämmerte er weg, endlich.

Kaum eine Stunde später wurde er geweckt, und zwar von ungeduldigem Gehupe. Mit Herzrasen fuhr er aus dem wenig erquickenden Schlaf, brauchte lange, sich zu orientieren, wusste nicht, ob Tag oder Nacht war. Auf dem Topfmarkt betätigte tatsächlich jemand die Hupe, und zwar pausenlos. Benommen blinzelte Kemper zum Fenster hinaus. Der Sattelschlepper der Firma Linke war, wie es schien, von mehreren Pkw zugeparkt worden. Aber er hupte nicht nur, auch die Klingel läutete Sturm.

»Ich will sterben«, ächzte er und wankte in den Flur. Er war noch so betäubt, dass er keinen klaren Gedanken fassen konnte, sonst hätte er mit Sicherheit nicht geöffnet. Im Flur stieß er gegen den Garderobenschrank, der aus ihm unerfindlichen Gründen die Tür versperrte, rückte ihn weg und drehte den Schlüssel herum.

»Lasst mich einfach sterben«, flehte er mit belegter Stimme und wollte die Tür gleich wieder zuschlagen, aber Leo war schneller und zwängte sich herein.

»Mach die Tür zu, Jakob! Mach die verdammte Tür zu!«, flüsterte er aufgeregt, als ob er etwas ausgefressen hätte. Er atmete schnell und schwitzte.

Kemper gehorchte instinktiv, wie jemand, dem scharf befohlen wird. Der Junge schnaufte erleichtert aus, nahm die Baseballmütze vom Kopf, wischte sich die Stirn ab und schleuderte die Kappe ins Klavierzimmer, wo sie auf das Sofa segelte. Kemper stand benommen im Flur. »Wie spät?«, fragte er und gähnte, kniff die Lider zusammen, trottete Leo hinterher und blickte ungläubig zur Porzellanuhr auf dem Klavier. »Du bist zwei Stunden zu früh!«

Leo nahm den Schulranzen vom Rücken, kramte darin herum, zog ein Heft heraus, setzte sich auf den Klavierhocker, legte die Noten hin, öffnete den Deckel und begann, die *C-Dur-Invention* zu spielen, als sei Unterricht.

»Augenblick, Kleiner! Was ist los?«

»Nichts ist los«, gab Leo zur Antwort, verspielte sich und fing noch einmal von vorne an.

Kemper hielt sich am Flügel fest, weil ihm schlagartig schwindlig wurde. Er spürte, dass er eine pelzige Zunge hatte und einen kratzenden, staubtrockenen Gaumen, weshalb er in die Küche wankte, den Wasserhahn aufdrehte und davon trank wie ein Verdurstender.

War ich unvorsichtig, einfach so die Tür zu öffnen! Da hätte genauso gut Koyatake vor mir stehen können, Sperling oder, noch schlimmer, die Polizei! Mein Gott! Er drehte den Hahn zu, riss den Oberschrank auf, fingerte ungeduldig nach der Cognac-Flasche, nahm einen Beruhigungsschluck, einen weiteren, und schließlich noch einen klitzekleinen. Dann ging es ihm allmählich besser.

Unauffällig kehrte er zurück ins Klavierzimmer, nicht ohne vorher die Wohnungstür abzuschließen, trat sachte hinter den kleinen Blondschopf, betrachtete ihn und lauschte seinem mechanischen Spiel. Leo schien ihm noch weniger bei der Sache zu sein als sonst, und erst jetzt merkte er, dass etwas mit ihm nicht stimmte.

Natürlich! Er stürmt rein, reißt die Baseballmütze vom Kopf, wischt sich die Stirn ab. Das hab ich schon einmal gesehen! Die Kappe fällt auf das Sofa. Dann legt er ohne ein Wort die Noten aufs Klavier und beginnt zu spielen. Jetzt hört er auf, dreht sich um und sagt, dass der Alte sterben wird. Das habe ich gesehen! Jetzt!

Leo nahm die Hände von den Tasten und wandte sich um. »Du-u. Jakob«, nuschelte er und sah betreten zu Boden.

»Ich weiß es, Leo.« Kemper blieb das Herz stehen.

Der Junge hob den Kopf. Die Augen blickten verwundert auf.

»Ich weiß es. Ich werde heute zu euch kommen.«

»Du weißt es? Von wem?«

»Es steht in den Noten.«

»Häh?«

»Ganz ruhig, mein Leo. Du musst keine Angst haben. Ich weiß. Jeder Junge braucht einen Vater. Vielleicht noch mehr als die Mutter. Ich werde immer für dich da sein. Es ist alles gut.«

»Wer hat es dir gesagt?«

Kemper legte den Zeigefinger auf Leos Mund, strich dem Kind durchs wuschelige Haar, tätschelte seine Wange, schaute gerührt, ja ergriffen in dessen blaugraue Augen.

»Mannoh, dein Gesicht auf 'ner Briefmarke, und die Post geht pleite. Jetzt sag schon, wer mich verpetzt hat!«

Kempers Rührung fand ein abruptes Ende, weil ihm Leo die Faust in den Magen boxte. Er krümmte sich, unterdrückte aber den Wehlaut, weil er die Reaktion nur zu gut verstehen konnte. Wie, bitte schön, soll ein zehnjähriges Kind mit dieser schrecklichen Nachricht umgehen? Er kann seine Gefühle noch gar nicht ausdrücken. Darum reagiert er aggressiv, ist doch klar! Psychologisch. Bring ihn auf andere Gedanken. Lenk ihn ab …

»Wer hat's dir gesagt?«, insistierte Leo.

»Ich weiß es eben, und ich verspreche, dass ich dir ein guter Vater sein werde, Soldatenehrenwort«, entgegnete Kemper. »Weißt du, was? Die Klavierstunde entfällt! Worauf hättest du Lust?«

»Sag's mir endlich!«

»Möchtest du Billard spielen?«

»Mannoh, bist du doof!«

»Oder Pfeilwerfen im Las-Vegas?»

»Das heißt Darts.«

»Genau! Wir könnten auch im Bürgergarten spazieren gehen.«

»Toll.«

»Vielleicht Geschäftsauslagen ankucken? Einen Burger essen und Cola trinken. Das liebst du doch …«

»Du ne-ervst.«

»Hmh. Lass mich überlegen … Pass auf! Ich werde dir etwas zeigen! Augenblick!« Er eilte an den Schreibtisch, zog die Seidenhandschuhe an, kam mit einem Blatt aus der Partitur zurück und setzte sich neben Leo ans Klavier.

»Wer hat es dir gesagt?«

»Leo, jetzt ist aber Schluss! Sieh mich an! Du sollst mich

anschauen! Junge, du kannst dich hundertprozentig auf mich verlassen. Kein Wort mehr darüber.«

Leo blickte verstohlen auf Kempers Hände und den Papierbogen, den der Bruder vorsichtig auf das Notenpult legte.

»Ist das aus dem Buch, das ich in der Kirche gefunden habe?«

»Das wir gefunden haben, Leo.«

»Von Sebastian?«

»Ja. Aber das bleibt unser Geheimnis, nicht wahr?«

»Wozu brauchst du Handschuhe?«

»Weil das Buch alt und darum sehr empfindlich ist. Die flüchtigsten Fettspuren können es angreifen und zersetzen.«

Leo wurde neugierig, beugte sich vor, betrachtete die Hieroglyphen, runzelte die Stirn.

»War Sebastian auch ein Alkoholiker?«

»Bitte?«

»Der Weinfleck.«

»Er hat schon mal einen über den Durst getrunken, das stimmt. Moment! Was heißt ›auch‹? Wer sagt, dass ich Alkoholiker bin?«

»Papa.«

»Tatsächlich. Und was sagt er noch?«

»Dass du bald den Löffel abgibst.«

»Sagt er das? Er?«

»Ja, und Mama kennt dich nicht, wenn du in der Gosse liegst.«

»Charmante Familie habe ich da.«

»Sebastian hat aber eine Sauklaue gehabt!«

»Wie?«

»Dafür kriegt er glatt 'ne Sechs.«

»Er war eben schon alt. Für damalige Verhältnisse sogar sehr alt ...«

»Und Alkoholiker.«

»Leo, das ist nicht witzig! Sein Augenlicht war schwach. Darum hat er die Noten mit so viel Tinte hingesetzt. Damals gab es noch kein elektrisches Licht, weißt du. Die

Leute gingen zu Bett, wenn es dunkel wurde, und begannen ihr Tagwerk mit der aufgehenden Sonne. Sebastian war anders. Er komponierte in der Nacht, bei Kerzenlicht. Am Tag musste er Musik einstudieren, Unterricht geben und sich mit dem Rat der Stadt Leipzig herumschlagen. Die Ratsherren hatten nämlich sein Genie erkannt, waren neidisch geworden und überlegten, wie sie ihn von der Arbeit ablenken könnten. Immer neue Prügel warfen sie ihm zwischen die Beine, die Ernestis und Görners, und wie sie alle hießen. Sebastian reagierte mit noch größerem Fleiß. Über tausend Werke hat er geschrieben, wobei die Hälfte davon verlorengegangen ist. Kannst du dir das vorstellen?

Ich erzähle dir eine Geschichte: Als er noch ein Junge war, etwa so alt wie du, konnte er nicht einschlafen, weil ihm Musik durch den Kopf ging. Im Haus seines Bruders gab es einen verbotenen Schrank. Dort lagen kostbare Noten. Kompositionen alter Meister. Italiener, Franzosen. Die durfte er nicht anrühren. Es war eine Vollmondnacht …«

»Ja, ja, und dann ist er runtergegangen, hat das olle Zeug aus dem Schrank geklaut und abgeschrieben. Die Strebergeschichte kenn ich. Wer hat mich verpfiffen?«

»Willst du mir endlich zuhören!«

»Mannoh, du brüllst wie Papa.«

Kemper erschrak. »Tschuldige, Leo. Wollte dich nicht anschreien. Tut mir leid … Pass auf! Ich werde dir etwas vorspielen. Etwas, das außer Sebastian und mir noch kein Mensch gehört hat. Du wirst staunen. Die Musik kann nämlich zaubern. Damit der Zauber wirkt, musst du die Augen schließen. Du darfst sie nicht öffnen, bis ich es sage. Schließ die Augen und konzentriere dich.« Er legte die behandschuhten Finger auf die Klaviatur, merkte, dass sie zitterten, zog die Hände zurück, schüttelte sie, atmete durch. »Leo, du schummelst! Du musst die Augen wirklich zumachen. Bist du bereit?«

Leo nickte. Kemper begann zu spielen, langsam, mit viel Pedal, weil er Mühe hatte, die Konzeptschrift in Musik zu übersetzen. Wie jemand, der die Scherben einer kostbaren Vase aufliest, sie dreht und wendet, bis sie endlich zusammenpassen, so spielte er den Schluss-Choral der *Offenbarung*. Er wiederholte das Wiegenlied, nun ein wenig flüssiger, spielte es schließlich ein drittes Mal. Gespannt heftete er den Blick auf Leos Gesicht. »Und? Hast du etwas gespürt?«

»Ich muss mal«, äußerte Leo, sprang auf, rannte ins Badezimmer.

»Nichts«, murmelte Kemper enttäuscht. Die Ernüchterung galt nicht Leos Reaktion. Sie galt der Musik. Auch Kemper hatte nichts dabei empfunden. Keine Glücksgefühle, nichts Euphorisierendes. Sie dünkte ihn banal, um nicht zu sagen nichtssagend. Die Arbeit eines Anfängers im Tonsatz. Wie schon einmal, beschlichen ihn jäh Bedenken an der Echtheit des Manuskripts. Nein, Friedhelm Wölfer, das wäre der Gipfel der Frechheit. Ich halte dein Andenken hoch, wo immer du im Kosmos treibst. Ich werde es immer hochhalten. Aber wenn du …

Verunsichert hob er den Bogen gegen das Licht, suchte das Wasserzeichen, den Doppeladler mit Reichsapfel und Schwert. Er holte eine Lupe, inspizierte das Blatt Zentimeter um Zentimeter, fand das Wasserzeichen, rudimentär zwar, aber einwandfrei als solches zu erkennen. Dem Forscher fiel ein Stein vom Herzen, der Mensch atmete auf.

»Hat das Buch schon gezaubert?«, fragte Leo, als er sich wieder zu Kemper auf den Klavierhocker setzte.

»Du hast nichts gespürt, Leo?«

Leo schüttelte den Kopf.

»Das ist unbegreiflich«, sagte Kemper, nahm das Notenblatt, stand auf, legte es in die Mappe, warf die Handschuhe auf den Tisch, blieb mit ratlosem Gesicht davor stehen. »Gar nichts, sagst du?«

»Doch.«

»Ja?«

»Der Junge war da.«

»Welcher Junge?«

»Der Junge aus der Kirche.«

Kemper stutzte. »Wie sah er aus?«

»Weiß ich nicht.«

»Was hat er gemacht?«

»Er hüpfte hin und her.«

»War er groß? War er klein?«

Leo kräuselte die Stirn, tippte mit dem Finger ans Kinn und überlegte.

»Hat er dich angesehen? Waren seine Augen vielleicht geschlossen?«

»Keine Ahnung.«

»Denk nach! Das ist wichtig! War er kahlgeschoren? Trug er einen dunkelblauen Anzug?«

»Mannoh, ich weiß es nicht!«

»Schon gut. Forget it.« Er spürte, dass er Leo in die Enge trieb.

»Das Buch kann gar nicht zaubern, stimmt's?«

»Leo, ich weiß nicht mehr, was stimmt und was nicht. Aber ich werde bald Klarheit haben, glaub mir.« Er klatschte in die Hände, eilte in den Flur, schlüpfte in Schostakowitschs Mantel, kam zurück ins Klavierzimmer und hob Leos Schulranzen und Baseballkappe auf.

»Was machst du?«

»Wir gehen rüber in die Wenzelskirche. Der Professor Koyatake will mich sprechen.«

»Häh?«

»Du begleitest mich.«

»Bist du blöd? Da geh ich bestimmt nicht hin.«

»Freilich begleitest du mich! Außerdem kannst du endlich sehen, wie eine Orgel in zerlegtem Zustand aussieht. Das erlebst du nicht oft.«

»Interessiert mich null.«

»Wieso nicht?«

»Jakob, die wissen es doch längst!«

»Gar nichts wissen die! Woher denn? Hier, deine Mütze, deine Tasche.«

»Nein!«

»Keine Widerrede! Wenn der Alte weg ist, musst du trotzdem gehorchen!«

Er packte Leo am Ärmel, zerrte ihn aus der Wohnung, die Treppen hinab, über den Topfmarkt und hin zum Südportal. Der Junge wusste nicht, wie ihm geschah.

»Dich haben sie wohl zu heiß gebadet! Ich geh nicht mit!« Leo wollte sich losreißen, aber er protestierte vergeblich, stolperte mit viel zu kurzen Beinen den großen Schritten des Bruders hinterher.

Im dreischiffigen, luftig-weiten Langhaus der Wenzelskirche, wo Gotik, Renaissance, Barock und Historismus scharf dissonierten, ging es nicht gerade erbaulich zu. In der Kirche herrschte ein ohrenbetäubender, unfrommer Lärm. Es hämmerte und schepperte, es rumpelte, es brüllte, fluchte und lachte. Wo einmal die Orgel gethront hatte, ragte nur noch ein Drittel ihres Gerüstwerks in die Höhe, ein Gerippe aus Brettern, Balken und Dutzenden von Orgelpfeifen. Mit einem Flaschenzug seilten Arbeiter der Firma Linke monumentale Subbasspfeifen und sperrige, ineinander verzapfte Holzteile über die drei Emporen ab.

»Mach's Maul zu, die Milch wird sauer!« Juniorchef Linke warf einen spitzen Gegenstand nach einem verträumt dastehenden Lehrling. Der schmalschultrige Junge schrak auf und schlich ertappt davon. Linke lachte.

»Du redest nur, wenn du gefragt wirst«, flüsterte Kemper Leo ins Ohr, als sie zu den Emporen hinaufstiegen. »Und denk an unser Geheimnis!«, beeilte er sich noch zischelnd hinzuzufügen.

Leo hatte resigniert, nickte teilnahmslos, hielt jedoch die Augen nach einem möglichen Fluchtweg offen.

Im Chaos herumliegender Pfeifen aller Größe und Art standen die Sachverständigen Sperling, Zinser und van Hulle wie inmitten eines überdimensionierten Mikadospiels. Kemper blieb unauffällig an der Brüstung stehen und hielt Ausschau nach Koyatake, konnte ihn jedoch nirgendwo sehen.

»Wie ist deine Meinung?«, fragte Sperling van Hulle und überließ ihm eine etwa armlange Metallpfeife zur Prüfung.

Van Hulle, der eine Kamera umgehängt hatte, nahm die Pfeife, betrachtete sie sorgfältig, studierte die Bleinaht. »Schwer zu sagen«, antwortete er. »Kann von Hildebrandt sein, muss aber nicht. Ich würde die metallographische Analyse abwarten.«

»Jetzt bin ich genauso klug als wie zuvor«, entgegnete Sperling unzufrieden. »Wo ist eigentlich Koyatake?«

»In der Sakristei«, sagte van Hulle.

»Was macht er in der Sakristei?«

»Messwein trinken«, warf Zinser trocken dazwischen, wobei er, ohne aufzusehen, in einem dicken Leitzordner blätterte, der überquoll von lose oder schlampig eingelegten Seiten. »Die Maße stimmen nicht mit den historischen Mensuren überein. Ich vermute, das Register stammt nicht aus der Bachzeit.«

Ein Blatt aus dem Ordner segelte zu Boden.

»Ich würde trotzdem die Ergebnisse des Labors abwarten«, wiederholte van Hulle und hob das Blatt auf.

»Das werden wir in jedem Fall. Danke, Frits.« Zinser stopfte das Dokument in eine Klarsichthülle und zupfte an seiner schwarzen Fliege.

Obwohl es auf der Empore empfindlich kalt war und das improvisierte, wenig effektive Heizungsgebläse daran erinnerte, dass es noch viel kälter sein musste, trug Zinser weder Mantel noch Sakko. Sein blütenweißes Hemd, das über dem beträchtlichen Bauch spannte, blendete fast. Zinser schienen die Minusgrade nichts auszumachen, im Gegenteil, auf der Stirn perlten die Schweißtropfen.

»Was tun die da?«, fragte Leo verhalten.

»Sie versuchen herauszufinden, welche Teile der Orgel echt sind – sprich aus Sebastians Zeit – und welche nicht«, gab Kemper ebenso leise zur Antwort. »Weißt du überhaupt, wie der Ton in einer Pfeife erzeugt wird?«

Leo verneinte.

»Dann pass mal auf!«

Zu ihren Füßen lag ein nach Länge der Pfeifen geordnetes und mit losen Zettelchen beschriftetes Holzregister. Wahllos griff Kemper eine Pfeife heraus. »Hier strömt die Luft hinein, siehst du? Das hier ist das Labium. Da wird die Luft gebrochen. Im Korpus gerät die Luft in Schwingung …«

»Legen Sie das bitte sofort wieder hin!«, Sperlings Stimme zerschnitt geradezu die Luft. Er kam auf die beiden zu, wobei er umständlich über Pfeifen und Kisten steigen musste.

Kemper zuckte zusammen. Leo dachte ans Abhauen.

»Der Kempe«, flüsterte van Hulle, puffte Zinser in die Seite.

»Bitte legen Sie das Objekt auf der Stelle an seinen Platz zurück!«, wiederholte Sperling energisch. Die römische Nase wirkte noch kantiger als sonst, und in den Augen gloste angestaute Wut.

»Guten Tag, Herr Professor«, säuselte Kemper, bückte sich, legte die Pfeife an ihren Ort, richtete sich auf, lächelte und reichte Sperling die Hand.

»Was machen Sie hier überhaupt?«, fragte dieser scharf, ohne die dargebotene Hand zu nehmen.

»Komm, wir machen die Biege!«, wisperte Leo.

»O nein, das tun wir nicht!«, sagte Kemper selbstbewusst und hielt Leo am Schulranzen fest. »Was ich hier mache?«, wiederholte er Sperlings Frage. »Hier ist mein Zuhause. Das ist meine Heimat. Meine Orgel.«

»Ich sag's doch, ein romantischer Schwachkopf«, fiepte van Hulle.

»Ihre Orgel!?«, rief Sperling mit metallischer Stimme und rang nach Contenance.

»Achtung!«, brüllte just in diesem Augenblick der Juniorchef und stieß Sperling gerade noch rechtzeitig beiseite, sonst hätte die Bohle, die am Seil des Flaschenzugs herüberschwang, den Professor am Rücken getroffen.

»Mensch, pass doch auf, du Nachtwächter!«, brüllte Linke ins Kirchenschiff hinunter.

»Schaff du erst mal die dritte Klasse!«, schallte es zurück.

»Tschuldigung, Professor«, sagte Linke, »Sie gehen besser ein paar Schritte von dem Flaschenzug weg.«

Sperling nickte und sah finster drein.

»Der Herr Wenzels-Organist beehrt uns!« Zinser grüßte Kemper mit päpstlich erhobener Hand und trat herzu. »Mein Chef ist heute leider ungenießbar. Bitte üben Sie Nachsicht. Man hat die Reifen an seinem schönen BMW zerstochen.«

»Das tut mir leid«, antwortete Kemper. »Nicht gerade eine Visitenkarte für unsere Stadt. Können Sie mir sagen, wo Professor Koyatake ist?«

Zinser reagierte nicht auf die Frage. »Haben Sie aber einen entzückenden Sohn!« Er beugte sich zu Leo hinab. »Na, mein Großer? Wie heißt du denn?«

Leo wich reflexartig vor dem Mann zurück, der einen herben, kalten Zigarrengeruch ausdünstete.

»Das ist Leo, mein Halbbruder«, erklärte Kemper. »Ich unterrichte ihn in Musik.«

Der Junge streckte Zinser unwillig die Hand hin, ließ sie gleich wieder fallen und verschanzte sich hinter dem Bruder.

»Ich liebe Kinder!«, bemerkte Zinser halb im Singsang. »Wenn es nicht meine sind«, fügte er schnell hinzu. »Ist Ihr Sohn …«

»Mein Halbbruder.«

»… musikalisch?«

»Ich will es mal so sagen: Er ist nicht untalentiert.«

»Wache Augen hat der Junge«, mischte sich van Hulle in das Gespräch. Er trug Pelzmütze, Wintermantel und Handschuhe in der eisgrauen Farbe seines Bartes und stampfte trotzdem dauernd von einem Bein auf das andere.

»Leo, das ist der berühmte Bachdirigent Frits van Hulle.«

»Mannoh«, grummelte Leo, hob die Hand und salutierte nachlässig, ohne den Fremden anzusehen.

Van Hulle schaute eine Sekunde lang verblüfft drein und ruckte dann an der Brille. »Was möchtest du einmal werden?«

Leo zögerte, weil ihn die Frauenstimme hinter dem bärtigen Gesicht irritierte. Nervös blickte er um sich.

»Na? Möchtest du es nicht sagen?«

»Pilot«, drang es schließlich tonlos aus seinem Mund.

»Pilot!«, rief der Dirigent entzückt aus. »Wie schön! Endlich mal ein Kind, das nichts mit Musik am Hut hat! Du gefällst mir, Junge. Du darfst Frits zu mir sagen. Ich wollte Rennfahrer werden. Motorrad-Rennfahrer, verstehst du? Die großen Dinger. Grand-Prix-Rennen. Fünfhundertkubik, Vierzylinder. Gefahr, Risiko, Mut, Kraft, Geschwindigkeit, Tempo! Das Leben!«

»Ja, wenn man dich Bach spielen hört«, warf Sperling ein, der mit halbem Ohr zugehört hatte, »glaubt man, du hast da etwas verwechselt.«

Zinser lachte kehlig, wischte sich die Stirn mit der flachen Hand ab und zupfte wieder an seiner Fliege.

»Gib nichts darauf, was man dir sagt, Junge«, fuhr van Hulle ernst fort. »Hör nicht auf ihr Gelächter. Ich habe es leider getan. Aus mir ist nichts geworden. Mich haben sie ins Konservatorium gesteckt. Wenn ich dir einen Rat geben darf: Werde Pilot und hör nicht auf deine Mutter.« Er machte ein nachdenkliches Gesicht, nahm seine Kamera, drückte auf den Auslöser. Dann zwinkerte er Leo zu.

»Darf ich die Herren bitten, mit der Inventarisierung fortzufahren«, bemerkte Sperling unleidlich. »Und Sie, lieber Herr Kemper: Tun Sie mir einen Gefallen. Gehen Sie und lassen Sie uns in Ruhe arbeiten.«

»Bei allem Respekt, Herr Professor, Sie können mir diesen Ort nicht verbieten«, versetzte Kemper, der selbst über seinen Mut und den kerzengeraden Rücken staunte, mit dem er vor Sperling stand.

»Und ob ich das kann! Ich werde mich bei Pastor Dielsch und beim Förderkreis über Sie beschweren. Wissen Sie, Herr Kemper, ich bin nicht ganz von gestern …«

»Gleich explodiert er«, raunte Zinser van Hulle zu.

Und tatsächlich: Alles an diesem großen, vornehmen, eleganten Mann, der stoische Ruhe und professorale Würde auszustrahlen schien, war Fassade. Was die ganze Zeit hinter Sperlings Stirn geschwelt hatte, loderte beim Anblick des widerspenstigen Jakob Kemper in heller Wut auf.

»Dass ich Sie nicht in die Kommission eingebunden habe, hat schlicht mit Ihrer Kompetenz zu tun. Sie ist praktisch nicht vorhanden. Ihr Name taucht in der seriösen Bachforschung nicht auf. Ihre im Eigenverlag hergestellte Broschüre *Naumburg und die Musikerfamilie Bach* ist ein salbungsvolles, rührseliges Gestammel, das jeder Wissenschaftlichkeit entbehrt …«

»Wenn ihm der Kemper jetzt ins Wort fällt, dreht der Chef ganz durch«, hauchte Zinser in van Hulles Ohr.

»Ich merke wohl, wie feindlich Sie mir und meinen geschätzten Kollegen gegenüberstehen, lieber Herr Kemper. Es scheint Ihnen zu gefallen, uns zu provozieren und zum Narren zu halten. Dass Sie sich bemüßigt fühlen, uns mit Ihren – ich sage es expressis verbis – dummen und lächerlichen Auffassungen über Bachs *h-Moll-Messe* zu langweilen, mag noch hingehen. Dass Sie uns nachts in betrunkenem Zustand lautstark und unflätig beschimpfen, auch darüber will ich hinwegsehen …«

»Ich habe die Reifen nicht aufgeschlitzt.«

»Das habe ich auch nicht behauptet. Die Polizei wird es bald aufklären.«

»Ich war es wirklich nicht.«

»Heilandsack, halten Sie den Mund, Sie Möchtegern-Großforscher! Sie Armleuchter!«

»Leo, wir gehen.«

»Ich bin noch nicht fertig, Herr Kemper! Wenn dieser Ort Ihre Heimat ist, wie Sie vollmundig verkündet haben, dann frage ich mich: Warum haben Sie diese unschätzbare Orgel derart zugrunde gerichtet? Sie haben sie einfach verrotten und verfaulen lassen. Sie haben es nicht einmal für nötig befunden, das Dach ausbessern zu lassen …«

»Das ist … dhts … nicht wahr! Fragen Sie die Frau … dths … Zotsch!«

»Halten Sie endlich Ihren Mund!«

Es wurde plötzlich totenstill auf der Empore. Aller Blicke wanderten zu Sperling und Kemper. Sogar der Orgelbauer Linke ließ den Hammer sinken und schaute fasziniert zu.

»Ich frage mich, lieber Herr Wenzels-Organist«, Sperling hatte den Zeigefinger erhoben, »was ist das für eine erbärmliche Gesellschaft gewesen, die ihre Kulturgüter einfach verkommen ließ? Was sind das für Menschen gewesen, hier im Osten? Was für geschichtslose …«

»Es reicht«, sprach eine feine, leise Stimme, deren Wirkung so gewaltig und unerklärlich war, dass Sperling auf der Stelle verstummte.

Ein kleiner Herr mit randloser Brille und vollen, weißen nackenlangen Haaren war herzugetreten, nachdem er die Szene abseits aus dem Halbdunkel beobachtet hatte. Schreiende, unhöfliche Menschen empfand er als zutiefst bedauernswert, und sie lösten Ohnmachtsgefühle in ihm aus.

»Es reicht«, wiederholte Yoshiba Koyatake noch ruhiger und verbeugte sich vor Sperling wie vor Kemper.

Letzterer hatte bei den Anschuldigungen den Kopf gesenkt und bockig zu Boden gesehen. Hilflos und bleiern hatte er schließlich vor Sperling dagestanden. Das alte Gift war wieder die Beine hinaufgekrochen, ins Herz, in den Hals, in den Kopf, in die Arme. Ihm war, als stünde er wie betäubt vor dem Vater, unfähig, sich zu wehren, schutzlos dessen Kraft und Übermacht ausgesetzt.

Kemper atmete schnell, rang nach Würde, versuchte den Rücken gerade zu halten und schwieg. Leo griff instinktiv nach der Hand des Bruders, um ihn zu beschützen. Als er merkte, dass sie heftig zitterte, stieg eine ohnmächtige Wut in ihm auf, er lief krebsrot an und begann zu brüllen:

»Du Gemeinheit des Westens!«, warf er Sperling an den Kopf. »Du, du… «

Kemper hielt Leo den Mund zu, wollte einen Schritt tun, um mit dem Jungen von der Empore zu flüchten, doch seine Beine waren ohne Gefühl. Leo riss sich los.

»Die Mappe von Sebastian kriegst du nie im Leben!«, rief er, dass es in der Kirche nachhallte.

Kemper schrie entsetzt auf.

»Achtung!«, rief Linke, aber die Warnung wurde von Kempers markerschütterndem Schrei verschluckt.

Kemper hatte noch einen dumpfen Schlag auf den Hinterkopf verspürt. Alles um ihn herum begann sich zu wölben. Gesichter und Körper flossen ineinander, die Emporenfenster, das Gerüst der Orgel. Der Boden neigte sich, hob sich, sank zurück. Er meinte, der Kopf blähe sich auf, er unternahm noch einen verzweifelten Versuch, sich an der Brüstung festzuhalten, die sich wie eine Gardine im Wind hin- und herbewegte. Dann ein Rumpeln. Dann Nacht.

Das Erste, was er roch, als er wieder zu sich kam, war ein unerträglich übler Atem, und als er die Augen öffnete, sah er von Karies angefaulte Vorderzähne, schließlich das stumpfe Gesicht des Juniorchefs. Hosenbeine sah er von Leuten, die um ihn herumstanden und besorgt zu ihm herabblickten.

»War ich ohnmächtig?«, fragte er mit schwacher Stimme.

»Ja«, antwortete der Juniorchef.

»Wie lange?«

»Zwei Tage.«

»Was!?«, stöhnte Kemper.

»Kleiner Scherz«, sagte Linke und grinste.

Kemper richtete den Oberkörper auf, wobei ihm fast wieder schwarz vor den Augen wurde. »Wo ist Leo?« Benommen blickte er um sich.

»Haben Sie Schmerzen? Sollen wir einen Arzt rufen? Kommen Sie, ich helfe Ihnen auf!«

»Wo ist Leo?«, wiederholte Kemper, sah zwei von Brandwunden entstellte Hände sich nach ihm ausstrecken.

Koyatake beugte sich über ihn.

»Danke, das kann ich allein.« Er richtete sich auf, wankte, fand jedoch rasch ins Gleichgewicht und in die Gegenwart zurück.

»Wir sollten vielleicht doch einen Arzt rufen«, gab Koyatake gegenüber den Umstehenden zu bedenken.

Kemper machte zwei taumelnde Schritte, wobei er fast über Leo gestolpert wäre, der auf dem Boden kauerte.

»Hier haben wir nichts mehr zu suchen«, sagte er zu Leo, richtete ihm die Baseballkappe, zog ihn hoch und verließ wortlos die Empore, ohne jemanden eines Blickes zu würdigen.

»Herr Kemper!«, rief Sperling ihm hinterher. »Wenn Sie doch etwas gefunden haben, sollten Sie es uns sagen. Sie wissen, dass Sie sich strafbar machen, wenn Sie im Besitz von etwas sind, was für die Bachforschung ...« Er konnte den Satz nicht zu Ende sprechen, weil sich Kemper umgedreht hatte und ihm das Wort abschnitt.

»Es muss entsetzlich sein, das Fegefeuer, in dem Sie brennen, berühmter Sperling.«

Er wandte sich wieder um und ging mit Leo zur Treppe.

»Was hat er eben gesagt?«, fragte Sperling befremdet seinen Assistenten.

Zinser zupfte an seiner Fliege.

»Kleiner Pilot!«, diskantierte van Hulle, hielt die Hände an den Mund und formte sie zum Schalltrichter. »Hör nicht auf deine Mutter! Auf niemanden! Denk an den guten Frits!«

Sein Rat blieb ungehört, denn die Brüder waren bereits von der Empore verschwunden.

»Scheiße, Jakob, ich hab's verbockt«, flüsterte Leo, als sie ins Freie hinaustraten.

Kemper lächelte und sagte: »Erstens. Du musst nicht flüstern. Zweitens. Scheiße sagt man nicht. Drittens. Gar nichts hast du verbockt.«

»Aber jetzt wissen sie's.«

Kemper blieb stehen, drehte sich zu Leo um und schloss dessen Wangen in beide Hände. »Und wenn? Was macht das? Ich habe keine Geheimnisse mehr. Ich will, dass der Spuk endlich vorbei ist.«

»Tut es sehr weh?«

»Was?«

»Das Horn auf deiner Glatze.«

»Geh jetzt nach Hause, Leo.«

»Definitiv nicht.«

»Wieso nicht?«

»Na, wegen Papa. Wegen den Bullen.«

»Den Bullen?«

»Die Reifen.«

Kemper stockte.

»*Du* hast die Autoreifen ...?«

»Sag's noch lauter, damit's jeder hört.«

»Du warst es?«

»Das weißt du doch.«

»Weiß ich nicht!«

»Du hast doch gesagt, dass du's weißt!«

»Ja, das heißt nein.«

»Was jetzt? Du hast gesagt, dass du zu uns rüberkommst und mit Papa redest. Wegen der Dresche. Scheiße, wir hatten's fast geschafft. Wir haben sie fast abgehängt. Aber der Benno ist gestolpert und ...«

»Und?«

»Dann hat er ihn geschnappt.«

»Wer?«

»Irgend so 'n Typ. Mannoh, der Benno ist dumm wie Dosenbrot!«

»Weiter!«

»Dann bin ich heimgekommen, aber da hat schon die

Bullenschleuder vor unserm Haus gewartet. Bin ich natürlich abgezischt und zu dir gerannt.«

»Und der Alte?«

»Papa? Weiß ich nicht.«

»Ich meine, ist er wohlauf?«

»Häh?«

»Wirkt er in letzter Zeit niedergeschlagen, müde, kraftlos?«

»Jakob, du hast echt einen an der Waffel!«

»Leise, da kommt jemand!«

»Herr Kemper!«, rief Koyatake und strebte schnellen Schrittes auf die beiden zu. »Herr Kemper, ich muss mich in aller Form bei Ihnen entschuldigen, für das, was da eben geschehen ist.« Er keuchte. »Es tut mir unendlich leid! Bitte glauben Sie mir, ich war sehr von Ihnen beeindruckt, als Sie neulich über die *h-Moll-Messe* geredet haben. Ich war sogar tief berührt. Ich muss unbedingt mit Ihnen reden! Es ist wirklich sehr wichtig!«

»Sie wollen mit mir reden? Gut. Kommen Sie heute Abend um acht in meine Wohnung. Aber bitte allein.«

Koyatake verbeugte sich.

»Moment, das ist schlecht. Heute Abend bin ich nicht zu Hause. Treffen wir uns morgen zum Frühstück im Hotel Stern. Um neun.«

Koyatake verbeugte sich.

»Stopp! Auch schlecht!« Kemper dachte an den Barkeeper und die übrigen Mitglieder der Kommission. »Wir treffen uns im Café Kalb. Selbe Zeit.«

Der Japaner nickte und machte eine besonders devote Verbeugung.

»Halt! Café Kalb geht auch nicht.« Er überlegte und biss sich auf die Unterlippe. Ihm war der bullige Typ mit der Halskrause eingefallen. Außerdem war es ein seltsamer Ort. »Kennen Sie das Restaurant Domklause in der Herrenstraße?«

»Ich werde es finden«, sagte Koyatake erlöst. »Ich danke

Ihnen! Vielen Dank!« Er trat zwei Schritte zurück, verbeugte sich vor Kemper, nickte Leo zu. Mit einem sanften, rätselhaften Lächeln um den schmalen Mund wandte er sich um und entschwand in Richtung Wenzelskirche.

»Boah! Hast du seine Zombiehände gesehen?«, sagte Leo fasziniert, als sie zur Haustür kamen.

Kemper hatte nicht zugehört. Schluss mit dem Katz-und-Maus-Spiel, dachte er. Morgen werde ich Koyatake den Fund übergeben. Er hat mich anständig behandelt. Von Anfang an. Also soll er den Ruhm ernten. Ich weiß, was du von mir willst, Koyatake. So dumm bin ich auch wieder nicht. So gut kannst du dich gar nicht hinter deiner Höflichkeit verstecken. Du hast Lunte gerochen. Gut. Dann zünden wir die Bombe. Und zwar morgen um neun in der Domklause. Morgen soll es die Welt erfahren.

Er schloss die Wohnungstür auf. Die Beule am Kopf pochte im Rhythmus seines Pulses. »Mir platzt gleich der Schädel, Leo. Ich muss mich hinlegen. Kurz hinlegen. Schlafen, endlich schlafen. Ich lasse dich nicht im Stich, Kleiner. Ich rede mit dem Alten. Ich rede mit Eva. Aber zuerst hinlegen.«

Leo nickte erleichtert, setzte sich ans Klavier und klimperte darauf herum, während sich Kemper ins Badezimmer schleppte und drei Aspirin schluckte. Als er zurückkam, legte er sich unverzüglich auf die Couch. Nach wenigen Minuten war er eingeschlafen.

Leo hörte auf zu spielen, musterte lange den schlafenden Bruder, das karge, eingefallene Gesicht, die schmalen, blutleeren Lippen, lauschte dem schweren, unregelmäßigen Atem. Leise zog der Junge die Schuhe aus, kuschelte sich neben ihn, vergrub den Kopf in dessen Armbeuge und nickte bald darauf selber ein.

Die Enge der Couch und der unruhig träumende Leo auf seinem eingeschlafenen Arm bescherten Kemper nur eine kurze Ruhe. Mit offenen Augen schaute er zur Decke und folgte den bräunlichgelben Konturen, die die Feuchtigkeit in den weißen Kalkputz eingeschrieben hatte. Vorsichtig zog er den tauben Arm hervor, um den Jungen nicht zu wecken. Der Schmerz vom Schlag auf den Hinterkopf war beinahe abgeklungen.

Ruhig lag er da. Ihn quälten weder Gespenster noch Angstphantasien. Wann war er das letzte Mal so gelassen gewesen, so entspannt, auf eine so befreiende Art und Weise leer? Das muss das Paradies sein. Das ist das Paradies, Kemper! Nichts mehr wollen, nichts mehr denken müssen. Daliegen ohne Vergangenheit und Zukunft. Nur im Jetzt. Im leeren, fast lächerlich leeren Jetzt. Keine bangen Fragen, keine unbewiesenen Antworten. Keine Ausflüchte, keine Rechtfertigungen. Keine Hoffnung, keine Furcht. Im Schatten ist das Paradies, nicht in der brennenden Sonne.

Als Leo schließlich doch vom Atem des Bruders geweckt wurde, war es im Zimmer bereits dämmrig geworden. Kemper bemerkte, dass der Junge fror, hüllte ihn in eine Decke und kochte heiße Schokolade. Leo wärmte die Hände an der henkellosen Tasse und schlürfte die Schokolade. Die Brüder redeten kaum miteinander, verließen bald das Dunkel der ungemütlichen Wohnung und wanderten zur Bürstenbinderei hinüber.

Die Tür war verschlossen. Der Schlüssel lag nicht im Versteck neben der Schwelle. Kemper zog am Griff der Ladenglocke. Sie bimmelte den silbrigen, verhassten Ton. Licht. Eva öffnete. Das volle blonde Haar fiel ihr strähnig ins

Gesicht. Sie musste geweint haben. Ihre Wangen waren von zerlaufener Wimperntusche verschmiert, in der Faust zerknüllte sie ein Papiertaschentuch. Beim Anblick ihres Kindes begann sie sofort zu heulen, schloss Leo in die Arme, nicht ohne ihn mit Vorwürfen zu überschütten. Gleich darauf küsste und herzte sie ihn von neuem, zwang sogar dem Stiefsohn einen Kuss auf die Wange auf. Kemper wischte den Kuss wie im Reflex mit dem Handrücken ab.

»Jakob, ich sehe schlimm aus«, wimmerte Eva mit verstopfter Nase. »Es ist alles so entsetzlich, so furchtbar entsetzlich!« Sie zog ein frisches Papiertaschentuch aus der Packung.

»Dürfen wir reinkommen?«, fragte er verhalten.

»Klar. Kommt rein. Tschuldige, ich steh völlig neben mir. Es ist alles so grauenhaft, so entsetzlich, Jakob! Und du, Leo, geh sofort auf dein Zimmer! Wir beide reden später! Hast du mich verstanden?«

Der Junge drückte sich ohne ein Wort an der Mutter vorbei. Er war heilfroh, nicht mit einer schallenden Ohrfeige begrüßt worden zu sein, und verschwand im engen Magazin der Bürstenbinderei, wo sich links und rechts Kisten und Kartons bis unter die Decke stapelten.

»Du kannst dir nicht vorstellen, wie es da drin aussieht«, lamentierte Eva und presste die gekreuzten Hände auf ihre linke Brust.

»Ich weiß es«, versetzte Kemper ruhig und fühlte sich zum ersten Mal seiner Jugendliebe ebenbürtig, wenn nicht überlegen.

»Nichts weißt du«, stieß sie seufzend aus.

»Doch, ich weiß es.« Er kostete den Moment ihrer Verwunderung aus, sog ihn auf, und es schien ihm unbegreiflich, dass er für diese Frau in dem schwarzen, tief dekolletierten Oberteil, der knallengen Tigerhose und den Highheels jemals so in Liebe hatte entflammen können.

»Du weißt es?«, fragte Eva baff.

»Der Lausbengel hat es mir erzählt.«

»Leo? Der kann es gar nicht wissen.«

»Hör zu, Eva: Der Junge vertraut mir bedingungslos. Für ihn bin ich mehr als ein Bruder, glaub mir das. Wir sind nicht Komplizen. Das haben wir gar nicht nötig, weil jeder dem anderen die Wahrheit zumuten kann. Leo und ich sprechen immer offen über alles …«

»Wovon redest du überhaupt?«

»Von Vertrauen. Leo hat mir alles gebeichtet. Er und sein Schulfreund haben die Reifen aufgeschlitzt. Als er dann die Polizei vor dem Laden stehen sah, bekam er Angst und …«

»Das weiß ich doch längst! Ich meine ganz was anderes.«

Kemper stutzte. Er schluckte, sein Adamsapfel hob sich. »Was?«, fragte er tonlos.

»Walter hat Krebs. Er wird sterben.« Sie fing laut zu weinen an.

Kemper erstarrte. Bilder jagten im Zickzack durch seinen Kopf: Silvesternacht. Regen. Blasmusik. Der Zapfenstreich im Rosengarten. Das Gesicht des Alten im Schein der Fackel. Verletzlich. Gezeichnet. Wie er ihn plötzlich lieb haben konnte und davon Gänsehaut bekam. Leo, sein Todesengel. Wie er ihm beim Lesen der *Offenbarung* erschienen war. Das Antlitz mit den geschlossenen Augen in der Glasscheibe. Lehmverdreckte Kinderfüße. Die Mutter, die immer schwieg …

Er lehnte sich Halt suchend gegen einen Stapel Kisten. »Die Musik hat recht. Sie kann die Zukunft voraussagen«, brabbelte er und rang darum, nicht die Nerven zu verlieren.

»Was?«, fragte Eva und putzte sich die Nase.

»Weiß es Leo schon?«

»Das versuch ich, dir die ganze Zeit beizubringen! Er weiß es eben nicht.«

»Wo ist Vater?«

Eva antwortete, aber ihre Stimme war so vom Weinen geschüttelt, dass er keine Silbe verstand. Er wartete. Dann fragte er noch einmal.

»Er ist oben und liest«, wiederholte sie und tupfte die Augen mit dem Taschentuch ab. »Die Ärzte geben ihm noch zwei, drei Monate. Aber weil er alt ist, hoffen sie, dass es nicht so schnell wuchert, von daher …«

»Ich gehe zu ihm«, sagte Kemper entschlossen. »Lass uns bitte allein.«

Sie nickte, nahm ein frisches Taschentuch, schnäuzte sich, begann wieder zu schluchzen. Er schaute sie kurz und eindringlich an. In das einst schöne Gesicht war etwas geradezu Lächerliches gewandert, und der Schmerz hatte die ebenmäßigen Züge fast bis zur Fratze verunstaltet.

Kemper schlug die Augen nieder. Er ging den Korridor entlang, über die Treppe, die zur Wohnung hinaufführte. Das Treppenlicht knipste er nicht an, wie früher, um Strom zu sparen. Außerdem fand er sich hier blindlings zurecht, selbst nach so vielen Jahren. Um ins Wohnzimmer zu gelangen, hatte man über ein Zwischengeschoss zu gehen. In völliger Dunkelheit setzte er schlafwandlerisch einen Schritt vor den andern. Gefasst ging er auf die Tür zu. Sie stand einen Spaltbreit offen. Das Licht im Wohnzimmer projizierte einen fahlen Lichtstreifen auf die gegenüberliegende Wand. Er wartete.

Er klopfte sacht an die Tür. Der Vater gab keine Antwort. Kemper trat ein. Die Tür knarrte vertraut wie damals. Im Wohnzimmer hatte sich vieles verändert. Enger war es geworden. Eine neue Schrankwand aus dunklem Holz mit Glaselementen protzte vor sich hin. Das schreiende Orange der schweren Vorhänge biss sich mit dem Himmelblau der gestrichenen Raufasertapete. Die wuchtige, wohl sündteuere Sitzgarnitur stellte den Raum gänzlich zu. Wie muss der geizige Vater bei ihrer Anschaffung gelitten haben, dachte Jakob.

Walter Kemper saß in einem der Fauteuils aus beigem Leder, die gekreuzten Beine mit den weißen Socken auf den gekachelten Beistelltisch gelegt. Er trug ein blaues Jeanshemd. Unter den Achseln zeigten sich Schweißkränze. Die

Knopfleiste war offen. Die gekräuselten Brusthaare schimmerten silbern hervor. Auf dem kantigen, fleischigen Gesicht spiegelte eine Lesebrille die Seiten des Buches, das er gerade in Händen hielt. Er schien so in die Lektüre vertieft, dass er den Eingetretenen nicht bemerkte.

»Walter«, sagte der heimgekehrte Sohn leise.

Der Alte schaute auf, staunte einen Moment, wollte sich aber nichts anmerken lassen, senkte den Kopf wieder und las weiter.

»Eva hat es mir gerade erzählt«, redete Jakob weiter, ohne sich von der Reaktion des Vaters verunsichern zu lassen.

»Was hat dir mein Evchen erzählt?« Der Vater sprach mit belegter, aber kräftiger Stimme, wobei er sich mehrmals räuspern musste.

»Dass du Krebs hast.«

»Hmh«, murmelte er und blätterte um.

Jakob stockte. Es entstand ein unbehagliches Schweigen. Aus dem Kinderzimmer klangen dumpfe, undeutliche Dialoge herüber, durchsetzt von nach Spannung geifernder Musik. Leo schaute fern.

»Darf ich mich setzen?«, fragte Jakob.

Der Vater machte eine desinteressierte, aber bejahende Geste. Wieder verstrich die Zeit durch ein sich monströs aufblähendes Schweigen. Die Dialoge im Kinderzimmer rissen ab. Hochgestimmtes drang nun lauter herüber, untermalt von simplen, eingängigen Klängen.

Werbung.

»Das tut mir sehr leid«, bemühte sich Jakob, ein Gespräch zu beginnen.

»Was tut dir leid?«

»Dass du krank bist.«

»Ich bin nicht krank.«

»Walter, ich muss mit dir reden.«

»Die Stunde des Triumphs, was?« Der Alte schlug das Buch zu und warf es auf den Beistelltisch. Das Wort Stalingrad wellte sich in großen roten Lettern auf dem Buchumschlag. »Fehlanzeige. Du bist noch zu früh. Noch kann ich es mit dir aufnehmen.«

»Ich kämpfe nicht gegen dich. Nicht mehr.«

»Labere nicht rum, Kloßkopp. Was willst du?«

»Mit dir reden. Über Karl.«

Der Alte starrte ihn sprachlos an. Jakob war vom Mut der eigenen Worte nicht minder überrascht. Einige Momente lang geschah nichts. Walter nahm die Lesebrille ab.

»Was ist damals wirklich geschehen? Warum wurde nie darüber gesprochen? Ich muss eine Antwort haben. Wie ist Karl gestorben?«

Der Vater schob einen Bügel der Lesebrille zwischen die Zähne, fing an, daran herumzukauen, und statt etwas zu sagen, sah er mit stumpfen, kurzsichtigen Augen am Sohn vorbei.

»Es hieß doch, er sei erstickt. Wenn Karl erstickt ist, kann er nicht von der morschen Tanne gestürzt sein. Wie ist er gestorben und warum? Wo warst du? Warst du dabei? Wo war ich? War ich dabei? Wieso hat Mutter nicht mehr geredet? Walter, ich brauche eine Antwort. Ich habe Albträume. Ich sehe sein totes Gesicht. Ich werde sein Gesicht nicht mehr los.«

Er rang um Fassung, weil er merkte, dass die Stimme zitterte, und zwang sich, langsam ein- und auszuatmen, ohne den Blick vom Gesicht des Vaters abzuwenden. Der Alte schaute weiter an ihm vorbei und schwieg.

»Walter, lass uns darüber reden«, wiederholte Kemper in beschwörendem Tonfall.

»Generalfeldmarschall Paulus war ein begnadeter Stratege«, sagte der Vater nach einer langen Pause, wobei er die Luft durch die Schneidezähne sog, das alte, gefürchtete Geräusch. »Aber der Winter hat ihm einen Strich durch die Rechnung gemacht. Die 6. Arme hatte schon neun Zehntel der Stadt erobert.«

»Verstehe«, antwortete der Sohn enttäuscht. »Walter, bitte ...«

»Du verstehst überhaupt nichts!«, brauste der Vater unvermittelt auf. »Du warst nie ein Kemper und wirst nie einer sein! Karl war ein Kemper. Der Junge würde noch leben, wenn du …« Seine Worte stockten.

»Wenn ich?«

»Ich sage nichts mehr.«

»Wenn ich? Wenn ich was? Sag es mir, Vater! Ich bitte dich! Ich flehe dich an!«

»Dir schulde ich keine Erklärung. Du bist nicht mein Richter. Du nicht! Dir ging es ja immer nur um dich. Du warst und bleibst ein blanker Egoist. Jetzt schon wieder. Du bist doch nur hergekommen, um mit mir abzurechnen. Aber noch wiege ich nicht fünfundvierzig Kilo. Noch scheiße ich normal. Und meine Haare trage ich auch noch auf dem Kopf. Du richtest nicht über mich. Du Feigling, du Spinner, du Versager!«

Der Sohn wahrte die Beherrschung, und er staunte, wie leicht es ihm fiel. Wie oft hatten ihn derlei Beschimpfungen ins Mark getroffen, ihm den Hals zugeschnürt, jede weitere Diskussion abgewürgt. Die Herablassung, mit der er vom Vater behandelt wurde, immer behandelt worden war, schmerzte nicht mehr, stampfte das Selbstwertgefühl nicht mehr in Grund und Boden. Er konnte den verächtlichen Blicken des Vaters standhalten. Er spürte, wie sein Rücken straff wurde, wie sich die Schultern hoben, wie Kraft in den Körper strömte und ihn doch nicht verhärtete.

»Ich bin auch ein Kemper«, sagte er gelassen. »Vielleicht nicht der, den du dir gewünscht hast. Tote können einen nicht enttäuschen. Die Lebenden sind es, in denen wir uns täuschen.«

»Du redest wie ein Pfarrer. Mach dich nicht lächerlich.«

»Ich bin nicht lächerlich, Walter. Ich war es. Weil ich versucht habe, ein anderer zu sein. Weil ich versucht habe, das Tiefste in mir zu verleugnen. Weil ich versucht habe, dir zu imponieren. Darum war ich lächerlich. Weil ich dir nicht imponieren konnte, wollte ich der Welt imponieren. Ich wollte ein berühmter Musiker werden, damit mich wenigstens die anderen sehen. Deshalb bin ich zu einer Witzfigur geworden. Und ich gebe es zu: In all den Jahren habe ich mich recht bequem in meiner Unfähigkeit und Verbitterung eingerichtet. Ich hatte ja einen Schuldigen. Dich. So ließ es sich mit reinem Gewissen leben. Dachte ich. Aber ich habe mich geirrt ...«

»Bist du jetzt fertig mit der Predigt, Schwachkopf?«

»Ich habe einen Namen. Ich heiße Jakob. Es ist ein schöner Name. Ein Name, den du mir gegeben hast. Steh dazu!«

»War's das?«

»Noch nicht. Du hörst deinem – wie hast du mich immer genannt: rückfällig –, du hörst deinem rückfällig gewordenen Sohn jetzt zu. Ich bin nicht deinetwegen gekommen. Es ist mir egal, ob du lebst oder stirbst. Ich bin meinetwegen da. Du hast recht. Ich bin gekommen, dich um Verzeihung zu bitten.«

Der Vater schüttelte den Kopf, setzte die Brille auf, griff nach dem Buch und begann wieder zu lesen. Kemper redete unbeirrt weiter.

»Ich stand heute schon einmal vor der Tür. Du warst nicht da. Vielleicht hätte ich nicht den Mut aufgebracht, so mit dir zu reden, so ruhig neben dir zu sitzen, wie ich es jetzt tue. Ohne Groll und Ohnmachtsgefühle. Vermutlich hätte sich alles in mir gegen dich aufgelehnt, wie immer. Du warst der schlechteste Vater, den sich ein Sohn überhaupt vorstellen kann. Das sage ich nicht, um dir Vorwürfe zu machen. Ich sage es, weil es die Wahrheit ist. Meine Wahrheit. Ich habe dich oft tot gewünscht. Je mehr ich dieser Phantasie nachhing, desto lebendiger wurdest du, desto stärker und mächtiger. Ich habe dich für mein Leben verantwortlich gemacht, Walter. Dafür bitte ich dich um Verzeihung. Mein Leben ist nicht gescheitert. Nicht wegen dir. Das wird mir immer klarer ...«

»Wäre der Wintereinbruch nicht gewesen, hätte Paulus

den Russlandfeldzug gewonnen. Die Russen waren doch keine Gegner. Die Weltkarte sähe ganz anders aus.«

Kemper senkte den Kopf, verschränkte die Finger und spielte mit den Daumen. »Ja, Vater«, sagte er nach einem kurzen Schweigen, »du bleibst ein Nazi, und ich bleibe der unbrauchbare Sohn. Beides ist ausweglos. Wir müssen uns nicht aussöhnen. Du bist nicht verantwortlich für mich. Und ich bin genau so wenig verantwortlich für dich. Ich werde jetzt gehen. Gestatte mir noch eine letzte Frage. Bin ich schuld an Karls Tod?«

Der Alte blickte auf. Für einen Moment wich alles Harte und Verknöcherte aus seinem Gesicht, es zog davon wie ein Schatten, und etwas Kindliches, unendlich Altes und Trauriges trat an dessen Stelle. Ehe der Mund ansetzte zu sprechen, war das Kinderantlitz schon wieder vergangen, das Gesicht versteinert, grau und eingedunkelt von zynischer Hoffnungslosigkeit.

»Du gehörst in die Klapsmühle«, murmelte er. »Dich sollte man nicht mehr unter die Leute lassen. Du bist völlig übergeschnappt. Den Leo, das geb ich dir schriftlich, siehst du nie mehr.«

Der Sohn war aufgestanden. In das Gefühl, abermals versagt zu haben, mischte sich tiefes, ratloses Mitleid. Stumm betrachtete er den Vater, und er kam ihm plötzlich winzig vor. Nichts war mehr da von dem einst wuchtigen, vor Selbstherrlichkeit strotzenden Mann. Ein Zwerg war es, der mit leicht zittrigem Kopf eingesunken im Sessel saß, mit blutleeren, schmalen Lippen und unförmigen, von der Gicht verkrüppelten Fingern.

»Ich habe meine Aufgabe gefunden, Walter«, sagte Jakob, als er sich verabschiedete. »Meine Aufgabe ist meine Wunde.« Er beugte sich voll Wehmut über den Alten, küsste ihm in einer spontanen, hilflosen Anwandlung die Stirn. Der Vater ließ es versteinert mit sich geschehen. Dann ging Kemper aus dem Zimmer.

Im finsteren Zwischengeschoss, wo die Stimmen aus dem

Fernseher deutlicher erklangen, wurde eine Tür geöffnet. Ein blasser bläulicher Lichtschein gab dem Raum zuckende, flirrende Konturen.

»Alles Rodscher?«, flüsterte Leo.

Kemper drehte sich um. Der Junge stand im Pyjama und mit Stofftier im Türrahmen. »Ja, es ist alles gut. Du musst keine Angst haben. Geh jetzt schlafen. Ich komme morgen nach der Schule und hole dich ab.«

Er legte die Hand auf Leos Kopf und kniff ihm liebevoll in die Nase. Der Junge atmete auf, gab ein High-Five, das Kemper ungeschickt parierte und verfehlte. Leo schüttelte mitleidig den Kopf und verschwand in seinem Zimmer. Nachdenklich tastete sich Kemper die unbeleuchtete Treppe hinab.

»War er zugänglich? Konntet ihr miteinander reden? Habt ihr endlich Frieden gemacht? Er spricht so oft von dir. Er liebt dich auf seine Weise. Du solltest nicht so störrisch sein. Jakob, ich kann es einfach nicht glauben! Er sieht doch aus wie immer. Findest du nicht?« Eva hatte Haare und Make-up in Ordnung gebracht und weinte nicht mehr. »Er sieht aus, als ob ihn nichts umhauen könnte. Gesund und kräftig. Appetit hat er auch, von daher. Der Arzt hat gesagt, dass der Krebs in dem Alter nicht mehr so schnell wuchert, wegen den Zellen. Das hat er mir bestätigt. Findest du nicht, dass er toll aussieht? Dieser Oberkörper. Die Muskeln. Er ist Anfang siebzig. Kein Gramm Fett. Wenn man das Gesicht wegdenkt, meint man, ein Zwanzigjähriger steht vor einem. Er ist noch immer besser als mancher Junge, wenn du verstehst, was ich meine. Von daher. Jakob, du hast da eine Beule auf dem Kopf! Lass mal sehen! Hast du wieder getrunken? Du musst doch selber sagen, dass er toll aussieht. Sag doch was!«

»Er sieht gut aus«, erwiderte Kemper abwesend, tastete nach seiner Beule, setzte die Mütze auf und reichte Eva die Hand zum Abschied.

Eva ergriff sie schnell, dann den Arm, ja sie zog den ganzen Mann zu sich heran, und ihr Tonfall veränderte sich mit einem Schlag. »Jakob, wir haben uns doch einmal sehr lieb gehabt. Erinnerst du dich? Damals im Bürgergarten. Und die Musik, die du mir gewidmet hast. Weißt du noch? Ich war halt ein junges, dummes Küken. Viel zu jung. Das ist schon wahr. Aber ich mochte dich. Ich konnte es nur nicht zeigen. Das mit Max Frank, du weißt, der Schwimmer, das war rein hormonell und so. Nichts Geistiges, wie bei dir. Wenn der Max mit seinen kräftigen Oberarmen das Wasser gepflügt hat, konnte ich nicht mehr klar denken. Du hattest so schmale Schultern, und schön warst du auch nicht, musst du selber zugeben. Als junger Mensch schaut man eben auf Äußerlichkeiten. Daran sieht man, wie dumm ich war. Die meisten Männer werden erst ab vierzig interessant. Zu denen gehörst du. Seien wir doch ehrlich: Das Geistige zählt. Die Ausstrahlung …«

»Eva, es ist genug.«

»Da drin hattest du immer ein Plätzchen, und sollte …«

»… und sollte ich in der Gosse liegen, wirst du mich nicht mehr kennen, ich weiß.«

»Wie?«

»Gute Nacht, Eva.« Er löste sich aus ihrer Umklammerung, wischte den aufdringlichen Kuss von seinen Lippen und stürmte davon. Tiefes Unglücklichsein umfing ihn, als er daran dachte, dass er nie eine Familie gehabt hatte. Im Grunde war alles schon verspielt und verloren gewesen, ehe es überhaupt begonnen hatte. In diesen Schmerz mischte sich das Gefühl von Ekel, als ihm Eva in den Sinn kam, wie sie sich an ihn herangemacht hatte, jetzt, da sie ihre Felle davonschwimmen sah.

Er ging langsamer, schlenderte die Salzstraße entlang und sah dabei in den Himmel, der nunmehr aufgerissen war und sich glasklar über die Stadt spannte. Noch in keiner Nacht meinte er so viele Sterne auf einmal gesehen zu haben. Zu Haufen waren sie in die Schwärze des Raumes ausgesät, mal gleißend und unverrückbar, mal glimmernd, sich scheinbar auf und ab bewegend, als würden sie tanzen. Er musste unablässig in den Himmel blicken in seiner Beklemmung über den endgültigen Bruch mit dem Vater, ausgerechnet an dem Tag, da dieser sein Todesurteil erhalten hatte. Und mehr noch über dessen Andeutung, dass er schuld sein sollte an Karls Tod. Wir waren doch noch Kinder!

Er konnte sein Elend fast nicht mehr aushalten, starrte mit verschwommenem Blick in den Himmel, ging zögerlich weiter. Plötzlich aber war ihm, als schreite er sachte aufwärts, als trete er mit den Schuhen nicht auf Pflastersteine, sondern setze die Füße in eine weiche, dunkle Luft, die die Schwerkraft aufhob. Er wusste nicht mehr, sollte er unglücklich sein oder erleichtert.

Er schwebte, und die dunkle Luft, auf der er ging, roch wundersam, ganz unerklärlich nach den Tagen der Kindheit. Sie roch nach Geheimnissen, die es zu erforschen galt. Der Atem ging leicht, die Augen sahen alles neu. Das Licht der Sterne fing zu phosphoreszieren an, wurde bunt, und die Farben wurden farbiger, und die Sterne erzeugten feine Geräusche.

»Jakob«, wisperte er und stieg höher, »du hast nicht gestottert, als du bei ihm warst. Du hast nicht mehr gestottert.« Im selben Augenblick fielen ihm die ersten Noten der *Sarabande* ein, der kühne Nonensprung mit der verminderten Quart, die Melodie des geheimnisvollen Cornettinos aus der *Offenbarung*. Er begann zu summen, dann zu singen, laut und bewusst. Und er sang: »Jakob, du bist auf der Welt. Du hast einen Namen. Gib ihn nicht mehr her.«

Er konnte nicht heimgehen. Noch lange nicht. Er musste dieses Abenteuer auskosten, wollte es schmecken und ertasten, dieses wunderbare Einssein, dieses makellose Gefühl von fraglosem Geliebtsein. So verließ er die Stadt, ging hinauf zum Bürgergarten, wo der Himmel nicht von den Häusern begrenzt war. Dort schrie er sein Glück hinaus – oder war es nur sein Schmerz? –, weinte und lachte, lief hin und her, stand still, fror und meinte, vor Hitze zu vergehen.

»Karl«, sagte er mit tränenerstickter Stimme, »ich nehme die Schuld an. Ich werde sie tragen.«

Als er in sein Haus zurückkehrte, schlug die Uhr der Wenzelskirche halb eins. Er war ruhiger, gefasster, aber noch immer unter Tränen. Im Erkerfenster brannte Licht. Er wunderte sich über seine Nachlässigkeit, suchte nach dem Schlüssel, musste feststellen, dass die Tür nicht verschlossen war. Da wunderte er sich doppelt und schmunzelte. Der bloße Gedanke, die Tür nicht versperrt zu haben, hätte ihn noch vor wenigen Stunden in Panik versetzt. Jetzt war es ihm egal. Jetzt kam es nicht mehr darauf an.

Er sichtete die letzten Bogen der Partitur: Die fahrige Notenschrift, die Kürzel, die Weglassungen, die Verschreibungen, der Fragmentcharakter, der unverzeihliche Rotweinfleck, der zwei Drittel der Seite für immer unleserlich gemacht hatte. Dann blätterte er zurück zum Anfang. Wie anders der Federstrich. Ein Blatt ums andere wendete er um, überflog er, summte dazu, hörte noch einmal in die Klanggewitter des riesenhaften Eingangschors, wunderte sich über die ungeheuerliche Kühnheit der Harmonik und über einen Kontrapunkt, den er in dieser Fülle und Raffinesse noch nie, selbst nicht bei Bach, vernommen hatte. Er lauschte dem schwerelosen, ätherischen Flirren der Rezitative, Arien, Duette und Choräle, ließ sich ergreifen vom Wehklagen der Oboe d'amore, vom melancholischen Klang des Zinks, fühlte sich zauberisch umgarnt von den Schmeichelgesten der flauti dolci und den gleichsam hingewehten Melodiebögen des Solosoprans.

»Yukiko!«, hauchte er.

Er blätterte wieder an das Ende der Partitur, schlug die

Liedzeilen auf, summte die Melodie des Wiegenlieds. Hier war alles so einfach gesetzt, so kinderleicht, so scheinbar banal und hatte doch einen gewaltigen Effekt, war große Musik. So groß, dass er sich immer kleiner werden fühlte. Ein Junge.

»Yukiko«, wiederholte er erwartungsvoll, als wäre sie gerade ins Zimmer getreten. In dem stockdunklen Erkerfenster wurde es hell und heller. Weiter.

Ein dunstiger, erdig brauner Himmel senkte sich über Ueno herab, so tief, dass davon die Spitzen der Hochhäuser eingedunkelt wurden. Der Tag war eine Nacht. Am Horizont glimmten und zuckten gelbliche Blitze auf, aber die ersehnte Abkühlung blieb aus. Die Stadt lag in lethargischer Sommerschwüle. Im gesamten Viertel war die Stromversorgung zusammengebrochen.

Sie waren allein. Yukiko übte, während er mit bangen Gedanken in die reglosen Flammen der Kerzen hineinsah, die sie angezündet hatte. Yukiko sang vom Alten Deutschland, wie sie sich scherzhaft ausdrückte. Sie war es gewesen, die ihm Herz und Ohren für diese befremdliche Musik geöffnet hatte. Zuerst verliebte er sich in Yukiko, dann in die Musik Johann Sebastian Bachs. Er konnte sich nicht satthören an den Koloraturen und Verzierungen, die aus ihrem fein geschnittenen Mund hervorperlten. Der nicht enden wollende Strom ihres Atems war ihm unbegreiflich. Wie war es möglich, so viele Töne schwebend zu so langen Phrasen zu tragen?

Manchmal, wenn Yukiko übte, durfte er sein Ohr an ihren Rücken legen. Mit Herzklopfen lauschte er dem Vibrieren, fühlte sich an der Quelle des Tones, am Ursprung aller Liebe.

Sie war die schönste Frau auf der Welt, mit ihren eckigen, sparsamen Bewegungen, ihrem betörenden Lächeln, ihrem klugen Humor. Ihre schwarzen Augen, die die Kälte eines schneebedeckten Berggipfels ausstrahlten und gleichzeitig die Glut der untergehenden Sonne. Wie gern roch er den

Duft von Jasmin, wenn sie mit ihren weißen Händen über sein Milchgesicht strich, das ihn grämte, weil er erwachsen sein wollte und bärtig wie Herr Takuya, den sie in ihrem geheimen schwarzweiß marmorierten Heft mit den zärtlichsten Worten bedachte. Ein Heft, aus dem sie manchmal vorlas, ihm aber die innigsten Passagen vorenthielt, wie er an ihrem schamhaften Lächeln zu erkennen meinte. Wie war er eifersüchtig auf Herrn Takuya, obwohl sie beteuerte, nur ihn, den kleinen Yoshiba, zu lieben.

Er litt und starrte in das unbewegliche Licht der Kerzen. Blitze erleuchteten den dunklen Horizont. Yukiko hatte sich neben ihn gelegt und war eingeschlafen. Er musste wissen, was in dem Tagebuch stand. Und sei es, dass sie Herrn Takuya mehr begehrte als ihn.

Vorsichtig löste er sich aus ihrer Umarmung, stand lautlos auf, nahm eine Kerze, griff hinter den Schrank, wo er den Schlüssel zu jener Schublade versteckt wusste, der Yukiko das Tagebuch anvertraute, schloss sie auf, nahm es heraus und fing an zu lesen. Er las mit Herzklopfen. Dann stutzte er, weil etliche Seiten des Tagebuchs in einer Art Geheimschrift verfasst waren. Das mussten die Stellen sein, in denen sich Yukiko ganz öffnete, das Intimste und Verschwiegenste preisgab; ihre Liebe zu Herrn Takuya. Vom Zwang angestachelt, ihr Geheimnis zu lüften, rätselte er über die mit schwarzer Tusche elegant hingesetzten, sonderbaren Zeichen, die wie Sternschnuppen über die Seiten ausgesät lagen. Er verglich sie untereinander, las sie als Spiegelschrift, las sie verkehrt und von allen Richtungen. Es gelang ihm nicht, die Schrift zu entziffern. Aber hinter jedem Strich, hinter jedem Bogen vermutete er einen zärtlichen Kuss, eine Umarmung für Herrn Takuya. Es musste einen Weg geben, die Zeichen zu entschlüsseln. Aber welchen? Wieder und wieder verglich er, spiegelte und verkehrte, las von rechts nach links, von links nach rechts, vergaß sich, vergaß die Zeit, wurde immer trotziger. Tränen der Wut und der Eifersucht traten in seine Augen. Brennende Tränen tropften von der Decke, zischten auf der Haut, versengten das Haar.

Es roch verbrannt, und als er um sich blickte, konnte er vor Rauch nicht einmal die Wände des Zimmers sehen. In Panik riss er das Fenster auf, aber der Luftzug blies die Flammen an. Von der niedrigen Decke regneten unablässig glühende Tropfen der geschmolzenen Plastikverschalung herab. Das Feuer fauchte, explodierte. Er sah auf das Tagebuch, raffte es an sich, ließ es nicht mehr los, hielt es fest umklammert. Es durfte nicht verbrennen, nicht ehe er Yukikos Geheimnis kannte. Festhalten! Festhalten! Betäubt vor Schmerz stand er da und starrte auf das verschmorende Fleisch seiner Hände.

Yukiko stieß einen grausigen Schrei aus, daran konnte er sich erinnern, und an ihre weit aufgerissenen Augen, und daran, wie ihre Kleider, ihr seidiges schwarzes Haar in Flammen standen, und zuletzt daran, wie eine Decke über ihn geworfen wurde. Alles andere wurde ihm berichtet, als er im Krankenhaus aus einer wochenlangen Nacht wieder zum Leben erwachte.

»Yukiko!«, stammelte er aufgewühlt und umklammerte das Notenkonvolut, das nicht verbrennen durfte. »Yukichan! Yukichan! Mein Leben!«

Jakob stieg langsam die Treppen hoch. Ihm war, als rieche es nach verschmortem Gummi. Er blieb stehen, schnupperte, aber der Geruch verflüchtigte sich. Als er die Wohnungstür unverschlossen vorfand, wurde ihm flau im Magen. Jetzt war klar, dass man eingebrochen hatte. Sie haben das Manuskript, war sein erster Gedanke. Sein Herz stolperte, als er in den Flur trat, wo die halb geöffnete Tür einen Blick in das Klavierzimmer freigab. Geräuschlos schlich er an der Wand entlang, spähte in das Zimmer und gewahrte Koyatake an seinem Schreibtisch sitzen.

Kein Zweifel. Die weißen nackenlangen Haare, die Statur. Koyatake. Soll ich mich auf ihn werfen? Soll ich brüllen?

Ihn erschrecken? In die Flucht schlagen? Wenn er in Panik gerät? Wenn er durchdreht? Vielleicht ist er bewaffnet? Wieso rührt er sich nicht? Hat er mich kommen gehört? Lauert er auf mich? Er starrt ins Fenster. Kann er mich sehen? … Mein Gott! Er hat sie gelesen! Er hat die *Offenbarung* gelesen! Natürlich! Etwas geschieht mit ihm. Es geschieht mit ihm. Er kann es sehen. Die Vergangenheit. Die Zukunft. Er sieht es! Ich bin nicht verrückt! Ich war nie verrückt!

Jakobs Herz schlug so laut, dass er meinte, Koyatake müsse es auch hören und sich jeden Moment nach ihm umwenden. Wenn er gesehen hat, was ich gesehen habe, wird er nicht kopflos reagieren. Ich muss ihm die Angst nehmen. Ich gehe ruhig auf ihn zu. Spreche leise. Er hat Angst, nicht ich.

Jakob betrat das Zimmer. »Herr Professor Koyatake«, sagte er fast unhörbar, und seine Stimme zitterte.

Koyatake stierte unverwandt in die Nacht hinaus. Hinaus in die brennende Vergangenheit jenes Nachmittags, der ihm die größte Liebe seines Lebens geraubt hatte.

»Bitte erschrecken Sie nicht«, setzte er leise hinzu. »Ich bin froh, dass ich nicht mehr allein bin. Jetzt wissen Sie es auch.« Er schwieg, wartete. »Ist das nicht unglaublich? Haben Sie jemals so eine Musik gehört? Er hat alles hinter sich gelassen. Er ist auf Dinge gestoßen, die wir nicht mehr begreifen können.«

Koyatake saß unbeweglich da, die Finger in das Notenkonvolut gekrampft. Nur sein unrhythmisch gehender Atem war zu vernehmen.

»Herr Professor? Können Sie mich hören?«, fragte Jakob und tippte dem Forscher vorsichtig auf die Schulter.

Da fuhr Koyatake jäh zusammen, schnellte hoch, warf den Stuhl um, hob die brennende Partitur in die Höhe, lachte ein irrsinniges, entstelltes Lachen und begann, in einer unverständlichen Sprache zu schreien.

»Bitte bleiben Sie ruhig!«, versuchte Jakob ihn zu beschwichtigen.

Koyatake zog eine groteske Grimasse, verfiel jetzt ins Englische, wobei er ununterbrochen mit dem Manuskript fuchtelte und um Vergebung flehte. Mitten im Schwall der Entschuldigungen, ließ er die blaue Mappe fallen, stürzte zur Tür und flüchtete aus der Wohnung.

Jakob lief ihm hinterher, verfolgte ihn durchs Treppenhaus, rief, Koyatake solle sich beruhigen, solle zurückkommen und mit ihm reden. Doch aus der Dunkelheit herauf drang nur ein hysterisches Kreischen. Jakob gab die Verfolgung auf und ließ Koyatake im Mantel der Nacht untertauchen.

Enttäuscht kehrte er in die Wohnung zurück, verschloss die Tür, schlurfte ins Klavierzimmer, las die Partiturblätter vom Boden auf, legte sie in den Karton und packte ihn in seine Ledertasche.

Als er das Licht im Schlafzimmer anknipste und sich auszog, tat ihm Koyatake fast leid. Was musste dieser Mann Furchtbares gesehen und durchlitten haben, als er die *Offenbarung* gelesen hatte. Jakob zog den Wecker auf, stellte ihn, drehte das Licht aus, kroch unter die eiskalte Decke, schlief nach wenigen Augenblicken ein.

Am folgenden Morgen saß er wie verabredet, pünktlich um neun, in der Domklause, die Tasche neben sich, und wartete auf Yoshiba Koyatake. Vor ihm stand das zweite Glas Cognac. Zwar bezweifelte er aufgrund des nächtlichen Vorfalls, dass Koyatake erscheinen würde, hoffte jedoch, dass dessen Gier nach Ruhm stärker wäre als die Schande des Einbruchs. Er wünschte es sich inständig, denn für ihn selbst hatte der Fund keine Bedeutung mehr. Er hatte etwas anderes gefunden, etwas Größeres; sich selbst.

Eine Stunde verweilte er in dem leeren, düsteren, mit dunklem Holz getäfelten Restaurant, wo er der erste und wohl auch einzige Gast an diesem Morgen war. Koyatake kam nicht. Nicht um halb zehn, nicht um zehn, und auch nicht nach dem dritten Cognac. Jakob winkte dem Kellner, stöberte in der Börse nach Kleingeld.

»Wenn der Feigling nicht zu mir kommt«, murmelte er enttäuscht, »geh ich zu ihm!«

»Haben Sie gerade Feigling zu mir gesagt?«, fragte der Kellner.

»Nicht Sie!«, erwiderte Jakob ärgerlich und bezahlte.

Ohne lang zu überlegen, marschierte er zum Hotel Stern. Vielleicht hatte er Glück, und die Forscher waren noch nicht abgereist. Er beschleunigte seinen Gang. Als er an dem kobaltblauen BMW der Bachgesellschaft vorbeiging – nigelnagelneu prangten die Reifen –, fühlte er sich doch etwas unbehaglich. Dennoch betrat er das Hotel.

Er lief geradewegs in die Arme einer sehr burschikosen jungen Frau, die einen von Farbe bekleckerten Overall trug. Er war so stürmisch gelaufen, dass sie ausrutschte und stürzte.

»Sag mal, waren deine Eltern Geschwister?«, maulte die Malergesellin und spuckte auf den Boden.

Jakob entschuldigte sich irritiert.

Der Teppich der Eingangshalle war mit Malerpappe abgeklebt, der kitschige Springbrunnen mit Folie verhängt, desgleichen der Rezeptionstresen. Ein beißender Geruch von Verdünnung und frischer Farbe stieg Jakob in die Nase und brannte in den Augen.

Außer den Handwerkern war niemand vom Hotelpersonal zugegen. Er trat an die Rezeption, drückte den Knopf der Tischklingel, wartete, schellte wieder. Während er sich in Geduld fasste, fiel der Blick in die offene Tür hinter dem Tresen. Dort standen mehrere Hartschalenkoffer und Reisetaschen. Auf einem dieser Gepäckstücke klebte das Logo der Bachgesellschaft Leipzig.

Jakob sah verstohlen um sich, schlich hinter den Tresen, langte nach der Reisetasche mit dem Logo, öffnete ihren Reißverschluss, klappte seine Ledertasche auf, zog den Karton mit der Partitur heraus, steckte ihn in die fremde Tasche und zog sie blitzschnell wieder zu. Dann ging er ruhig auf den Ausgang zu, blickte noch einmal zurück und verschwand.

Gemächlich bog er in die Salzstraße ein. Als er sich vergewissert hatte, dass ihm nicht doch jemand vom Hotel gefolgt war, fing er an zu laufen, wobei er nicht wusste, ob er vor Aufregung über seine Dreistigkeit rannte oder aus lauter Freude.

Frei, frei, frei! Nun ist die Partitur dort, wo sie hingehört. Im Gepäck der Bachforschung. Sollen die sich darum zanken. Sollen die Herren Professoren noch berühmter werden, als sie es ohnehin schon sind! Mir ist das egal. Ich habe nichts mehr damit zu tun.

»Frei!«, rief er und machte einen Luftsprung, ohne sich um die Passanten zu scheren.

Ich werde in mein unscheinbares, kleines Leben zurückkehren. Werde mit Muße über die Kantate *Mein Jesus schwimmt in meinem Munde* forschen und die zig anderen Kantaten von Johann Theile, eine unbedeutender als die andere. Werde in der städtischen Musikschule Klavierunterricht geben wie bisher. Ja, zurück in dein kleines Leben, Jakob! Das ist es, was du gefunden hast. Das kleine Leben. Es ist das Größte und Beglückendste überhaupt.

Er stürmte in das Reisebüro Sonnenschein, umarmte Lucia, hob sie in die Höhe. Soeben habe er den Partiturfund hochoffiziell der Bachgesellschaft übergeben, sprudelte es aus ihm heraus. »Sagen wir halb hochoffiziell«, korrigierte er sich. In etwas verworrenen Sätzen versuchte er zu skizzieren, was in der vergangenen Nacht geschehen war, redete von einem Gang zu den Sternen, von der Auffindung seiner selbst, von einem Einbruch. An dieser Stelle unterbrachen ihn zwei Dinge gleichzeitig. Das Telefon klingelte und das Glockenspiel über der Tür bimmelte.

Lucia, die noch kein einziges Wort hatte sagen können, nahm den Hörer ab. »Reisebüro Sonnenschein, Lucia Lübke am A … Robert!« Ihre Augen blitzen auf wie ein Spiegel, den die Sonne trifft.

Jakob fuhr ein Stich in Herz.

»Von wo aus rufst du an?«, fragte sie, dämpfte ihre Stimme, ging zum Flüstern über und nickte dem gerade eintretenden, älteren Paar freundlich zu.

»Tag, Frau Zotsch. Heute ohne Erich?«, grüßte Jakob sarkastisch.

Frau Zotsch, die in Begleitung eines untersetzten, sehr tattrigen Herrn den Laden betreten hatte, tat, als höre sie schlecht, während der Herr Jakob verdutzt anblickte.

»Erich? Julia, kennst du diesen Mann?«

»Nie gesehen«, antwortete die Zotsch.

»Aber Frau Zotsch! Ich bin es! Jakob Kemper!«

»Jetzt, wo Sie's sagen.«

»Wer ist Erich?«, fragte der Alte.

»Machen Sie eine Reise?«, wollte Jakob wissen. »Darf man fragen, wohin?«

»Das geht Sie einen Dreck an«, erwiderte die Zotsch scharf.

»Sie sind heute aber schlecht gelaunt«, versetzte Jakob.

»Wenn ich Sie sehe, allerdings.«

»Was habe ich verbrochen?«

»Tun Sie nicht so unschuldig. Sie wissen genau, weshalb ich auf Sie wütend bin.«

»Hibbelchen, wer ist dieser Mann?«, insistierte der Alte.

»Weshalb sind Sie auf mich wütend?«, fragte Jakob nach.

»Oh, das wissen Sie ganz genau!«, antwortete Frau Zotsch.

»Nein, weiß ich nicht.«

»Oh, doch!«

»Oh, nein!«

»Wie? Sie machen sich auch noch über mich lustig?«

»Niemals, Frau Zotsch.«

»Julia, würdest du mir bitte diesen Mann vorstellen!«

»Bloß weil Sie mit den Professoren an einem Tisch sitzen, müssen Sie nicht glauben, Herr Kemper, Sie wären was Besseres. Sie haben auch nicht studiert. Wenn damals mein Kurt nicht gewesen wäre, damals mit Ihrer Passion … Ach, scheiß der Hund drauf.«

»Wer ist Kurt? Wer bitte ist dieser Mensch? Julia!«

»Guten Tag!« Lucia ging in beschwingtem Ton dazwischen. »Ich sehe, die Herrschaften kennen sich.«

»Tun wir nicht!«, empörte sich Frau Zotschs Begleitung.

»Entschuldigen Sie, dass Sie warten mussten«, sagte Lucia und lächelte. »Womit kann ich behilflich sein?«

»Tag, Frau …«, grüßte die Zotsch und stockte.

»Lübke, Lucia Lübke.«

»Wir interessieren uns für eine Reise nach Las Vegas. Mit Flug und allem Pipapo. Harald und ich wollen nämlich heiraten!«

Den letzten Satz sprach die Zotsch laut und selbstbewusst, wobei sie Jakob demonstrativ den Rücken zukehrte.

»Wer ist Kurt? Wer ist Erich? Wer ist dieser Mann?«

»Igelschnäuzchen! Lieb sein und Prospekte schauen.«

Es saßen Prof. Sperling und sein ewiger Assistent Dr. Zinser im Flugzeug nach Boston, wohin die Herren, nachdem sie von Naumburg nach Leipzig zurückgekehrt waren, noch am frühen Abend via Frankfurt reisten, dem Diktat eines erbarmungslosen akademischen Kalenders gehorchend. Prof. Sperling, der an der Harvard University eine Gastprofessur bekleidete, saß über den Druckfahnen seines Aufsatzes *Neue Überlegungen zum »Et incarnatus est« in Bachs h-Moll-Messe*, während Zinser die Börsenkurse der Financial Times studierte. Sperling, in dunklem Tweedanzug mit weißem Hemd und blauer Fliege, war ungehalten. Nervös rutschte er auf dem Sitz hin und her, denn er litt unter der Enge der Bestuhlung, schob seine langen Beine mal seitlich unter die von Zinser, mal unter den Sitz des Vordermannes, wo er an dessen Absätze stieß und die Beine entschuldigend sofort wieder zurückzog.

»Du sitzt auf meinem Platz«, murrte Sperling und zeigte Zinser das Ticket mit der Sitznummer.

»Wo ich eigentlich hingehöre«, flachste Zinser, ohne aufzublicken, weil er mit einem giftgrünen Textmarker gerade eine Kurstabelle fett einrahmte.

»Witzig.«

»Junge, Junge. Der Dow Jones fällt und fällt.«

»Zinser, ich sehe nicht ein, dass du immer den Gangplatz in Beschlag nimmst.«

»Immer? Das letzte Mal hast du auf G gesessen.«

»Ja, aber auf dem Rückflug.«

»Nein. Auf dem Hin- und Rückflug.«

»Was soll das, Albert? Lass uns bitte die Plätze tauschen. Ich hab nun mal die längeren Beine. Heilandsack, diese Ansagen! Dauernd wird man als Fluggast belästigt! Wie ich das Fliegen hasse! Warum sprechen eigentlich alle Piloten ein so grauenhaftes Englisch? Möchtest du dich jetzt bitte erheben.«

»Noch nicht.«

»Wie?«

»Gleich kommt die Stewardess vorbei. Das Parfum einer wildfremden Frau! Zum Greifen nah! Jetzt bückt sie sich. Diskret hinsehen, Sperling. Nicht so plump.«

»Zinser, du bist ein ordinäres Subjekt.«

»Auch Bachforscher sind Männer.«

»Kann man das Gebläse abstellen?«

»Jetzt beruhige dich, Hans-Georg! Gut, dann setz dich halt auf meinen Platz.«

»Zinser, es ist einfach demütigend, dass unsereins in der Economy sitzen muss – ein Hochschulprofessor, wohlgemerkt! –, während jeder halbwegs prominente Sportler oder Schauspieler in der First rumlungert, bei Kaviar und Champagner. Sagt das nicht alles über unsere Gesellschaft aus und ihre angebliche Wertschätzung der Forschung?«

»Aber der Nikkei-Index steigt und steigt. Da sind einige über Nacht reich geworden. Junge, Junge.«

»Zinser, ich rede mit dir!«

»Chef?«

»Ein van Hulle sitzt gewiss nicht in der Eco, obwohl er nur an den großen Komponisten schmarotzt. Was tut der denn anderes, als zu reproduzieren? Nachdirigieren und nachspielen, was ein anderer erdacht hat. Der schafft doch nichts Eigenständiges.«

»Nun, er setzt auf Tempo. Den Leuten gefällt's.«

»Und was, bitte schön, wird aus der Musik?«

»Je schneller sie vorbei ist, desto länger wird der Abend. Darauf kommt es dem modernen Konzertbesucher an. Der Holländer ist gar nicht so dumm.«

»So weit ist es mit unserer Bachpflege gekommen, dass nur noch das Davor und das Danach zählt. Die Lachshäppchen zählen, Zinser! Grauenhaft!«

»Die Konzertsäle sind voll. Das Musikfeuilleton liebt ihn. Bach emotionslos, authentisch, puristisch, postmodern. Und van Hulle sitzt, wie du richtig bemerkt hast, nicht in der Eco.«

»Wo ist er eigentlich hingereist?«

»Nach Madrid.«

»Was tut er da?«

»Er möchte die *Johannespassion* unter eins vierzig schaffen. Hat er mir jedenfalls gesagt.«

»Was, um Gottes willen, sind das für Kriterien!«

»Ihn wurmt, dass sie Eliot Knibbs in der Royal Albert Hall in eins sechsundvierzig dirigiert hat.«

»Wurmt ihn das. So.«

»Hat er gesagt.«

»Lieber Zinser, ich erinnere mich noch lebhaft an eine *Johannespassion* unter Hermann Scherchen, mit dem unvergleichlichen Waldemar Kmentt. Wien, einundsechzig. Scherchen brauchte für den ersten Teil ...«

»War das die Aufführung, wo er die Dame im Parkett geohrfeigt hat, weil sie in der Schweigeminute nach Jesu Tod husten musste?«

»Das war Klemperer. Jedenfalls bin ich fest davon überzeugt, dass Bach über die heutige Aufführungspraxis entgeistert den Kopf schütteln würde. Stell dir vor, Zinser, was würde Bach sagen, wenn er van Hulle die *d-Moll-Toccata* spielen hörte?«

»Nicht von mir. Die ist vom alten Böhm.«

»Im Ernst. Wie denkst du, würde er reagieren?«

»Er hätte einen Mordsspaß an dem Holländer und würde natürlich versuchen, die *Toccata* noch schneller zu spielen. Ehrensache.«

»Mit dir kann man heute nicht reden, Zinser. Du liest zu viel Aktienkurse. Ich sage dir, was der alte Bach tun würde. Dem van Hulle eine saftige Maulschelle verpassen, davon bin ich überzeugt. Ich wage eine These: Wenn Bach noch einmal auf die Welt käme, sähe niemand sein Genie.«

»Unfug, Chef! Alle würden es erkennen, und zwar auf Anhieb. Sie würden leiden und sich die Fingernägel vor Neid abkauen, wie damals der Herr Scheibe.«

»Bist du dir da so sicher?«

»Ahhh! Riechst du es auch?«

»Was?«

»Riechst du es nicht?«

»Was soll ich riechen, Zinser!«

»Nicht so laut! Mhhh! Dieses Parfum!«

»Zinser, such dir eine Frau und heirate.«

»Dieser Zug ist in meinem Alter schon längst abgefahren. Apropos abgefahren. Da fällt mir Koyatake ein. Der war doch irgendwie seltsam, findest du nicht? Auf der Fahrt nach Leipzig hat er kein einziges Wort gesprochen. So hab ich ihn noch nie erlebt. Nicht einmal verbeugt hat er sich. Schwups, und weg war er. Lässt du mich bitte mal kurz raus?«

Sperling gähnte, erhob sich mit einem tiefen Seufzer, ließ den Kollegen vorbei. Zinser öffnete die Klappe des Stauraums, kramte nach seiner Tasche, wobei der Blick verstohlen auf die prallen Brüste der Stewardess mit dem schwarzen geknoteten Haar sank, sich darin verlor und schmachtend zerfloss. Als er sich und sein Gepäck wiedergefunden hatte, nahm er Platz, tippte das Leselicht an, öffnete den Reißverschluss der Tasche und wunderte sich. Er zog den Karton heraus, betrachtete ihn ungläubig, drehte ihn herum und begann die Schnur zu lösen.

»Was ist das?«, fragte Sperling, der die Verwunderung seines Assistenten registriert hatte.

»Ich weiß es nicht«, antwortete Zinser. »Das gehört nicht mir.«

»Wie, es gehört nicht dir.«

»Keine Ahnung, wie das in meine Tasche kommt.« Er hob den Deckel. Watte und Seidenpapier kamen zum Vorschein. Er schob die Polsterung beiseite und nahm das in einer blauen Mappe liegende Papierkonvolut heraus.

Sperling, der sofort zu gähnen aufhörte, fixierte die Mappe mit misstrauischen Forscheraugen. Zinser schlug sie auf. Beider Blicke erstarrten auf der Titelüberschrift des gelblichen Deckblatts:

Apocalypsis Beati Ioannis Apostoli
Oratorio
Poesia per Domina Ziegler dictus Romanus
Musica di J. S. Bach
Lipsiae ao 1746

Beide waren einige Momente so perplex, dass sie kein Wort reden konnten. Sperling fingerte ein Taschentuch aus der Hose, wischte sich nervös den Mund und die feuchten Hände ab. Sie sahen einander an, und ihre Augen verrieten pure Fassungslosigkeit. Eine fast unheimliche Stille umwehte sie, während es in jedem laut zu fragen und zu bohren anfing. So laut, dass der junge Mann, der die ganze Zeit unauffällig neben ihnen geschlafen hatte, erwachte, erschrocken aufsah und sich erst zurechtfinden musste, ehe er sich auf die andere Seite drehte und wieder mit angezogenen Beinen in seinen Sitz hineinkroch.

»Wie kommt das in deine Tasche?«, fragte Sperling.

»Ich weiß es wirklich nicht«, antwortete Zinser mit vibrierender, erregter Stimme. »Jemand muss es mir zugesteckt haben. Frag mich nicht, wie.«

»Du belügst mich nicht?«

»Ich bitte dich! Über so was macht man keine Scherze!«

»Dann kann es nur dieser Kemper gewesen sein, dieser Möchtegernforscher. Albert, ich wusste, dass er etwas gefunden hat. Ich wusste es vom ersten Augenblick an. Forscherinstinkt.«

»Und wieso steckt er es heimlich in meine Tasche?«

»Weil er feige ist, nehme ich an. Ich habe ihn eindrücklich auf die strafrechtlichen Konsequenzen hingewiesen, was die Unterschlagung von Kulturgütern angeht.«

»Mein Gott«, sagte Zinser bebend, »das darf doch nicht wahr sein! Wir halten eine autographe Handschrift von Johann Sebastian Bach in unseren Händen!« Er schnaubte heftig durch seine dicke Nase.

»Deswegen musst du nicht gleich hyperventilieren. Hatte der Schafskopf also doch recht. Es gibt ein Bindeglied zwischen *h-Moll-Messe* und *Kunst der Fuge*. Auf die Gefahr, dass ich mich jetzt lächerlich mache, Albert: Ich fand seine These überwältigend.«

»Gesagt hast du aber was anderes.«

»Man redet viel, wenn der Tag lang ist.«

Wie auf ein unsichtbares Zeichen begannen sie, die 42 Bogen des Notenkonvoluts zu lesen. Mehr als eine Stunde schwiegen sie. Der eine wartete still, bis der andere die jeweilige Seite gelesen und aufgefasst hatte, ehe – zumeist war es Zinser, der das Kopfnicken Sperlings abwartete – umgeblättert wurde.

Einmal geriet Sperling ganz aus dem Konzept. Es war bei der Bass-Arie für drei Soloposaunen, Zink, Trompete und zwei obligate Pauken. Es fiel ihm plötzlich schwer, sich auf den Notentext zu konzentrieren. Seine Gedanken drifteten in die Vergangenheit. Bilder und Farben flossen herauf. Das

Schiefergrau der sich glatt ausstreckenden Günz. Die olivgrünen Fischerstiefel des Vaters, die löwenzahngelbe Uferböschung, der taubenblaue leergefegte Himmel …

Zinser musste sich dreimal räuspern, ehe Sperling wieder bei der Sache war und den Blick in die Partitur senkte.

Aber nicht lange, und sie wurden vom Kabinenservice in der Lektüre unterbrochen. Überall hatte man voreilig Tischchen heruntergeklappt, um ja nicht übergangen zu werden. Aber die Stewardess mit dem Haarknoten und der ansehnlichen Figur hatte einige Mühe, in das Bewusstsein der Forscher vorzudringen. Sogar Zinser schien sich nicht mehr für sie zu interessieren.

»Was möchten Sie essen?«, wiederholte sie schroff.

»Ich nehme den Fisch«, sagte Zinser und lächelte ihr entschuldigend zu.

»Chicken oder Beef«, gab sie zurück, ohne das Lächeln zu erwidern.

»Wieso? Ist der Fisch aus?«

»Es gibt keinen Fisch«, entgegnete sie und bediente stattdessen Sperling.

»Dann Chicken!«, beeilte sich Zinser, ihr zuzurufen, und zeigte dabei wie ein Erstklässler auf.

Als sie ihren Trolley weitergeschoben hatte, flüsterte er Sperling ins Ohr: »Komisch. Ich hätte schwören können, dass es nach Fisch riecht.«

Sperling blickte ihn geradezu entgeistert an.

»Was ist? Geht's dir nicht gut?«, fragte Zinser besorgt.

»Es ist nichts«, antwortete Sperling, nahm die Tüte mit dem Plastikbesteck und mühte sich umständlich, die verschweißte Folie aufzureißen.

Zinser ging ihm zur Hand.

»Wie ich das Fliegen hasse!«, zischte Sperling.

So stumm, wie sie während des Partiturstudiums gewesen waren, so stumm aßen sie zu Abend. Als sich die Kabine auf die Ruhezeit vorbereitete und man an den Bullaugen die Beschattungen zuschob, als das Hauptlicht erlosch, waren die beiden Forscher längst wieder in das Konvolut vertieft und hörten das unbekannte Oratorium von Johann Sebastian Bach. Um sie herum raschelte noch hie und da eine Zeitung, wurden ein paar Sätze gewechselt, brummte der dumpfe, einschläfernde Lärm der Turbinen.

Gegen Ende des Flugs, da wieder Leben in die Kabine einkehrte – in den Gängen war ein Kommen und Gehen von und zu den Toiletten –, da es nach frisch gebrühtem Kaffee zu riechen begann, studierten sie noch immer die Partitur. Das heißt: Albert Zinser studierte sie, während Sperling die Lektüre abgebrochen hatte, nur noch flüchtig in die Blätter hineinsah. Als Zinser die Mappe geschlossen und wieder in den Karton gebettet hatte, bemerkte er, dass ihn Sperling durchdringend anblickte.

»Warum siehst du mich so an? Da friert einen glatt.«

»Weil ich auf deine Meinung gespannt bin, geschätzter Kollege«, sagte Sperling, ohne die kleinen, eng stehenden Augen von Zinsers Gesicht abzuwenden. Er sprach es in einem Tonfall, der die Antwort schon zu implizieren schien.

Der Assistent schlug verunsichert und müde die Augen nieder und schwieg.

»Nun, Herr Doktor Zinser?«

»Du zuerst, Hans-Georg.«

»Nur Mut, lieber Kollege! Schießen Sie los!«

Zinser schnaufte und suchte noch einmal den Blickkontakt mit Sperling, als ob er sich vergewissern müsste. Dieser nickte professoral und gähnte.

»Wer immer das geschrieben hat«, erhob der Assistent leise seine Stimme, »Bach war es nicht.«

»Was bringt Sie zu dieser Annahme?«

»Hör auf, mich zu siezen, Hans-Georg. Das ist nicht komisch.«

»Weiter!«

»Ab wann hast du es gemerkt?«

»Ich? Du sollst reden, Zinser.«

»Nun. Der zweiteilige C-Schlüssel«, begann Zinser vorsichtig. »Bach hat ihn meines Wissens nur in kalligraphischen Handschriften verwendet.«

»Also bitte! Das ist doch Haarspalterei! Zinser, es ist viel einfacher. Denk nach!«

»Nichts anderes tue ich gerade. Wenn diese Handschrift, wie es das Deckblatt glauben machen will, aus dem Jahr 1746 stammt, dann müssten die Notenhälse der abwärts kaudierten Halben in die Mitte gerückt sein. Bach war damals bereits augenkrank. Außerdem hat er die Notenköpfe nicht mehr so gestreckt und schräg gestellt wie in seinen früheren Partituren …«

»Viel einfacher!«, unterbrach ihn Sperling.

Zinser überlegte. »Die Taktstriche. Natürlich! Sie sind alle nach links geneigt. Bach hat in seiner letzten Schaffensphase die Taktstriche sowohl nach links als auch nach rechts geneigt. Er hatte seine Feder nicht mehr im Griff …«

»Kalt. Eiskalt.«

»Bitte?«

»Du denkst viel zu kompliziert. Die Musik. Ihre Faktur. Die Komposition.«

»Na ja«, murmelte Zinser unsicher, blickte scheu und flüchtig in die kleinen fordernden Augen seines Chefs. »Nun, der Komponist«, sagte er nach kurzer Überlegung, »scheint keine Ahnung von der Generalbasslehre zu haben.«

»Lau.«

»Das Wort ›Stimmführung‹ ist ihm fremd.«

»Lauer.«

»Er ist nicht einmal in der Lage, einen Choral richtig zu harmonisieren, geschweige zu setzen.«

»Warm.«

»Die unzähligen verdeckten und offenen Quinten.«

»Wärmer.«

»Weiter gebraucht der Komponist Akkorde, die Bach unmöglich gekannt haben kann. Einige Passagen muten fast wie Zwölftonmusik an.«

»Heiß.«

»Dissonanzen werden durchweg falsch behandelt und …«

»Siedend heiß.«

»Würdest du endlich mit dem Quatsch aufhören, Hans-Georg! Bin ich im Kindergarten?«

»Na schön. Du hast es erraten. Es ist die Komposition. So eine Musik kann es schlicht und ergreifend nie gegeben haben. Jedenfalls nicht zur Bachzeit. Mir war das schon nach den ersten Takten klar.«

»Du hast aber trotzdem munter weitergelesen.«

»Nur, um ganz sicher zu gehen. Sieh dir nur den Kontrapunkt an! So was Dilettantisches ist mir noch nie untergekommen.«

»Du hast recht. Alle Fugen sind ohne durchgeführte Soggetti, obwohl …«

»Fehlerhafte Stimmverdoppelungen am laufenden Band.«

»Abstruse Modulationsgebilde, obwohl …«

»Ein Orchesterapparat fast wie bei Mahler. Wundert mich, dass Bach keine Hupe verwendet hat.«

»Alle Basslinien fehlen, obwohl …«

»Zinser, wieso sagst du dauernd ›obwohl‹?«

»Tu ich das?«

»Dieses Manuskript ist ein Machwerk!«

»Das ist mir schon klar, obwohl …«

»Es ist eine Fälschung, Zinser! Kapierst du's endlich? Und zwar aus der Feder unseres lieben Herrn Kemper! Hast du den Rotweinfleck auf der letzten Seite gesehen?«

Die Forscher blickten sich an. Auf einmal begannen sie so laut zu lachen, dass der junge Mann neben ihnen wieder aus dem Schlaf hochfuhr. Sie fanden nicht mehr in eine normale Konversation zurück. Jeder peitschte den andern mit neuen, noch triftigeren Argumenten auf. Zwischendurch verfiel Albert Zinser in murmelndes, sinistres Brüten und beschloss seine Sätze wieder mit »obwohl«. Doch je mehr Einwände Sperling vorbrachte, desto mehr zerstreuten sich die Zweifel des Assistenten. Als Sperling schließlich wahllos einen Bogen aus der Mappe zog, ihn demonstrativ in die tiefstehende Sonne im Bullauge hielt und kein Wasserzeichen entdecken konnte, war Zinser von allen Bedenken befreit.

Beim Verlassen der Maschine – Zinser konnte es sich nicht verkneifen, geräuschvoll zu seufzen, als er an der Stewardess mit den opulenten Brüsten vorbeiging – flammte das Gelächter erneut auf.

»Echt oder nicht echt? Was meinst du?«

»Zum letzten Mal, Zinser: Die Partitur ist eine Fälschung!«

»Das hab ich nicht gemeint.«

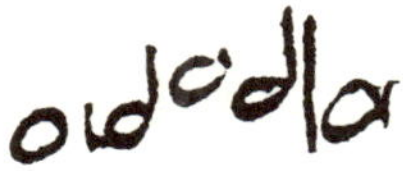

Der Winter zog nordwärts. Der Frost entließ die Stadt aus seiner unbarmherzigen Umklammerung. Es begann zu tauen. Schon gab es Tage, die im Vorfrühling prahlten. Sie zeigten milde blaugraue, von Kondensstreifen durchkreuzte Himmel in einer dunstigen, sich erwärmenden Luft. Obwohl die hügelige Landschaft rings um Naumburg noch unerweckt war, dürstend und braun, begann der Nussbaum vor St. Wenzel Knospen zu treiben. Der Marktplatz sah schon das erste Straßencafé. Die verglasten Schiebetüren standen offen, modische Tische und Stühle aus Aluminium blitzten im Mittagslicht.

Dort saßen zwei Männer von sehr gepflegtem Äußeren beim Lunch. Der eine war mit einem hellgrauen Kaschmirmantel bekleidet, der andere mit einem blauen Seidenanzug und fror. Beide hatten solariumgebräunte Gesichter, trugen Sonnenbrillen. Der Frierende wärmte sich die Finger an einer dampfenden Tasse und unterhielt sich mit seinem Nachbarn halblaut über den Mann, der zwei Tische weiter sein Gesicht in die Sonne streckte, einen Stapel Zeitungen vor sich liegen hatte und den Rauch einer sonderbaren, langstieligen Tonpfeife inhalierte.

»Ha freile, kifft der Schoofseggl«, sagte der im Kaschmirmantel.

»Das glaub ich nicht«, antwortete der andere.

»Gell, do gloddsch.«

»Würden Sie bitte Hochdeutsch mit mir reden«, bat der Frierende.

»Die haben vierzig Jahre Westen nachzuholen. Der da ist grade mal bei Woodstock angekommen, Herr ... Wie hoissad Se glei?«

»Bitte?«

»Ich habe Ihren Namen vergessen.«

Jakob merkte nicht, dass über ihn getuschelt wurde. Zu sehr war er mit der Tücke des Objekts beschäftigt. Ungeschickt und viel zu hastig zog er den Qualm in den Mund, was zur Folge hatte, dass der Pfeifenkopf zu heiß wurde und der Rauch auf der Zunge brannte. Ein Schluck Tee mit Rum verschaffte Linderung. Auch mit dem Erzeugen eleganter Rauchkringel wollte es nicht klappen. Es blieb bei unförmigen Wölkchen, die sich aus seinem Mund verflüchtigten. Aber das alles verdross ihn nicht, rauchte er doch die Tabakpfeife des »größten Denkers aller Zeiten«. Ein wunderbares, ein exklusives Gefühl, seinem Idol so nahe zu sein. Ehrfürchtig sinnierte er über das einst in zwei Teile zerbrochene Stück – er hatte es bei einem Antiquitätenhändler in der Herrenstraße restaurieren lassen –, blickte in den Pfeifenkopf, darin ein kleiner Lichtpunkt glühte, schob den Stiel wieder zwischen die Zähne und schloss die Augen.

Sein schmales Gesicht mit den hohen Wangenknochen hatte an Farbe gewonnen und war etwas fülliger geworden. Er wirkte ausgeruht. Das Bittere war aus den Mundwinkeln gewichen, das nervöse Schürzen der Lippen hatte nachgelassen.

Von den beiden Männern beobachtet, Bachs Pfeife im Mund, die Sonne im schütteren silbriggrauen Haar, saß er müßig bis in den frühlingshaften Mittag hinein. Sein Glück wäre vollkommen gewesen, hätte da nicht eine Sache an ihm genagt.

Es war nicht der sich verschlechternde Zustand des Vaters, der ihn bekümmerte. Das Sterben des Alten ließ ihn beinahe kalt, und er hatte nicht einmal Gewissensbisse. Im Übrigen hielt Walter Kemper noch immer Tischreden und neuerdings ging er jeden Sonnabend in die Kirche – in eine katholische –, weil er zu der Auffassung gelangt war, dass der Arier, wie er sich ausdrückte, von jeher für die Religion prädestiniert gewesen sei und eines Gottes bedürfe. Er las jetzt die Bibel, Augustinus und *Das politische Tagebuch Alfred Rosenbergs*.

Nein, mit dem Vater war er im Reinen. Nachdem er noch einmal Zeuge einer seiner braunen Reden geworden war und dabei in die fanatisch glühenden Augen dieses von der Chemotherapie bereits schwer gezeichneten Mannes geblickt hatte, hatte er beschlossen, ihn nicht mehr zu sehen, geschweige, ihm zuzuhören. Der Alte hatte Leo zwar den Umgang mit Jakob verboten, aber weder der Junge noch die Mutter hielten sich daran. Leo kam weiter in die Klavierstunde und wann es ihm sonst passte, nicht zuletzt auf Evas Wunsch. Einmal stand sie selbst unangemeldet in Jakobs Wohnung und heulte. Man müsse jetzt zusammenhalten in dieser schwierigen Zeit, sie sei schließlich seine Stiefmutter, von daher.

Freilich, er verzehrte sich nach Lucia, und gab die Hoffnung nicht auf, obwohl sie in jenen Tagen damit beschäftigt war, ihre Zelte abzubrechen und nach Nürnberg zurückzukehren. Das Reisebüro in der Salzstraße hatte sie schon geschlossen.

Einmal noch war er zu Besuch in ihrer kleinen Wohnung in der Jenaer Straße gewesen, wo sie für ihn gekocht hatte. Dorade mit Thymian und in Butter geschwenkten Rosmarinkartoffeln. Er hatte bisher weder einen Fisch filettiert, noch Fischbesteck in den Händen gehalten und starrte die Dorade an, die wiederum ihn anstarrte. Lucia entgrätete den Fisch mit wenigen eleganten Schnitten. Jakob schaute ihr verblüfft zu.

Als sie in der Küche das Dessert vorbereitete – Grießflammeri mit Himbeeren –, sah er sich diskret im Wohnzimmer um. In der Ecke neben der modischen Stehlampe hingen Fotografien in unterschiedlichen, teils sehr extravaganten Rähmchen: Lucia als Kind mit Zöpfen. Lucia als Teenager zu Pferd. Mit den Eltern am Strand. In Rom vor dem Pantheon. In den Bergen. Die Großeltern. Mit einer Freundin, mehrfach, vermutlich besagter Jule, die die Stimme ihres Vaters imitieren konnte, und natürlich mit Robert, ihrem Verlobten. In blendend weißem Hemd posierte er vor einer Flugzeugturbine, das blaue Jackett leger über die Schulter geworfen, goldgefasste Sonnenbrille im gegerbten Gesicht. Breitbeinig, die Hüften vorgestreckt, stand der Kerl da, als wollte er die ganze Welt besteigen. Unterstes Primatentum. Widerwärtig.

Das alles war es dennoch nicht, was ihn beschäftigte. Die Zeitungen auf dem Tisch waren es. Die Zeitungen. Sie schwiegen. Sie schwiegen über den größten Fund in der Geschichte der Musikforschung, obwohl schon einige Wochen vergangen waren, seit er das Konvolut der Bachgesellschaft in die Hände gespielt hatte. Stille. Totenstille. Nirgendwo ein Wort. Nichts. Er konnte es einfach nicht glauben.

Zuerst war er noch jeden Morgen zum Bahnhof gelaufen, um die Schlagzeilen der Zeitungen zu sichten. Felsenfest war er davon überzeugt, das Tagblatt müsse, wenn nicht heute, dann bestimmt morgen, mit fetten Lettern verkünden: HAUPTWERK VON BACH ENTDECKT. Oder: MUSIKALISCHER JAHRHUNDERTFUND. Stattdessen titelte es mit einem Banküberfall in Bad Kösen oder dem Ergebnis einer Studie an ostdeutschen Schulen: OSSIS NICHT DÜMMER ALS WESSIS.

Jakob klopfte die Asche aus Bachs Tabakspfeife, legte die Pfeife in ein mit schwarzem Samt ausgeschlagenes Holzetui, bezahlte, stand auf, klemmte sich die Zeitungen unter den Arm und ging. Als er vom Schatten der Rittergasse verschluckt worden war, sagte der Frierende zu dem im Kaschmirmantel:

»Sie können sagen, was Sie wollen, Herr Ingenieur Häberle, aber die Leute hier im Osten sind schon sehr gewöhnungsbedürftig.«

»Awwa!«

»Wie bitte?«

Am selben Tag erhielt Jakob Post. Ein flüchtiger Blick auf den Briefkasten genügte, um zu wissen, was in dem Umschlag war, der aus dem Briefschlitz herausquoll.

»Die Partitur!«, schrie er.

Er brauchte lange, um den festgeklemmten, für den Briefschlitz viel zu dicken Umschlag herauszulösen. Fassungslos starrte er auf das rote Wappen der Harvard University. Vor lauter Aufregung ließ er die Tür des Briefkastens offen und den Schlüssel stecken und stolperte in die Wohnung hinauf.

Er öffnete den gepolsterten Umschlag, zog den Karton hervor – er war unverschnürt – sowie ein nicht beschriftetes Kuvert.

»Sehr geehrter Herr Kemper, dankend retourniere ich den musikalischen Spaß, den Sie mir auf so unkonventionelle Weise haben zukommen lassen. Leider sehe ich mich nicht in der Lage, etwas zu Ihrem ambitionierten Kompositionsversuch im Bachstil zu sagen.

Mit freundlichen Grüßen, Univ. Ass. Dr. Albert Zinser, Harvard und Leipzig.«

»Musikalischer Spaß?«, stieß Jakob entrüstet aus. »Kompositionsversuch? Ja, ist der Kloßkopp von allen guten Geistern verlassen?« Fassungslos stampfte er im Zimmer auf und ab, las die Zeilen ein zweites und ein drittes Mal und musste sich einen Cognac genehmigen. »Die glauben, die *Offenbarung* ist von mir! Das gibt's doch nicht! Jetzt halten sie ein unbekanntes Bach-Autograph in den Händen und erkennen es nicht! Ja, seid ihr wahnsinnig? Es liegt vor eurer Nase, und ihr seht es nicht!« Er brauchte noch einen weiteren, einen doppelten Cognac, musste mit jemandem reden. Mit wem?

Ohne zu überlegen, nahm er den Karton unter den Arm, eilte aus der Wohnung, lief in die Jenaer Straße zu Lucia und läutete Sturm. »Ich fasse es nicht! Die haben sie zurückgeschickt! Die haben die Partitur zurückgeschickt!«, rief er, dass es im ganzen Treppenhaus gehört werden konnte, noch während Lucia die Türkette aushängte. »Hier! Das lag heute in meinem Briefkasten! In einem hundsnormalen Umschlag! Nicht einmal per Einschreiben! Sie haben den Fund einfach mit der Post zurückgeschickt! Musikalischer Spaß! Ambitionierter Kompositionsversuch! Lies selbst!«

»Jakob, das passt jetzt gerade gar nicht«, sagte Lucia, drehte sich um und ging in die Wohnung zurück.

Er hatte den Fuß in die Tür gestellt und folgte Lucia. Überall standen Umzugskisten. Ein anthrazitfarbener Kassettenrecorder spielte Phil Collins.

»Was heißt, es passt nicht?«, fauchte Jakob. »Dieses Manuskript ist von allergrößtem Wert für die Menschheit! Es ist ein unschätzbares Meisterwerk! Und die Bachgesellschaft sieht es nicht! Wie verblendet muss man sein, um …!«

»Hör auf, mich so anzuschreien!«, erwiderte Lucia in scharfem Ton, zündete sich eine Zigarette an, setzte sich auf einen Umzugskarton, auf dem mit schwarzem Marker »Küche II« geschrieben stand und stierte auf den Teppichboden.

»Bitte geh jetzt«, bat sie leise. »Lass mich allein.«

Einen Moment lang war er still. Dann holte er tief Luft und hielt ihr anklagend den Karton hin.

»Aber die Partitur! Die Bachgesellschaft! Die halten mich für einen Fälscher! Lucia, was soll ich bloß tun?«

»Du mit deiner dämlichen Bachgesellschaft! Du mit deiner blöden, verstaubten Partitur!«

»Das ist keine blöde, verstaubte Partitur! Hier handelt es sich um einen ungeheuren Schatz! Das ist ein …!«

»Lass mich bitte in Ruhe!«, brauste sie auf, wobei sie jedes Wort einzeln betonte. Sie riss ihm den Karton aus der Hand und schleuderte ihn zu Boden.

Jakob stieß einen tiefen, kehligen Laut des Entsetzens hervor und hob den Karton sofort auf.

»Gott, deine Probleme möchte ich haben!«, fuhr sie wütend fort. »Gibt's eigentlich noch was in deinem Leben außer vergilbten Papierseiten? Hast du mal zufällig das Wort Mensch gehört? Bestimmt nicht! Du doch nicht! Du bist so was von rücksichtslos und nur auf deine Interessen bedacht! Alles muss sich immer um dich drehen! Und wenn's nicht so ist, jammerst du wie ein kleines Kind. Dein Vater hat schon recht. Du bist ein Egomane! Du bist asozial! Du begreifst gar nicht …«

»Wo ist dein Ring?«, fragte Jakob erschrocken und merkte erst jetzt, dass Lucia verweinte Augen hatte.

»Forget it!«, schrie sie ihn an, wandte ihr Gesicht ab und lief zum Fenster.

Er trat zu ihr hin, legte unsicher die Hand auf ihre Schulter. »Nun sag schon! Wo ist der Ring?«

»Ich kann jetzt nicht darüber sprechen«, antwortete sie gepresst, und gleich darauf begann sie zu weinen.

Jakob versteinerte. Das habe ich schon mal erlebt!, schoss es ihm durch den Kopf. Jedes Wort! Genau diese Szene! Haargenau! In der Nacht, als ich die Partitur gelesen habe. Überall Kisten und Kartons. Sie trägt ein sandfarbenes T-Shirt, eine braune Jeans. Sie ist ungeschminkt, hat die Haare hochgesteckt. Der Ring! Natürlich! Der Pilot hat mit ihr Schluss gemacht …

Völlig verdattert stand er bei Lucia und überlegte, ob er sie in den Arm nehmen sollte, hatte aber Angst, ihr dadurch zu nahe zu treten. Ungelenk ließ er die Hand auf ihrer Schulter liegen und tat nichts.

»Ist es aus zwischen euch?«, fragte er nach langem Zögern.

Sie nickte und zog die Nase hoch.

»Er hat eine andere.«

Sie reagierte nicht.

»Er hat mit dir Schluss gemacht. Hör zu, Lucia …«

»Ich habe Schluss gemacht«, fiel sie ihm von Schluchzern unterbrochen ins Wort. »Er kann nichts dafür. Er hat mich nicht betrogen. Es geht einfach nicht. Es wird nie stimmen.« Sie weinte jetzt herzzerreißend und fiel Jakob an die Brust.

Alles hätte er drangegeben, um sie jetzt in diesem Augenblick trösten zu können, aber es fiel ihm nichts Tröstendes ein. Kein Wort. Stumm hielt er seine vom Weinen geschüttelte Liebe in den Armen und wagte nicht einmal, ihr die Tränen von den Wangen zu wischen.

»Was willst du tun?«, fragte er hilflos.

»Plan B«, sagte sie und versuchte zu lächeln. »Und jetzt lass mich bitte allein.«

Er hätte ihr gern einen Kuss auf die Stirn gegeben, aber er verließ die Wohnung, ohne sich umzublicken, und zog leise die Tür ins Schloss.

Wie gern wäre er Lucia eine Stütze gewesen. Wenigstens ein paar aufmunternde Worte hättest du ihr sagen können! Geschwiegen hast du. Bin ich wirklich ein Egomane? Asozial, hat sie gesagt. Und der Verlobungsring! Diese Musik kann wirklich die Zukunft voraussagen. Ich habe es mir nicht eingebildet. Von wegen musikalischer Spaß! Zinser, du hast ja keine Ahnung! Ihr alle habt keine Ahnung! Aber was geschieht jetzt mit der Partitur? Soll ich sie nach Berlin schicken, in die Musikabteilung der Staatsbibliothek? Zu Händen Dr. Holl? Nein, der kriegt sie nicht. Der bestimmt nicht!

In seinem miefig dämmrigen Hauseingang fiel sein Blick auf den noch offen vor sich hin gähnenden Postkasten. Er wollte das Türchen schließen, als er einen weiteren Brief entdeckte. Jakob las ihn an Ort und Stelle.

»Sehr geschätzter Herr Kemper, bitte entschuldigen Sie die äußere Form meines Briefes. Ich schreibe diese Zeilen mit unsicherer Hand und bebendem Herzen. In New York angekommen, finde ich mich in schlechter gesundheitlicher Verfassung wieder – ein altes Leiden auf der Lunge –, weshalb ich vorerst alle meine Verpflichtungen zurückgestellt habe, auch die in der Naumburger Orgelkommission. Ich fürchte, dass ich nicht mehr viel Zeit habe.

Als ich Ihnen das erste Mal begegnet bin und Sie über Bach reden hörte, wusste ich, dass Sie ein Autograph aus seiner Feder gefunden hatten. Ich las es in Ihren Augen. Ich hörte es im Klang Ihrer Worte. Ich sah es an Ihren Gesten. So verhält sich nur jemand, der die Entdeckung seines Lebens gemacht hat.

Mein Ehrgeiz, meine Gier und Eifersucht – die lächerliche Eifersucht eines alten, kranken Mannes – ließen mir keinen Frieden, weshalb ich schließlich in Ihr Haus eindrang, um das Autograph zu suchen. Ich musste es kennen. Wenn nicht als erster, dann wenigstens als zweiter Mensch auf dieser Welt. Die Schande, die ich dadurch auf mich geladen habe, ist nicht wiedergutzumachen, und ich werde Sie nicht noch tiefer beleidigen, indem ich mich an dieser Stelle billig bei Ihnen entschuldige. Das ist nicht der Grund meines Briefes.

Hochgeschätzter Herr Kemper, ich flehe Sie an, das Notenkonvolut zu vernichten, es jedenfalls unter keinen Umständen zu veröffentlichen! Ich beschwöre Sie! Verbrennen Sie diese unheimliche Partitur! Die Welt darf von dieser Musik niemals Kenntnis erhalten. Die Menschen sind nicht darin geübt, ihre Schuld zu tragen, geschweige, sie zu ertragen. Von nichts anderem handelt dieses Manuskript: Es handelt von unseren tiefsten, allertiefsten Verfehlungen.

Diese Noten stammen nicht von Bach, sie rühren von einem Größeren her, und ich weiß nicht, ob er das größere Gute oder das größere Böse ist. Es ist nicht auszudenken, was geschieht, wenn das Oratorium öffentlich aufgeführt wird. Diese Musik wird jene, die sie mit dem Herzen schauen, in einen furchtbaren Abgrund stürzen. Sie wird Schrecken, Angst und Zwietracht säen. Diese Musik ist ein

Schwert. Sie benennt den Schuldigen. Sie benennt einen selbst. Wer kann das ertragen? Wer erträgt sein Jüngstes Gericht?

Herr Kemper, ich bitte Sie noch einmal inständig: Vernichten Sie das Konvolut. Sie haben geschaut, was ich geschaut habe. Mit tiefer Besorgnis,

Ihr Yoshiba Koyatake.«

Zuerst schüttelte Jakob den Kopf, doch als er in der Wohnung Koyatakes Hilferuf noch einmal in Ruhe las, empfand er Beklemmung. Das Wort Schuld geisterte wieder durch seine Gedanken. Wie war Karl wirklich gestorben? Was hatte der Alte gemeint, als er sagte, der Junge wäre noch am Leben, wenn? Wenn was? Wieso wurde nie darüber geredet? Du musst der Sache auf den Grund gehen. Wenn Karl eines gewaltsamen Todes gestorben ist, muss es darüber Unterlagen geben. Selbst, wenn es ein Unfall gewesen ist. Zeitungsartikel, einen Sektionsbefund, vielleicht sogar Gerichtsprotokolle …

Er legte den Brief in das Notenkonvolut und strich unsicher mit den Fingern über die blaue Mappe. Keinesfalls würde er die *Offenbarung* vernichten. Koyatakes Brief war doch der schlagende Beweis dafür, dass die Bachgesellschaft geirrt hatte. Gleichzeitig erinnerte er sich, wie er Leo den Schluss-Choral vorgespielt hatte und der Junge keinerlei Reaktion zeigte. War es das, was Koyatake mit »Schauen« meinte? Wieso konnten die einen die Musik hören, die anderen nicht? Und was wurde jetzt aus der Partitur?

Er nahm die Mappe, setzte sich ans Klavier, intonierte die *Sarabande*, arbeitete sich durch den riesenhaften Eingangschor, streifte von Arie zu Arie, vergaß sich, vergaß die Zeit, spielte, bis es im Zimmer dunkel geworden war und er die Noten nicht mehr lesen konnte.

Anderntags erwachte er erst mittags aus einem Albtraum. Gegen Morgen war er einmal mit Herzrasen aufgeschreckt, weil er gespürt hatte, dass er nicht allein im Zimmer war.

Karl hatte neben ihm gesessen. Er hatte seine Anwesenheit fühlen können, hätte nur die Hand nach ihm ausstrecken müssen. Er hatte kaum zu atmen gewagt, geschweige, sich zu bewegen, und hatte angefangen, stumm das Bach-Werke-Verzeichnis zu memorieren: BWV 1, *Wie schön leuchtet der Morgenstern*. BWV 2, *Ach Gott vom Himmel sieh darein*. BWV 3 … So war er wieder eingeschlafen.

Vor sich hin brütend, bei schwarzem Kaffee und einem Stück Brot mit angetrockneter Teewurst, saß er in der Küche und stierte zum Fenster hinaus, in dem die Ränder einer dunklen Wolke im Sonnenlicht aufflammten. Es schellte an der Tür. Er hatte keine Lust, jemanden zu sehen. Die Klingel ging hartnäckig. Schließlich rief eine Stimme nach ihm. Jakob öffnete.

»Sie?«

»Bitte entschuldigen Sie meine Aufdringlichkeit, Herr Kemper, aber ich muss Sie sprechen.«

»Kommen Sie herein«, sagte Jakob mit noch belegter Stimme. »Ich ziehe mir nur rasch etwas anderes an.«

»Keine Umstände, Lieber! Ich will es kurz machen. Die Sache ist …«

Aber Jakob war schon verschwunden, um sich anzukleiden. Pastor Dielsch betrat das Klavierzimmer, sah sich um, studierte die Bücherwand, zog ein Buch heraus und blätterte darin.

»Sind das alles Musikbücher?«, fragte er, als Jakob zurückkehrte.

»Was verschafft mir die Ehre?«, sagte dieser ungeduldig.

»Wissen Sie, eigentlich bereue ich es sehr, mich nie mit Musik befasst zu haben. Es muss herrlich sein, diese Materie zu durchdringen, nicht wahr?«

»Ja«, äußerte Jakob knapp.

»Ich hatte einen Theologieprofessor. Kothe, Lutz Kothe. Er hasste die Musik. Hat jedem Studenten das Leben zur Hölle gemacht, der singen konnte oder ein Instrument gespielt hat.« Der Pastor schnalzte mit der Zunge und musterte sein Gegenüber unter dichtbuschigen schwarzen Augenbrauen. »Wie gesagt, ich will mich knapp fassen …«

»Setzen Sie sich«, bat Jakob.

Dielsch stellte das Buch an seinen Platz zurück und setzte sich auf das grüne ausgeblichene Sofa, ohne den Mantel abzulegen. »Nun, Herr Kemper. Die Sache ist recht unangenehm. Wie soll ich anfangen? Die Bachgesellschaft hat sich über Sie beschwert. Professor Sperring …«

»Sperling.«

»Ja der. Namen konnte ich mir nie merken. Ich habe heute einen Brief bekommen, der sowohl an den Bürgermeister als auch an die Mitglieder des Förderkreises der Hildebrandt-Orgel adressiert ist. Der Sperling ist richtig sauer auf Sie! In dem Schreiben behauptet er, Sie würden die Arbeit der Kommission mutwillig behindern. Er wünscht, dass Sie sich während der Renovierungsphase von der Wenzelskirche fernhalten. Ich soll Ihnen gewissermaßen Hausverbot erteilen. Mich haben heute schon einige Mitglieder des Förderkreises angerufen …«

»Bestimmt die Zotsch.«

»Namen tun nichts zur Sache. Jedenfalls verunsichert der Brief, und ich …«

»Herr Pastor, machen wir es wirklich kurz: Ich verspreche, um St. Wenzel einen großen Bogen zu machen.«

»Den Teufel werden Sie tun! Hiermit gebe ich Ihnen den Kirchenschlüssel zurück, den Sie mir ausgehändigt haben. Sie erinnern sich?«

»Ich verstehe nicht.«

»Aber ich! Gisbert Dielsch lässt sich von niemandem vorschreiben, wer seine Kirche zu betreten hat und wer nicht. Schon gar nicht von einem so großkotzigen Professor aus dem Westen. Lieber, ich stehe voll und ganz hinter Ihnen! Wissen Sie, ich hätte Sie bei dem Empfang in Schutz nehmen müssen. Das hängt mir noch immer nach.«

»Ach, das ist vorbei und vergessen, Herr Pastor. Außerdem bin ich wohl alt genug …«

»Darum geht es nicht, Herr Kemper! Es geht um eine Schuld, die ich wiedergutmachen will. Dreißig Jahre lang haben Sie umsonst den Gottesdienst an der Wenzelsorgel begleitet. Diese Orgel ist Ihre Heimat. Wenn ich auch nicht immer mit Ihrem musikalischen Vortrag einverstanden war, sind Sie doch stets für die Gemeinde da gewesen.«

Bei dem Wort Schuld fiel Jakob der nächtliche Albtraum ein. Vielleicht sollte er es wagen, sich dem Pastor zu offenbaren. Plötzlich war ihm der Besuch willkommen. »Darf ich Ihnen eine Tasse Kaffee anbieten?«

»Danke. Mein Herz«, antwortete Dielsch und deutete mit dem Zeigefinger auf seine rechte Seite, anstatt auf die linke.

»Cognac?«

»Ich trinke keinen Alkohol.«

»Brot und Teewurst?«

»Lassen Sie nur. Ich will Sie nicht aufhalten.«

»Pastor Dielsch, es geht mir um etwas anderes«, begann Jakob zögerlich. »Ich hatte, wie Sie vielleicht wissen, einen Bruder. Er ist als Kind ums Leben gekommen. Vor vierzig Jahren. Sein Tod wurde nie restlos aufgeklärt. Es hieß, er sei erstickt. Andererseits erzählte mir ein Großonkel aus Weißenfels, der auch schon lange tot ist, dass Karl – so hieß mein Bruder – vom Baum gestürzt sei, und zwar in der Lichtung bei Buchholz. Zu Hause wurde nicht darüber geredet. Wenn ich nach Karl gefragt habe, herrschte eisiges Schweigen. Mein Vater weigert sich bis heute, darüber zu sprechen. Ich dringe nicht zu ihm durch. Es ist merkwürdig. Jahrzehntelang habe ich nicht mehr an meinen Bruder gedacht. Ich hatte ihn beinahe vergessen. Vermutlich habe ich seinen Tod verdrängt. Doch seit einigen Wochen ist er wieder da. Etwas Altes ist da. Es hat Macht über meine Gedanken. Es quält mich mit bohrenden Fragen. Vielleicht können Sie mir helfen. Vielleicht erinnern Sie sich. Was ist damals geschehen?«

Dielsch hatte Jakob genau zugehört und ihn offen angeblickt. Er richtete sich auf und zog eine Zigarettenschachtel aus der Manteltasche. »Darf ich rauchen?«

Jakob nickte.

»An das Begräbnis erinnere ich mich gut«, sagte der Pastor, zündete die Zigarette an, nahm einen starken Zug, ließ den Rauch durch die Nase ausströmen. »Sehr gut sogar, weil es überhaupt die erste Amtshandlung war, die ich als frischgebackener Stadtpfarrer zu vollziehen hatte. Ich kam damals gerade aus Berlin, von der theologischen Fakultät. Ich habe das Begräbnis auch deshalb nicht vergessen, weil sich die Eltern, also Ihre Eltern, weigerten, daran teilzunehmen. Sie kamen nicht zur Beerdigung.«

»Wie ist Karl gestorben? Wissen Sie, was damals passiert ist?«, fragte Jakob hastig.

»Es war ein Unfall, soweit ich mich erinnern kann. Kinder hatten in der Nähe des Schwarzen Sees einen Stollen entdeckt. Ich glaube, es war sogar ein Waffenlager aus dem Zweiten Weltkrieg. Dort hat man Ihren Bruder gefunden.«

»Im Stollen?«

»Ich denke ja.«

»Hatte er äußere Verletzungen?«

»Das weiß ich nicht.«

»Bitte überlegen Sie, Herr Pastor!«

»Sie fragen mich Dinge, die ich nur aus Erzählungen kenne. Das liegt alles sehr weit zurück.«

»War er allein?«

»Warum wollen Sie das so genau wissen?«

»Weil ich das Gefühl nicht loswerde, dass ich dabei war. Weil ich glaube, dass er noch leben würde, wenn ich …« Jakob stockte.

»Wenn Sie?«, insistierte Dielsch ruhig. Die Aschenhaut an seiner Zigarette begann sich zu krümmen.

»Wenn ich ihm geholfen hätte. Wissen Sie, Karl war der Lieblingssohn meiner Eltern. Ein richtiger Kemper. Er war schnell, gewandt, stark, mutig. Das alles war ich nicht. Mir fiel nichts in den Schoß. Ihm alles. Ich erinnere mich, welche

Mühe ich mit dem Rechnen hatte. Als uns die Mutter das Schönschreiben beibrachte, schrieb er immer schneller, flüssiger, eleganter. Er hatte eine linke und eine rechte Hand. Ich zwei linke. Wie habe ich Karl um die Zärtlichkeiten meiner Mutter beneidet! In allem war er besser und weiter als ich. Sogar im Singen. Sogar in der Musik. Er war mein Idol. Ich wollte so sein wie er. Dafür hasste ich ihn. Ich habe meinen Bruder wirklich gehasst. Abgrundtief. Weil ich neben ihm nicht leben durfte.«

»Haben Sie einen Aschenbecher?«, fragte Dielsch, während er die offene Hand unter die Zigarette hielt.

»Natürlich«, sagte Jakob, ging in die Küche, kam mit einer Untertasse zurück und reichte sie dem Pastor.

Für einen kurzen Moment rissen die Wolken auf. Gleißendes Licht brach in das Zimmer und blendete unbarmherzig. Dielsch beschattete seine Augen, blickte Jakob von der Seite an und sah, dass dessen Wangen glitzerten.

»Vertrauen Sie Ihre Sorgen Gott dem Allmächtigen an«, sagte er hilflos und drückte die Zigarette aus.

»Ich vertraue sie Ihnen an«, erwiderte Jakob.

»Nun, ich kann der Sache nachgehen, wenn Sie es wünschen.«

»Schon gut«, versetzte Jakob enttäuscht.

Dielsch erhob sich. »Und was die Kommission betrifft, da stehe ich voll und ganz hinter Ihnen.«

»Es gibt keine Lossprechung, nicht wahr?«, murmelte Jakob, senkte den Kopf, verschränkte die Hände und begann mit den Daumen zu spielen.

Pastor Dielsch stand unschlüssig da, drehte den Kirchenschlüssel in den Händen, wollte zu einer Antwort ansetzen, zauderte und schwieg.

»Ich bringe Sie zur Tür«, sagte Jakob.

Sie verabschiedeten sich wortlos. Jakob kam zurück. Wolken verschatteten wieder das quälende Sonnenlicht. Das Zimmer lag graudunkel. Er setzte sich ans Klavier, blätterte im Konvolut und schlug den Schluss-Choral auf.

Der Pastor, der eben die Treppe hinunterging, sah auf den Kirchenschlüssel, den er wieder mitgenommen hatte. Er kehrte um, wollte klingeln, hörte das Klavierspiel, hielt inne, lauschte, musste plötzlich an sein Elternhaus in der Marienstraße denken und an jenen Sommernachmittag mit dem Regenbogen. Merkwürdig, dachte er, runzelte die Stirn und kratzte sich an der Nase. Er bückte sich, platzierte den Schlüssel auf der Türschwelle, sodass er nicht übersehen werden konnte, verließ das Haus und trat auf den Topfmarkt.

Die Sonne lauerte hinter einer grauschwarzen Wolke, von deren Rändern ein Strahlenkranz aus hellen, breiten Lichtbahnen ausging, der die Ziegeldächer in grellem Rot entflammte. Der Pastor dachte an die behütete Kindheit in der Marienstraße Nr. 8. An das dreistöckige Elternhaus mit dem aus Bruchstein gemauerten Erdgeschoss, dem offenen Laubengang, dem Renaissance-Erker, der mit Pilastern und Simsen verschwenderisch dekoriert war. Ein Haus, das vom pfortensischen Kornschreiber Adam Dielsch erbaut worden und Jahrhunderte im Besitz der Dielschs geblieben war. Da fiel ihm der in Sandstein gemetzte Sinnspruch wieder ein, der über dem Portal stand: *Dem Fromben giebt Got Heimat die da bleibet*.

Dielsch blieb stehen, legte den Kopf in den Nacken, sah auf die Wolke mit dem Strahlenkranz und blickte zurück in den Sommernachmittag, da ein wunderbarer Regenbogen direkt über der Traufseite der Marienstraße Nr. 8 erschienen war und nur dieses eine Haus überspannte. Vor dem Eingang parkte ein Lastwagen. Ein knallroter alter Lastwagen. Möbel wurden aufgeladen. Sein gelbes Schaukelpferd. Er stritt sich mit einem Packer, wollte das Pferd nicht hergeben, verlor den Kampf. Aufgewühlt lief er im leeren Haus treppauf, treppab und schrie. Die eigene Stimme klang in den ausgeräumten Zimmern auf einmal fremd, unwirklich und gespenstisch. Verzweifelt suchte er nach der Sparbüchse. Wenn man den Männern im roten Lastauto Geld gäbe, wären sie zufrieden und würden davonfahren …

Er suchte noch immer seine Sparbüchse, rief nach dem Vater und weil vor dem Haus ein Geschrei entstanden war, lehnte er sich aus dem Fenster des Kinderzimmers, blickte hinunter und sah den Vater unbeweglich auf dem Kopfsteinpflaster liegen. Jemand brüllte: »Eine Decke! Deckt ihn wenigstens zu!« Leute liefen aus allen Winkeln herbei. Über dem Haus prangte der wunderbare, unfasslich schöne Regenbogen.

Dielsch sah in den bewegten Himmel, und auf seinem Gesicht lag ein alter, furchtbarer Schmerz. Heimweh. Er hatte das überschuldete Haus nicht retten können. Er hatte versagt. Die Sparbüchse.

Jakob war mit Fragen zurückgeblieben, die neue Fragen aufwarfen. Wieder stand er am Anfang seiner Mutmaßungen über Karls Tod. Sachte schloss er den Klavierdeckel. Als er auf die chinesische Uhr blickte, sah er, dass es Zeit war, in die städtische Musikschule zu gehen.

»Margarethe«, sagte er, nachdem er gedankenverloren dem hilflosen Klimpern des rothaarigen Kaugummi kauenden Mädchens mit den schmutzigen Fingernägeln gefolgt war. »Lass es gut sein.« Er lächelte sie von der Seite an. Margarethe unterbrach ihr Spiel.

»Erinnerst du dich? Du hast einmal gesagt, dass es im Leben Wichtigeres gibt als die Musik.«

Die Schülerin schielte misstrauisch zu ihm hinüber und hörte sogar auf zu kauen.

»Ich habe darüber nachgedacht, Margarethe. Du hast recht. Da tut man etwas ein Leben lang, weil man es einmal geliebt hat oder glaubte, zu lieben. Man meint, seine Bestimmung gefunden zu haben, seinen Platz im Leben, seine Aufgabe. Eines Tages merkt man, dass es noch etwas ganz anderes hinter dieser vermeintlichen Aufgabe gibt. Dass das, was man unbedingt erreichen wollte, gar nicht das Ziel war.«

»Kann ich jetzt weitermachen?«, fragte das Mädchen verunsichert, und während es seine holprige Darbietung fortsetzte, beobachtete es Jakob aus den Augenwinkeln.

Nach dem Unterricht ging er in den Supermarkt, kaufte Gummibärchen, setzte sich ins Straßencafé am Stadtmarkt, fingerte die roten heraus, tat sie in eine der Tüten, warf den Rest in die Mülltonne, bog in die Jenaer Straße ein und klingelte bei Lucia. Sie war nicht zu Hause. Er wartete, schlenderte die Straße hinauf und hinunter, weitete den Spaziergang aus, kehrte zurück. Endlich parkte ihr roter Golf vor dem Haus.

»Du, Jakob, ich hab jetzt keine Zeit«, sagte Lucia sofort, als sie die Tür öffnete. Sie trug eine modische Sonnenbrille mit runden, spiegelnden Gläsern und ein cremefarbenes, tailliertes Oberteil zur blauen Jeans, das Haar war glatt und kurz geschnitten. Sie sah jünger aus. Ein gequältes Lächeln huschte über ihr Gesicht, als ihr Blick auf sein Präsent fiel.

Schnell ließ Jakob die Tüte unauffällig in seiner Manteltasche verschwinden. »Neue Frisur, neues Parfüm? Gehört das zu Plan B?« Er spürte, dass seine Ironie deplatziert war. Es entstand ein peinliches Schweigen.

»Jakob, ich muss gleich wieder weg. Es ist schon vier. Ich treffe den Vermieter aus der Salzstraße. Wir reden morgen.« Sie wollte die Tür zuziehen.

»Nein!«, sagte er entschieden und setzte den Fuß in die Wohnung. »Der Vermieter kann warten. Wir reden jetzt. Ich hätte dich nicht alleinlassen dürfen.«

Sie nahm die Sonnenbrille ab und schaute ihn mit einer Mischung aus Unmut und Verblüffung an.

»Weißt du noch, wie du für mich da gewesen bist, als ich nach Berlin fahren wollte?«

»Jakob, das ist doch lächerlich.«

»Für dich vielleicht. Für mich war es ein Wunder. Du warst der erste Mensch in meinem Leben, der mich ernst genommen hat.«

Lucia zündete eine Zigarette an und ging ins Wohnzimmer. Er folgte ihr. Sämtliche Umzugskartons standen geöffnet herum. Aktenordner lagen auf dem Boden. Geschirr war wieder ausgepackt worden. Das Bücherregal hatte sich zu füllen begonnen.

»Du ziehst nicht aus?«, fragte er erstaunt.

Lucia nickte.

»Heißt das, dass du in Naumburg bleibst?«

»Wo soll ich denn hin!?«, rief sie wütend und fing sofort zu weinen an.

Oh, wie sie es hasse, immer wieder bei null anfangen zu müssen, sagte sie nach einer Weile. Sie sei es endgültig leid, enttäuscht zu werden. Immer nur zu geben und nichts dafür zu bekommen. Im Grunde sei ihr Leben ein Desaster. Sie könne machen, was sie wolle, sie kriege es nicht in den Griff. Alles, was sie anfasse, gehe schief. Beziehungsmäßig. Nichts habe sich erfüllt. Ob man denn wirklich nur auf dieser Welt sei, damit einem das Hoffen auf Glück ausgetrieben werde? Zum Kotzen finde sie das. Andere in ihrem Alter hätten Familie. Jule habe zwei Söhne, die fast schon in der Pubertät seien. Und einen Mann, mit dem sie zwanzig Jahre zusammen sei. Aber sie? Sie sei jetzt sechsunddreißig und blicke nur auf gescheiterte Beziehungen zurück. Die Zeit laufe ihr davon. Die Zeit, verdammt noch mal! Das sei die Wahrheit, die nackte biologische Wahrheit. Und die tue weh. Ihr SCHRECKLICH! Sie wolle ein Zuhause. Sie wolle Kinder. Sie wolle einen Mann …

Hier brach Lucia die Stimme, und sie fing wieder an zu weinen. Jakob trat auf sie zu, nahm ihr die Zigarette aus der Hand und zerdrückte sie in dem verchromten Aschenbecher. Dann ergriff er ihren Arm, obwohl sie ihn zurückzog. Er aber legte die Arme um ihre Schultern, zog ihren Kopf an sich und presste ihn mit sanftem Druck an seine Brust.

So stand sie in seiner Umarmung, zwischen Trotz, Ohnmacht und gekränktem Stolz. Er sagte nichts, tat nichts, hielt sie fest.

»Jakob, zwischen uns wird nie etwas sein«, flüsterte sie.

»Zwischen uns ist etwas viel Größeres«, antwortete er zögerlich. »Vielleicht noch größer als das, was wir beide unter Liebe verstehen.«

»Was soll größer als die Liebe sein?«, fragte sie mit zynischem Unterton und zog die Nase hoch.

»Ich weiß es nicht. Dths … vielleicht … dths …« Er machte eine kurze Pause, um über das Stottern hinwegzugehen. »Vielleicht die Einsamkeit«, sagte er schließlich mit melodiöser, wohlklingender Stimme und ließ Lucia aus seiner Umarmung frei.

Die Schatten des Nachmittags hatten das Zimmer unmerklich verdämmert. Lucia schaute Jakob verwundert an. Sein Gesicht war erleuchtet von den letzten, milchigen Sonnenstrahlen dieses Tags. Ein schwer zu deutendes, sanftes Lächeln lag darauf. Plötzlich bekam Lucia Gänsehaut. Sie hob die Arme, legte ihre Hände auf Jakobs Wangen und begann dessen Lippen zu küssen. Er ließ den Kuss geschehen, erwiderte ihn aber nicht. Unentwegt sah er in ihre Augen, die so nah und tief vor ihm ruhten, dass er darin sein eigenes Antlitz erkennen konnte.

Mit einem Mal verspürte er Gewissheit, sah klar. Im selben Moment fasste er einen Entschluss, der alles, was mit dem Fund und seinem Mysterium zu tun hatte, für immer beenden würde. Beenden auf die einzige Weise, die überhaupt möglich war.

Er lächelte, während sich Lucia für den Kuss zu schämen schien. Um davon abzulenken, begann sie in seinen Manteltaschen zu kramen. Zuerst in der rechten, dann in der linken, wo sie die Tüte mit den roten Gummibärchen fand. Sie öffnete die Packung und stopfte sich die Bärchen in den Mund. Ihre Gesten hatten etwas Hilfloses, Kleinmädchenhaftes. Jakob schwor sich, immer für diesen Menschen da zu sein.

»Jetzt ruf deinen Vermieter an«, sagte er. »Danach helfe ich dir, die Wohnung einzuräumen.«

Lucia nickte und kaute breit.

Am andern Tag schlief er wie gewohnt bis in den Mittag hinein, ging in die städtische Musikschule, hielt Unterricht, half Lucia und kehrte erst am späten Nachmittag in sein Haus zurück.

Er lief gerade über den Topfmarkt, als er zwei Männer bemerkte, die offensichtlich sein Haus in Augenschein nahmen, denn sie standen direkt davor, blickten an der Fassade empor und sprachen angeregt miteinander. Beide hatten Aktenkoffer bei sich, waren sehr elegant gekleidet, der eine in hellgrauem Mantel, der andere in dunklem Anzug. Obwohl es dämmrig war, trugen sie noch immer Sonnenbrillen. Der in dem dunklen Anzug schien zu frieren, weil er ungeduldig von einem Bein auf das andere trat und in die hohlen Hände hauchte.

Zuerst dachte Jakob, es handelte sich um Leute von der Bachgesellschaft. Aber die solariumgebräunten Gesichter und der Umstand, dass jetzt einer von den beiden mit gestelzten Schritten die Breite der Hausfront abmaß und Notizen machte, ließ in ihm einen anderen Verdacht aufkeimen. Jakob fasste sich und trat auf die Männer zu.

»Guten Abend«, grüßte er höflich. »Darf ich fragen, was Sie vor meinem Haus machen?«

Der Frierende blickte ihn wortlos an und nahm die Sonnenbrille ab. »Ich bezweifle«, antwortete er nach einer Weile, »ob es sich hier um Ihr Haus handelt.«

»Hoissad Se zufällig …«, der in dem Kaschmirmantel stockte, ließ die Messingverschlüsse seines Aktenkoffers aufspringen, zog ein Blatt heraus, überflog es. »Kemper. Jakob Kemper?«

»Der bin ich«, erwiderte Jakob und richtete sich auf.

Die beiden Männer blickten einander vielsagend an, wobei jetzt auch der mit dem Kaschmirmantel die Sonnenbrille abnahm.

»Gestatten, Dr. Jürgen Wollner mein Name. Anwälte Wollner & Partner«, sagte der in dem Anzug formell. »Das ist Ingenieur Häberle, beeideter und amtlich zertifizierter

Sachverständiger. Sie wundern sich vielleicht, woher wir Ihren Namen kennen. Die zuständige Behörde hat uns die Unterlagen zur Verfügung gestellt.«

Er ließ nun seinerseits den Aktenkoffer aufschnappen, hielt Jakob ein weiteres Dokument unter die Nase, doch dieser sah nicht drauf, weil ihm klar war, worum es ging: Die Nachfahren des Baruch Elender forderten ihren Besitz zurück.

»Wann muss ich die Wohnung räumen?«, fragte er tonlos.

»Mit Gwalld reissd mr dr Kuha da Schwanz raus«, entgegnete Häberle gönnerhaft.

»Wie bitte?«

»Ich wollte sagen, noch ist es nicht soweit«, befleißigte sich Häberle, hochdeutsch zu reden. »Unser Mandant Schmuel Elender aus Ohio, ein Enkel des von den Nazis vertriebenen Besitzers, hat uns beauftragt, Vorerhebungen durchzuführen.«

»Wir machen nur unseren Job«, ergänzte Dr. Wollner. »Sie wären uns eine große Hilfe, wenn wir mit Ihrer Kooperation rechnen dürften.« Er drückte ihm seine Visitenkarte in die Hand.

»Haben Sie noch Fragen an mich?«, sagte Jakob, während er die Karte einsteckte.

»Vorläufig nicht«, antwortete Dr. Wollner.

»Dann darf ich jetzt mein Haus … ich meine das Haus …«

»Selbstverständlich!«, ermunterte ihn Dr. Wollner.

Jakob machte eine leichte Verbeugung und verschwand im Hausflur. Die beiden Männer sahen ihm nach und schwiegen.

Mit einem flauen Gefühl im Magen stieg er die Treppen hoch. Wehmut ergriff ihn. Du wirst dich fügen, sagte er sich. Du wirst einen neuen Platz finden. Ist es nicht seltsam? Da lebst du jahrzehntelang gleichförmig dahin. Und innerhalb weniger Wochen geschieht so viel auf einmal, dass die Jahre davor wie ein langer, dumpfer Schlaf anmuten.

Er machte Licht in der Wohnung. Er würde jetzt den Gedanken in die Tat umsetzen, der ihm gekommen war, als Lucia ihn geküsst hatte.

Im Schlafzimmerschrank kramte er die bestickte Reisetasche unter der Wäsche hervor, betrachtete noch einmal alle Fundstücke einzeln: Bachs Oberrock, die losen, schwarz angelaufenen Silberknöpfe, die gelben Beinkleider, die verfilzte Allongeperücke, das Rasieretui mit dem winzigen Messerchen und dem ovalen Schleifstein, den Tabaksbeutel. Jedes Stück ließ er liebevoll durch seine Finger wandern, ehe er es behutsam in die Tasche zurücklegte. Sogar die langstielige Tonpfeife, obwohl es ihm schwerfiel. Zu gerne hätte er sie als Souvenir, als stillen, rauchenden Beweis dafür zurückbehalten, dass kein Forscher vor ihm Johann Sebastian Bach so nahe gekommen war. Zum Schluss legte er die blaue Mappe dazu, die Partitur, die ihm nicht allein unbekannte Musik offenbart hatte, sondern die Fragen seines Lebens. Schließlich steckte er den Fund in die gewöhnliche gelbe Plastiktüte, damit er, wenn er das Haus verließe, nicht auffiele.

Er klemmte die Tüte unter den Arm. Aus dem Garderobenschrank holte er eine Taschenlampe, prüfte die Batterie und steckte die Lampe ein. Als er die Türklinke niederdrücken wollte, klingelte es. Jakob öffnete.

»Leo! Wie siehst du denn aus!«

»Shit!«, fluchte der Junge, nahm die Baseballkappe vom Kopf, zielte und schleuderte sie in Richtung Klavierzimmer.

»Hast du dich geprügelt?«

»Nee, hab ihm bloß die Fresse poliert.«

»Wem?«

»Dem Benno.«

»Aber Benno ist doch dein bester Freund.«

»Der ist so doof, den pinkle ich nicht mal an, wenn er brennt.«

»Was ist passiert?«

»Er erzählt überall rum, dass ich der Sohn von einem Nazi bin.«

»Lass mich mal sehen … Hmh. Das ist ein richtiges Veilchen.«

»Tut aber nicht weh. Er hat geblutet wie Sau. Wo gehst du hin?«

»Ich will nur rasch was erledigen.«

»Und meine Klavierstunde?«

»Hast du denn geübt?«

»Logo.«

»Ich bin gleich wieder da. Warte hier auf mich. Und versprich mir, dass du nicht an der Bücherwand rumturnst.«

»Was ist in der gelben Tüte?«

»Nichts.«

»Du flunkerst. Ich weiß, was drin ist. Die Tasche mit dem alten Buch. Du gehst zu dem Jungen auf die Orgel. Kann ich mitkommen?«

»Nein, du bleibst hier. Das geht nur mich etwas an. Und den Jungen, wenn du es so ausdrücken willst.«

»Mannoh!«

»Hör zu, Leo: Wenn du hier wartest, erzähle ich dir eine neue Geschichte von Sebastian. Ich erzähle dir, was ich in dem alten Buch herausgefunden habe.«

Leo zog ein Gesicht und antwortete nicht. Jakob gab ihm einen Kuss auf die Stirn und verließ die Wohnung. Der Junge wartete etwas, dann schlich er sich weg.

Draußen auf dem Topfmarkt dunkelte es bereits. Ein weißgrau gefleckter, scharf geschnittener Mond hing über der steil zulaufenden Turmspitze von St. Wenzel. Eine schmale Wolkenbank zog gerade daran vorbei.

Der Schlüssel mit dem großen gezackten Bart knirschte im Schloss. Jakobs Schritte hallten in den Kirchenraum hinein, der zur Hälfte in völliger Finsternis lag, jedoch gegen Westen hin, wo sich die beiden hohen Emporenfenster befanden, in ein unwirkliches weißbläuliches Licht getaucht war. Der hohe sakrale Raum, in dem er so viele Nächte durchmusiziert hatte, war ihm plötzlich unheimlich. Jakob wagte nicht, die Taschenlampe anzuknipsen. Ihm war heiß und gleichzeitig fror ihn. Bedächtig, jedem seiner Schritte nachlauschend, stieg er die Treppen zu den drei konkav geschwungenen Emporen hinauf. Auf der obersten angekommen, war er für einen Moment unachtsam und stolperte über eine herumstehende Werkzeugkiste, deren Inhalt sich mit mächtigem Scheppern und Klirren über den Boden verteilte. Er zuckte zusammen, lauschte, wartete. Jedes Geräusch kam ihm doppelt so laut vor wie sonst. Sogar der Atem klang ihm wie Sturm.

Die Augen sahen jetzt besser, weil sie sich an die Dunkelheit gewöhnt hatten. Jakob konnte sich ein ungefähres Bild von den in der Zwischenzeit durchgeführten Arbeiten an der Orgel machen. Nur das fast völlig ausgeweidete Gehäuse war noch vorhanden. Er spähte zur Decke und glaubte eine Sekunde lang einen Schatten vorbeihuschen zu sehen. Etwas zitterte. Etwas wanderte herum. Sogar Schritte meinte er zu vernehmen, weshalb er die Luft anhielt und minutenlang in die Dunkelheit horchte, ohne sich zu bewegen. Der Mund trocknete ihm aus. Er musste sich räuspern.

Im leeren Orgelgehäuse suchte er die Stelle, wo Leo am Nachmittag des Heiligen Abends die *Offenbarung* gefunden hatte. Ein Teil der Dielen lag noch unverschraubt auf den Sparren. Jakob stieg mit vorsichtigen Schritten über die Bretter und zwängte sich durch die Balkenkonstruktion. Hier war es so finster, dass er die Taschenlampe nun doch zu Hilfe nehmen musste. Ihr Licht schmerzte seinen Augen, und die aufgewirbelten Staubpartikel flirrten gespenstisch, silbrig reflektierend in der Luft umher.

Er hob zwei Bretter an und nahm gerade so viel von der darunterliegenden Isolierschicht heraus, wie er für den Hohlraum benötigte, um die Tasche an dem Ort zu verbergen, wo sie Johann Sebastian Bach vor 246 Jahren zurückgelassen hatte.

Auf einmal vernahm er ein Geräusch. Es klang nach Schritten. Sie hielten inne. Es wurde totenstill. Die Lampe in Jakobs Hand begann zu vibrieren. Sie entglitt ihm, aber er fing sie gerade noch rechtzeitig auf, wandte sich blitzschnell um, leuchtete in Richtung Emporenbrüstung, suchte mit zittrig auf- und abspringendem Lichtkegel die Balustrade ab, von links nach rechts, von rechts nach links. Niemand. Nicht einmal ein Schatten. Auch keine Schritte.

»Dths … ganz ruhig«, flüsterte er, um sich die Angst wegzureden. »Du bringst die Sache zu Ende, Jakob Kemper. Du bist kein Stümper. Soll ein anderer die Partitur finden. Oder sie ihn. Vielleicht müssen noch einmal 246 lange Jahre vergehen.«

Er nahm die Tasche aus der Plastiktüte, blickte auf die Stickerei, betrachtete das muntere, langohrige Hündchen mit dem blauen Halsband und zeichnete mit den Fingerkuppen die Konturen nach. Dann öffnete er die Tasche zum letzten Mal, zog die blaue Mappe heraus und schlug noch einmal den wundersamen Choral auf.

Da stand es. Das Alte. Die Kraft. Hinter ihm. Genau hinter ihm auf der Balustrade. Jakob spürte es. Wusste es. Langsam drehte er sich um, suchte im Schein der Taschenlampe die Balustrade ab und erblickte ihn.

Ein Junge balancierte mit sicheren Tritten auf und ab. Jakob blickte hin und bemerkte, dass der Junge in Wahrheit nicht auf der Brüstung ging, sondern wenige Zentimeter darüber. Er schwebte. Jakob rührte sich nicht, empfand jedoch keine Beklemmung. Er fühlte sich aufgehoben, ja beinahe geborgen.

Karl tanzte.

Jakob betrachtete ihn lange, wandte schließlich den Blick von ihm ab und schloss mit ruhiger Hand die blaue Mappe.

Er öffnete die blaue Mappe und beugte das Gesicht so tief über die Noten, dass es fast dahinter verschwand, suchte fieberhaft nach einer bestimmten Stelle, den Blick eilig von links nach rechts wendend, von oben nach unten, wobei die schmale, weingerötete Nase die Blätter berührte und der Eindruck entstand, als wollte er die Musik mehr erschnuppern als lesen. Murrend wühlte er mit seinen kurzen, von der Gicht aufgequollenen, ringstarrenden Fingern in dem Manuskript. Er fand nicht, wonach er suchte, wurde noch verdrießlicher und schlug am Ende wütend die Mappe zu.

Seine Musique verdunkle gar nichts, echauffierte er sich. Weder sei sie schwülstig noch verworren, noch streite sie gegen die Natur, wie Monsieur Scheibe im *Critischen Musicus* sich zu verbreiten erdreistet habe. Das Nullum von einem Menschen, der hündische Fott! Aber er wisse wohl, was Scheiben zu dieser Perfidie verleite. Weil er damals bei dessen Probespiel gegen ihn votiert habe, sei der Laffe so unverschämt gegen ihn geworden. Er sei nicht einmal kapabel gewesen, in den zween Hauptarten des Taktes die Mensur zu geben. Ohnedies plaudere es ganz Leipzig aus, dass er seinen Gott verlassen, sintemal er viel über die Religion öffentlich gelästert habe.

Leider finde er wegen des maladen Augenlichts die Stelle nicht, welche dem liebwertesten Freund und Reisegefährten beweisen möchte, dass Scheibe irre. Er sei wohl fähig, die kleine None nicht allein aus Wollust zu gebrauchen, sondern aus logischer Notdurft. In allen Kirchenstücken bezeige er seine Devoir, arbeite ohne komische Verwerfung der Worte, befördere durchaus Gottes Ehre, anstatt sie zu mindern. Wiewohl nun gut ein Jahrzehnt über dem Streit mit dem hündischen Subjektum vergangen, hätten ihm dessen Anwürfe über die Jahre den Ruhm unrechtmäßig verkleinert. Täglich mehr und mehr. Das sei leider die Wahrheit. Die Wahrheit beiße bekanntermaßen auf das empfindlichste. Ihn FURCHTBAR!

Aber was schwatze er von Scheiben, dem einfältigen Trottel? Der liebwerteste Freund solle es nicht ungütig nehmen. Es sei nur ein weiterer Beweis für die betrüblichen Fata seines unglücklichen Lebens. Von der wunderlichen Obrigkeit zu Leipzig, in Sonderheit dem Drecksohr Ernesti, wolle er gar nicht zu reden sich anschicken. Niemalen wäre er der Vokation nach Leipzig gefolgt, wenn man ihm die Sache nicht so schmackhaft gemacht hätte gleich Sodoms Äpfeln. Er bereue jeden Tag und jede Stunde, so er in Leipzig zugebracht. Die Lebensart sei teuer und kostbar, das Geld von schwerem Wert, dafür man lange nicht so viel kriege wie in Hamburg oder Dresden. Ach, wenn er mit seinen einundsechzig Jahren nicht so unbass wäre, sein Augenlicht nicht so ruiniert, würde er seine Fortune schon noch anderwärts suchen. In Berlin, das habe ihm Philipp Emanuel versichert, sei nunmehro das musikalische Saeculum angegangen, und man könne allda mehr von der musikalischen Wissenschaft profitieren. Hasse, Graun und Quantz lebten an ihren Örtern und Städten gleich reichen Männern in Damast und Seide, seien geachtet, wohlbestallt und hochgeschätzt, wiewohl deren Stücke einfältig erdacht und gesetzt seien – ein gewöhnliches Lirum-Larum – und gar nicht nach seinem Gout.

Aber er – ein Compositeur von königlicher Majestät in Pohlen – sitze in dem scheußlichen Leipzig, darinnen es immerzu scharf regne und das im vergangenen Jahre von den Preußen so arg geschunden und gepresst worden sei, dass das gemeine Volk annoch verdorbenes, rohes Fleisch essen müsse. Von einem jüngst gestorbenen Kindlein, das die hungernde Mutter schließlich selbst verspeist habe, sei sub rosa in den Gassen geflüstert worden.

Wenn er sein Leben von der Wurzel her bedenke, habe es ihn nur molestiert und gekränkt. Die Wurzel, das seien seine seligen Voreltern gewesen, die ihre Küchlein zu nichts als zur Musique turbiert hätten. Der liebwerteste Freund, dem seine Fata bekannt seien, werde das nicht leugnen. Er habe von Kindesbeinen an nur brav in dieser Materia exerzieren müssen, hätte lieber die Juristerei erlernet anstatt den Contrapunct und Fantasien für die geschwinde Faust. Er versichere den Reisegefährten, dass er das Andenken an die Eltern und Voreltern täglich in tiefer Dankbarkeit erneuere. Das tue er in des Höchsten Namen. Ein Musicus hingegen habe er nie und nimmer sein wollen. Punctum.

Wo er auch hingekommen, überall habe er laulichte oder verstockte Gemüter angetroffen und eine amusische Obrigkeit. Schon in Arnstadt, an der nüwen Kirche – er erinnere sich gut –, habe man Klage wider ihn geführt, er störe mit seinem Orgelschlagen die Sacra. Glücklich sei er hie wie dort nicht gewesen, sintemal ihm noch der Stadtpfeifer und Cornettino-Spieler, dessen Name ihm nicht mehr gegenwärtig sei, sein junges Weib habe abspenstig machen wollen, das er über alle Maßen geliebt habe.

Nicht, dass er sein itziges Weib weniger lieb habe. Mitnichten! Der Reisegefährte beliebte hochgeneigt sich zu erinnern. Ma très honorée Femme! Anna-Lengen sei ein gutes, frommes Ding, das alle Jahre trage, einen sauberen Soprano singe und wacker die Stimmen seiner Kirchenstücke ausschreibe. Wirklich geliebt habe er indes nur Bärbel, seine erste Frau, die am Flussfieber in Cöthen verstorben, ehe er sich so recht an ihr habe ergötzen und erfreuen dürfen. Gott der Allmächtige liebe das Unrecht unter der Sonne!

Oh, gewiss! Er habe Weiber gehabt von allen Sorten! Das zu sagen dürfe er sich ohne Prahlerei erkühnen. Blonde, schwarze, kastanienfarbene. Habe sich in kleine Brüste versenkt und in mächtige, schwimmende. In massige Hüften und in knabenhaft gestraffte. In feine, lange, braun glänzende Schenkel und in weiche, rosige, fette. Er habe müde, schlaffe Weiber gehabt und rasende, die ihm das Mark aus den Knochen geholt hätten bis auf den letzten Zoll. Geliebt habe er nur Bärbel. Just diese habe ihm der Allmächtige so früh weggenommen. Was er da von Frauenzimmern plappere! Er entschuldige sich ob des schlechten Bezeigens und der üblen Aufführung, wolle sich ernstlich corrigieren ...

Wo habe er hinauswollen? Ah, er entsinne sich wieder! Sein Wandel auf dieser Welt sei nichts als eine fort und fort dauernde Kränkung, Bekümmernis und Malaise gewesen. In fast stetem Verdruss, in Neid und Verfolgung habe er leben müssen, was seine Gesundheit nunmehro gänzlich ruiniert. Er könne seit vierzehn Tagen nicht eine einzige Nacht Ruhe haben, kaum sitzen noch liegen, habe keinen Abort, leide an den heftigsten Wallungen des Geblüts, zuletzt an einem fatalen Magenhusten, habe für die Reise nach Naumburg beinahe eine ganze Apotheke einschlucken müssen. Einem siechenden, verlorenen Menschen müsse der liebwerteste Monsieur Silbermann in die Augen sehen. Einem gebrochenen Manne, der ...

Bach schwieg mitten im Satz und ächzte. Auf seinem hochroten eingefallenen Gesicht, das durch den zahnlosen Mund noch greisenhafter wirkte, zerfloss Puder und Schweiß zu dünnen Rinnsalen, rann an Stirn, Schläfen und Kinn hinab, tropfte auf Schultern und Knopfleiste des dunkelbraunen Gehrocks.

Es war heiß, hochsommerlich heiß an diesem späten Septembertag des Jahres 1746. Die Fenster des gefederten Wagens hinterfingen eine frühherbstliche, graugelbe hügelige Landschaft, die sich in einen makellos blauen leblosen Horizont hinaufwölbte. Das Gras war ungeschnitten seit dem Frühjahr, neigte sich lang und verwelkt zur Erde. Kein Vieh, das es weidete. Keine Knechte und Mägde, die es schnitten. Gebrandschatzte Höfe, wo die Kutsche vorbeikam. Notdürftige Wohnstätten, die eher Erdlöchern glichen als menschlichen Behausungen. Nackte oder in dürftige

Lumpen gekleidete, ausgezehrte Kinder – das späte Elend der preußischen Invasion.

Bach blickte auf seine Tabakspfeife. Sie war erloschen. Er knurrte. An den geröteten Lidern durfte man ersehen, wie oft er sie gerieben und gereizt haben musste, so oft, dass sie sich schließlich entzündet hatten. Er stopfte die Pfeife, steckte sie an, paffte so heftig, dass davon das Innere der Kutsche binnen weniger Züge eingenebelt war.

Der Orgelmacher Gottfried Silbermann, der ihm gegenüber saß, bemühte sich vergeblich, die gelblichen beißenden Rauchschwaden fortzuwedeln. Er begann zu husten, leise und unterdrückt. Als Bach dies gewärtigte, huschte ihm ein kurzes, schadenfrohes Lächeln über den dürren, verpressten Mund, der aussah wie die dünne, herabhängende Sichel des Mondes. Dann sanken die Mundwinkel wieder herab.

Silbermann, vom Hals bis zu den Kniehosen in hellblauem Damast gekleidet, war ein eleganter, kräftiger, ungewöhnlich frisch wirkender Herr, obwohl zwei Jahre älter als Bach und – im Gegensatz zu diesem – ohne Perücke, mit noch vollem schlohweißem Haar, guten Zähnen, manikürten Fingernägeln.

Noch eine weitere Person saß in der mit grünem Samt ausgeschlagenen Kutsche, die die beiden Männer nach Naumburg expedieren sollte, eine halbe Tagesreise von Leipzig entfernt, wo sie die neue Orgel von St. Wenzel einer fünftägigen Prüfung unterziehen wollten. Es handelte sich um einen jungen, noch nicht dreißigjährigen, geduckten Menschen im schwarzen Talar der Leipziger Thomasschule, dem die Natur ein so kümmerliches, von Blattern übersätes Gesicht verliehen hatte, dass er, wo er auch hinkam, stets bedeutend älter geschätzt wurde. Der junge Mann, Johann Christoph Altnickol mit Namen, war Bachs Schüler und zugleich dessen Schwiegersohn in spe – das allerdings auf Beschluss des Alten und gegen den freien Christenwillen Altnickols.

»Monsieur«, sagte Silbermann, räusperte sich und fächelte

mit einem geblümten Schnupftuch resigniert den Qualm aus dem Gesicht, »Sie werden es einem alten treuen Diener nicht verübeln, wenn er aufrichtig zu Ihnen spricht. Seit ich in diesem Wagen sitze, schimpfen, fluchen und lärmen Sie ohne Unterlass. Das kann kein gesunder Kopf glauben. Der weltberühmte Kapellmeister Bach, der größte Fugist in deutschen Landen …«

»… und über alle Nationen hinaus bis nach dem Orient und Mohrenlande!«, rief Altnickol mit eilfertiger, bassaler Stimme dazwischen.

»Mich deucht«, fuhr Bach seinen Schüler unwirsch an, »du musst dich nicht in Silbermannens Rede hineinmengen!«

Altnickol zog den Hals in das gerüschte, hochgeschlossene und verschwitzte Oberhemd zurück und schwieg.

»Ich kann es nicht glauben«, fuhr Silbermann ruhig fort, »dass ein so großer Meister der Musique so bitter im Herze geworden ist. Verzeihen Sie, Monsieur, wenn ich mich erkühne, solches zu bemerken. Ich tue es in schuldigster Ehrfurcht.«

»Hören Sie auf mit dem Ohrenkützel, liebwertester Freund! Sie wissen so gut wie ich, dass meine Sachen nicht einen Louis d'Or einbringen. Sogar meine ältesten Söhne, beides tüchtige, jedoch nicht eben beträchtliche Geister, lästern meiner Kunst. Der galante Styl ist itzo Gusto. Dummes, einfältiges Geschwätz! Preußisches Blau, das schnell verschießt! Nein, Silbermann, meine musikalische Wissenschaft wird, wenn ich die Augen zugemacht, vergessen sein …«

»Das nie!«, rief Altnickol und reckte den Hals aus der Halskrause. »Ihre Kirchenstücke, Maître, Ihre Passionen, Orgel- und Claviersachen, Ihre Concerti werden noch in zehen Jahren beständig sein! Denken Sie nur an die große catholische Messe! Sie wird Ihr Lebenswerk als das Opus Magnum bezieren, des' bin ich gewiss!«

»Lass mich in Frieden mit der catholischen Messe, Schnarrkopp!«, polterte Bach.

Altnickol duckte sich noch tiefer.

»Sie komponieren eine catholische Messe?«, fragte Silbermann erstaunt und richtete sich auf. »Sind Sie jetzt vom Glauben Ihrer Vorderen abgefallen? Werden Sie am Ende gar zum Judas?«

»Ach was«, murmelte Bach mit einer wegwerfenden Handbewegung und musste heftig niesen. »Die Missa ist nichts als ein geflickter Rock aus alten Stücken. Meine Glaubensmeinung werde ich nicht ändern …«

»Oh, diese Missa ist das Reinste, Edelste und Höchste, das mein Maître jemals im Kopf ersonnen«, schwärmte Altnickol. »Maître sollten das Stück aber bald zu einem glücklichen Ende bringen, denn es wird Sie auf den Parnass führen. Maître werden der Orpheus der Deutschen genannt werden. Die Missa wird Sie unsterblich …«

»Itzo vergeht mir das Geduld!«, brauste der Alte auf, riss die Perücke vom Haupt und warf sie in seine Reisetasche. Er packte Altnickol beim Ohr, zerrte ihn fast bis auf den Boden des Kutschenkastens. »Hab doch laut und vernehmlich gesagt, du sollst dich nicht in unseren Disput hineinmengen!«

Altnickol winselte, hielt sich die Hände vors Gesicht.

»Bach!«, rief Silbermann erschrocken. »Seien Sie doch nicht so scharf! Wie können Sie sich nur so gegen ihn benehmen? Er ist Ihr aufrichtiger Diener und liebt Sie!«

Bach ließ Altnickols Ohr los. »Aufrichtig? Lieben? Er hasset mich, der Hund. Ich schlage ihn, er aber leckt mir die Hand, wedelt mit dem Schwanze, schleicht mir hinterdrein. Sehen Sie nur in seine falschen, untreuen Augen, Monsieur! Erkennen Sie darin nicht sein verdorbenes Herz? Er will das Geheimnis meiner Kunst rauben. Und wenn er es gefunden zu haben vermeint, wird er diese Hand, die ihn füttert, zerfleischen.«

»Das ist nicht wahr!«, wimmerte Altnickol, zupfte am Kragen des Oberhemds, richtete den Talar, rückte ein gutes Stück vom Alten weg und blickte gekränkt zum anderen

Fenster hinaus. Die Strahlen der Nachmittagssonne, die durch die gegenüberliegende Scheibe hereinfielen, ließen sein schmerzendes Ohr himbeerrot erglühen.

»Je nun, was soll ich machen?«, seufzte Bach erschöpft, während er in den Kopf der wieder erloschenen Tabakpfeife äugte. »Ich finde keinen andern Mann für meine Tochter. Was Wunder? Das Frauenzimmer ist aufgeschwollen wie eine tragende Kuh, darzu einfältig, trinket immerfort nur poßierlich Chocolade. Ich möchte Liesgen nicht als Eheliebste zu dero Copulation geleiten!«

Altnickol stieß ein kurzes, helles, zynisches Lachen hervor.

»Hört nur, Monsieur Silbermann, wie mich mein lieber Ecolier verlacht!«

Altnickol schnappte nach Luft und seufzte.

»Gib er mir Canasder!«

Der Schüler kramte umständlich in den Talartaschen, zog schließlich einen schwarzen Beutel hervor, darauf die Initialen seines Namens mit Silberfaden eingestickt waren, und streckte dem Maître unterwürfig den Tabak hin. Bach griff mit tapsiger Hand danach und begann die Pfeife zu stopfen.

Es entstand ein langes Schweigen, das von nichts als einförmigem Pferdegetrappel unterlegt war. Der kahlhäuptige Bach blickte rauchend zu dem einen Fenster hinaus, der schmollende Altnickol zu dem anderen. Silbermann saß, die Contenance wieder erlangt, vornehm da, ließ den Blick offen über Bachs Profil wandern, dessen Züge ihn unselig und verhärmt dünkten. Alles auf diesem verwilderten Antlitz mit den dichten, zusammengewachsenen Augenbrauen wirkte unversöhnt. Jede Falte stritt wider die andere. Wie konnte aus diesem Mann, der so himmlische Dinge ersonnen hatte, ein so misanthropischer Mensch werden? Silbermann verspürte nicht wenig Lust, sein Visavis mit dieser Frage zu konfrontierten, doch sein zurückhaltendes Wesen ließ ihn davon Abstand nehmen. »Wie geht es der hochwertesten Madame Bachin? Ist sie immer noch eine große

Liebhaberin vor die Gärtnerei?«, fragte er stattdessen und durchbrach damit endlich das einschläfernde Schweigen, tupfte sich die schwitzende Stirn mit dem Schnupftuch ab.

Bach erwiderte nichts, starrte abwesend zum Fenster hinaus. Altnickol, der schon den Mund öffnen wollte, zögerte, schielte ängstlich zu seinem Maître hinüber und schwieg ebenfalls.

»So hat man meine Sachen zu spielen, und nicht anders«, sprach Bach plötzlich wie im Selbstgespräch. »So eilend, pfeilschnell und geschwind, wie diese Landschaft vorüberschießt. Leider sehen meine Augen nur noch Schatten. Doch meine Musique lebet und leuchtet nur im Geschwinden. Niemand vermag sie schnelle zu geben. Das kömmt, weil unsere heranwachsenden Musices keine Fertigkeit in den Fingern haben. Sie wollen die virtuosen Passagien nicht üben, sind faul und schlendern, anstatt mit Fleiß zu exercieren, ins Coffeehaus.« Nach einer Pause wandte er sich wieder zu Silbermann und sagte: »Mein lieber Reisegefährte, ich versichere Sie noch einmal: Nichts wird von mir bleiben, wenn ich dereinst des Todes verblichen bin. Was ich befürchtet habe, ist in überflüssigem Maße eingetroffen. Nein, das hat mein gutes Herz nicht verdient!«

»Monsieur, vielleicht möchten Sie sich deutlicher gegen mich erklären.« Silbermann fand jetzt den Mut zu reden. »Was hat Sie so murrend werden lassen wider Ihre Profession?«

»Wollen Sie darauf ernstlich eine Antwort wissen?«, fragte Bach in beinahe weinerlichem Tonfall.

Silbermann nickte.

»Dann will ich Ihnen die Antwort geben, Monsieur. Ich offeriere mich Ihnen in Aufrichtigkeit, und ich fürchte, diese Aufrichtigkeit wird Sie sehr embarrassieren. Ich habe zu allen Zeiten alle Tage, alle Stunden meines Lebens die musikalische Wissenschaft verachtet, ja, gehasset. Nichts fiel mir leichter, als mich in dieser Materia auszudrücken. Vernahm ich eines Fuhrmannes, einer Magd Singsang auf der Gassen, auf dem Felde, wusste ich's sogleich im Kopfe als einen Contrapunct von einem ganzen Bogen hervorzubringen. In allen Variationes, noch dazu den Satz hin und rücklings und gar im Krebse eingeführet. Es langweilte mich. Von Jugend an waren mir die größten und tiefsten Geheimnisse der Harmonie und aller Verwebungen derselben bekannt. Nichts blieb mir verborgen. Nichts fiel mir schwer. Nichts war Arbeit, nichts Genuss. Es langweilte mich. Es ekelte mich. Weil es mich vor mir selbst ekelte. Ich wollte kein Musicus sein. Kein Violiniste, kein Stadtpfeifer, kein Compositeur. Ich war ganz und gar auf die Juristerei versessen, habe mich und meine wahrhaftige Lebensart leider verraten. War leider nicht stark im Fleische, habe den planen Weg gewählet, die ebene Bahn. Aber mein Gewissen quälete mich und ließ mich nicht mehr schlafen noch ruhn.

Item habe ich beschlossen, die Musicam gegen das Otterngezücht zu wenden, das sich Menschengeschlecht nennet und nur aus Kot, Stank, Asch und Erde bestehet. Ich schmeichelte der Fürsten und des gemeinen Mannes Ohren durch die wundersamsten Harmonien, die vertracktesten Contrapuncte, die mir so geschwind aus der Feder flossen wie ein Lüftgen aus dem Anus streicht. Oh, wie habe ich sie allesamt in meinem Herzen verlacht! Diese Dummköpfe mit Eselsohren, die sich mit ein paar sonderlichen Harmonien schon zufriedengaben.

Ich indes' wollte mehr! Wollte sie betäuben mit der Habilité meiner Kunst. Wollte das wahrhaftige Antlitz von Gottes Ebenbild schauen und alle Macht und Herrlichkeit darüber haben. Also erlernte ich mit Fleiß, was es in dieser Materia zu erlernen galt, forschte eifrig nach den entlegensten Gräntzen der Harmonie ...«

Hier unterbrach er sich, kramte in der schwarzen bestickten Reisetasche nach der blauen Mappe und hielt sie dem Orgelmacher mit beiden Händen vors Gesicht.

»Monsieur Silbermann geruhen ... kghh ... hochgeneigt, sich vortragen zu lassen«, sprach Bach mit bebender Stimme, »dass in diesem Buche das wahrhaftige Antlitz Gottes beschlossen liegt. Wes' Ohr diese Musique höret, des' Geist wird hernach verwandelt sein, denn er schauet in sein würkliches Gesicht. Er schauet in sein Herze. Kghh ... ich habe in dem Oratorio die Gesetze der menschlichen ... kghh ... Säfte gefunden. Die Gesetze, die Himmel, Sonn' und Sterne in ihrer Bahn bewahren! Wiewohl die Arbeit an der Partitur noch nicht geendigt ist, hat mich das ... kghh ... Komponieren theils in solchen ... kghh ... Schwang gesetzt, theils mit solcher Furcht ergriffen, dass ich annoch vor Zittern erbebe. Die Harmonia Mundi, liebwertester Silbermann, lieget zwischen diesen ... kghh ... zween Deckeln beschlossen! Doch fürchte ich, die Menschen werden es nicht fassen. Kghh ... Niemand wird es fassen.«

Bach war so erregt, dass er fast keine Luft bekam. Er begann zu röcheln, sein Kopf glühte, der Schweiß tropfte ihm von der Nase. Altnickol reichte ihm besorgt ein silbernes Döschen mit Riechsalz, doch der Alte winkte ab, wischte sich den Mund und sank wie ohnmächtig in die Bank zurück.

»Man halte den Wagen an!«, krächzte Altnickol. »Er benötigt der schleunigen Hilfe. Er muss sich aerieren!«

»Ich habe das Gesetz der Welt geschaut. Itzo weiß ich, wo Gott wohnet«, keuchte Bach.

»So lassen Sie doch in des Höchsten Namen den Wagen anhalten!«, flehte Altnickol den Orgelmacher an.

»Stille, Schnarrkopf!«, zischelte Bach, schloss die Augen und wartete eine Zeit. Dann begann er wieder ruhiger und freier zu atmen. »Monsieur Silbermann möchten Gewogenheit mit mir haben. Ich bin ein kranker Mann.«

Silbermann schaute auf den in sich zusammengesunkenen Bach und dessen gerötete Augen, die, wie ihn dünkte, etwas von Wahnsinn in sich trugen. Er sagte lange nichts, denn er fand keine Worte, das auszudrücken, was ihn bei diesem Anblick übermannte.

»Monsieur möchten auf meine geringen Gedanken

gütigst reflektieren«, sprach er schließlich doch zaghaft. »Gebe der Allmächtige, dass Sie Ihrem Herzen verzeihen können.«

Bach erwiderte keine Silbe, schloss die Augen und schlief bald darauf erschöpft ein. Altnickol nahm ihm vorsichtig die blaue Mappe aus den Händen und steckte sie in die Reisetasche. Silbermann zog ein Päckchen Spielkarten aus der Westentasche und vertrieb sich die Zeit mit dem Legen von Patiencen, während Altnickol stumm vor sich hinbrütete und ziellos in die sich allmählich eindunkelnde Landschaft hinausstarrte.

Als der gefederte Wagen in Naumburg angekommen war und die Reisenden beim Marientor nach Papieren und Petschaften befragt wurden, hatten Silbermann und Bachs Schwiegersohn in spe kaum mehr drei Sätze miteinander gewechselt. Nur einmal hatte Silbermann im Spiel innegehalten und Altnickol die Frage zugeflüstert, wie um alles in der Welt es der junge Herr bei diesem Scheusal aushalten könne. Altnickol hatte auf den schlafenden, leise aus der Nase pfeifenden Maître gespäht, hatte zu einer Antwort angesetzt, jedoch nicht zu sprechen gewagt, sondern lediglich unsicher mit den Schultern gezuckt.

Die Angekommenen bezogen Quartier im Gasthof Zum grünen Schild. Es hatte zu donnern und zu blitzen begonnen, und kurz darauf setzte ein heftiger Platzregen ein. Altnickol führte den halbblinden Bach am Arm und wollte ihm die Reisetasche tragen, doch der störrische, gekrümmte Alte herrschte ihn an, dass er die Tasche nie aus der Hand gebe, weil er auf diese Weise schon um viele seiner Sachen gekommen sei.

Was für ein stinkender Dreckspfuhl dieses Naumburg sei, warf er dem sich fast bis zum Boden verneigenden Wirt an den Kopf und tastete sich hierauf unverzüglich in seine Kammer.

Am anderen Morgen war er schon früh auf den Beinen, noch vor Silbermann und Altnickol, er trug sein Oberhemd verkehrt herum, hatte das Gesicht übermäßig weiß gepudert, saß bei einem Schälchen Coffee, die bestickte Tasche auf den gelben Kniehosen, rauchte und war hochgestimmt. Er habe guten Abort gehabt und sei itzo begierig, die neue Orgel von St. Wenceslai zu prüfen, sagte er zu Silbermann, als sie gemeinsam durch die glasklare, nach dem nächtlichen Gewitter ausgeputzte Herbstluft zur Ratsstube marschierten, wo man sie zwecks Unterfertigung ihres Kontraktes erwartete.

Man erwartete sie nicht, und die HochEdlen Herren in ihren schwarzen Roben waren einigermaßen verblüfft, die Orgelprüfer schon jetzt vorzufinden, zumal ihr an Bach abgeschicktes Schreiben die Ankunft erst auf kommende Woche festgesetzt hätte. Man sei, notabene, recht inkommodiert, versichere den königlich pohlnischen und churfürstlich sächsischen Hofcompositeur Bach, wie auch den churfürstlich sächsischen Hof- und Landorgelbauer Silbermann der wahren Hochachtung und immerwährenden …

»Schluss mit dem Gewäsch!«, fuhr Bach grob dazwischen.

Er habe es pressant und wolle das Orgelwerk examinieren. Wie man ihn zu bezahlen gedächte? In leichtem oder schwerem Gelde? Ob für Discretion und Beköstigung gesorgt sei? Für Merseburger Bier, blanken Wein, Coffee und Canasder-Toback?

Silbermann, der mit einem Bückling in der Ratsstube stand, den Dreispitz in der einen Hand, die andere auf den Griff des Degens gestützt, war Bachs Betragen peinlich. Mehrmals sandte er den Ratsherren ein entschuldigendes, vornehmes Lächeln, wobei er die Augen rollte, in der Art, man möge nicht jedes Wort des Compositeurs für bare Münze nehmen.

Schon kurze Zeit später überquerten die drei Gäste aus Leipzig den Topfmarkt, wo Bach neben einem schlanken, gelbblättrigen Nussbaum unvermittelt stehen blieb und sich nach einem Frauenzimmer in roten rauschenden Röcken umwandte. Sie war in Begleitung eines hoch aufgeschossenen Offiziers in preußischer Uniform, das Paar war gerade scherzend aus der Bude des Goldschmieds Samuel Elender getreten. Bach hob den Kopf, hielt den Atem an, sah hinüber. Nicht das Mädchen erweckte sein Interesse – er hätte es auf diese Entfernung gar nicht als solches erkennen können –, sondern die Melodie, die es zu singen begonnen hatte. Er lauschte angestrengt mit gerunzelter Stirn. Dann gab er seinem Schüler einen Stoß in die Seite, was bedeutete, dass Altnickol ihn zur Orgel führen sollte.

»Nun wollen wir einmal sehen«, sagte er kampfeslustig zu Silbermann, »ob es eine Pferdsorgel ist, die Ihr Concurrente Hildebrandt gefertiget hat, und ob es auch so eine rossmäßige Arbeit ist, die Claves zu drücken wie bei Ihren Instrumenten.« Er wusste nämlich nur zu gut, dass Gottfried Silbermann und sein ehemaliger Schüler Zacharias Hildebrandt jahrzehntelang im Streit darüber gelegen hatten, wem von beiden das königliche Privileg zustehe, die Orgeln und Cembali in Sachsen zu bauen. Schließlich hatte Silbermann den Rechtsstreit für sich entschieden, allerdings erst nach Einspruch des Kurfürsten. Bach, der in dieser Sache ein nicht ungewichtiges Wörtchen mitgeredet hatte, favorisierte Hildebrandt als den begabteren Orgelmacher, zumal jener ein Verfechter der neuen Temperatur war, im Gegensatz zu Silbermann, der zeitlebens an der mitteltönigen Stimmung festgehalten hatte.

Der so gedemütigte Silbermann, der eben beim Südportal der Wenzelskirche seinen Degen abschnallte, ließ sich nicht von den spitzen Bemerkungen des Alten provozieren.

»Es ist nicht einfach, Monsieur, in Ihrer Compagnie zu reisen«, antwortete er resigniert. Dann schwieg er, aufrecht und vornehm, ganz der Gentilhomme, der er war.

Sie traten ein, stiegen die Treppen auf der Abendseite der Kirche empor, gelangten zur obersten Empore und blickten auf den gewaltigen, in fünf Türme gegliederten Prospekt des Hauptwerks mit seinen kräftig gebrochenen Gesimsen und dem reichen weißgoldenen Laubschnitzwerk.

Dort standen sie nun, unangemeldet, inmitten der hildebrandtschen Gesellen. Die hatten ihr Tagwerk gelassen angefangen, zumal die Orgel fast vollendet und nur noch weniges daran zu verrichten war. Die Tür zum Balghaus stand offen. Am Dielenboden wurde gezimmert. Ein verwachsener Junge schliff träge an einem Brett. Beim linken Emporenfenster saßen Hildebrandt, der chronisch hustete, sowie zwei seiner Leute auf dem Boden und spielten Tarock.

Wie auf ein unsichtbares Zeichen kam Unruhe in das müßige Treiben. Es wurde getuschelt: »Silbermann ist da! Der Capellmeister Bach auch! Sie machen die Orgelprobe!«

Die Gesellen liefen plötzlich aufgescheucht und scheinbar betriebsam hin und her. Der verwachsene Junge stürzte zu seinem Lehrmeister und flüsterte ihm etwas ins Ohr. Hildebrandt, ein wuchtiger Mann mit langem tiefbraunem Haar und noch längerem ergrautem Kinnbart, fielen vor Schreck die Tarock-Karten aus der Hand. Sofort stand er auf den Füßen und wollte zur Begrüßung eilen, bekam aber einen so heftigen Hustenanfall – die Folge einer Zinn-Blei-Vergiftung –, dass er sich lange nicht davon erholte. Sein Kopf wurde krebsrot und der Husten schlimmer. Verzweifelt zog der Meister ein Taschentuch hervor und drückte es gegen die Lippen.

Silbermann, den beim Anblick seines Konkurrenten und ehemals besten Schülers tiefe Wehmut ankam, blieb stehen und wartete, bis sich Hildebrandt erholt hätte. Was waren das für Zeiten gewesen, dachte er, als sie gemeinsam die großartigsten Orgeln in teutschen Landen erbaut hatten. Aber seine eigene Gier nach Ruhm und Macht hatte alles zerstört, zuallererst das Band der Freundschaft.

Einer spontanen Eingebung folgend, trat Silbermann auf Hildebrandt zu, umarmte ihn und küsste ihm die Wangen. Hildebrandt war einigermaßen verdutzt über diese herzliche Bezeugung, denn sie hatten sich durch langwierigen Rechtsstreit tief entfremdet und nur noch über ihre Advokaten korrespondiert.

»Ich bleibe Ihr alter, minderer Schüler«, sagte Hildebrandt, verneigte sich, begann wieder zu husten und hielt das Taschentuch vor den Mund.

»Nein«, erwiderte Silbermann zart, »nun bin ich Ihr minderer Schüler. Ich vermeinte schon, meine Lebenszeit zu beschließen, ohne Sie jemals wiederzusehen und mit Ihnen Frieden gemacht zu haben.«

Bach hielt sich indessen nicht mit derlei Versöhnlichkeiten auf, sondern hatte sich bereits an den Spielschrank gesetzt und die Reisetasche neben sich auf den Orgelbock gestellt.

»Zeuch alles Klingende!«, herrschte er Altnickol an.

»Alle Register?«, fragte Altnickol, um sicherzugehen, dass er sich nicht verhört hatte.

»Bist du taub, Schnarrkopp? Ich will wissen, ob die Orgel eine gute Lunge hat! Und sorge für Wind in den Bälgen!«

Altnickol zog den Hals ein und sämtliche Registerknöpfe der Orgel heraus. Dann winkte er zwei Burschen zu sich und bedeutete ihnen, die Blasebälge aufzuziehen. Hildebrandt war endlich herbeigekommen, um den hochberühmten Cantor und Mentor aus Leipzig dienstfertig zu begrüßen, aber da brauste schon ein vollstimmiger Lauf nach Toccaten-Art von der Tiefe des Hauptmanuals in die Höhe, so dass die Grußworte des Orgelmachers verschluckt wurden. Der Alte ritt, traktierte und schlug die Orgel wie ein wildes, eben erst zu zähmendes Pferd. Alle auf der Empore Anwesenden scharten sich nach und nach um ihn. Auch Silbermann stand bei dem Spielschrank und traute seinen Augen nicht. Wie war es möglich, dachte er, dass diese kurzen, von der Gicht verkrüppelten Finger, noch so geschwinde Läufe zuwege brachten?

»Recht so muss man meine Sachen vor die Faust spielen!«, brüllte Bach, dass es alle hören konnten. »Nehmlich wie die Landschaft, die im Hui vorüberbraust!«

Hildebrandts vor Entsetzen offen stehender Mund – der

Cantor möchte das Werk binnen weniger Minuten zugrunde richten – spornte Bach an, es noch schneller zu geben. Er trieb seine Finger und Füße zu solcher Geschwindigkeit, dass die Pfeifen bisweilen gar nicht mehr ansprachen.

Mehr als eine Stunde ließ er sich in ohrenzerreißendem Tutti auf der Orgel vernehmen, entwarf eine monströse Passacaglia, führte einen siebenstimmigen Fugensatz durch alle Tonarten, rundete seine Improvisation mit einer grotesken Musette ab, die er in den höchsten Tonlagen ansiedelte, frei von einer Basslinie, so als schwebe die Musik ohne jede Gravität im Kirchenraum. Dann beendete er die gespenstische Vorführung mit drei Trugschlüssen und einer völlig verblüffenden Kadenz, nahm den Zipfel seines Oberhemds, trompetete hinein, tupfte sich damit die glänzende Stirn ab und rückte die Perücke zurecht.

Silbermann, Hildebrandt und die Gesellen standen schweigsam um den Alten herum, dessen gerötete Augen wie im Irrsinn glänzten. Nur Altnickol wirkte unbeeindruckt und erlaubte sich, einige Aspekte des Orgelspiels sogleich kritisch zu kommentieren. Maître hätten, plapperte er drauflos, verwichenen Frühlings in der Liebfrauenkirche zu Halle trefflicher extemporiert, nicht so schwülstig und verworren, so dass es jedermann aufs höchste habe admirieren müssen. Wenn jedoch erst die große catholische Messe vollendet sei, werde die ganze Welt begreifen, dass man diesen Mann nicht hoch genug aestimieren … Bach winkte mit einer abschätzigen Handbewegung ab. Altnickol verstummte und zog den Hals wie eine Schildkröte ein.

Nach kurzer Verschnaufpause wollte Silbermann wissen, was Monsieur da soeben fantasiert habe, und Bach fragte zurück, ob sich der Liebwerteste auf den Gesang des Frauenzimmers draußen auf dem Vorplatze besinne.

»Welches Frauenzimmer?«, fragte Silbermann.

Bach grunzte und sagte, das Liedlein jenes Weibes habe in seinem Kopfe sogleich acht Bogen von Musique erstehen lassen. In allen Toni, vor- und rückwärts, im Canon

Cancrizans, nach Art der Jüden zu lesen, von rechts nach links und gespiegelt. Dem hatte Gottfried Silbermann nichts mehr hinzuzusetzen.

Hildebrandt stand auf glühenden Kohlen, trat unsicher von einem Fuß auf den anderen und zurrte unablässig an seinem langen Bart. »Wie geruhen hochgelahrter Herr Bach mein bescheidenes Wercklein zu befinden?«, wollte er kleinlaut wissen und begann erneut zu husten.

»Das Werck hat keine Egalité, sowohl in der Intonation als auch in der Claviatur und Registratur zu beobachten. Werde nächstdem die Trakturen, Stimmen und übrigen Intestina einer genaueren Examinierung unterziehen«, antwortete Bach trocken, ergriff die Tasche und stieg vom Orgelbock.

Diesem niederschmetternden Urteil hatte Zacharias Hildebrandt seinerseits nichts mehr hinzuzusetzen.

Die Orgelprüfer blieben fünf Tage in Naumburg, untersuchten das Instrument auf Herz und Nieren, tranken reichlich Merseburger Bier, blanken Wein und Coffee. Der alte Bach schien während dieser Zeit sehr zugänglich, ja sogar amikal, wenn solche Attribute in Anbetracht seines die Menschen verachtenden Charakters überhaupt erlaubt waren, wie sich Hildebrandt gegenüber Silbermann hinter vorgehaltener Hand ausdrückte. Nur einmal kam es spätnachts und in weingeistigem Zustand zu einer ernsthaften Handgreiflichkeit zwischen Bach und dessen Ecolier, als es dieser einmal mehr nicht lassen konnte, das Thema auf die große catholische Messe zu bringen. Bach warf mit einer Zinnkanne nach Altnickol, was zur Folge hatte, dass der Schüler am nächsten Morgen eine für jeden sichtbare Beule auf der Stirn trug.

Am letzten Tag schließlich, kurz vor der Abreise, als die Orgelprüfer ihr schriftliches Gutachten in der Ratsstube hinterlegt hatten und die Pferde schon angespannt waren, quälten den Alten zwei letzte, noch unbeantwortete Fragen.

Hildebrandt hatte dem Instrument nämlich einen weiteren Keilbalg hinzugefügt sowie ein im Kontrakt nicht vorgesehenes Pfeifenregister, Unda Maris, Welle des Meeres, genannt. Nun entsann sich Bach, Blasebalg und Register nicht sorgsam genug geprüft zu haben. Er müsse noch einmal mit Altnickol auf die Orgel hinaufsteigen, erklärte er. Der Kutscher lehnte das Ansinnen ab, worauf Bach sehr laut wurde. Er, der königlich pohlnische und churfürstlich sächsische Hofcompositeur, habe noch nie in seinem Leben etwas Laulichtes gemacht. Silbermann ging dazwischen und beschwichtigte. An ihm solle es nicht manquieren, sofern Bachen geruhten, Beeilung zu haben. Er wolle derweilen im Wagen auf sie warten.

Also stiegen die beiden zu den Emporen hinauf, sehr zum Unmut von Hildebrandts Gesellen, die den Cantor samt Schüler am liebsten über die Brüstung geworfen hätten, so zerknirscht waren sie über das ungünstige Gutachten. Bach piff durch seinen zahnlosen Mund, ließ die Tür zum Balghaus öffnen, verlangte Licht, entledigte sich des Rocks, nahm die Perücke vom Kopf, stopfte alles in die Reisetasche, kletterte in die Orgel hinein, gefolgt von Altnickol, der besorgt war, Maître möchten sich ein Harm antun. Das Maul solle er halten und ihm zuleuchten, donnerte Bach und zwängte sich schnaubend und stöhnend zwischen den Balken hindurch. Weil er beinahe festsaß, musste er die Tasche aus der Hand geben. Er stellte sie auf den Boden, um noch tiefer in den Bauch der Orgel zu kriechen.

Johann Christoph Altnickol sah auf die bestickte Reisetasche. Sie lag kaum einen Zoll von seinen beschnallten, hochhackigen, glänzenden Schuhen entfernt. Er starrte unentwegt auf die Tasche und in den schwarzen, ellenbreiten Spalt, dort wo noch eine Bohle fehlte. Ein betörendes, ja beinahe wollüstiges Gefühl der Macht rieselte durch seinen Körper.

Altnickol bekam Herzklopfen, einen trockenen Gaumen, merkte, wie ihm die Knie weich wurden und die Hände zu zittern anfingen. Er konnte die Augen nicht von der Tasche abwenden, darin die Musik der Hölle in einer dunkelblauen Mappe beschlossen lag. Denn sie hatte ihm, als er sie heimlich gelesen hatte, ein Datum geweissagt. Das Jahr 1759. Nur Gott durfte die Grenze setzen. Nur der Allmächtige. Niemand sonst durfte sich erdreisten, das zu tun. Selbst der große Johann Sebastian Bach nicht.

Altnickol starrte auf den Dielenboden. Die Tasche. Der Spalt. Der glänzende, hochhackige Schuh. Das von Blattern vernarbte Gesicht mit der gewölbten Stirn und den weit auseinander stehenden Augen erhellte ein Lächeln. Ein zauberisches Lächeln. Er, der sich hässlich wähnte und unbedeutend, hatte sich noch nie so begehrenswert empfunden. Noch nie so mächtig. Noch nie so schön. Der Spalt. Die Tasche. Altnickol hob den glänzenden, hochhackigen Schuh.